HEYNE<

Das Buch
Butch O'Neal, der knallharte Ex-Cop aus Caldwell, New York, hat sich ein neues Leben bei den Vampiren der Bruderschaft der BLACK DAGGER aufgebaut. Doch da er ein Mensch ist, versuchen die vampirischen Krieger, Butch aus ihren Kämpfen gegen die Gesellschaft der Lesser herauszuhalten. Dieser Umstand zerrt gewaltig an Butchs Nerven. Und noch schlimmer wird es für ihn, als er sich in die wunderschöne Vampirin Marissa verliebt. Sowohl ihr Bruder als auch die Mitglieder der Glymera, der Vampiraristokratie, setzen alles daran, Butch und Marissa von einander fernzuhalten. Doch als Butch von einem Lesser entführt und gefoltert wird und sein Leben am seidenen Faden hängt, lässt sich Marissa nicht länger davon abhalten, an die Seite des Mannes zu eilen, den sie liebt …

Die BLACK DAGGER-Serie:
Erster Roman: Nachtjagd
Zweiter Roman: Blutopfer
Dritter Roman: Ewige Liebe
Vierter Roman: Bruderkrieg
Fünfter Roman: Mondspur
Sechster Roman: Dunkles Erwachen
Siebter Roman: Menschenkind
Achter Roman: Vampirherz
Neunter Roman: Seelenjäger
Zehnter Roman: Todesfluch
Elfter Roman: Blutlinien
Zwölfter Roman: Vampirträume
Sonderband: Die Bruderschaft der BLACK DAGGER

Die Autorin
J. R. Ward begann bereits während ihres Studiums mit dem Schreiben. Nach ihrem Hochschulabschluss veröffentlichte sie die BLACK DAGGER-Serie, die in kürzester Zeit die amerikanischen Bestseller-Listen eroberte. Die Autorin lebt mit ihrem Mann und ihrem Golden Retriever in Kentucky und gilt seit dem überragenden Erfolg der Serie als neuer Star der romantischen Mystery.

Besuchen Sie J. R. Ward unter: www.jrward.com

J. R. Ward

Menschenkind

Ein BLACK DAGGER-Roman

WILHELM HEYNE VERLAG
MÜNCHEN

Titel der Originalausgabe
LOVER REVEALED (PART 1)

Aus dem Amerikanischen übersetzt von Astrid Finke

FSC
Mix
Produktgruppe aus vorbildlich
bewirtschafteten Wäldern und
anderen kontrollierten Herkünften

Zert.-Nr. SGS-COC-1940
www.fsc.org
© 1996 Forest Stewardship Council

Verlagsgruppe Random House FSC-DEU-0100
Das für dieses Buch verwendete FSC-zertifizierte Papier
Holmen Book Cream liefert Holmen Paper, Hallstavik, Schweden.

4. Auflage
Deutsche Erstausgabe 10/08
Redaktion: Natalja Schmidt
Copyright © 2007 by Jessica Bird
Copyright © 2008 der deutschen Ausgabe und der
Übersetzung by Wilhelm Heyne Verlag, München,
in der Verlagsgruppe Random House GmbH
www.heyne.de
Printed in Germany 2009
Umschlagbild: Dirk Schulz
Umschlaggestaltung: Animagic, Bielefeld
Autorenfoto © by John Rott
Satz: Buch-Werkstatt GmbH, Bad Aibling
Druck und Bindung: GGP Media GmbH, Pößneck

ISBN 978-3-453-53282-3

Gewidmet: Dir.
Mann, du warst von Anfang an der Hammer, ehrlich.
Aber dann kamst du mit deinem
Schau mir in die Augen, Kleines …
Ich liebe dich wie verrückt.

DANKSAGUNG

Mit unendlicher Dankbarkeit den Lesern der Black Dagger und ein Hoch auf die Cellies – auf welcher Couch sind wir jetzt?

Ich danke euch so sehr:
Karen Solem, Kara Cesare, Claire Zion, Kara Welsh.

Dank an Cap'n Bunny alias Pink Beast und PythAngie the Pitbull Mod – im Ernst, Dorine und Angie, ihr kümmert euch so gut um mich.

Dank an die Viererbande: Ich knutsch euch zu Tode … knu-tsche euch zu To-de. Ich wüsste nicht, was ich ohne euch machen würde.

An DLB: Vergiss nicht, dass deine Mami dich lieb hat. Immer.
An NTM: Was ich am meisten an du-weißt-schon-wo liebe … bist du. Ich habe so ein Glück, dich zu kennen.

Und wie immer heißen Dank an meinen Exekutivausschuss:
Sue Grafton, Dr. Jessica Andersen, Betsey Vaughan.
Und mit dem größten Respekt an die unvergleichliche Suzanne Brockmann.

Glossar der Begriffe und Eigennamen

Bannung – Status, der einer Vampirin der Aristokratie auf Gesuch ihrer Familie durch den König auferlegt werden kann. Unterstellt die Vampirin der alleinigen Aufsicht ihres Hüters, üblicherweise der älteste Mann des Haushalts. Ihr Hüter besitzt damit das gesetzlich verbriefte Recht, sämtliche Aspekte ihres Lebens zu bestimmen und nach eigenem Gutdünken jeglichen Umgang zwischen ihr und der Außenwelt zu regulieren.

Die Bruderschaft der Black Dagger – Die Brüder des Schwarzen Dolches. Speziell ausgebildete Vampirkrieger, die ihre Spezies vor der Gesellschaft der *Lesser* beschützen. Infolge selektiver Züchtung innerhalb der Rasse besitzen die Brüder ungeheure physische und mentale Stärke sowie die Fähigkeit zur extrem raschen Heilung. Die meisten von ihnen sind keine leiblichen Geschwister; neue Anwärter werden von den anderen Brüdern vorgeschlagen und daraufhin in die Bruderschaft aufgenommen. Die Mitglieder der Bruderschaft sind Einzelgänger, aggressiv und verschlossen. Sie pflegen wenig Kontakt zu Menschen und anderen Vampiren, außer um Blut zu trinken. Viele Legenden ranken sich um diese Krieger, und sie werden von ihresgleichen mit höchster Ehrfurcht behandelt. Sie können getötet werden, aber nur durch sehr schwere Wunden wie zum Beispiel eine Kugel oder einen Messerstich ins Herz.

Blutsklave – Männlicher oder weiblicher Vampir, der unterworfen wurde, um das Blutbedürfnis eines anderen zu stillen. Die Haltung von Blutsklaven ist heute zwar nicht mehr üblich, aber nicht ungesetzlich.

Die Auserwählten – Vampirinnen, deren Aufgabe es ist, der Jungfrau der Schrift zu dienen. Sie werden als Angehörige der Aristokratie betrachtet, obwohl sie eher spirituell als weltlich orientiert sind. Normalerweise pflegen sie wenig bis gar keinen Kontakt zu männlichen Vampiren; auf Weisung der Jungfrau der Schrift können sie sich aber mit einem Krieger vereinigen, um den Fortbestand ihres Standes zu sichern. Sie besitzen die Fähigkeit zur Prophezeiung. In der Vergangenheit dienten sie alleinstehenden Brüdern zum Stillen ihres Blutbedürfnisses, aber diese Praxis wurde von den Brüdern aufgegeben.

Doggen – Angehörige(r) der Dienerklasse innerhalb der Vampirwelt. *Doggen* pflegen im Dienst an ihrer Herrschaft altertümliche, konservative Sitten und folgen einem formellen Bekleidungs- und Verhaltenskodex. Sie können tagsüber aus dem Haus gehen, altern aber relativ rasch. Die Lebenserwartung liegt bei etwa fünfhundert Jahren.

Gesellschaft der *Lesser* – Orden von Vampirjägern, der von Omega zum Zwecke der Auslöschung der Vampirspezies gegründet wurde.

Glymera - Das soziale Herzstück der Aristokratie, sozusagen die »oberen Zehntausend« unter den Vampiren.

Gruft – Heiliges Gewölbe der Bruderschaft der Black Dagger. Sowohl Ort für zeremonielle Handlungen wie auch Aufbewahrungsort für die erbeuteten Kanopen der *Lesser*. Hier werden unter anderem Aufnahmerituale, Begräbnisse und Disziplinarmaßnahmen gegen Brüder durchgeführt. Niemand außer Angehörigen der Bruderschaft, der Jungfrau der Schrift und Aspiranten hat Zutritt zur Gruft.

Hellren – Männlicher Vampir, der eine Partnerschaft mit einer Vampirin eingegangen ist. Männliche Vampire können mehr als eine Vampirin als Partnerin nehmen.

Hohe Familie – König und Königin der Vampire sowie all ihre Kinder.

Hüter – Vormund eines Vampirs oder einer Vampirin. Hüter können unterschiedlich viel Autorität besitzen, die größte Macht übt der Hüter einer gebannten Vampirin aus.

Jungfrau der Schrift – Mystische Macht, die dem König als Beraterin dient sowie die Vampirarchive hütet und Privilegien erteilt. Existiert in einer jenseitigen Sphäre und besitzt umfangreiche Kräfte. Hatte die Befähigung zu einem einzigen Schöpfungsakt, den sie zur Erschaffung der Vampire nutzte.

Leahdyre – Eine mächtige und einflussreiche Person.

Lesser – Ein seiner Seele beraubter Mensch, der als Mitglied der Gesellschaft der *Lesser* Jagd auf Vampire macht, um sie auszurotten. Die *Lesser* müssen durch einen Stich in die Brust getötet werden. Sie altern nicht, essen und trinken nicht und sind impotent. Im Laufe der Jahre verlieren ihre Haare, Haut und Iris ihre Pigmentierung, bis sie blond, bleich und weißäugig sind. Sie riechen nach Talkum. Aufgenommen in die Gesellschaft werden sie durch

Omega. Daraufhin erhalten sie ihre Kanope, ein Keramikgefäß, in dem sie ihr aus der Brust entferntes Herz aufbewahren.

Lheage – Respektsbezeichnung einer sexuell devoten Person gegenüber einem dominanten Partner.

Lielan – Ein Kosewort, frei übersetzt in etwa »mein Liebstes«.

Mahmen – Mutter. Dient sowohl als Bezeichnung als auch als Anrede und Kosewort.

Mhis – Die Verhüllung eines Ortes oder einer Gegend; die Schaffung einer Illusion.

Nalla – Kosewort. In etwa »Geliebte«.

Novizin – Eine Jungfrau.

Omega – Unheilvolle mystische Gestalt, die sich aus Groll gegen die Jungfrau der Schrift die Ausrottung der Vampire zum Ziel gesetzt hat. Existiert in einer jenseitigen Sphäre und hat weitreichende Kräfte, wenn auch nicht die Kraft zur Schöpfung.

Phearsom – Begriff, der sich auf die Funktiontüchtigkeit der männlichen Geschlechtsorgane bezieht. Wörtlich übersetzt etwa: »würdig, in eine Frau einzudringen«.

Princeps – Höchste Stufe der Vampiraristokratie, untergeben nur den Mitgliedern der Hohen Familie und den Auserwählten der Jungfrau der Schrift. Dieser Titel wird vererbt; er kann nicht verliehen werden.

Pyrokant – Bezeichnet die entscheidende Schwachstelle eines Individuums, sozusagen seine Achillesverse. Diese Schwachstelle kann innerlich sein, wie zum Beispiel eine Sucht, oder äußerlich, wie ein geliebter Mensch.

Rythos – Rituelle Prozedur, um verlorene Ehre wiederherzustellen. Der Rythos wird von dem Vampir gewährt, der einen anderen beleidigt hat. Wird er angenommen, wählt der Gekränkte eine Waffe und tritt damit dem unbewaffneten Beleidiger entgegen.

Schleier – Jenseitige Sphäre, in der die Toten wieder mit ihrer Familie und ihren Freunden zusammentreffen und die Ewigkeit verbringen.

Shellan – Vampirin, die eine Partnerschaft mit einem Vampir eingegangen ist. Vampirinnen nehmen sich in der Regel nicht mehr als einen Partner, da gebundene männliche Vampire ein ausgeprägtes Revierverhalten zeigen.

Symphath – Eigene Spezies innerhalb der Vampirrasse, deren Merkmale die Fähigkeit und das Verlangen sind, Gefühle in anderen zu manipulieren (zum Zwecke eines Energieaustauschs). Historisch wurden die Symphathen oft mit Misstrauen betrachtet und in bestimmten Epochen auch von den Vampiren gejagt. Sind heute nahezu ausgestorben.

Tahlly – Kosewort. Entspricht in etwa »Süße«.

Transition – Entscheidender Moment im Leben eines Vampirs, wenn er oder sie ins Erwachsenenleben eintritt. Ab diesem Punkt müssen sie das Blut des jeweils anderen Geschlechts trinken, um zu überleben, und vertragen kein Sonnenlicht mehr. Findet normalerweise mit etwa Mitte zwanzig statt. Manche Vampire überleben ihre Transition nicht, vor allem männliche Vampire. Vor ihrer Transition sind Vampire von schwächlicher Konstitution und sexuell unreif und desinteressiert. Außerdem können sie sich noch nicht dematerialisieren.

Triebigkeit – Fruchtbare Phase einer Vampirin. Üblicherweise dauert sie zwei Tage und wird von heftigem sexuellem Verlangen begleitet. Zum ersten Mal tritt sie etwa fünf Jahre nach der Transition eines weiblichen Vampirs auf, danach im Abstand von etwa zehn Jahren. Alle männlichen Vampire reagieren bis zu einem gewissen Grad auf eine triebige Vampirin, deshalb ist dies eine gefährliche Zeit. Zwischen konkurrierenden männlichen Vampiren können Konflikte und Kämpfe ausbrechen, besonders wenn die Vampirin keinen Partner hat.

Vampir – Angehöriger einer gesonderten Spezies neben dem Homo sapiens. Vampire sind darauf angewiesen, das Blut des jeweils anderen Geschlechts zu trinken. Menschliches Blut kann ihnen zwar auch das Überleben sichern, aber die daraus gewonnene Kraft hält nicht lange vor. Nach ihrer Transition, die üblicherweise etwa mit Mitte zwanzig stattfindet, dürfen sie sich nicht mehr dem Sonnenlicht aussetzen und müssen sich in regelmäßigen Abständen aus der Vene ernähren. Entgegen einer weitverbreiteten Annahme können Vampire Menschen nicht durch einen Biss oder eine Blutübertragung »verwandeln«; in seltenen Fällen aber können sich die beiden Spezies zusammen fortpflanzen. Vampire können sich nach Belieben dematerialisieren, dazu müssen sie aber ganz ruhig werden und sich konzentrieren; außerdem dürfen sie nichts Schweres bei sich tragen. Sie können Menschen ihre Erinnerung nehmen, allerdings nur, solange diese Erinnerungen im Kurzzeitgedächtnis abgespeichert sind. Manche Vampire können auch Gedanken lesen. Die Lebenserwartung liegt bei über eintausend Jahren, in manchen Fällen auch höher.

Vergeltung – Akt tödlicher Rache, typischerweise ausgeführt von einem Mann im Dienste seiner Liebe.

Wanderer – Ein Verstorbener, der aus dem Schleier zu den Lebenden zurückgekehrt ist. Wanderern wird großer Respekt entgegengebracht und sie werden für das, was sie durchmachen mussten, verehrt.

Zwiestreit – Konflikt zwischen zwei männlichen Vampiren, die Rivalen um die Gunst einer Vampirin sind.

1

»Weißt du, wovon ich träume, Süßer?«

Butch O'Neal setzte seinen Scotch ab und betrachtete die Blondine, die ihn angesprochen hatte. Hier im VIP-Bereich des *ZeroSum* war sie in ihren weißen Lacklederstrapsen schon eine heiße Nummer. Eine Kreuzung aus Barbie und Barbarella. Das Sortiment des Reverend war immer vom Feinsten, aber vielleicht war sie auch Model für FHM oder Maxim.

Sie legte ihre Hände auf den Marmortisch und beugte sich zu ihm vor. Ihre Brüste waren perfekt, das Beste, was man für Geld kaufen konnte. Und ihr Lächeln war strahlend, ein Versprechen auf kommende Freuden, für die man Kniepolster benutzt. Ob nun für Geld oder nicht, das war eine Frau, die ausreichend zu schlucken bekam und das auch gut fand.

»Na, was ist, Süßer?«, übertönte sie die hämmernden Techno-Beats. »Willst du meinen Traum nicht in Erfüllung gehen lassen?«

Er verzog leicht die Lippen. Keine Frage, sie würde heute Nacht jemanden glücklich machen. Vermutlich eine ganze Busladung voller Glückspilze. Aber er würde nicht in dem Doppeldecker mitfahren.

»Sorry, du musst dir einen anderen Prinzen suchen.«

Ihr völliger Mangel an Reaktion klärte die Frage nach ihrem Berufsstand. Mit einem leeren Lächeln schwebte sie zum nächsten Tisch und zog dort die gleiche Nummer ab.

Butch legte den Kopf in den Nacken und saugte den letzten Rest Lagavulin aus seinem Glas. Ohne weitere Verzögerung winkte er einer Kellnerin. Sie kam gar nicht an seinen Tisch, sondern nickte nur und machte sich direkt auf die Socken, um Nachschub zu beschaffen.

Es war fast drei Uhr morgens, der Rest des Dreigespanns würde also in einer halben Stunde auflaufen. Vishous und Rhage waren unterwegs, um *Lesser* zu jagen, die seelenlosen Bastarde, die ihre Art vernichten wollten. Doch wahrscheinlich würden die beiden Vampire enttäuscht hier landen. Der geheime Krieg zwischen ihrer Spezies und der Gesellschaft der *Lesser* war den ganzen Januar und Februar über eher stockend geführt worden, denn nur wenige Vampirjäger ließen sich blicken. Das war eine gute Nachricht für die Zivilbevölkerung, gab der Bruderschaft aber Grund zur Sorge.

»Hallo, Bulle.« Die tiefe Männerstimme ertönte direkt hinter Butchs Kopf.

Butch lächelte. Bei dem Geräusch musste er immer an nächtlichen Nebel denken; die Sorte, die eine tödliche Gefahr verhüllt. Gut, dass er etwas für die dunkle Seite übrighatte.

»N'Abend, Reverend«, gab er zurück, ohne sich umzudrehen.

»Ich wusste, du würdest sie wegschicken.«

»Kannst du Gedanken lesen?«

»Manchmal.«

Butch warf einen Blick über die Schulter. Der Reverend stand in lässiger Pose im Schatten, die Amethystaugen leuchtend, der Iro auf seinem Kopf kurz rasiert. Sein schwarzer Anzug war großartig: Valentino. Butch besaß genau den gleichen.

Wobei das gute Stück im Fall des Reverend von seinem eigenen Geld gekauft worden war. Der Reverend, alias Rehvenge, alias Bruder von Zs *Shellan* Bella, war der Eigentümer des *ZeroSum* und verdiente an allem, was hier über beziehungsweise unter dem Ladentisch ging, mit. Bei all der Verderbtheit, die in diesem Klub zum Verkauf stand, war sein Sparschwein sicher am Ende jeder langen Nacht bis zum Bersten gefüllt.

»Nee, die war nichts für dich.« Jetzt setzte sich der Reverend neben ihn und glättete die perfekt geknotete Versace-Krawatte. »Und ich weiß auch, warum du Nein gesagt hast.«

»Ach ja?«

»Du magst keine Blonden.«

Nicht *mehr*, genauer gesagt. »Vielleicht hat sie mir einfach nicht gefallen.«

»Ich weiß, was du willst.«

Als Butchs frischer Scotch eintraf, befasste er sich sofort intensiv mit dem Inhalt seines Glases. »So, so, weißt du das.«

»Das ist mein Job. Vertrau mir.«

»Nichts für ungut, aber in der Sache lieber nicht.«

»Ich sag dir mal was, Bulle.« Der Reverend beugte sich ganz nah zu ihm, und der Mann roch fantastisch. *Cool Water* von Davidoff war eben einfach immer wieder gut. »Ich helfe dir trotzdem.«

Butch schlug ihm auf die massige Schulter. »Ich interessiere mich nur für Barkeeper, Kumpel. Von barmherzigen Samaritern bekomme ich Ausschlag.«

»Manchmal wirkt einfach nur das Gegenteil.«

»Dann haben wir aber verdammtes Pech.« Butch deutete mit dem Kopf auf die halb nackte Menge, die sich zugedröhnt auf der Tanzfläche wand. »Hier sehen alle gleich aus.«

Komisch, während seiner Jahre bei der Polizei von Caldwell war Butch das *ZeroSum* immer ein Rätsel gewesen. Jeder wusste, dass es eine Sex- und Drogenhölle war. Aber niemand war in der Lage gewesen, genügend Verdachtsmomente auf den Tisch zu legen, um endlich einen Durchsuchungsbefehl zu bekommen – obwohl man an jedem beliebigen Abend hier reinmarschieren und Dutzende von Gesetzesverstößen beobachten konnte. Meistens gleich zwei auf einmal.

Doch seit Butch sich mit der Bruderschaft herumtrieb, wusste er warum. Der Reverend hatte einiges in der Trickkiste, wenn es darum ging, die menschliche Wahrnehmung von Ereignissen und Umständen zu verändern. Als Vampir konnte er das Kurzzeitgedächtnis jedes Menschen löschen, Überwachungskameras manipulieren und sich nach Lust und Laune dematerialisieren. Der Typ und sein Laden waren ein bewegliches Ziel, das sich nie bewegte.

»Sag mal«, begann Butch, »wie hast du es eigentlich geschafft, deine kleine Nebenbeschäftigung hier vor deiner Aristokratenfamilie geheim zu halten?«

Der Reverend lächelte leicht, sodass nur die Spitzen seiner Fänge zu sehen waren. »Sag mal, wie hat es ein Mensch geschafft, so dicke mit der Bruderschaft zu werden?«

Nachdenklich tippte Butch an sein Glas. »Manchmal geht das Schicksal bescheuerte Wege.«

»Wie wahr, Mensch. Wie wahr.« Als Butchs Handy klingelte, stand der Reverend auf. »Ich schicke dir was rüber, Kumpel.«

»Wenn es kein Scotch ist, will ich es nicht haben.«

»Du wirst schon sehen.«

»Glaube ich nicht.« Butch klappte sein Handy auf. »Was ist los, V? Wo seid ihr?«

Vishous keuchte wie ein Rennpferd, im Hintergrund heulte der Wind: die Symphonie einer Verfolgungsjagd. »Scheiße, Bulle. Wir haben Probleme.«

Sofort wurde bei Butch sämtliches Adrenalin auf einmal ausgeschüttet. »Wo seid ihr?«

»In einem Vorort. Die verdammten *Lesser* haben angefangen, Zivilisten in ihren Häusern zu jagen.«

Butch sprang auf. »Ich bin schon unterwegs …«

»Nichts da. Du bleibst, wo du bist. Ich hab nur angerufen, damit du nicht glaubst, wir wären tot oder so, wenn wir nicht auftauchen. Bis später.«

Die Verbindung war weg.

Butch ließ sich wieder auf seinen Platz sinken. Vom Nachbartisch dröhnte lautes, fröhliches Lachen herüber, irgendein toller Witz, der alle zum Prusten brachte.

Butch starrte in sein Glas. Vor sechs Monaten hatte er nichts im Leben gehabt. Keine Frau. Keine Familie, der er nahestand. Kein vernünftiges Zuhause. Und sein Job bei der Mordkommission hatte ihn aufgefressen. Dann war er wegen Polizeibrutalität an die Luft gesetzt worden und hatte sich in Folge einiger wirklich absonderlicher Ereignisse der Bruderschaft angeschlossen. Hatte die eine und einzige Frau kennengelernt, die ihm je den Atem verschlagen hatte. Und außerdem hatte er seinen Klamottenstil vollkommen umgekrempelt.

Zumindest der letzte Punkt war positiv zu bewerten.

Eine Zeit lang hatten diese Veränderungen die Realität verschleiert, aber nach und nach war ihm aufgefallen, dass er trotz aller äußerer Unterschiede im Prinzip genau da stand, wo er seit jeher gestanden hatte: Er war auch nicht besser dran als damals, als er noch in seinem alten Leben dahinvegetierte. Er gehörte immer noch nirgends dazu, fühlte sich stets außen vor, drückte sich die Nase an der Scheibe platt.

Während er seinen Scotch leerte. dachte er an Marissa und stellte sich ihr hüftlanges blondes Haar vor. Ihre blasse Haut. Ihre hellblauen Augen. Ihre Fänge.

Der Reverend hatte recht – keine Blonden für ihn. Mit einer Hellhaarigen könnte er nie im Leben intim werden.

Ach, was sollte dieser Haarfarbenblödsinn. Keine Frau in diesem Klub oder auf dem ganzen Planeten konnte Marissa das Wasser reichen. Sie war rein wie ein Kristall, sie brach das Licht, verbesserte das Leben um sich her, leuchtete durch ihre Anmut.

Mist. Er war ja so ein Trottel.

Aber es war einfach so wunderbar mit ihnen beiden gewesen. In der kurzen Zeit, als sie sich von ihm angezogen zu fühlen schien, hatte er gehofft, sie könnten zusammen etwas aufbauen. Doch dann war sie urplötzlich von der Bildfläche verschwunden. Was selbstverständlich nur ein Beweis für ihre Intelligenz war. Er hatte einer Frau nicht viel zu bieten, und das lag nicht allein daran, dass er nur ein Mensch war.

Im Dunstkreis der Bruderschaft trat er auf der Stelle: An ihrer Seite kämpfen konnte er nicht, weil er war, was er war; in die Welt der Menschen zurückkehren konnte er ebenfalls nicht, weil er zu viel wusste. Und der einzige Weg aus dieser gottverdammten Position heraus war der Abtransport in einem Sarg.

Sprich: Er war ein echter Jackpot für jede Partnervermittlungsagentur!

Mit einem weiteren Ausbruch von Lustig-lustig-tralalalala ließ die Gruppe am Nebentisch eine neue Salve lautstarker Lacher los, und Butch schielte zu ihnen herüber. Im Zentrum der Party stand ein kleiner blonder Kerl im geschniegelten Anzug. Er sah aus wie fünfzehn, war aber seit einem Monat Stammgast im VIP-Bereich und warf mit Geld um sich, als wäre es Konfetti.

Ganz offensichtlich machte der Bursche seine physischen Defizite durch den Einsatz seiner Brieftasche wett. Ein weiteres Beispiel dafür, dass Geld nicht stinkt.

Butch leerte seinen Lagavulin, winkte der Kellnerin und musterte dann den Boden seines Whiskyglases. Scheiße. Nach vier Doppelten spürte er noch immer nichts, was ihm eindeutig zeigte, wie gut sich seine Toleranzschwelle entwickelte. Er war eindeutig in die Profiliga des Alkoholismus aufgestiegen. Das hier war kein Amateurkram mehr.

Und als auch diese Erkenntnis ihm nicht weiter zu schaffen machte, wurde ihm klar, dass er endgültig nicht mehr auf der Stelle trat. Jetzt ging es steil bergab.

Er hatte heute ja wirklich mal wieder blendende Laune.

»Der Reverend meinte, du bräuchtest etwas Zuspruch.«

Butch machte sich nicht die Mühe aufzublicken. »Nein, danke.«

»Warum schaust du mich nicht erst mal an?«

»Sag deinem Boss, ich weiß seine ...« Butch hob den Kopf und hielt die Klappe.

Er erkannte die Frau sofort; wobei die Sicherheitschefin des *ZeroSum* auch nicht leicht zu vergessen war. Gut einen Meter achtzig groß. Pechschwarze Haare mit einem Männerschnitt. Augen von dem Dunkelgrau eines Gewehrlaufs. In dem ärmellosen Feinrippshirt sah man, dass sie den Oberkörper eines Spitzensportlers hatte, nur Muskeln, kein Gramm Fett. Ihre Ausstrahlung verriet deutlich, dass sie Knochen brechen und Spaß dabei haben konnte, und gedankenverloren betrachtete Butch ihre Hände. Lange Finger. Kräftig. Von der Sorte, die richtig Schaden anrichten konnten.

Zum Teufel auch ... es würde ihm gefallen, wenn man

ihm wehtäte. Heute Nacht würde er zur Abwechslung gerne mal *äußerlichen* Schmerz empfinden.

Jetzt lächelte die Frau ein wenig, als könnte sie seine Gedanken lesen, und dabei erhaschte er einen Blick auf ihre Fänge. Aha ... sie war also keine menschliche Frau. Sie war eine Vampirin.

Der Reverend hatte recht gehabt, der alte Bastard. Mit ihr würde es hinhauen, weil sie das absolute Gegenteil von Marissa war. Und weil sie für die Art von anonymem Sex stand, die Butch sein gesamtes Erwachsenenleben über gehabt hatte. Und weil sie genau die Sorte Schmerz verkörperte, nach der er sich unbewusst sehnte.

Als er die Hand unter das Jackett seines *Ralph Lauren Black Label*-Anzugs steckte, schüttelte sie den Kopf. »Ich arbeite nicht für Bares. Niemals. Betrachte es als Gefallen für einen Freund.«

»Ich kenne dich gar nicht.«

»Ich spreche auch nicht von dir.«

Butch sah ihr über die Schulter und entdeckte Rehvenge. Der Vampir lächelte ihm selbstzufrieden zu, dann verschwand er in seinem Büro.

»Er ist ein sehr guter Freund von mir«, murmelte sie.

»Ach ja? Wie heißt du denn?«

»Das spielt keine Rolle.« Sie hielt ihm die Hand hin. »Komm schon, Butch alias Brian, Nachname O'Neal. Komm mit mir. Vergiss für ein Weilchen, warum auch immer du einen Whisky nach dem anderen in dich reinkippst. Ich verspreche dir, die ganze Selbstzerstörung wird noch immer auf dich warten, wenn du zurückkommst.«

O Mann, es begeisterte ihn wirklich nicht besonders, wie gut sie ihn durchschaute. »Sag mir doch erst mal, wie du heißt.«

»Heute Nacht darfst du mich Sympathy nennen. Wie wäre das?«

Er musterte sie vom Scheitel bis zu den Stiefeln. Sie trug eine schwarze Lederhose. Wer hätte das gedacht. »Du hast nicht zufällig zwei Köpfe, Sympathy?«

Sie musste lachen, ein tiefer, satter Ton. »Nein, und ich bin auch keine Transe. Dein Geschlecht ist nicht das Einzige, das stark sein kann.«

Er blickte in ihre stahlgrauen Augen. Sah dann zu den Toilettenräumen. Gott ... das alles war so vertraut. Ein Quickie mit einer Fremden, ein bedeutungsloser Zusammenprall zweier Körper. Das war das tägliche Brot seines Sexlebens gewesen, solange er denken konnte – nur, dass er sich nicht erinnern konnte, jemals diese krankhafte Verzweiflung dabei verspürt zu haben.

Egal. Wollte er wirklich enthaltsam bleiben, bis ihn die Leberzirrhose dahinraffte? Nur, weil eine Frau, die er gar nicht verdiente, ihn nicht haben wollte?

Er warf einen Blick auf seine Hose. Sein Fleisch war willig. Zumindest in der Hinsicht passte alles.

Butch erhob sich, die Brust so kalt wie winterlicher Asphalt. »Gehen wir.«

Mit einem traumhaften Geigentremolo wechselte das Orchester zu einem Walzer über, und Marissa beobachtete, wie die glanzvolle Menge sich im Ballsaal zusammenfand. Um sie herum gingen Männer und Frauen aufeinander zu, verschränkten die Hände, pressten ihre Körper aneinander, sahen einander in die Augen. Dutzende unterschiedlicher Variationen des Bindungsduftes vermischten sich zu einem üppigen Aroma.

Sie atmete durch den Mund ein, um nicht zu viel davon riechen zu müssen.

Flucht war allerdings zwecklos, denn so lief es nun mal. Die Aristokratie mochte stolz auf ihre Etikette und ihre Umgangsformen sein, doch die *Glymera* unterlag trotz allem den biologischen Realitäten ihrer Spezies: Wenn ein Vampir sich an eine Vampirin band, war seinem Besitzanspruch ein ganz bestimmter Duft eigen. Nahm eine Vampirin den Partner an, dann trug sie diesen dunklen Geruch mit Stolz auf der Haut.

Oder zumindest ging Marissa davon aus, dass es Stolz war.

Von den einhundertfünfundzwanzig Vampiren im Ballsaal ihres Bruders war sie die einzige Frau ohne Partner. Es gab eine Reihe von unverheirateten Männern, aber keiner davon würde sie jemals um einen Tanz bitten. Lieber setzten sie den Walzer aus oder führten ihre Schwestern und Mütter auf die Tanzfläche, als sich ihr auch nur zu nähern.

Nein, sie war wie immer unerwünscht, und als ein Paar direkt vor ihr vorbeiwirbelte, war sie so höflich, zu Boden zu blicken. Sie wollte ja nicht, dass die beiden sich gegenseitig über die Füße stolperten, nur weil sie krampfhaft ihrem Blick auswichen.

Ihre Haut zog sich zusammen, und sie war sich nicht sicher, warum ihr heute Nacht ihr Status als Ausgestoßene besonders belastend vorkam. Du meine Güte, seit vierhundert Jahren hatte ihr kein Angehöriger der *Glymera* mehr in die Augen gesehen, daran war sie längst gewöhnt: Zuerst war sie die ungeliebte *Shellan* des Blinden Königs gewesen. Jetzt war sie die ehemalige ungeliebte *Shellan*, die zugunsten seiner angebeteten Mischlingskönigin abserviert worden war.

Vielleicht war sie einfach nur erschöpft davon, nie dazuzugehören.

Mit zitternden Händen und schmalen Lippen hob sie den schweren Rock ihres Kleides leicht an und schritt auf die prächtige Flügeltür des Ballsaals zu. Die Rettung lag gleich draußen in der Halle, und sie schob mit einem Stoßgebet die Tür zum Damensalon auf. Die Luft, die ihr entgegenströmte, roch nach Freesien und Parfüm, und in den Armen ihrer unsichtbaren Liebkosung lag ... nur Stille.

Der Jungfrau der Schrift sei gedankt.

Ihre Anspannung ließ etwas nach, als sie eintrat und sich umsah. Diesen speziellen Toilettenraum im Haus ihres Bruders hatte sie schon immer als eine Art üppiges Umkleidezimmer für Debütantinnen betrachtet. Im leuchtenden Stil der russischen Zarenzeit eingerichtet, bot der blutrote Sitz- und Schminkbereich zehn zusammenpassende Frisiertische, jeder davon mit allem ausgestattet, was eine Vampirin zur Verschönerung ihres Erscheinungsbildes nur benötigen konnte. Am anderen Ende des Salons lagen die separaten Waschräume, jeder davon nach dem Vorbild eines anderen Fabergé-Eis aus der umfangreichen Sammlung ihres Bruders gestaltet.

Vollendet weiblich. Vollendet schön.

Hier inmitten all der Pracht wollte sie am liebsten laut schreien.

Doch sie biss sich nur auf die Lippe und beugte sich vor, um ihre Frisur in einem der Spiegel zu überprüfen. Das schwere blonde Haar, das ihr offen bis zur Hüfte reichte, war kunstfertig hochgesteckt. Selbst nach mehreren Stunden saß noch alles perfekt, sogar die Perlenschnur, die ihr *Doggen* eingearbeitet hatte, war noch an Ort und Stelle.

Andererseits hatte das Herumstehen am Rande der Tanzfläche ihre Marie-Antoinette-Toilette auch nicht gerade besonders in Anspruch genommen.

Allerdings war ihr Halsschmuck schon wieder verrutscht. Sie zupfte das doppelreihige Perlenhalsband gerade, sodass die davon herabtropfende dreiundzwanzig Millimeter messende Tahitiperle wieder direkt ihr Dekolleté betonte.

Das taubengraue Abendkleid stammte von Balmain; sie hatte es in den 1940ern in Manhattan gekauft. Kette, Ohrringe und Armband waren von Tiffany, wie üblich: Als ihr

Vater Ende des neunzehnten Jahrhunderts den großen Louis Comfort entdeckt hatte, wurde seine Familie umgehend zu einer treuen Kundschaft und war es bis heute geblieben.

Was doch auch das Markenzeichen der Aristokratie war, oder nicht? Beständigkeit und Niveau in allen Dingen; Veränderungen und Fehler waren unbedingt mit deutlicher Missbilligung zu quittieren.

Sie stellte sich gerade hin und ging rückwärts, bis sie sich ganz im Spiegel sehen konnte. Das Bild, das sie sah, war paradox: Ihre Erscheinung war makellos, eine überirdische Schönheit, die mehr gestaltet denn geboren schien. Sie war groß und schlank, ihre Konturen grazil, ihr Gesicht einfach betörend, das Zusammenspiel von Lippen und Augen und Wangen und Nase vollkommen. Ihre Haut war wie Alabaster. Die Augen silberblau. Das Blut in ihren Venen gehörte zum reinsten der gesamten Spezies.

Und doch stand sie nun hier. Die Verlassene. Die übrig Gebliebene. Die ungeliebte, schadhafte alte Jungfer, die nicht einmal ein reinrassiger Krieger wie Wrath sexuell hatte ertragen können, nicht ein einziges Mal, und sei es nur, um sie endlich aus ihrem Zustand als Novizin zu erlösen. Und dank seiner Zurückweisung war sie noch immer ungebunden, obwohl sie endlos lange mit Wrath zusammen gewesen war. Denn man musste genommen werden, um als jemandes *Shellan* zu gelten.

Die Trennung war überraschend gekommen und gleichzeitig überhaupt keine Überraschung gewesen. Für niemanden. Trotz Wraths öffentlicher Erklärung, sie habe ihn verlassen, kannte die *Glymera* die Wahrheit. Jahrhundertelang war sie unberührt geblieben, hatte nie seinen Bindungsduft getragen, nie einen Tag allein mit ihm verbracht. Um es auf den Punkt zu bringen: Keine Frau hätte Wrath jemals freiwillig verlassen. Er war der Blinde König, der letzte reinrassige Vampir der Welt, ein großer Krieger und Mitglied der

Bruderschaft der Black Dagger. Es gab keinen Vampir, der über ihm stand.

Und welche Schlussfolgerung zog die Aristokratie daraus? Mit ihr musste etwas nicht stimmen, etwas, das sehr wahrscheinlich unter ihren Kleidern verborgen war. Und der Defekt war vermutlich sexueller Natur. Warum sonst sollte ein Vollblutkrieger keinen erotischen Drang ihr gegenüber verspüren?

Sie holte tief Luft. Dann noch einmal. Und noch einmal.

Der Duft frischer Schnittblumen stieg ihr in die Nase, süß schwoll er an, wurde dichter, verdrängte die Luft ... bis sie nur noch dieses Aroma in den Lungen hatte. Ihre Kehle schien zugeschnürt, als wollte sie die Attacke abwehren. Sie zerrte an ihrer Kette. Eng ... sie war so eng an ihrem Hals. Und schwer ... wie Hände, die sie würgten ... Sie öffnete den Mund, um zu atmen, aber das half nicht. Ihre Lungen waren verstopft vom Blumengestank, ummantelt davon ... sie erstickte, ertrank, obwohl sie nicht im Wasser war ...

Auf wackeligen Beinen schwankte sie zur Tür, doch sie konnte den tanzenden Paaren einfach nicht gegenübertreten, diesen Leuten, die sich selbst darüber definierten, dass sie Marissa geächtet hatten. Nein, sie durfte sich ihnen nicht zeigen ... sie würden ihr ansehen, wie verstört sie war. Sie würden merken, wie schwer das für sie war. Und dann würden sie sie noch stärker verachten.

Ihr Blick wanderte im Raum herum, schnellte über jeden Gegenstand, prallte von den Spiegeln ab. Panisch versuchte sie zu ... was machte sie nur? Wohin konnte sie ... gehen, Schlafzimmer, oben ... Sie musste ... o Gott ... *sie bekam keine Luft*. Sie würde hier sterben, genau hier und jetzt, und zwar daran, dass ihre Kehle sich zusammenzog, als würde sie gewürgt.

Havers ... ihr Bruder ... sie musste ihn rufen. Er war

Arzt ... Er würde kommen und ihr helfen – doch dann wäre sein Geburtstag ruiniert. *Ruiniert* ... ihretwegen. Alles ihretwegen ruiniert ... Es war alles ihre Schuld ... alles. Die ganze Schande war ihre Schuld. Der Jungfrau sei Dank waren ihre Eltern lange tot und hatten nicht miterlebt ... was sie war ...

Übergeben. Sie müsste sich definitiv übergeben.

Die Hände zitternd, die Knie weich wie Pudding stürzte sie in eine der Toiletten und schloss sich ein. Im Vorbeilaufen stellte sie das Wasser an, um ihr Keuchen zu übertönen, falls jemand hereinkommen sollte. Dann fiel sie auf die Knie und beugte sich über die Schüssel.

Sie würgte und röchelte, ihre Kehle kämpfte sich durch die Krämpfe, doch nichts als heiße Luft kam aus ihrem Magen. Ihr brach der Schweiß auf der Stirn, unter den Achseln und zwischen den Brüsten aus. Alles drehte sich. Gedanken ans Sterben, einsam und ohne Hilfe, an den Geburtstag ihres Bruders, den sie ruinieren würde, an den Abscheu der anderen vor einer wie ihr schwirrten wie Bienen ... Bienen in ihrem Kopf herum, summten, stachen ... brachten Tod ... Gedanken wie Bienen ...

Marissa begann zu weinen – nicht, weil sie dachte, sie würde sterben, sondern weil sie wusste, dass es nicht so war.

Mein Gott, ihre Panikattacken in den vergangenen Monaten waren brutal gewesen, ihre Ängste verfolgten sie auf Schritt und Tritt, ohne je zu ermüden. Und jedes Mal, wenn sie einen Zusammenbruch erlitt, war die Erfahrung eine neuerliche und grausige Offenbarung.

Den Kopf in die Hand gestützt, schluchzte sie heiser, Tränen rannen ihr über das Gesicht und verfingen sich in den Perlen und Diamanten an ihrem Hals. Sie war so allein. Eingesperrt in einem wunderschönen, reichen, vornehmen Albtraum, wo die schwarzen Männer Fräcke und Smokings trugen und die Krähen auf Schwingen aus Satin und Seide herabschwebten, um ihr die Augen auszupicken.

Sie holte tief Luft, versuchte, die Kontrolle über ihre Atmung zurückzugewinnen. Ruhig ... ganz ruhig. Alles ist gut. Du hast das schon einmal erlebt.

Nach einer Weile schaute sie in die Toilette. Die Schüssel war aus massivem Gold und unter ihren Tränen kräuselte sich das Wasser, als schiene Sonnenlicht hinein. Unvermittelt wurde ihr bewusst, dass die Fliesen unter ihren Knien hart waren. Und dass ihr Korsett ihr in die Rippen stach. Und dass ihre Haut klamm war.

Sie hob den Kopf und blickte sich um. Na, sieh mal einer an. Sie hatte sich ausgerechnet ihre Lieblingstoilette für ihren Kollaps ausgesucht, die mit dem Maiglöckchenmotiv. Sie sah sich umgeben von zartrosa Wänden mit handgemalten hellgrünen Ranken und kleinen weißen Blümchen. Fußboden und Waschbecken waren aus rosa Marmor mit cremefarbener Maserung. Die Wandleuchter waren golden.

Sehr hübsch. Der perfekte Hintergrund für eine Panikattacke, also wirklich. Andererseits konnte man Angst heutzutage ja zu allem tragen. Das neue Schwarz.

Marissa erhob sich vom Boden, stellte das Wasser ab und ließ sich auf den kleinen, mit Seide bezogenen Stuhl in der Ecke sinken. Ihr Kleid bauschte sich um sie herum wie ein Tier, das alle viere von sich streckt, nun, da das Drama vorüber war.

Sie betrachtete sich im Spiegel. Ihr Gesicht war fleckig, die Nase rot. Das Make-up war ruiniert. Ihre Haare völlig zerzaust.

So nämlich sah sie von innen aus; kein Wunder, dass die *Glymera* sie verachtete. Irgendwie wussten alle, dass dies ihr wahres Gesicht war.

Gott ... vielleicht hatte Butch sie deshalb nicht gewollt ...

Ach, Blödsinn. An ihn zu denken war nun wirklich das Letzte, was sie jetzt gebrauchen konnte. Sie musste sich erst mal wieder zusammenreißen und dann in ihr Zimmer flüchten. Schon richtig, sich zu verstecken war wenig reizvoll, aber das war sie selbst ja auch nicht.

Gerade, als sie ihre Haare in Ordnung bringen wollte, hörte sie die Außentür des Salons aufgehen, die Kammermusik wurde lauter, dann wieder gedämpfter, als die Tür sich wieder schloss.

Na toll. Jetzt saß sie in der Falle. Aber vielleicht war es ja nur eine Frau, dann müsste sie sich keine Sorgen machen, irgendwelche Gespräche zu belauschen.

»Ich kann nicht fassen, dass ich mir den Schal bekleckert habe, Sanima.«

Okay, jetzt war sie nicht nur ein Feigling, sondern auch die Lauscherin an der Wand.

»Man sieht es kaum«, entgegnete die Angesprochene, Sanima. »Trotzdem danke ich der Jungfrau, dass du es bemerkt hast, bevor es jemand anderem auffallen konnte. Komm, wir tupfen es mit Wasser ab.«

Marissa schüttelte sich, um wieder einen klaren Kopf zu bekommen. *Mach dir keine Sorgen um die, kümmere dich einfach nur um dein Haar. Und wisch dir um Himmels willen diese Wimperntusche ab. Du siehst aus wie ein Waschbär.* Sie nahm einen Waschlappen und befeuchtete ihn leise, während die beiden Frauen in die kleine Kabine gegenüber gingen. Offenbar ließen sie die Tür offen stehen – ihre Stimmen waren klar und deutlich zu hören.

»Aber wenn es doch jemand gesehen hat?«

»Sch-sch ... jetzt zieh den Schal erst mal aus – o mein Gott.« Man hörte ein kurzes Auflachen. »Dein Hals.«

Die Stimme der jüngeren Frau senkte sich zu einem begeisterten Flüstern herab. »Das war Marlus. Seit unserer Hochzeit letzten Monat ist er ...«

Jetzt lachten sie gemeinsam.

»Kommt er oft während des Tages zu dir?« Sanimas geheimnistuerischer Tonfall klang entzückt.

»O ja. Als er sagte, er wolle eine Verbindungstür zwischen unseren Schlafzimmern, wusste ich zuerst nicht, warum. Jetzt weiß ich es. Er ist ... unersättlich. Und er ... er will sich nicht nur nähren.«

Marissa verharrte regungslos mit dem Waschlappen unter dem Auge. Nur einmal hatte sie die Begierde eines Mannes nach ihr erlebt. Ein Kuss, nur ein einziger ... und diese Erinnerung bewahrte sie sorgfältig. Sie würde als Jungfrau begraben werden, und dieses kurze Aufeinandertreffen zweier Münder war alles an Sexualität, was sie jemals erleben würde.

Butch O'Neal. Butch hatte sie so geküsst wie – *Schluss jetzt.*

Sie wandte sich ihrer anderen Gesichtshälfte zu.

»Frischverheiratet, wie wunderbar. Obwohl du diese Stellen niemanden sehen lassen solltest. Deine ganze Haut ist wund.«

»Deshalb bin ich doch hierher gerannt. Was, wenn jemand mich aufforderte, doch den Schal abzunehmen, weil ich Wein darüber vergossen habe?« Das wurde mit der Art von Entsetzen in der Stimme geflüstert, die normalerweise für Missgeschicke mit großen Messern reserviert ist.

Wobei Marissa nur zu gut verstehen konnte, warum man vermeiden wollte, die Aufmerksamkeit der *Glymera* auf sich zu ziehen.

Sie warf den Waschlappen beiseite und widmete sich ihrem Haar ... und gab es schließlich auf, die Gedanken an Butch zu verdrängen.

Wie gerne sie seine Zahnabdrücke vor den Augen der *Glymera* verborgen hätte. Wie gerne sie unter ihrer gesitteten Kleidung das köstliche Geheimnis gewahrt hätte, dass ihr Körper seinen gekostet hatte. Und wie gerne sie den Duft seiner Bindung an sie auf der Haut getragen hätte, ihn noch durch ein perfekt passendes Parfüm betont hätte, wie andere Vampirinnen es taten.

Doch nichts davon würde jemals geschehen. Zum einen banden sich Menschen nicht auf diese Art und Weise, soweit sie gehört hatte. Und selbst wenn – bei ihrer letzten Begegnung hatte Butch O'Neal sie einfach stehen gelassen, also hatte er kein Interesse mehr an ihr. Wahrscheinlich hatte er von ihrem Defekt gehört. Da er der Bruderschaft nahestand, wusste er zweifellos mittlerweile alles Mögliche über sie.

»Ist da jemand drin?«, fragte Sanima scharf.

Marissa unterdrückte einen Fluch, sie musste wohl gerade laut geseufzt haben. Sie gab es auf, ihre Haare oder ihr Gesicht in Ordnung bringen zu wollen, und öffnete die Tür. Als sie heraustrat, senkten beide Frauen den Blick, was in diesem Augenblick ausnahmsweise eine gute Sache war. Ihr Haar sah aus wie ein Vogelnest.

»Sorgt euch nicht. Ich werde nichts verraten«, murmelte sie. Denn Sex besprach man niemals an einem öffentlichen Ort. Eigentlich auch nicht an einem privaten.

Die beiden verneigten sich pflichtgetreu, erwiderten aber nichts, während Marissa hinausging.

Sobald sie aus dem Damensalon trat, spürte sie noch mehr Blicke, die sich von ihr abwandten … besonders die der unverheirateten Männer mit ihren Zigarren hinten in der Ecke.

Gerade als sie dem Ball den Rücken zudrehte, fing sie Havers' Blick durch die Menge auf. Er nickte und lächelte traurig, als wüsste er, dass sie keine Sekunde länger bleiben konnte.

Mein über alles geliebter Bruder, dachte sie. Er hatte sie immer unterstützt, hatte nie den Anschein erweckt, sich für sie zu schämen. Allein schon ihrer gemeinsamen Eltern wegen hätte sie ihn geliebt; doch seiner Loyalität wegen betete sie ihn an.

Mit einem letzten Blick auf die *Glymera* in all ihrer Pracht verschwand sie auf ihr Zimmer. Sie duschte rasch, zog sich dann ein schlichteres, bodenlanges Kleid und Schuhe mit flachen Absätzen an und stieg die Hintertreppe hinunter.

Unberührt und ungeliebt, damit konnte sie leben. Wenn das das Schicksal war, dass die Jungfrau der Schrift ihr zugedacht hatte, dann sei es so. Es gab schlechtere Leben zu führen; und in Anbetracht all dessen, was sie besaß, zu beklagen, was ihr fehlte, wäre eintönig und selbstsüchtig.

Womit sie jedoch nicht umgehen konnte, war, nutzlos zu sein. Sie dankte der Jungfrau, dass sie ihren festen Platz im Rat der *Princeps* innehatte und dass ihr der Sitz kraft ihrer Blutlinie garantiert war. Doch darüber hinaus gab es noch einen anderen Weg, die Welt zum Besseren zu gestalten.

Als sie einen Code eintippte und eine Stahltür öffnete, beneidete sie die Paare, die am anderen Ende des Hauses miteinander tanzten, und vermutlich würde sie das immer tun. Das aber war ihr nicht vorbestimmt.

Sie hatte andere Pfade zu beschreiten.

2

Butch verließ das *ZeroSum* um drei Uhr fünfundvierzig, und obwohl der Escalade hinter dem Gebäude geparkt war, ging er in die entgegengesetzte Richtung. Er brauchte Luft. Du lieber Himmel ... er brauchte Luft.

Mitte März war immer noch Winter hier im Norden des Bundesstaates New York, und die Nacht war kühlhauskalt. Sein Atem kondensierte zu kleinen weißen Wölkchen und wehte ihm über die Schulter. Die Kälte und die Einsamkeit taten ihm gut: Ihm war immer noch zu heiß und zu eng, obwohl er das verschwitzte Gedränge des Klubs hinter sich gelassen hatte.

Seine Ferragamos schlugen hart auf das Pflaster der Trade Street, die Absätze zermalmten das Salz und den Sand auf dem kleinen Betonstreifen zwischen den schmutzigen Schneehaufen. Im Hintergrund wummerte gedämpft die Musik aus den anderen Bars der Straße, obwohl bald Zapfenstreich sein würde.

Als er beim *McGrinder's* ankam, schlug er den Kragen

hoch und beschleunigte seinen Schritt. Diese Bluesbar mied er, weil die Jungs von der Polizeitruppe dort gern saßen und er sie nicht treffen wollte. Soweit seine ehemaligen Kollegen vom Caldwell Police Department informiert waren, hatte er sich einfach auf Nimmerwiedersehen aus dem Staub gemacht, und das konnten sie von ihm aus auch gern weiter glauben.

Nebenan lag das *Screamer's*, aus dem Hardcore-Rap donnerte, der das gesamte Gebäude in einen einzigen Subwoofer verwandelte. Als er ans andere Ende der Kneipe gelangte, blieb er stehen und ließ den Blick über die kleine Gasse schweifen, die seitlich an dem Laden vorbeiführte.

Hier hatte alles angefangen. Der Startschuss für seinen bizarren Trip in die Vampirwelt war im vergangenen Juli genau hier gegeben worden, mit seinen Ermittlungen zur Explosion einer Autobombe: ein in die Luft gesprengter BMW. Ein Mann war zu Asche verbrannt. Keinerlei Beweismaterial war übrig geblieben, außer ein paar Wurfsternen. Der Anschlag war extrem professionell ausgeführt worden – die Sorte Attentat, die eine Botschaft enthält. Und kurz danach waren die Leichen der Prostituierten hier in der Gegend aufgetaucht. Aufgeschlitzte Kehlen. Vollgeknallt mit Heroin. Noch mehr asiatische Kampfsportwaffen im Umkreis.

Er und sein Partner José de la Cruz waren davon ausgegangen, dass die Sprengladung Teil einer Revierfehde zwischen Zuhältern gewesen war und die toten Frauen aus Rache ermordet worden waren. Aber schon bald hatte er die Hintergründe erfahren. Darius, ein Mitglied der Bruderschaft der Black Dagger, war von den Feinden der Vampire getötet worden, von den *Lessern*. Und die Morde an den Prostituierten gehörten zur Strategie der Gesellschaft der *Lesser*, um zivile Vampire zu kidnappen und zu verhören.

Mann, damals hätte er niemals auch nur in Betracht gezogen, dass es Vampire überhaupt gab. Erst recht nicht, dass sie 90 000 Dollar teure BMWs fuhren. Oder so raffinierte Feinde hatten.

Butch fand genau die Stelle, an der der 650i damals hochgegangen war. Immer noch konnte man einen schwarzen Rußstreifen von der Hitze der Bombe an dem Gebäude erkennen. Er legte die Fingerspitzen auf die kalten Ziegel.

Hier hatte alles angefangen.

Jetzt fuhr ihm ein Windstoß unter den Mantel, hob den edlen Kaschmirstoff hoch, drang zu dem schicken Anzug darunter vor. Er ließ die Hand sinken und betrachtete seine Aufmachung. Der Überzieher war von Missoni, ungefähr fünf Riesen wert. Der Ralph-Lauren-Anzug drei Riesen. Die Schuhe gab es für geschenkte Siebenhundert. Die Manschettenknöpfe von Cartier hingegen bewegten sich im fünfstelligen Bereich. Die Uhr von Patek Philippe kostete fünfundzwanzig Riesen.

Die beiden Vierzig-Millimeter-Glocks unter seinen Achseln kosteten je zweitausend.

Das bedeutete, er hatte ... Hölle, ungefähr 44 000 Dollar an Klamotten und Waffen am Leib. Und das war nur die Spitze des Eisbergs. In seinem Zimmer auf dem Anwesen hatte er zwei komplette Schränke voll von dem Zeug. Nichts davon hatte er selbst gekauft. Für alles hatte die Bruderschaft geblecht.

Scheiße ... er trug Klamotten, die ihm nicht gehörten. Lebte in einem Haus und aß Lebensmittel und saß vor einem Plasmafernseher – und nichts davon war seins. Trank Scotch, den er nicht selbst bezahlte. Fuhr eine Spitzenkarre, die nicht sein Eigentum war. Und was tat er dafür? Nicht gerade viel. Jedes Mal, wenn es ernst wurde, hielten ihn die Brüder am Spielfeldrand.

Schritte ertönten am anderen Ende der Gasse, hämmernd, donnernd, immer näher kommend. Und es waren viele.

Butch drückte sich in den Schatten, knöpfte blitzschnell seinen Mantel und seine Anzugjacke auf, sodass er freien Zugang zu seinen Knarren hätte, falls es nötig würde. Er hatte nicht die Absicht, sich in anderer Leute Angelegenheiten einzumischen; aber er war auch nicht der Typ, der sich vornehm zurückhielt, wenn ein Unschuldiger in Bedrängnis war.

Offenbar war der Bulle in ihm noch nicht ganz tot.

Da die Seitenstraße nur zu einer Seite hin offen war, würden die Sprinter auf jeden Fall an ihm vorbeikommen. Um einem eventuellen Kreuzfeuer zu entgehen, drängte er sich dicht an einen Müllcontainer und wartete ab.

Ein junger Kerl schoss vorbei, Entsetzen im Blick, der ganze Körper zuckend vor Panik. Und dann ... wer hätte das gedacht: die beiden Schlägertypen, die ihm am Hintern klebten, hatten helle Haare. Groß wie Kleiderschränke. Rochen nach Talkum.

Lesser. Auf der Jagd nach Vampiren.

Butch umfasste eine seiner Glocks, drückte gleichzeitig die Kurzwahl von Vs Handy und nahm die Verfolgung auf. Im Laufen hörte er die Mailbox anspringen, also schob er sich das Telefon wieder in die Tasche.

Als er am Schauplatz ankam, standen die drei am Ende der Gasse, und es sah nicht gut aus. Jetzt, da die Jäger den Vampir in die Ecke gedrängt hatten, bewegten sie sich träge, kamen näher, wichen wieder zurück, lächelnd, spielerisch. Der junge Mann zitterte. Seine Augen waren so weit aufgerissen, dass das Weiße im Dunkeln leuchtete.

Butch legte die Waffe an. »Hallo, Blondchen, wie wär's, wenn ihr mir eure Hände zeigt?«

Die *Lesser* drehten ihm die Köpfe zu. Mann, das war, wie

von Scheinwerfern festgenagelt zu werden, vorausgesetzt, man war ein Reh, und das Gerät, das auf einen zukam, ein Zwölftonner. Diese untoten Dreckskerle waren pure Kraftpakete, ergänzt mit eiskalter Logik – eine gemeine Kombination, besonders in doppelter Ausführung.

»Das hier geht dich nichts an«, sagte der Linke.

»Das sagt mein Mitbewohner auch immer, aber weißt du, ich hab's nicht so mit Befehlen.«

Eins musste man den *Lessern* lassen: schlau waren sie. Der eine behielt ihn im Blick. Der andere ging auf den Vampir zu, der aussah, als wäre er viel zu verängstigt, um sich dematerialisieren zu können.

Das hier kann sich jederzeit zu einer Geiselnahme entwickeln, dachte Butch.

»Warum verpisst du dich nicht einfach?«, sagte der rechte Kerl. »Wäre besser für dich.«

»Kann schon sein. Aber schlechter für ihn.« Butch deutete mit dem Kopf auf den Vampir.

Eine eisige Brise wirbelte durch die Gasse, scheuchte verwaiste Zeitungsseiten und leere Plastiktüten auf. Butchs Nase juckte, und er schüttelte den Kopf. Er hasste diesen Geruch.

»Was ich schon immer mal wissen wollte«, sagte er, »die Sache mit dem Talkum – wie ertragt ihr *Lesser* das eigentlich?«

Die blassen Augen des Jägers musterten ihn von oben bis unten, als würde er nicht kapieren, warum der Kerl da vor ihm überhaupt dieses Wort kannte. Und dann ging plötzlich alles ganz schnell. Der eine *Lesser* schnappte sich den Vampir und zerrte ihn sich an die Brust. *Sag ich doch, Geiselnahme.* Im selben Moment stürzte sich der andere blitzschnell auf Butch.

So leicht ließ sich Butch allerdings nicht aus der Fassung bringen. Ruhig zielte er und schoss dem miesen Drecksack in die Brust. Ein gespenstisches Heulen drang aus der Kehle des *Lessers*, und er schlug auf den Boden auf wie ein Sandsack, völlig bewegungsunfähig.

Was nicht die normale Reaktion dieser Untoten war, wenn sie eine Kugel verpasst bekamen. Normalerweise schüttelten sie so etwas einfach ab, aber Butch benutzte dank der Bruderschaft Spezialmunition.

»Was zum Henker«, raunte der Jäger, der noch auf den Beinen war.

»Überraschung, Schwanzlutscher. Ich hab hier ganz besonderes Blei.«

Der *Lesser* fing sich wieder und zerrte den Vampir mit einem Arm um die Taille hoch, um ihn als Schutzschild vor sich zu halten.

Butch zielte auf die beiden. Verdammt noch mal. *Keine freie Bahn.* »Lass ihn gehen.«

Ein Pistolenlauf tauchte unter der Achsel der Geisel auf.

Butch machte einen Hechtsprung in einen Hauseingang, als die erste Kugel vom Asphalt abprallte. Gerade, als er in Deckung gehen wollte, raste ihm eine zweite durch den Oberschenkel.

Scheeeeiiiße, das tat weh. Sein Bein fühlte sich an, als würde ein rot glühender Zimmermannsnagel tief ins Fleisch gebohrt, und die Nische, in die er sich drückte, bot ungefähr so viel Schutz wie ein Laternenpfahl. Zudem suchte sich der *Lesser* bereits eine bessere Schussposition.

Butch griff sich eine leere Bierdose und schleuderte sie über die Straße. Als der Kopf des *Lesser* um die Schulter seines Opfers herumschnellte, um das Geräusch zu orten, feuerte Butch vier präzise Schüsse in einem Halbkreis um die beiden herum ab.

Der Vampir geriet in Panik, genau wie erwartet, und war dadurch schwer festzuhalten. Als er dem Griff des Jägers entkam, schoss Butch dem *Lesser* eine Kugel in die Schulter, die ihn ins Taumeln brachte. Er landete mit dem Gesicht zuerst auf dem Asphalt.

Super Schuss, aber der Untote bewegte sich noch, mit Sicherheit wäre er in ein oder zwei Minuten wieder auf den Füßen. Diese Spezialmunition war gut, aber die Wirkung hielt nicht ewig an, und es war eindeutig besser, die Brust zu treffen als einen Arm.

Und das war noch nicht alles. Mehr Probleme waren schon im Anmarsch.

Nun, da der Vampir frei war, hatte er angefangen zu schreien.

Butch humpelte zu ihm, fluchend vor Schmerz. Du meine Güte, dieser Bursche machte genug Krach, um eine ganze Polizeimannschaft auf den Plan zu rufen – und zwar aus New York.

Mit hartem Blick baute sich Butch unmittelbar vor dem Jungen auf. »Du musst jetzt aufhören zu schreien, okay? Hör mir zu. Du darfst nicht schreien.« Der Vampir stotterte, dann bekam er plötzlich keinen Ton mehr heraus, als wäre seinem Kehlkopfmotor der Sprit ausgegangen. »Sehr gut. Du musst jetzt zwei Dinge tun. Erstens musst du dich beruhigen, sodass du dich dematerialisieren kannst. Verstehst du mich? Amte langsam und tief – genau. So ist es brav. Und ich möchte, dass du dir die Augen zuhältst. Mach schon, zuhalten.«

»Woher weiß ich ...«

»Von Reden habe ich nichts gesagt. Schließ die Augen und halte sie dir zu. Und atme weiter. Alles wird gut, vorausgesetzt, du schaffst es, aus dieser Straße zu verschwinden.«

Als der Vampir sich mit bebenden Händen die Augen zuhielt, ging Butch zu dem anderen *Lesser*, der mit dem Gesicht auf dem Asphalt lag. Schwarzes Blut sickerte aus der Schulter und ein leises Stöhnen war zu hören.

Butch packte ihn an den Haaren, riss den Kopf hoch und

hielt den Lauf der Glock ganz nah an die Schädelbasis. Er drückte ab. Die Arme und Beine des Jägers zuckten noch kurz, als es ihm die obere Gesichtshälfte wegriss. Dann wurde sein Körper reglos.

Doch die Arbeit war noch nicht erledigt. Um wirklich tot zu sein, mussten diese Burschen ein Messer in die Brust gerammt bekommen. Und Butch hatte nichts Scharfes, Glänzendes bei sich.

Er zog das Handy aus der Tasche und drückte wieder die Kurzwahltaste, während er den Jäger mit einem Fuß auf den Rücken rollte. Während es bei V klingelte, durchsuchte Butch die Taschen des *Lesser*. Ein BlackBerry, eine Brieftasche ...«

»Verfluchte Scheiße«, keuchte Butch. Das Handy des Untoten war an, offenbar hatte er telefonisch um Unterstützung gebeten. Und durch die Leitung war schweres Atmen und das Geräusch von flatternden Kleidern zu hören, ein lautes und deutliches Zeichen dafür, dass die Verstärkung nicht mehr weit sein konnte.

Butch blickte zu dem Vampir hinüber, während er darauf wartete, dass V abhob. »Wie sieht's bei dir aus? Du wirkst ganz gelassen. Sehr ruhig und beherrscht.«

V, geh an das verdammte Telefon. V ...

Der Junge ließ die Hände sinken, sein Blick fiel auf den Jäger, dessen Stirn jetzt auf der Hausmauer klebte. »O ... gütige Jungfrau ...«

Butch stellte sich vor ihn. »Darüber mach dir mal keine Gedanken.«

Da zeigte der Vampir nach unten. »Und du wurdest angeschossen.«

»Ja, aber um mich brauchst du dir auch keine Sorgen zu machen. Du musst dich beruhigen und von hier verschwinden Mann.« *Verpiss dich endlich, Jungchen.*

Gerade als Vs Mailbox ansprang, hörte man schwere Stiefel, die donnernd die Straße hinabkamen. Butch steckte das Handy in die Hosentasche und lud seine Glock neu. Schluss jetzt mit dem Händchenhalten. »Dematerialisieren«, befahl er. *Jetzt sofort.*«

»Aber … aber …«

»Hau ab! Verflucht noch mal, beweg deinen Arsch hier weg oder du kommst in einer Kiste nach Hause!«

»Warum tust du das? Du bist nur ein Mensch …«

»Ich habe es so satt, das zu hören. Verzieh dich!«

Endlich schloss der Vampir die Augen, hauchte ein Wort in der Alten Sprache und verschwand.

Während das höllische Trampeln der *Lesser* immer lauter wurde, sah Butch sich nach einem Versteck um. Sein linker Schuh triefte von seinem eigenen Blut. Der schmale Hauseingang war seine einzige Chance. Fluchend presste er sich hinein und hielt Ausschau nach dem, was sich da auf ihn zubewegte.

»Ach du Scheiße …« Lieber Gott im Himmel … sie kamen zu sechst.

Vishous wusste, was als Nächstes passieren würde, und er legte keinen gesteigerten Wert darauf, zuzuschauen. Als ein heller weißer Lichtblitz die Nacht zum Tag machte, wandte er sich schnell ab und bohrte die Stiefel in den Boden. Und es gab auch keinen Grund, sich umzudrehen, als das laute Brüllen der Bestie durch die Nacht dröhnte. V kannte den Ablauf schon: Rhage hatte sich verwandelt, die Kreatur hatte sich befreit, und die *Lesser*, gegen die sie gekämpft hatten, wurden zum Abendessen. Im Prinzip das Übliche – außer ihrem derzeitigen Aufenthaltsort: dem Footballfeld der Caldwell High School.

Bulldogs vor! Hurra!

V lief die Treppe zu den Tribünen hinauf, bis ganz nach oben in den Bereich für die Cheerleader. Unten auf dem

Spielfeld schnappte sich die Bestie einen *Lesser*, schleuderte ihn hoch in die Luft und fing ihn mit den Zähnen wieder auf.

Vishous sah sich um. Der Mond war nicht zu sehen, was super war, aber um die Schule herum standen bestimmt etwa fünfundzwanzig Häuser. Und all die Menschen in den Bungalows und den Doppelhaushälften waren gerade sicher von einem Blitz mit der Helligkeit einer Atombombenexplosion aufgewacht.

V fluchte unterdrückt und zog sich den bleigefütterten Handschuh von der rechten Hand. Den Blick fest auf das Spielfeld gerichtet, konzentrierte V sich auf seinen Herzschlag, spürte das Pumpen in seinen Venen, fühlte den Puls, den Puls, den Puls …

Sanfte Wellen strömten aus seiner Handfläche, liefen über die Tätowierungen, die auf beiden Seiten von seinen Fingerspitzen bis zum Handgelenk reichten. Die Wogen ähnelten Hitzewellen, die vom Asphalt aufsteigen. Genau als die ersten Verandalichter aufleuchteten und Haustüren geöffnet wurden und besorgte Väter die Köpfe aus ihren Eigenheimen steckten, begann die Verhüllung des *Mhis* zu wirken: Die Geräusche und Szenerie des Kampfes auf dem Spielfeld wurde durch die völlig alltägliche Illusion ersetzt, dass alles gut und in bester Ordnung war.

Von der Tribüne aus beobachtete V dank seiner hervorragenden Nachtsicht die Menschen, die sich umsahen und einander zuwinkten. Als einer lächelnd die Achseln zuckte, konnte V sich ihr Gespräch lebhaft vorstellen.

Hey, Bob, hast du das gerade auch gesehen?

Ja, Gary. Wahnsinnslicht. Irre hell.

Sollen wir die Polizei rufen?

Sieht aber doch alles ganz normal aus.

Stimmt. Komisch. Hey, haben du und Marilyn und die Kids am Samstag Zeit? Wir könnten vielleicht zusammen ins Einkaufszentrum gehen und danach Pizza essen.

Super Idee. Ich frage mal Sue. Gute Nacht.
Gute Nacht.

Während sich die Türen wieder schlossen und die beiden Männer zweifelsohne zum Kühlschrank schlurften, um sich noch einen kleinen Snack zu holen, hielt V die Verhüllung weiterhin aufrecht.

Die Bestie brauchte nicht lange. Und ließ nicht viel übrig. Als alles vorüber war, blickte sich der schuppige Drache um, und als er V entdeckte, rollte ein Knurren die Tribüne hinauf, das in einem Schnauben endete.

»Bist du so weit, Großer?«, rief V nach unten. »Nur zur Info, der Torpfosten da drüben würde sich hervorragend als Zahnstocher eignen.«

Noch ein Schnauben. Dann legte sich das Wesen auf den Boden, und Rhage erschien nackt an seiner Stelle auf dem schwarz durchtränkten Rasen. Sobald die Rückverwandlung vollendet war, trabte V die Stufen hinunter und lief über das Spielfeld.

»Mein Bruder?«, stöhnte Rhage, der zitternd im Schnee lag.

»Ja, Hollywood, ich bin's. Ich bringe dich jetzt heim zu Mary.«

»Ist nicht ganz so schlimm wie früher.«

»Gut.«

Jetzt schälte sich V aus seiner Lederjacke und breitete sie über Rhages Brust; danach zog er das Handy aus der Tasche. Zwei Anrufe von Butch waren eingegangen, und er rief sofort zurück. Er brauchte so schnell wie möglich einen Wagen, um Rhage nach Hause zu schaffen. Als niemand abhob, rief er in der Höhle an, erreichte dort aber nur den Anrufbeantworter.

Verflucht noch mal ... Phury war bei Havers, um sich seine Prothese neu anpassen zu lassen. Wrath konnte nicht Auto fahren, weil er blind war. Und Tohr hatte seit Monaten niemand gesehen. Das heißt, es blieb nur ... Zsadist. Nach einhundert Jahren Umgang mit diesem Vampirbruder konnte Vishous sich einen Fluch nur schwer verkneifen, als er seine Nummer aufrief. Z war nicht unbedingt das Idealbild eines Retters in der Not; eher schon konnte man vor ihm selbst Angst bekommen. Aber welche andere Möglichkeit hatte er schon? Außerdem hatte sich der Bruder ein bisschen gebessert, seit er eine Partnerin gefunden hatte.

»Ja«, drang es knapp aus dem Handy.

»Hollywood hat mal wieder seinen inneren Godzilla rausgelassen. Ich brauche ein Auto.«

»Wo seid ihr?«

»Weston Road. Auf dem Footballfeld der Caldwell High School.«

»Bin in etwa zehn Minuten bei euch. Braucht ihr Verbandszeug?«

»Nein, wir sind beide intakt.«

»Alles klar. Dauert nicht lange.«

Die Verbindung war abgebrochen, und V betrachtete sein Telefon. Die Vorstellung, dass man sich auf diesen gruseligen Kerl verlassen konnte, war verblüffend. Das hätte er niemals kommen sehen ... nicht, dass er überhaupt noch etwas voraussah.

V legte seine gute Hand auf Rhages Schulter und blickte in den Himmel hinauf. Ein unendliches, unbegreifbares Universum umgab ihn, umgab sie alle, und zum allerersten Mal jagte ihm diese riesige Weite Angst ein. Andererseits flog er auch zum ersten Mal in seinem Leben ohne Sicherheitsnetz.

Seinen Visionen waren verschwunden. Diese Schnappschüsse der Zukunft, diese ätzenden, aufdringlichen Übertragungen des Kommenden, diese Bilder ohne Daten, die ihn fertigmachten, seit er denken konnte, waren einfach verschwunden. Genau wie seine Fähigkeit, in den

Geist anderer Leute einzudringen und ihre Gedanken zu lesen.

Er hatte sich immer gewünscht, allein in seinem Kopf zu sein. Wie paradox, dass er die Stille nun ohrenbetäubend fand.

»V? Alles okay?«

Blinzelnd blickte er auf Rhage herunter. Die makellose blonde Schönheit des Bruders war immer noch beeindruckend, trotz des ganzen *Lesser*-Blutes auf seinem Gesicht.

»Wir werden gleich abgeholt. Dann bringen wir dich heim zu deiner Mary.«

Rhage murmelte etwas, und V ließ ihn einfach gewähren. Der arme Kerl. So ein Fluch war kein Kindergeburtstag.

Zehn Minuten später bog Zsadist mit dem BMW seines Zwillingsbruders direkt auf das Spielfeld ein, durchpflügte einen schmutzigen Schneeklumpen und hinterließ darauf schlammige Reifenspuren. V war klar, dass sie die ledernen Rücksitze des M5 ruinieren würden; andererseits bekam Fritz, der unvergleichliche Butler, manchmal Flecken heraus, die seine Fähigkeiten beinahe unheimlich erscheinen ließen.

Zsadist stieg aus dem Wagen aus und kam um die Motorhaube herum. Nachdem er sich ein Jahrhundert lang freiwillig fast zu Tode gehungert hatte, wog er jetzt stolze hundertzwanzig Kilo bei knapp zwei Metern Größe. Die Narbe auf seinem Gesicht blieb auffällig, genau wie seine tätowierten Sklavenfesseln; aber dank seiner *Shellan* Bella waren seine Augen keine bodenlosen schwarzen Löcher voll blanken Hasses mehr. Zumindest meistens.

Ohne ein Wort zu sagen, schleppten die beiden Rhage zum Auto und wuchteten den massigen Körper auf den Rücksitz.

»Verpuffst du dich nach Hause?«, fragte Z, als er sich hinters Steuer setzte.

»Ja, aber erst muss ich hier bisschen aufräumen.« Was bedeutete, mit seiner Hand das überall verspritzte Blut der *Lesser* einer Feuerreinigung zu unterziehen.

»Soll ich auf dich warten?«

»Nein, bring unseren Jungen nach Hause. Mary wird sich so schnell wie möglich um ihn kümmern wollen.«

Mit einer raschen Kopfbewegung suchte Zsadist die Umgebung ab. »Ich warte.«

»Ehrlich, Z, kein Problem. Ich bleibe nicht lange hier.«

Zs zerstörte Lippe verzog sich leicht nach oben. »Wenn du nicht beim Haus bist, wenn ich dort ankomme, werde ich dich holen.«

Kurz darauf raste der BMW los, Schlamm und Schnee hinter sich aufwühlend.

Mannomann, Z war wirklich eine Hilfe.

Zehn Minuten später materialisierte sich V im Hof des Anwesens, genau als Zsadist mit Rhage vorfuhr. Während Z Hollywood ins Haus brachte, sah sich Vishous die geparkten Autos an. Wo zum Teufel war der Escalade? Butch müsste längst zurück sein.

V nahm sein Handy aus der Tasche und wählte. Es ging nur die Mailbox dran. »Hey, Kumpel. Ich bin zu Hause. Wo bist du, Bulle?«

Da die beiden einander ständig anriefen, wusste er, dass Butch sich schon bald melden würde. Vielleicht wurde der Bursche ja zum ersten Mal seit Beginn der Geschichtsschreibung in Sachen Sex aktiv? Es war höchste Zeit, dass der traurige Penner mal seine Besessenheit mit Marissa ad acta legte und sich ein bisschen Erleichterung verschaffte.

Apropos Erleichterung ... V musterte prüfend den Himmel. Ihm blieben noch etwa eineinhalb Stunden Dunkelheit, und er war wirklich verdammt zappelig. Etwas ging heute Nacht vor, aber ohne seine Visionen wusste er nicht, was es war. Und dieser Tabula-rasa-Zustand machte ihn schier wahnsinnig.

Wieder tippte er eine Nummer in sein Handy. Als das Klingeln aufhörte, wartete er nicht erst auf eine Begrüßung. »Du wirst dich jetzt sofort für mich bereit machen. Du wirst tragen, was ich für dich gekauft habe. Dein Haar wird zusammengebunden und dein Nacken frei sein.«

Die einzigen drei Worte, die ihn interessierten, kamen ohne jede Verzögerung: »Ja, mein *Lheage*«, sagte die Frauenstimme.

V legte auf und dematerialisierte sich.

3

Das *ZeroSum* lief in letzter Zeit ganz ausgezeichnet, dachte Rehvenge, während er das Gedränge betrachtete. Das Geld floss in Strömen. Es war ein Wachstum bei den Sportwetten zu verzeichnen. Die Besucherzahlen hatten einen neuen Höchststand erreicht. Wie lange betrieb er den Klub jetzt schon? Fünf, sechs Jahre? Und endlich reichte das Einkommen aus, um durchzuatmen. Selbstverständlich war das eine widerwärtige Art des Geldverdienens, mit dem Sex, den Drogen, dem Sprit und den Wetten. Aber er musste nun mal seine *Mahmen* unterhalten und bis vor Kurzem auch seine Schwester Bella. Und dann waren da noch die allgemeinen Unkosten für Erpressung, die er abdecken musste.

Geheimnisse zu bewahren konnte ganz schön teuer sein.

Rehv blickte auf, als die Tür zu seinem Büro geöffnet wurde. Seine Sicherheitschefin trat ein, und er konnte O'Neals Duft noch an ihr riechen. Er lächelte. Er behielt gerne Recht. »Danke, dass du dich um Butch gekümmert hast.«

Xhexs graue Augen wichen seinem Blick wie üblich nicht aus. »Wenn ich ihn nicht gewollt hätte, hätte ich es nicht getan.«

»Und ich hätte dich auch nicht darum gebeten, wenn ich das nicht gewusst hätte. Also, wie sieht's draußen aus?«

Sie setzte sich ihm gegenüber an den Schreibtisch, ihr kraftvoller Körper so hart wie der Marmor, auf den sie die Ellbogen stützte. »Sex im Männerklo auf dem Zwischengeschoss. Leider nicht einvernehmlich Ich habe mich darum gekümmert. Die Frau wird Anzeige erstatten.«

»Konnte der Kerl noch laufen, nachdem du mit ihm fertig warst?«

»Ja, aber er trug ein neues Paar Ohrringe, wenn du verstehst, was ich meine. Außerdem habe ich zwei Minderjährige entdeckt und rausgeschmissen. Und einer der Türsteher hat sich bestechen lassen, also habe ich ihn gefeuert.«

»Sonst noch was?«

»Wir hatten wieder eine Überdosis.«

»Scheiße. Bestimmt nicht unser Produkt, oder?«

»Nein. Müll von draußen.« Sie zog eine kleine Zellophantüte aus der Gesäßtasche ihrer Lederhose und warf sie auf den Schreibtisch. Ich konnte das hier beiseiteschaffen, bevor die Sanis hier waren. Ich werde ein paar Extraleute einstellen, um sich um die Angelegenheit zu kümmern.«

»Gut. Und wenn du den verantwortlichen Freischaffenden auftreibst, schaff seinen Arsch zu mir. Ich will mich der Sache persönlich annehmen.«

»Geht klar.«

»Hast du sonst noch was für mich?«

In der folgenden Stille beugte sich Xhex nach vorn und verschränkte die Hände ineinander. Ihr ganzer Körper bestand nur aus Muskeln, nichts als harte Kanten, außer ihren hohen, kleinen Brüsten. Sie hatte eine herrlich androgyne

Ausstrahlung, obwohl sie durch und durch eine echte Frau war, soweit er gehört hatte.

Der Bulle sollte sich glücklich schätzen, dachte er. Xhex hatte nicht so häufig Sex, und wenn, dann nur, wenn sie den Mann für würdig befand.

Außerdem vergeudete sie keine Zeit. Normalerweise.

»Xhex, spuck's aus.«

»Ich möchte etwas wissen.«

Rehv lehnte sich im Stuhl zurück. »Wird mich die Frage sauer machen?«

»Ja. Suchst du eine Partnerin?«

Als seine Augen anfingen, violett zu leuchten, senkte er das Kinn und sah sie unter seinen Wimpern hervor an. »Wer sagt das? Ich will den Namen wissen.«

»Logische Schlussfolgerung, kein Klatsch. Laut GPS-Berichten war dein Bentley in letzter Zeit oft bei Havers. Zufällig weiß ich, dass Marissa nicht gebunden ist. Sie ist wunderschön. Kompliziert. Aber dir war die *Glymera* ja schon immer egal. Spielst du mit dem Gedanken, dich mit ihr zu vereinigen?«

»Überhaupt nicht«, log er.

»Gut.« Als Xhexs Blick sich in ihn hineinbohrte, war offensichtlich, dass sie ihn durchschaute. »Denn das wäre reiner Wahnsinn. Sie würde die Wahrheit über dich erfahren – und ich spreche jetzt nicht von dem Laden hier. Sie ist ein Mitglied des *Princeps*-Rats, um Himmels willen. Wenn sie wüsste, dass du ein *Symphath* bist, würde das uns beiden schaden.«

Rehv erhob sich und umfasste seinen Stock. »Die Bruderschaft weiß bereits über mich Bescheid.«

»Woher?«, flüsterte Xhex entgeistert.

Er dachte an die kleine Knabberepisode zwischen ihm und einem dieser Brüder, Phury, und beschloss, diese Information lieber für sich zu behalten. »Sie wissen es eben.

Und jetzt, wo meine Schwester sich mit einem von ihnen vereinigt hat, bin ich ein verdammtes Mitglied der Familie. Also selbst wenn der *Princeps*-Rat es herausfinden sollte, könnten die Krieger ihn normalerweise auf Abstand halten.«

Zu schade, dass sein Erpresser sich nicht an die Verhaltensregeln des Normalen hielt. Symphathen, so hatte er erfahren müssen, gaben miese Feinde ab. Kein Wunder, dass seine Art so verhasst war.

»Bist du dir da ganz sicher?«, fragte Xhex.

»Es würde Bella umbringen, wenn ich in eine dieser Kolonien geschickt würde. Glaubst du, ihr *Hellren* wäre begeistert, wenn sie sich derartig aufregen würde? Besonders jetzt, da sie schwanger ist? Z ist ein ausgesprochen böser Bursche, und er hütet sie wie seinen Augapfel. Also: Ja, ich bin mir ganz sicher.«

»Hatte sie niemals auch nur einen Verdacht, was dich betrifft?«

»Nein.« Und obwohl Zsadist Bescheid wusste, würde er es seiner Partnerin nicht erzählen. Keinesfalls würde er Bella in so eine Lage bringen. Laut Gesetz war man unter Strafandrohung verpflichtet, einen Symphathen zu melden.

Rehv kam um den Schreibtisch herum; da nur Xhex anwesend war, stützte er sich schwer auf seinen Stock. Das Dopamin, das er sich regelmäßig spritzte, hielt die schlimmsten der Symphath-Triebe in Schach und ermöglichte ihm dadurch, als normal durchzugehen. Er war sich nicht sicher, wie Xhex das anstellte. War sich nicht sicher, ob er es überhaupt wissen wollte. Aber klar war, dass er den Stock brauchte, um nicht hinzufallen, wenn sein Tastsinn unterdrückt war. Räumliches Sehen allein half einem auch nicht weiter, wenn man seine Füße und Beine nicht spürte.

»Mach dir keine Sorgen«, sagte er zu ihr. »Niemand weiß, was wir beide sind. Und so wird es auch bleiben.«

Graue Augen blickten ihn direkt an. »Nährst du sie, Rehv.« Keine Frage, eine Forderung. »Nährst du Marissa?«

»Das ist meine Sache, das geht dich nichts an.«

Sie schoss hoch. »Gott verdammt – wir waren uns einig. Vor fünfundzwanzig Jahren, als ich mein kleines Problemchen hatte, waren wir uns einig. Keine Partner. Kein Nähren von Normalen. Was zum Teufel tust du nur?«

»Ich habe alles unter Kontrolle, und diese Unterhaltung ist beendet.« Er sah auf die Uhr. »Und sieh mal einer an, wir schließen jetzt, und du brauchst eine Pause. Die Mauren können abschließen.«

Einen Moment lang funkelte sie ihn an. »Ich gehe erst, wenn der Job erledigt ist …«

»Ich sagte, du sollst nach Hause gehen, ich wollte nicht nett sein. Wir sehen uns morgen Nacht.«

»Nimm's mir nicht übel, aber leck mich, Rehvenge.«

Sie stapfte zur Tür, jede ihrer Bewegungen verriet unmissverständlich, dass sie eine Killerin war. Was ihn daran erinnerte, dass dieser Securitykrempel, den sie für ihn erledigte, nichts im Vergleich zu dem war, wozu sie eigentlich fähig war.

»Xhex«, sagte er. »Vielleicht lagen wir falsch, was die Partner angeht.«

Ihr Blick über die Schulter fragte ganz deutlich: *Spinnst du total?* »Du setzt dir zwei Spritzen am Tag. Glaubst du etwa, Marissa würde das nicht irgendwann auffallen? Mal abgesehen von dem winzigen Detail, dass du wegen des Neuromodulators, auf den du dich verlässt, zu ihrem Bruder, dem braven Arzt, gehen musst? Und was würde wohl eine Aristokratin wie sie zu all … dem hier sagen?« Sie machte eine raumgreifende Handbewegung. »Wir lagen nicht falsch. Du vergisst nur, warum wir alles so beschlossen haben.«

Die Tür fiel lautlos hinter ihr ins Schloss, und Rehv blickte an seinem tauben Körper herunter. Er sah Marissa vor sich, so rein und schön, so anders als die anderen Frauen um ihn herum, so anders als Xhex ... von der er sich nährte.

Er begehrte Marissa, war ein bisschen in sie verliebt. Und der Mann in ihm wollte beanspruchen, was ihm gehörte, obwohl seine Drogen ihn impotent machten. Wobei er natürlich auf keinen Fall verletzen würde, was er liebte, selbst wenn seine dunklen Seiten zum Vorschein kommen sollten. Oder?

Er dachte an sie, in ihren hübschen Haute-Couture-Kleidern, so sittsam, so vornehm, so ... sauber. Die *Glymera* hatte unrecht, was sie betraf. Sie war nicht defekt; sie war perfekt.

Er lächelte, und sein Körper wurde von einem Brennen überspült, das nur hammerharte Orgasmen löschen konnten. Es war bald wieder so weit, sie würde sich bald bei ihm melden. Ja, sie würde ihn wieder brauchen ... schon bald. Da sein Blut verdünnt war, musste sie sich mit erfreulicher Häufigkeit nähren, und das letzte Mal war schon fast drei Wochen her.

In wenigen Tagen würde sie ihn zu sich rufen. Und er konnte es kaum erwarten, ihr zu Diensten zu sein.

In den allerletzten Minuten vor der Dämmerung erreichte V das Anwesen der Bruderschaft und materialisierte sich direkt vor der Eingangstür des Pförtnerhäuschens. Er hatte gehofft, seine Art von Sex würde ihm Entspannung gewähren, aber nein, er stand immer noch vollkommen neben sich.

Er schritt durch den Eingangsbereich der Höhle und legte noch im Gehen die Waffen ab, völlig verspannt und absolut scharf auf eine Dusche. Er musste den Geruch der Vampirin loswerden. Eigentlich hätte er Hunger haben müssen; doch er sehnte sich nur nach einem ordentlichen Schluck Wodka.

»Butch, Kumpel!«, rief er laut.

Stille.

V ging zum Zimmer des Polizisten. »Hast du dich schon aufs Ohr gehauen?«

Er schob die Tür auf. Das riesige Bett war leer. War der Bulle vielleicht im Haupthaus bei den anderen?

Im Trab durchquerte V die Höhle und steckte den Kopf durch die Haustür. Ein schneller Rundblick um die auf dem Hof geparkten Autos, und sein Herz begann wie ein Trommelwirbel zu schlagen. Kein Escalade. Also war Butch nicht auf dem Gelände.

Im Osten wurde der Himmel allmählich hell, der Schein des anbrechenden Tages brannte V in den Augen. Also verkroch er sich wieder ins Haus und setzte sich vor seine Computer. Eilig gab er die Koordinaten ein und stellte fest, dass der Escalade hinter dem *Screamer's* parkte.

Was gut war. Zumindest hatte sich Butch nicht um einen Baumstamm gewickelt ...

V erstarrte. In Zeitlupe steckte er die Hand in seine Gesäßtasche, eine schreckliche Ahnung überfiel ihn, heiß und kribbelnd wie ein Ausschlag. Er klappte das Handy auf und rief seine Mailbox an. In der ersten Nachricht hörte man Butch nur auflegen.

Als die zweite Nachricht abgerufen wurde, fuhren die Stahlrollläden schon automatisch für den Tag herunter.

V runzelte die Stirn. Man hörte nur ein Zischen. Doch plötzlich ratterte es so laut, dass er den Hörer vom Ohr wegreißen musste.

Dann Butchs Stimme, hart, laut: *»Dematerialisieren. jetzt sofort.*

Eine ängstliche männliche Stimme ertönte: *»Aber ... aber ...«*

»Hau ab! Verflucht noch mal, beweg deinen Arsch hier weg ...«

Gedämpftes Flattern.

»*Warum tust du das? Du bist nur ein Mensch …*«
»*Ich habe es so satt, das zu hören. Verzieh dich!*«
Metallgeräusche, eine Waffe wurde nachgeladen.
Und Butchs Stimme sagte: »Ach du Scheiße …«
Dann brach die Hölle los. Schüsse, Grunzen, dumpfe Schläge.
V sprang so heftig auf, dass er den Stuhl umkippte, nur um festzustellen, dass das Tageslicht ihn eingesperrt hatte.

4

Das Erste, was Butch dachte, als er wieder zu sich kam, war, dass jemand mal diesen verfluchten Wasserhahn abdrehen musste. Tropf, tropf, tropf – das Geräusch war wirklich nervig.

Dann öffnete er ein Augenlid einen Spaltbreit und stellte fest, dass es sein eigenes Blut war, das zu Boden tropfte. *Ach … ja.* Er war geschlagen worden, und jetzt leckte er wie eine kaputte Dichtung.

Das war ein langer, langer, sehr schlimmer Tag gewesen. Wie viele Stunden war er befragt worden? Zwölf? Gefühlt waren es tausend.

Er versuchte, tief einzuatmen, doch einige seiner Rippen waren gebrochen, also entschied er sich doch lieber für den Sauerstoffmangel und gegen noch mehr Schmerzen. O Mann, dank der Aufmerksamkeiten seines Entführers tat ihm alles höllisch weh. Aber zumindest hatte der *Lesser* die Schusswunde abgedichtet.

Allerdings nur, damit er die Befragung länger hinziehen konnte.

Das Einzige, was ihn mit diesem Albtraum ein bisschen versöhnte, war, dass kein Wort über die Bruderschaft über seine Lippen gekommen war. Nicht eines. Nicht einmal, als der Vampirjäger sich mit seinen Fingernägeln und zwischen seinen Beinen beschäftigt hatte. Butch würde bald sterben, aber wenigstens könnte er Petrus, falls er in den Himmel käme, in dem Bewusstsein in die Augen sehen, dass er kein Verräter war.

Oder war er schon gestorben und in die Hölle gekommen? War das des Rätsels Lösung? In Anbetracht einiger Dinge, die er auf Erden so abgezogen hatte, würde ihm schon einleuchten, warum er eher in Satans Gästetrakt landen sollte. Andererseits – müsste sein Peiniger dann nicht Hörner haben, wie es sich für Dämonen gehörte?

Okay, jetzt ging seine Fantasie mit ihm durch.

Er öffnete die Augen noch ein bisschen weiter, es war vielleicht Zeit, die Realität von dem hirnzerfressenden Quatsch zu trennen. Er hatte so ein Gefühl, dass dies vermutlich seine letzte Chance auf Bewusstsein war, deshalb sollte er lieber etwas Vernünftiges damit anfangen.

Seine Sicht war verschwommen. Hände ... Füße ... ja, genau, er war angekettet. Und er lag immer noch auf etwas Hartem, einem Tisch. Der Raum war ... dunkel. Es roch nach Erde, also war er vermutlich in einem Keller. Die nackte Glühbirne beleuchtete ... aha, das Folterwerkzeug. Schaudernd wandte er den Blick von der Ansammlung scharfer Gegenstände ab.

Was war das für ein Geräusch? Ein dumpfes Brüllen. Lauter werdend. Und noch lauter.

Sobald es abbrach, ging oben eine Tür auf, und Butch hörte einen Mann mit gedämpfter Stimme sagen: »Meister.«

Leise Antworten. Undeutlich. Dann eine Unterhaltung, zu der ein Fußpaar auf und ab lief, was Staub durch die

Dielen nach unten rieseln ließ. Schließlich wurde eine weitere Tür quietschend geöffnet, und die Treppe neben ihm knarrte.

Butch brach kalter Schweiß aus, er senkte die Augenlider. Durch den schmalen Spalt zwischen seinen Wimpern hindurch beobachtete er, was da auf ihn zukam.

Vorne lief der *Lesser*, der ihn bearbeitet hatte, der Kerl von letztem Sommer, aus der Caldwell Martial Arts Academy – Joseph Xavier war sein Name, wenn Butch sich richtig erinnerte. Der Typ dahinter war von Kopf bis Fuß in einen leuchtend weißen Umhang gehüllt, auch Gesicht und Hände waren vollständig bedeckt. Sah aus wie eine Art Mönch oder Priester.

Nur, dass er bestimmt kein Mann Gottes war. Als Butch die Ausstrahlung dieser Gestalt aufnahm, bekam er keine Luft mehr vor Widerwillen. Was auch immer sich da unter dem Umhang verbarg, war die Essenz des Bösen, die Sorte Schlechtigkeit, die Serienkiller antreibt und Vergewaltiger und Mörder und Leute, die Spaß daran haben, ihre Kinder zu schlagen: Hass und Bosheit, destilliert und in menschliche Form gegossen.

Butchs Angst wuchs schlagartig. Mit Prügel konnte er umgehen; der Schmerz war gemein, aber es gab einen definierten Endpunkt, und zwar, wenn sein Herz zu schlagen aufhörte. Doch was auch immer sich da unter dem Umhang versteckte, verhieß Leid von biblischem Ausmaß. Woher er das wusste? Sein ganzer Körper rebellierte, seine Instinkte befahlen ihm wegzurennen, sich zu retten ... zu beten.

Worte kamen ihm in den Sinn, spazierten durch seinen Kopf. *Der Herr ist mein Hirte, mir wird nichts mangeln ...*

Das Haupt der verhüllten Gestalt drehte sich mit dem widerstandslosen Kreisen eines Eulenkopfes zu Butch herum.

Hektisch schloss er die Augen und betete den dreiundzwanzigsten Psalm herunter. Schneller ... er musste sich die Worte ins Gedächtnis rufen, schneller. *Er weidet mich auf einer grünen Aue und führet mich zum frischen Wasser ... Er erquicket meine Seele und führet mich auf rechter Straße um seines Namens willen ...*

»Ist das der Mann?« Die Stimme, die durch den Keller hallte, brachte Butch völlig aus dem Konzept, und er verlor den Faden: Sie war volltönend und hatte ein Echo, klang wie aus einem Science-Fiction-Film, mit unheimlicher Verzerrung.

»In seiner Waffe steckten die Kugeln der Bruderschaft.«

Zurück zum Psalm. Und schneller. *Genau, und ob ich schon wanderte im finsteren Tal, fürchte ich kein Unglück ...*

»Ich weiß, dass du wach bist, Mensch.« Die Echostimme bohrte sich direkt in Butchs Ohr. »Betrachte mich und erkenne den Meister deines Wächters.«

Butch schlug die Augen auf, wandte den Kopf und schluckte zwanghaft. Das Gesicht, das auf ihn herabblickte, war verdichtete Schwärze, ein zum Leben erwachter Schatten.

Omega.

Das Böse lachte kurz. »So, du weißt also, was ich bin?« Es richtete sich auf. »Hat er dir irgendetwas gesagt, Haupt-*Lesser*?«

»Ich bin noch nicht fertig.«

»Das heißt also *nein*. Und du hast ihn nicht geschont, wie man sieht, denn er ist dem Tode nahe. Ja, ich kann den Tod kommen fühlen. Er ist ganz nah.« Omega beugte sich wieder herunter und atmete die Luft über Butchs Körper ein. »Ja, er stirbt innerhalb einer Stunde. Vielleicht schneller.«

»Er wird so lange durchhalten, wie ich es will.«

»Nein, das wird er nicht.« Omega begann, den Tisch zu umkreisen, und Butchs Blick folgte ihm. Das Entsetzen wurde immer beklemmender, es verstärkte sich in der Zentrifugalkraft der Schritte des Bösen. Herum, herum, herum, immer im Kreis ... Der Ex-Cop zitterte so heftig, dass seine Zähne klapperten.

In der Sekunde, als Omega am hinteren Ende des Tisches stehen blieb, hörte das Zittern auf. Schattenhände erhoben sich, ergriffen die Kapuze des weißen Umhangs und zogen sie herunter. Die nackte Glühbirne flackerte, als würde ihre Helligkeit von der schwarzen Gestalt eingesaugt.

»Du lässt ihn gehen«, sagte Omega mit einer Stimme wie eine Welle, die durch die Luft abwechselnd gefiltert und verstärkt wurde. »Du lässt ihn aus dem Wald heraus. Du sagst den anderen, sie sollen sich von ihm fernhalten.«

Was?, dachte Butch.

»Was?«, fragte der Haupt-*Lesser*.

»Zu den Schwächen der Bruderschaft gehört eine unbedingte Loyalität, ist es nicht so? Ja, eine schon stupide Treue. Sie beanspruchen, was ihnen gehört. Das ist das Tier in ihnen.« Omega streckte die Hand aus. »Ein Messer, bitte. Ich beabsichtige, diesen Menschen zu einem nützlichen Werkzeug zu machen.«

»Gerade sagten Sie noch, er würde sterben.«

»Aber ich werde ihm ein wenig Leben geben, sozusagen. Wie auch ein Geschenk. *Messer.*«

Butch riss die Augen weit auf, als eine zwanzig Zentimeter lange Jagdklinge von einer Hand in die andere wanderte.

Omega legte eine Hand auf den Tisch und setzte die Klinge an der Fingerkuppe an. Ein Knacken ertönte, so als würde man frische Karotten schneiden.

Dann beugte Omega sich über Butch. »Wohin damit, wohin damit ...«

Als das Messer angehoben wurde und über Butchs Bauch schwebte, schrie er auf. Und er schrie immer noch, als die Klinge flach in seine Baudecke eindrang. Dann hob Omega das kleine Stück seiner selbst auf, die schwarze Fingerkuppe. Butch wehrte sich, er zerrte wie wahnsinnig an den Fesseln. Vor Grauen quollen seine Augen hervor, bis ihn der Druck auf die Sehnerven blind machte.

Omega schob die Fingerkuppe in Butchs Bauch, dann senkte er den Kopf und blies über den frischen Schnitt. Die Haut verheilte, das Fleisch schloss sich. Unmittelbar fühlte Butch die Fäulnis in sich, spürte das Böse sich winden, sich bewegen. Er hob den Kopf. Die Haut um den Schnitt herum verfärbte sich bereits grau.

Tränen schossen ihm in die Augen. Rannen über seine wunden Wangen.

»Lass ihn frei.«

Der Haupt-*Lesser* machte sich an den Ketten zu schaffen, doch als sie entfernt waren, stellte Butch fest, dass er sich nicht rühren konnte. Er war gelähmt.

»Ich werde ihn wegbringen«, erklärte Omega. »Und er wird überleben und seinen Weg zurück zur Bruderschaft finden.«

»Sie werden Euch spüren.«

»Vielleicht, aber sie werden ihn trotzdem zu sich nehmen.«

»Er wird es ihnen erzählen.«

»Nein, denn er wird sich nicht an mich erinnern.« Omegas Gesicht neigte sich zu Butch herunter. »Du wirst dich an überhaupt nichts erinnern.«

Als ihre Blicke sich trafen, konnte Butch die Verbundenheit zwischen ihnen fühlen, das Band spüren, das nun zwischen ihnen bestand. Er weinte um seiner selbst willen, doch mehr noch um die Bruderschaft. Sie würden ihn aufnehmen. Sie würden versuchen, ihm zu helfen, soweit sie es irgendwie vermochten.

Und so sicher wie das Böse in ihm war, würde er sie am Ende verraten.

Außer natürlich, Vishous oder die anderen Brüder würden ihn nicht finden. Wie sollten sie? Und ohne Kleider würde er sicher bald an Unterkühlung sterben.

Omega wischte ihm die Tränen von der Wange. Der feuchte Schimmer lag schillernd auf den durchsichtigen schwarzen Fingern, und Butch wollte zurück, was er verloren hatte. Keine Chance. Das Böse hob die Hand und ergötzte sich an Butchs Schmerz und Furcht, leckte ... saugte.

Die Verzweiflung vernebelte Butch das Gehirn, doch der Glaube, dem er einst abgeschworen hatte, spuckte eine weitere Zeile des Psalms aus: *Gutes und Barmherzigkeit werden mir folgen mein Leben lang, und ich werde bleiben im Hause des Herrn immerdar.*

Doch das ging jetzt nicht mehr, oder? Er hatte das Böse in sich, trug es unter seiner Haut.

Omega lächelte, obwohl Butch keine Ahnung hatte, woher er das wusste. »Ein Jammer, dass wir nicht mehr Zeit haben, da du in einem so empfindlichen Zustand bist. Aber du und ich werden in Zukunft noch mehr Gelegenheiten haben, uns besser kennenzulernen. Was ich für mich beanspruche, kommt zu mir zurück. Und jetzt schlaf.«

Als habe jemand einen Schalter umgelegt, schlief Butch ein.

»Beantworte verdammt noch mal die Frage, Vishous.«

V wandte den Blick im selben Moment von seinem König ab, als die Standuhr in der Ecke des Arbeitszimmers zu schlagen anfing. Nach vier Schlägen hörte sie auf, also war es vier Uhr nachmittags. Die Bruderschaft war schon den ganzen Tag in Wraths Kommandozentrale, tigerte durch den absurd eleganten Salon im Stil Ludwigs XIV, sättigte das zarte Ambiente des Raumes mit ihrer Wut.

»Vishous«, knurrte Wrath jetzt. »Ich warte. Wie willst du

Butch finden? Und warum hast du mir nicht früher etwas davon erzählt?«

Weil er gewusst hatte, dass es Probleme verursachen würde, und sie hatten schon mehr als genug Scheiß an der Backe.

Während V überlegte, was er darauf entgegnen konnte, musterte er seine Brüder. Phury saß auf der blassblauen Seidencouch vor dem Kamin, das Möbelstück wirkte im Vergleich zu ihm winzig. Sein mehrfarbiges Haar ging ihm schon wieder bis unters Kinn. Z stand hinter seinem Zwillingsbruder an den Kaminsims gelehnt, die Augen wieder schwarz, weil er so aufgebracht war. Rhage stand an der Tür, das wunderschöne Gesicht zu einem gemeinen Ausdruck verzogen, die Schultern zuckend, als wäre die Bestie in ihm genauso stinksauer.

Und dann war da noch Wrath. Bedrohlich saß er hinter seinem zierlichen Schreibtisch, mit unbarmherziger Miene, die schwachen Augen hinter einer Panoramasonnenbrille mit schwarzem Rand verborgen. Seine schweren Unterarme, deren Innenseiten mit Tätowierungen geschmückt waren, die seine reinblütige Abstammung anzeigten, ruhten auf einer mit Gold geprägten Mappe. Dass Tohr nicht dabei war, empfanden alle von ihnen als klaffende Wunde.

»V? Los, beantworte meine Frage, sonst muss ich es aus dir rausprügeln.«

»Ich weiß eben einfach, wie ich ihn finden kann.«

»Was verheimlichst du uns?«

V ging hinüber zur Bar, goss sich einen kräftigen Schluck Wodka ein und kippte ihn in einem Zug herunter. Er seufzte, dann ließ er die Bombe platzen.

»Ich habe ihn genährt.«

Mehrstimmiges, ungläubiges Keuchen waberte durch den Raum. Als Wrath fassungslos aufstand, goss sich V noch eine Portion Wodka ein.

»Du hast *was*?« Das letzte Wort wurde gebrüllt.

»Ich habe ihn von mir trinken lassen.«

»Vishous ...« Wrath marschierte um den Schreibtisch herum. Seine schweren Stiefel knallten auf den Boden wie Felsbrocken. Der König baute sich so dicht vor ihm auf, dass sich ihre Gesichter beinah berührten. »Er ist ein *Mann*. Ein *Mensch*. Was zum Teufel hast du dir dabei gedacht?«

V leerte das Glas und schüttete sich Nummer drei ein. »Durch das Blut, das ich ihm gegeben habe, kann ich ihn finden, und deshalb habe ich ihn trinken lassen. Ich habe gesehen ... dass ich es tun soll. Also habe ich es getan, und ich würde es jederzeit wieder tun.«

Wrath wandte sich ab und wanderte im Zimmer auf und ab, die Hände zu Fäusten geballt. Der Rest der Bruderschaft sah dem Frustmarsch ihres Chefs neugierig zu.

»Ich habe getan, was ich musste«, fauchte V und setzte das Glas an.

Vor einem der riesigen Fenster hielt Wrath an. Noch waren die Rollläden für den Tag heruntergelassen, kein Licht drang hindurch. »Hat er von deiner Vene getrunken?«

»Nein.«

Einige der Brüder räusperten sich, als wollten sie ihn dazu drängen, ehrlich zu sein.

V fluchte und goss sich noch einen Schnaps ein. »Du lieber Himmel, so ist das nicht mit ihm. Ich habe ihm etwas Blut in ein Glas geschüttet. Er wusste nicht, was er da trank.«

»Scheiße, V«, murmelte Wrath, »damit hättest du ihn umbringen können ...«

»Das war vor drei Monaten. Er hat es überstanden, also ist doch eigentlich nichts passiert ...«

Wraths Stimme donnerte plötzlich so laut wie ein Luftangriff über sie hinweg. »Du hast gegen das Gesetz verstoßen!

Einen Menschen zu nähren, bei der Jungfrau! Was soll ich denn jetzt machen?«

»Wenn du mich der Jungfrau der Schrift übergeben willst, werde ich bereitwillig gehen. Aber eins muss klar sein. Zuerst werde ich Butch finden und nach Hause bringen, tot oder lebendig.«

Wrath schob seine Sonnenbrille hoch und rieb sich die Augen, eine Geste, die er sich in letzter Zeit angewöhnt hatte, wenn ihm die Bürde, König zu sein, zu schwer wurde. »Wenn er befragt wurde, hat er vielleicht geredet. Wir könnten in Gefahr geraten.«

V sah in sein Glas und schüttelte langsam den Kopf. »Er würde eher sterben, als uns aufzugeben. Das garantiere ich euch.« Er schluckte den Wodka und spürte, wie er brennend seine Kehle hinunterlief. »Er ist mein Freund, und ich verlasse mich auf ihn.«

5

Rehvenge hatte kein bisschen überrascht gewirkt, als sie ihn angerufen hatte, dachte Marissa. Andererseits hatte er sie schon immer auf eine unheimliche Art und Weise durchschauen können.

Ihren schwarzen Umhang zusammenraffend trat sie durch die Hintertür des Hauses ihres Bruders. Die Nacht war eben erst angebrochen, und sie zitterte, allerdings nicht wegen der Kälte. Es lag an diesem grauenhaften Traum, den sie tagsüber gehabt hatte. Sie war geflogen, über die Landschaft, über einen gefrorenen Teich, der von Kiefern gesäumt wurde, dann weiter an einem Ring von Bäumen vorbei, bis sie schließlich langsamer geworden war und nach unten gespäht hatte. Dort, auf dem verschneiten Boden, zusammengerollt und blutend, hatte sie … Butch entdeckt.

Der Drang, die Bruderschaft anzurufen, verließ sie ebenso wenig wie die Bilder des Alptraums. Aber wie albern würde sie sich vorkommen, wenn die Brüder genervt zurückriefen, bloß um ihr mitzuteilen, dass mit Butch alles völlig in Ordnung war? Wahrscheinlich würden sie denken, dass sie ihm nachstieg. Aber dennoch ... diese Vision von ihm war eine Heimsuchung, wie er blutend auf der weißen Erde lag, hilflos zusammengekauert wie ein Embryo.

Es war doch nur ein Traum. Lediglich ... ein Traum.

Sie schloss die Augen, zwang sich zu äußerlicher Gelassenheit und dematerialisierte sich. Ihr Ziel war die Stadt, eine Penthouseterrasse im dreißigsten Stock. Sobald sie wieder Gestalt annahm, schob Rehvenge eine der sechs Glastüren auf.

Sofort runzelte er die Stirn. »Du bist beunruhigt.«

Mühsam brachte sie ein Lächeln zustande, während sie auf ihn zuging. »Du weißt doch, dass ich mich immer etwas unbehaglich fühle.«

Er deutete mit seinem gravierten Stock auf sie. »Nein, heute ist es anders.«

Noch nie hatte sie jemanden gekannt, der ihre Gefühle so gut zu lesen verstand. »Es geht schon.«

Als er sie am Ellbogen fasste und ins Zimmer zog, wurde sie von einer tropischen Wärme umhüllt. Bei Rehv war es immer warm, und trotzdem behielt er den bodenlangen Zobelmantel stets so lange an, bis sie bei der Couch ankamen. Sie hatte keine Ahnung, wie er diese Hitze aushielt, aber er schien förmlich danach zu lechzen.

Jetzt schloss er die Schiebetür. »Marissa, ich möchte wissen, was los ist.«

»Nichts, ehrlich.«

Mit einer Drehung legte sie den Umhang ab und drapierte ihn auf einem Chromstuhl. Drei Seiten des Penthouses wurden von Glasfronten eingenommen, und der ausgedehnte Blick über Caldwell zeigte die schimmernden Lichter der Innenstadt, die dunkle Biegung des Hudson River, und die Sterne, die über allem leuchteten. Doch im Gegensatz zu der glitzernden Landschaft vor den Fenstern war die Inneneinrichtung minimalistisch, viel Ebenholz und cremeweiße Eleganz. Elegant wie Rehv selbst, mit seinem schwarzen Irokesenschnitt, der goldenen Haut und den perfekten Kleidern.

Unter anderen Umständen hätte sie das Penthouse begeistert.

Unter anderen Umständen wäre sie vielleicht auch von dem Besitzer begeistert gewesen.

Rehvs violette Augen verengten sich, er stützte sich auf seinen Stock und kam auf sie zu. Er war sehr groß, hatte eine Statur wie ein Mitglied der Bruderschaft. Doch jetzt wirkte er finster, das attraktive Gesicht hatte einen harten Ausdruck angenommen. »Lüg mich nicht an.«

Sie musste lächeln. Vampire wie er neigten zu einem ausgeprägten Beschützerinstinkt, und wenn auch sie beide nicht miteinander vereint waren, so überraschte es sie doch nicht, dass er bereitwillig um ihretwillen kämpfen würde. »Ich hatte nur einen verstörenden Traum heute Morgen, der mich noch nicht ganz losgelassen hat. Das ist alles.«

Er musterte sie, und in ihr stieg ein merkwürdiges Gefühl auf, so als erforsche er sie, erkunde ihr Inneres, ihre Emotionen.

»Gib mir deine Hand«, forderte er sie auf.

Ohne zu zögern, gehorchte sie. Immerhin befolgte er die Gepflogenheiten der *Glymera*, und er hatte sie noch nicht so begrüßt, wie es der Brauch erforderte. Doch als ihre Handflächen sich berührten, strich er ihr nicht mit den Lippen über die Fingerknöchel, sondern er legte ihr den Daumen auf das Handgelenk und drückte sanft zu. Dann etwas fester. Plötzlich, als hätte er eine Art Ablauf geöffnet, flossen ihre Ängste und ihre Sorgen durch ihren Arm hinaus zu ihm, herausgezogen durch die bloße Berührung.

»Rehvenge?«, flüsterte sie zaghaft.

Sobald er sie wieder losließ, kehrten die Gefühle zurück, wie in eine Quelle, die nicht länger angezapft wird.

»Heute Abend wirst du nicht bei mir sein können.«

Sie errötete und rieb sich die Haut dort, wo er sie berührt hatte. »Natürlich werde ich ... es ist Zeit.«

Um einen Anfang zu machen, ging sie zu dem schwarzen Ledersofa, das sie normalerweise benutzten, und stellte sich daneben. Einen Moment später kam Rehvenge zu ihr herüber, zog seinen Zobelmantel aus und breitete ihn glatt aus, damit sie sich daraufliegen konnten. Dann knöpfte er seine schwarze Anzugjacke auf und streifte sie ebenfalls ab. Die Finger öffneten das feine Seidenhemd, das sehr weiß wirkte, und entblößten die breite, haarlose Brust. Auf den Brustmuskeln trug er Tätowierungen, zwei fünfzackige Sterne in roter Tinte. Auf dem muskulösen Bauch befanden sich noch mehr Muster.

Als er sich hinsetzte, spannten sich seine Muskeln an. Sein leuchtender Amethystblick nahm sie gefangen, genau wie seine Hand, als er den Arm ausstreckte und den Zeigefinger krümmte. »Komm her, *Tahlly*. Ich habe, was du brauchst.«

Sie hob den Rock ihrer Robe etwas an und kletterte zwischen seine Beine. Rehv bestand immer darauf, dass sie an seinem Hals trank, doch alle drei Male, die sie das bisher getan hatte, war er nicht einmal erregt gewesen. Was sie zwar erleichterte, aber auch ungute Erinnerungen weckte. Auch Wrath hatte nie eine Erektion gehabt, wenn er in ihrer Nähe war.

Als ihr Blick hinunter auf Rehvs glatte, männliche Haut fiel, traf sie der unterdrückte Hunger, den sie seit einigen Tagen verspürte, heftig. Sie legte ihm die Handflächen auf die Brust und beugte sich über ihn. Er schloss die Augen, neigte das Kinn zur Seite und strich ihr mit den Händen über die Arme. Ein leises Stöhnen kam über seine Lippen, was immer geschah, kurz bevor sie zubiss. Normalerweise hätte sie gesagt, das sei Vorfreude, aber sie wusste, dass das nicht stimmen konnte. Sein Körper reagierte nicht auf sie, und sie konnte sich nicht vorstellen, dass es ihm so gut gefiel, benutzt zu werden.

Sie öffnete den Mund, die Fänge verlängerten sich, fuhren aus dem Oberkiefer herab. Sie senkte den Kopf und ...

Das Bild von Butch im Schnee ließ sie erstarren, sie musste den Kopf schütteln, um sich wieder auf Rehvs Hals und ihren Hunger zu konzentrieren.

Trink, mahnte sie sich. *Nimm, was er dir anbietet.*

Wieder versuchte sie es, nur um mit dem Mund an seinem Hals innezuhalten. Frustriert kniff sie die Augen zu. Rehv legte ihr die Hand unter das Kinn und hob es an.

»Wer ist es, *Tahlly?*« Sein Daumen strich ihr über die Unterlippe. »Wer ist es, den du liebst, aber der dich nicht nährt? Und ich wäre sehr gekränkt, wenn du es mir nicht erzählen würdest«

»Ach, Rehvenge ... es ist niemand, den du kennst.«

»Er ist ein Dummkopf.«

»Nein. Ich bin der Dummkopf.«

Völlig unerwartet zog Rehv sie an seinen Mund. Sie war so geschockt, dass sie nach Luft schnappte. In einem erotischen Vorstoß drang seine Zunge in sie ein. Er küsste sie geübt, seine Bewegungen waren weich und geschmeidig. Sie spürte keine Erregung, aber sie konnte sich vorstellen, was für ein Liebhaber er wäre: dominant, kraftvoll ... gründlich.

Als sie gegen seine Brust drückte, gab er nach.

Als er sich zurücklehnte, leuchteten seine Amethystaugen. Ein wunderschönes violettes Licht strömte aus ihnen, und strömte in sie hinein. Obwohl sie in seiner Lendengegend keine Erektion spürte, sagte ihr doch das Beben, das durch seinen großen, muskulösen Körper lief, dass er ein

Mann war, der Sex im Kopf und im Blut hatte – und dass er in sie eindringen wollte.

»Du siehst überrascht aus«, sagte er.

In Anbetracht der Art und Weise, wie die meisten Männer sie ansahen, war sie das auch. »Das kam unerwartet. Besonders, weil ich dachte, du kannst nicht ...«

»Ich bin in der Lage, mich mit einer Frau zu vereinigen.« Seine Lider senkten sich, und einen Augenblick lang wirkte er Furcht einflößend. »Unter bestimmten Umständen.«

Aus dem Nichts schob sich ein schockierendes Bild vor ihr geistiges Auge: Sie lag nackt auf einem Bett, unter sich eine Zobeldecke und über sich Rehv, nackt und voll erigiert, wie er ihre Beine mit seinen Hüften auseinanderdrückte. An der Innenseite ihres Schenkels war eine Bisswunde, als hätte er sich dort von ihrer Vene genährt.

Als sie hörbar die Luft einsaugte und sich die Hände vor die Augen legte, verschwand das Bild, und er murmelte: »Verzeih mir, *Tahlly*. Ich fürchte, meine Fantasien sind ziemlich stark ausgeprägt. Aber keine Sorge, wie können sie einfach in meinem Kopf einsperren.«

»Gütige Jungfrau, Rehvenge, ich hatte ja keine Ahnung. Und vielleicht, wenn die Dinge anders lägen ...«

»Ist schon okay.« Er betrachtete ihr Gesicht, dann schüttelte er den Kopf. »Ich würde wirklich gerne deinen Partner kennenlernen.«

»Das ist ja das Problem. Er ist nicht mein Partner.«

»Dann ist er ein Dummkopf, wie ich schon sagte.« Rehv berührte ihr Haar. »Und obwohl du so durstig bist, müssen wir das Trinken auf ein anderes Mal verschieben, *Tahlly*. Dein Herz würde es heute Nacht nicht zulassen.«

Sie schob sich von ihm weg und stand auf, ihr Blick wanderte durch die Fenster auf die leuchtende Stadt. Sie fragte sich, wo Butch wohl war und was er machte, dann sah sie wieder zu Rehv. Sie wollte wirklich gerne wissen, warum sie sich von ihm nicht angezogen fühlte. Er war auf Kriegerart wunderschön – stark, dickblütig, mächtig ... besonders jetzt gerade, wo sein wuchtiger Körper ausgestreckt auf dem Sofa lag, die Beine in unverhohlen einladender Pose gespreizt.

»Ich wünschte, ich würde dich wollen, Rehv.«

Er lachte trocken. »Komisch, ich weiß ganz genau, was du meinst.«

V trat aus der Eingangshalle des großen Hauses hinaus in den Hof. Im Windschatten der hoch aufragenden Mauern sandte er seine Sinne hinaus in die Nacht, ein Radar auf der Suche nach einem Signal.

»Du gehst auf keinen Fall allein«, knurrte Rhage ihm ins Ohr. »Du findest den Ort, an dem sie ihn festhalten, und dann rufst du uns.«

Als V nicht reagierte, packte ihn Rhage am Nacken und schüttelte ihn wie eine Stoffpuppe. Trotz des Umstands, dass er massige zwei Meter groß war.

Jetzt schob der Bruder sein Gesicht direkt vor seins, mit strenger Miene. »Vishous. Hast du mich gehört?«

»Ja, ist ja gut.« V schob den anderen Vampir von sich weg, nur um festzustellen, dass sie nicht allein waren. Die gesamte Bruderschaft wartete schon, bewaffnet und wütend, eine geladene Kanone. Doch durch den Nebel all ihrer Aggression hindurch sah er, dass sie ihn besorgt musterten. Ihre Sorge machte ihn wahnsinnig, also wandte er sich ab.

Er sammelte sich und tastete sich im Geist durch die Nacht, forschte nach dem kleinen Echo seines Ichs in Butchs Körper. Die Dunkelheit durchdringend suchte er Felder ab und Berge, gefrorene Seen und rauschende Flüsse ... hinaus ... hinaus ... hinaus ...

O mein Gott.

Butch war noch am Leben. Aber nur ganz knapp. Und

er war ... nordöstlich. Zwanzig, vielleicht fünfundzwanzig Kilometer entfernt.

V zog seine Glock, woraufhin eine eiserne Hand seinen Arm umschloss. Rhage war wieder da. »Du legst dich nicht allein mit diesen *Lessern* an.«

»Ich hab's kapiert.«

»Schwör es«, bellte Rhage. Als wüsste er verdammt genau, dass V sich diejenigen, die Butch gefangen hielten, allein vorknöpfen und die Brüder erst zum Saubermachen rufen wollte.

Doch das war eine persönliche Sache, hier ging es nicht nur um den Krieg zwischen den Vampiren und der Gesellschaft der *Lesser*. Diese untoten Scheißkerle hatten seinen – er konnte selbst nicht ganz genau sagen, was Butch für ihn war. Aber ihre Verbundenheit ging tiefer als alles, was er seit langer Zeit erlebt hatte.

»Vishous ...«

»Ich rufe euch, wenn ich so weit bin.« Aus dem Griff seines Bruders heraus dematerialisierte sich Vishous.

Als lockere Ansammlung von Molekülen reiste er in die ländliche Umgebung von Caldwell, bis zu einem Wäldchen hinter einem noch gefrorenen Teich. Er tauchte etwa hundert Meter von dem Signal entfernt wieder auf, das er von Butch empfing, und machte sich sofort zum Kampf bereit.

Was ein großartiger Plan war, denn – gütige Jungfrau der Schrift – er konnte überall *Lesser* fühlen ...

V runzelte die Stirn und hielt den Atem an. Er drehte sich in einem Halbkreis herum, suchte mit Augen und Ohren, nicht mit dem Instinkt. Es waren keine Vampirjäger in der Nähe. Es war überhaupt nichts in der Nähe. Nicht einmal ein Schuppen oder eine Jagdhütte.

Unvermittelte erschauerte er. Doch, etwas war sehr wohl hier in diesem Wald – etwas Gewaltiges, eine verdichtete Substanz der Bosheit, ein Übel, das ihn unruhig machte.

Omega.
Als er den Kopf zu der furchtbaren Verdichtung herumwirbelte, hämmerte ihm ein eiskalter Windstoß ins Gesicht, so als wolle ihn Mutter Natur in die entgegengesetzte Richtung drängen.

Scheiße. Er musste seinen Mitbewohner hier rausholen.

V rannte in die Richtung, in der er Butch spüren konnte, seine Stiefel hinterließen tiefe Furchen in dem verkrusteten Schnee. Vor ihm leuchtete der Mond hell am Rande eines wolkenlosen Himmels, doch die Gegenwart des Bösen war so deutlich fühlbar, dass V den Weg auch mit verbundenen Augen gefunden hätte. Und Butch war nahe bei dieser Schwärze.

Fünfzig Meter weiter entdeckte V die Kojoten. Sie umrundeten etwas auf dem Boden, knurrten aber nicht, als hätten sie Hunger, sondern, als würde ihr Rudel bedroht.

Und was auch immer ihr Interesse geweckt hatte, war von solchem Ausmaß, dass sie Vs Anwesenheit überhaupt nicht bemerkten. Um sie zu zerstreuen, zielte er mit der Waffe in die Luft und schoss ein paar Mal. Die Kojoten liefen in alle Richtungen davon und ...

Schlitternd blieb V stehen. Beim Anblick dessen, was dort auf dem Boden lag, konnte er nicht schlucken. Sein Mund war völlig ausgetrocknet.

Butch lag auf der Seite im Schnee, nackt, zusammengeschlagen, das Gesicht geschwollen und blau. Er war über und über mit Blut bedeckt. Sein Oberschenkel war verbunden, doch die Wunde hatte durch den Verbandmull geblutet. Nichts von all dem war jedoch das Entsetzliche, das V gespürt hatte. Das Böse war überall um den Polizisten herum ... überall um ihn ... verdammt, *er* war der schwarze, ekelhafte mentale Abdruck.

O du gütige Jungfrau im Schleier.

Rasch suchte Vishous die nähere Umgebung ab, dann

ließ er sich auf die Knie fallen und legte sanft seine behandschuhte Hand auf die Schulter seines Freundes. Ein schmerzhafter Stich schoss ihm den Arm hinauf, und Vs Instinkte ermahnten ihn abzuhauen, solange er noch konnte. Denn das, auf was er seine Hand gelegt hatte, galt es um jeden Preis zu meiden. *Das Böse.*

»Butch, ich bin es. Butch?«

Stöhnend regte sich der Ex-Cop, ein Hoffnungsschimmer zeigte sich auf seinem zerschlagenen Gesicht, als hätte er den Kopf nach einem langen Winter endlich zur Sonne erhoben. Doch dann wich der Ausdruck.

Lieber Himmel, die Augen des Mannes waren zugefroren, weil er geweint hatte und die Tränen in der Kälte nicht weit gekommen waren.

»Keine Sorge, Bulle. Ich werde ...« *Was tun?* Der Mensch würde bald sterben, aber was zum Teufel hatte man mit ihm gemacht? Er war durchtränkt von Dunkelheit.

Butchs Mund öffnete sich. Die heiseren Geräusche, die herauskamen, hätten Worte sein können, aber man hörte sie nicht.

»Nicht sprechen, Bulle. Ich kümmere mich jetzt um dich ...«

Butch schüttelte den Kopf und bewegte sich. Erbärmlich schwach streckte er die Arme aus und krallte sich in den Boden, versuchte, seinen geschundenen Körper durch den Schnee zu schleppen. Weg von V.

»Butch, ich bin es ...«

»Nein ...« Jetzt wurde der Ex-Cop panisch, bohrte die Finger in die Erde, krabbelte weiter. »Verseucht ... weiß nicht, wie ... verseucht ... du kannst ... mich nicht mitnehmen. Weiß nicht, warum ...«

Vs Stimme traf ihn wie eine Ohrfeige, scharf und laut. »Butch! Hör auf!«

Der Mensch blieb regungslos liegen. Ob er dem Befehl

gehorchte oder einfach keine Kraft mehr hatte, konnte V nicht feststellen.

»Zum Henker, was haben sie bloß mit dir gemacht, mein Junge?« V zerrte eine Rettungsdecke aus der Jacke und legte sie um seinen Mitbewohner.

»Verseucht.« Schwerfällig drehte sich Butch auf den Rücken und schob die Silberfolie herunter, eine verletzte Hand fiel auf den Bauch. »Ver ... seucht.«

»Ach du Scheiße ...«

In der Magengegend war ein etwa faustgroßer schwarzer Kreis zu sehen, fast wie ein blauer Fleck mit ganz deutlicher Kante. Genau in der Mitte war offenbar ... eine Operationsnarbe.

»Mist.« Sie hatten etwas in ihn *hineingesteckt*.

»Töte mich.« Butchs Stimme war ein schauderhaftes Röcheln. »Töte mich sofort. Verseucht. Etwas ... in mir drin. Wächst ...«

V hockte sich auf die Fersen und raufte sich die Haare. Mit Gewalt drängte er seine Gefühle in den Hintergrund und schaltete seinen Verstand ein. Er betete, dass seine Überdosis grauer Zellen ihm helfen würde, einen Ausweg zu finden.

Die Lösung, zu der er Augenblicke später gelangte, war radikal, aber logisch, und urplötzlich kam große Ruhe über ihn. Ohne jedes Zittern zog er einen der schwarzen Dolche, denen die Bruderschaft ihren Namen verdankte, und beugte sich über Butch.

Was nicht dorthin gehörte, musste heraus. Und da es das Böse war, musste es hier entfernt werden, auf neutralem Boden, statt zu Hause oder in Havers' Klinik. Zudem saß dem Polizisten der Tod im Nacken, und je eher er entseucht wurde, desto besser.

»Butch, Kumpel, du musst jetzt ganz tief einatmen und stillhalten. Ich werde ...«

»Gib gut acht, Krieger.«

In der Hocke wirbelte V herum. Dicht hinter ihm und knapp über dem Boden schwebte die Jungfrau der Schrift. Wie immer war sie die reine Kraft. Ihr schwarzer Umhang blieb völlig unbewegt vom Wind, und ihre Stimme war klar wie die Nachtluft.

Vishous machte den Mund auf, aber sie unterbrach ihn. »Bevor du deine Grenzen überschreitest und eine Frage an mich richtest, werde ich dir sagen: Nein, ich kann dir nicht unmittelbar helfen. Dies hier ist eine Angelegenheit, von der ich mich fernhalten muss. Jedoch werde ich dir dieses sagen. Du würdest dich als klug erweisen, enthülltest du den Fluch, den du verabscheust. Das zu berühren, was in dem Menschen ist, wird dich dem Tode näher bringen, als du es jemals warst. Und niemand außer dir könnte es entfernen.« Sie lächelte zart, als hätte sie seine Gedanken gelesen. »Ja, dieser Augenblick ist zum Teil der Grund, warum du von ihm geträumt hast. Doch es gibt noch einen anderen Grund, welchen du im Lauf der Zeit auch erkennen wirst.«

»Wird er überleben?«

»Mach dich an die Arbeit, Krieger«, wies sie ihn statt einer Antwort an. »Du wirst seiner Rettung förderlicher sein, wenn du handelst, statt mich zu beleidigen.«

Hastig beugte sich V über Butch und zog das Messer über seinen Bauch. Ein Stöhnen entrang sich den Lippen des Polizisten, und ein breites Loch klaffte auf.

»O du großer Gott.« Etwas Schwarzes war in sein Fleisch eingebettet worden.

Die Jungfrau der Schrift war jetzt näher gekommen und schwebte unmittelbar neben Vs Schulter. »Entblöße deine Hand, Krieger, und beeile dich. Es breitet sich rasch aus.«

V schob den schwarzen Dolch zurück in das Brusthalfter und zerrte sich den Handschuh von der Hand. Er wollte

schon die Hand in die Wunde stecken, da hielt er inne.
»Warte. Ich kann niemanden damit berühren.«

»Die Verseuchung wird dem Menschen Schutz gewähren. Tu es jetzt, Krieger, und wenn du damit in Berührung kommst, stell dir das weiße Leuchten ganz um dich herum vor. Stell dir vor, du besäßest eine Haut aus Licht.«

Gehorsam streckte Vishous seine Hand aus und sah sich im Geist umgeben von einem reinen, leuchtenden Strahlen. Im selben Moment, als er das schwarze Ding berührte, lief ein Schauer durch seinen Körper, und er bäumte sich auf. Was auch immer es war, es löste sich mit einem Zischen und einem Knall in Luft auf. Aber Mannomann, war ihm übel.

»Atme«, ermahnte ihn die Jungfrau der Schrift. »Atme einfach weiter, bis es vorbei ist.«

Vishous schwankte und ging auf die Knie, sein Kopf hing herunter, sein Hals zog sich zusammen. »Ich glaube, ich muss ...«

O ja, er übergab sich. Und als ihn das Würgen wieder und wieder überfiel, spürte er, wie er sanft hochgehoben wurde. Die Jungfrau der Schrift half ihm durch das Schlimmste, und als es vorbei war, sackte er an sie gelehnt in sich zusammen. Einen Moment lang glaubte er sogar, sie streichle ihm über das Haar.

Dann tauchte völlig aus dem Nichts sein Handy in seiner Hand auf, und ihre Stimme drang kraftvoll an sein Ohr. »Geh jetzt, nimm diesen Menschen mit und vertraue darauf, dass der Sitz des Bösen die Seele ist, nicht der Körper. Und du musst die Kanope eines eurer Feinde holen. Bring sie hierher und benutze deine Hand. Beginn dies alles ohne Verzögerung.«

V nickte. Freiwillig erteilte Ratschläge der Jungfrau der Schrift ließ man nicht links liegen.

»Und Krieger, halte deinen Schild aus Licht um diesen

Menschen herum aufrecht. Noch mehr, nutze deine Hand, um ihn zu heilen. Er könnte immer noch sterben, wenn nicht genug Licht in seinen Körper und in sein Herz gelangt.«

Jetzt spürte V ihre Macht verblassen, gleichzeitig überkam ihn eine weitere Welle der Übelkeit. Während er noch mit den Auswirkungen seines Kontakts mit diesem Ding zu kämpfen hatte, dachte er, wenn er sich schon so mies fühlte, konnte er sich ungefähr ausmalen, wie es Butch ging.

Als das Telefon in seiner Hand klingelte, wurde ihm bewusst, dass er einige Zeit auf dem Rücken im Schnee gelegen hatte. »Hallo?«, meldete er sich benommen.

»*Wo bist du? Was ist da los?*« Rhages Bassdonnern war eine Riesenerleichterung.

»Ich habe ihn. Ich habe« – V beäugte das blutige Häuflein Elend neben sich, das sein Mitbewohner war – »ich brauche unbedingt einen Wagen hier. Ach Scheiße, Rhage«, V legte sich die Hand auf die Augen und begann zu zittern. »Rhage, was sie mit ihm gemacht haben …«

Sofort wurde der Ton seines Bruders sanfter, als wüsste er, dass V am Ende war. »Okay, ganz ruhig. Sag mir, wo du bist.«

»Wald … ich weiß es nicht …« Gott, sein Gehirn hatte sich völlig ausgeklinkt. »Kannst du mich mit dem GPS aufspüren?«

Eine Stimme aus dem Hintergrund, vermutlich Phury, rief: »Ich hab ihn!«

»Alles klar. V, wir haben dich, und wir kommen.«

»Nein, der Ort hier ist verseucht.« Als Rhage anfing, Fragen zu stellen, schnitt V ihm das Wort ab. »Auto. Wir brauchen ein Auto. Ich werde ihn hier raustragen müssen. Niemand sonst darf hierherkommen.«

Lange sagte niemand etwas. »In Ordnung. Geh schnurstracks nach Norden, mein Bruder. Nach ungefähr einem Kilometer triffst du auf die Route 22. Da warten wir auf dich.«

»Ruf ...« Er musste sich räuspern und die Augen wischen. »Ruf Havers an. Sag ihm, wir bringen ihm einen Schockpatienten. Und sag ihm, wir brauchen ein Quarantänezimmer.«

»Du lieber Himmel ... was zum Teufel haben sie mit ihm gemacht?«

»Beeil dich, Rhage – warte! Bring eine *Lesser*-Kanope mit.«

»Warum?«

»Ich hab jetzt keine Zeit für Erklärungen. Bring unbedingt eine mit.«

V schob das Handy in die Tasche, zog den Handschuh wieder an und drehte sich zu Butch um. Er wickelte ihn sorgfältig in die Rettungsdecke, nahm ihn in die Arme und hob ihn hoch. Butch zischte vor Schmerz.

»Das wird jetzt ungemütlich, Alter. Aber wir müssen los.«

Doch dann fiel V etwas ein, und er betrachtete skeptisch den Boden. Butch blutete nicht mehr, aber was war mit den Fußspuren im Schnee? Wenn zufällig ein *Lesser* zurückkam, könnte er sie verfolgen.

Da wehten völlig unvermittelt Sturmwolken herbei, und es begann heftig zu schneien.

Verdammt, die Jungfrau der Schrift war gut.

Auf dem Weg durch den aufgekommenen Schneesturm stellte sich V einen Schutzschild aus Licht um sich und den Mann in seinen Armen vor.

»Du bist gekommen!«

Marissa lächelte, als sie die Tür zu dem fröhlichen fensterlosen Krankenzimmer hinter sich schloss. In dem Krankenhausbett lag ein kleines und zartes siebenjähriges Mädchen. Neben ihr, nur ein kleines bisschen größer, aber noch viel zerbrechlicher wirkend, saß die Mutter des Kindes.

»Ich habe doch gestern Nacht versprochen, dass ich dich wieder besuchen würde, oder?«

Als die Kleine grinste, sah man ein schwarzes Loch, wo ihr ein Vorderzahn fehlte. »Trotzdem, du bist gekommen. Und du siehst so hübsch aus.«

»Du aber auch.« Marissa setzte sich auf die Bettkante und nahm die Hand des Mädchens. »Wie geht es dir?«

»*Mahmen* und ich haben uns *Dora* im Fernsehen angeschaut.«

Die Mutter lächelte schwach, doch ihr unscheinbares Gesicht und ihre Augen wurden davon nicht berührt. Seit die Kleine vor drei Tagen eingeliefert worden war, schien die Mutter wie ferngesteuert. Abgesehen davon, dass sie jedes Mal zusammenschreckte, wenn jemand ins Zimmer kam.

»*Mahmen* sagt, wir können nicht mehr so lange hierbleiben. Stimmt das?«

Die Mutter öffnete den Mund, aber Marissa kam ihr mit einer Antwort zuvor: »Darum brauchst du dir keine Sorgen zu machen. Zuerst müssen wir uns um dein Bein kümmern.«

Dies waren keine wohlhabenden Vampire, vermutlich konnten sie sich diese Behandlung nicht leisten. Aber Havers wies niemals jemanden ab. Und er würde sie sicherlich nicht vorzeitig entlassen.

»*Mahmen* sagt, mein Bein ist schlimm. Stimmt das?«

»Nicht mehr lange.« Marissa betrachtete die Bettdecke. Havers würde den offenen Bruch schnellstens operieren. Hoffentlich würde der Schnitt gut verheilen.

»*Mahmen* sagt, ich muss für eine Stunde in das grüne Zimmer. Kann es auch kürzer dauern?«

»Mein Bruder wird dich dort nur so lange behalten, wie es nötig ist.«

Das Schienbein würde durch eine Titanstange ersetzt werden müssen, was zwar besser war, als das Bein zu verlieren, aber immer noch schwer genug. Die Kleine würde noch mehrmals operiert werden müssen, solange sie im Wachstum war, und den erschöpften Augen der Mutter nach zu urteilen, wusste sie, dass dies hier nur der Anfang war.

»Ich habe keine Angst.« Das Mädchen drückte sich einen zerfledderten Stofftiger an den Hals. »Mastimon kommt mit. Die Schwester hat gesagt, ich darf ihn mitnehmen.«

»Mastimon wird auf dich aufpassen. Er ist ein grimmiger Tiger, so wie es sich gehört.«

»Ich hab ihm aber gesagt, dass er niemanden fressen soll.«

»Das war klug von dir.« Marissa schob die Hand in die Tasche ihres blassrosa Kleides und zog eine lederne Schachtel hervor. »Ich habe etwas für dich.«

»Ein Geschenk?«

»Ja.« Marissa drehte die Schachtel zu dem Kind herum und klappte den Deckel auf. Darin lag ein Goldteller von der Größe einer Untertasse, und das kostbare Objekt war auf Hochglanz poliert. Man konnte sich darin spiegeln, es glänzte wie die Sonne.

»Das ist aber schön«, hauchte das Mädchen.

»Das ist mein Wunschteller.« Marissa nahm ihn heraus und drehte ihn um. »Siehst du meine Initiale auf der Rückseite?«

Die Kleine kniff die Augen zusammen. »Ja. Und sieh mal! Da ist auch ein Buchstabe wie der aus meinem Namen.«

»Ich habe deinen dazuschreiben lassen. Es ist für dich.«

Man hörte die Mutter geräuschvoll einatmen. Ganz eindeutig wusste sie, was so viel Gold wert war.

»Ehrlich?«

»Streck die Arme aus.« Marissa legte dem Mädchen die goldene Scheibe in die Handflächen.

»Wie schwer der ist.«

»Weißt du, wie diese Wunschteller funktionieren?« Als die Kleine den Kopf schüttelte, holte Marissa ein Stück Pergament und einen Füller heraus. »Denk dir einen Wunsch aus, und ich schreibe ihn auf. Während du schläfst, wird die Jungfrau der Schrift kommen und deinen Wunsch lesen.«

»Aber wenn sie mir den Wunsch nicht erfüllt, heißt das dann, dass ich ein schlechtes Kind bin?«

»O nein. Es heißt einfach nur, dass sie etwas Besseres für dich im Sinn hat. Also, was möchtest du? Du kannst dir wünschen, was du willst. Eiscreme, wenn du aufwachst. Oder noch eine Folge von *Dora*?«

Das kleine Mädchen runzelte angestrengt die Stirn. »Ich möchte, dass meine *Mahmen* aufhört zu weinen. Sie tut so, als würde sie nicht weinen, aber seit ich ... die Treppe runtergefallen bin, ist sie so traurig.«

Marissa schluckte, sie wusste sehr gut, dass das Kind sich nicht auf diese Art und Weise das Bein gebrochen hatte. »Ich glaube, das geht in Ordnung. Das schreibe ich auf.«

In den komplizierten Zeichen der Alten Sprache notierte sie mit roter Tinte: *Wenn es gestattet wäre, würde ich mir wünschen, dass meine Mahmen wieder fröhlich ist.*

»Da, siehst du? Wie ist das?«

»Toll.«

»Und jetzt falten wir es und legen es hierhin. Vielleicht wird die Jungfrau der Schrift dir antworten, während du im OP – im grünen Zimmer bist.«

Das Kind drückte seinen Tiger noch fester an sich. »Das wäre schön.«

Als die Schwester hereinkam, stand Marissa auf. Eine Welle der Hitze stieg plötzlich in ihr auf, sie spürte den beinahe gewalttätigen Drang, das Mädchen zu beschützen, sie vor dem zu behüten, was bei ihr zu Hause geschehen war und was nun im OP geschehen würde.

Doch Marissa konnte nur die Mutter anblicken. »Alles wird gut werden.«

Als sie ihr die Hand auf die knochige Schulter legte, erschauerte die Frau zuerst, dann aber ergriff sie ihre Hand, so fest sie konnte.

»Bitte sag mir, dass er nicht hier hereinkommen kann«, raunte die Frau. »Wenn er uns findet, bringt er uns um.«

Marissa flüsterte zurück: »Niemand kann den Aufzug betreten, ohne sich über eine Kamera zu identifizieren. Ihr beide seid hier in Sicherheit. Ich schwöre es.«

Als die Vampirin nickte, ging Marissa hinaus, damit das Kind seine Beruhigungsspritze bekommen konnte.

Draußen auf dem Gang lehnte sie sich an die Wand und fühlte noch mehr Zorn in sich aufsteigen. Dass diese beiden so unter dem Jähzorn eines Mannes leiden mussten, brachte sie so auf, dass sie am liebsten gelernt hätte, eine Schusswaffe zu benutzen.

Gütige Jungfrau, allein der Gedanke, die Frau und ihr Kind wieder in die Welt hinauszuschicken, war furchtbar. Ihr *Hellren* würde sie mit Sicherheit finden, wenn sie die Klinik verließen. Zwar war den meisten Vampiren ihre Partnerin teurer als ihr eigenes Leben, doch hatte es schon immer auch häusliche Gewalt gegeben, und diese Realität war ebenso hässlich wie unleugbar.

Eine Tür, die links von ihr geschlossen wurde, ließ sie den Kopf heben. Havers kam den Flur hinunter, den Kopf in einer Patientenakte vergraben. Merkwürdig ... seine Schuhe waren mit gelben Plastikhüllen überzogen, wie er sie sonst zu einem ABC-Schutzanzug trug.

»Warst du schon wieder in deinem Labor, Brüderchen?«, fragte sie.

Ruckartig hob er den Blick von seiner Akte und schob sich die Hornbrille auf der Nase hoch. Seine fröhliche rote Fliege saß schief am Hals. »Wie bitte?«

Lächelnd deutete sie mit dem Kopf auf seine Schuhe. »Das Labor.«

»Ach so ... ja, war ich.« Er beugte sich herunter, zog die Hüllen von seinen Schuhen und zerknüllte das gelbe Plastik in den Händen. »Marissa, könntest du mir einen Gefallen tun und ins Haus zurückkehren? Ich habe den *Leadhyre* und sieben weitere Mitglieder des *Princeps*-Rats am kommenden Montag zum Essen eingeladen. Das Menü muss perfekt sein. Ich würde ja selbst mit Karolyn sprechen, aber ich muss in den OP.«

»Aber natürlich.« Doch dann schlich sich ein misstrauischer Ausdruck auf Marissas Gesicht, da ihr Bruder regungslos wie eine Statue stehen blieb. »Ist alles in Ordnung?«

»Ja, danke. Geh ... geh jetzt. Geh ... bitte jetzt.«

Sie war stark versucht nachzuhaken, doch sie wollte ihn nicht von der Operation der Kleinen abhalten, also küsste sie ihn auf die Wange, rückte seine Fliege gerade und ging. An der Doppeltür zum Empfangsbereich jedoch wandte sie sich noch einmal um.

Havers stopfte die Plastikhüllen von seinen Füßen in einen Eimer für Biomüll, auf seinem Gesicht waren tiefe Falten zu sehen. Er holte tief Luft, dann drückte er die Tür zum Vorraum des OP auf.

Ach so, dachte sie, das war es. Die Operation des Mädchens machte ihm zu schaffen. Wer konnte ihm das verdenken?

Sie wandte sich zurück zur Tür ... und dann hörte sie die Stiefel.

Sie erstarrte. Nur eine Sorte Mann machte so einen donnernden Lärm, wenn er sich näherte.

Ihr Kopf wirbelte herum, und sie sah Vishous den Flur entlangkommen, den dunklen Kopf gesenkt. Hinter ihm gingen Phury und Rhage, in ähnlich bedrohlicher Haltung. Alle drei strotzten vor Waffen, und Vishous hatte getrocknetes Blut auf der Lederhose und der Jacke. Die Männer wirkten schon auf den ersten Blick furchtbar erschöpft. Aber warum waren sie in Havers' Labor gewesen? Denn das war eigentlich die einzige Räumlichkeit dort hinten.

Die Brüder bemerkten Marissa erst, als sie sie praktisch über den Haufen rannten. Kollektiv blieben sie stehen, die Augen blitzschnell abgewandt, zweifellos weil sie bei Wrath in Ungnade gefallen war.

Gütige Jungfrau, von Nahem sahen sie wirklich furchtbar aus. Krank, aber nicht unwohl, wenn das irgendeinen Sinn ergab.

»Kann ich etwas für euch tun?«, fragte sie.

»Alles wunderbar«, sagte Vishous mit harter Stimme. »Entschuldige uns.«

Der Traum ... Butch im Schnee liegend ... »Ist jemand verletzt? Ist Butch ...«

Vishous zuckte nur die Achseln und schritt an ihr vorbei, dann drückte er die Tür zum Empfangsraum auf. Die anderen beiden lächelten steif und folgten ihm.

Sie ging ihnen mit einigem Abstand nach, am Schwesternzimmer vorbei bis zum Aufzug. Während sie darauf warteten, dass die Türen sich öffneten, legte Rhage Vishous eine Hand auf die Schulter. Der andere Bruder schien zu zittern.

Diese Geste ließ ihre Alarmglocken schrillen, und sobald die Aufzugtüren sich wieder geschlossen hatten, machte Marissa sich auf den Weg in den Klinikflügel, aus dem die drei gerade gekommen waren. Rasch lief sie an dem geräumigen, hell erleuchteten Labor vorbei und steckte ihren Kopf in die sechs älteren Krankenzimmer. Alle waren leer.

Warum waren die Brüder hier gewesen? Vielleicht nur, um mit Havers zu sprechen?

Einem Instinkt folgend ging sie zur Rezeption, loggte sich in den Computer ein und durchsuchte die Aufnahmen. Es war nichts über einen der Brüder oder Butch zu finden, doch das hieß noch gar nichts.

Die Krieger wurden nie registriert, und sehr wahrscheinlich würde mit Butch genauso verfahren, wenn er hier wäre. Was sie wissen wollte, war, wie viele der fünfunddreißig vorhandenen Betten belegt waren.

Die Zahl erschien, und Marissa machte einen schnellen Rundgang durch alle Zimmer. Alles stimmte überein. Nichts Ungewöhnliches zu erkennen. Butch war nicht aufgenommen worden – außer natürlich, er befand sich in einem der anderen Räume im Haupthaus. Manchmal wurden prominente Patienten dort untergebracht.

Marissa raffte ihre Röcke und eilte auf die Hintertreppe zu.

Butch rollte sich zusammen, obwohl ihm nicht kalt war, frei nach der Theorie: Wenn er nur seine Knie hoch genug anzog, würde der Schmerz in seinem Bauch etwas nachlassen.

Na klar. Der heiße Schürhaken in seinen Eingeweiden war von dem Plan überhaupt nicht beeindruckt.

Er zwang seine geschwollenen Augenlider auseinander, und nach einigem Blinzeln und ein paar tiefen Atemzügen kam er zu folgendem Schluss: Er war nicht tot. Er war in einem Krankenhaus. Und irgendwelches Zeug, das ihn zweifellos am Leben erhielt, wurde in seinen Arm gepumpt.

Als er sich ganz vorsichtig umdrehte, machte er noch eine Entdeckung. Sein Körper musste als Boxsack benutzt worden sein. Ach – und irgendetwas war mit seinem Bauch nicht in Ordnung, als wäre seine letzte Mahlzeit ranziges Roastbeef gewesen.

Was zum Henker war mit ihm passiert?

Nur eine Reihe schemenhafter Schnappschüsse kam ihm in den Sinn: Vishous, der ihn im Wald fand. Er selbst mit dem dringenden Bedürfnis, allein zu sterben. Dann eine Messeraktion ... irgendwas mit Vs Hand, die hell leuchtete, während er etwas Widerliches aus seinem Körper entfernte ...

Bei dem bloßen Gedanken daran wälzte Butch sich auf die Seite und würgte. In seinem Leib war das Böse gewesen. Die reine, unverdünnte Bosheit. Und der schwarze Schrecken hatte sich immer weiter ausgebreitet.

Mit zitternden Händen zerrte er den Krankenhauskittel hoch, den er trug. »Ach du ... lieber Himmel ...«

Die Haut an seinem Bauch war verfärbt und sah aus wie von einem Brandfleck überzogen. Verzweifelt durchpflügte er sein Gedächtnis, versuchte sich zu erinnern, wie diese Narbe dorthin gekommen war, und was das war. Aber das Ergebnis war eine große, fette Null.

Als alter Cop konnte er nicht aus seiner Haut, also nahm er den Tatort – sprich, seinen Körper – genauer in Augenschein. Er hob eine Hand und stellte fest, dass seine Fingernägel völlig kaputt waren, als hätte man ihm eine Feile oder kleine Metallstifte unter einige davon gehämmert. Ein tiefer Atemzug klärte ihn darüber auf, dass seine Rippen zumindest angeknackst waren. Und seinen zugeschwollenen Augen nach zu urteilen, musste er davon ausgehen, dass sein Gesicht intensive Bekanntschaft mit einem Schlagring gemacht hatte.

Er war gefoltert worden. Und das vor kurzer Zeit.

Wieder durchsuchte er sein Gedächtnis schürfte in seinem Kopf, versuchte, den letzten Ort zu rekonstruieren, an dem er gewesen war. Das *ZeroSum*. Er war im *ZeroSum* gewesen, mit ... ach herrje, mit dieser Vampirin. In der Toilette. Schneller, harter, Scheißegal-Sex. Dann hatte er den Klub verlassen und ... *Lesser*. Er hatte mit den *Lessern* gekämpft. War angeschossen worden und dann ...

An diesem Punkt kamen seine Erinnerungen ins Trudeln. Schossen über den Rand des Wahnsinns hinaus in einen Abgrund aus Ratlosigkeit.

Hatte er die Bruderschaft verpfiffen? Sie verraten? Hatte er seine besten Freunde *den Lessern* ausgeliefert?

Und was zum Teufel war mit seinem Bauch passiert? Gott, was da in seinen Venen floss, fühlte sich an wie dreckiger Schlamm dank dem, was in seinem Körper geschwärt hatte.

Er ließ sich in die Matratze sinken und atmete eine Weile durch den Mund. Und stellte fest, dass er keinen Frieden fand.

Es war, als wolle sein Gehirn keine Ruhe geben. Ununterbrochen brachte sein Geist wahllos Bilder aus der fernen Vergangenheit hervor. Geburtstage, an denen sein Vater ihn böse anfunkelte und seine Mutter rauchte wie ein Schlot. Weihnachtsfeste, an denen seine Brüder und Schwestern Geschenke bekamen und er nicht.

Heiße Julinächte, die kein Ventilator abkühlen konnte und deren Hitze seinen Vater zum kalten Bier trieb. Das Bier, das seinen Vater dazu trieb, Butch mit geballten Fäusten spezielle Nachrichten zukommen zu lassen.

Erinnerungen, die er seit Jahren verdrängt und vergraben hatte, kehrten zurück, alles unwillkommene Besucher. Er sah seine Schwestern und Brüder, fröhlich, lärmend, auf grünem Gras spielend. Und wusste noch genau, wie er sich gewünscht hatte, so zu sein wie sie, statt immer nur zurückzubleiben, der Spinner, der niemals dazupassen würde.

Und dann – o Gott, nein, nicht diese Erinnerung.

Zu spät. Er sah sich als Zwölfjährigen, dürr und zottelig, auf dem Bürgersteig vor dem Haus der Familie O'Neal im Süden Bostons stehen. Es war ein klarer, wunderschöner Herbstnachmittag gewesen, als er seine Schwester Janie in einen roten Chevette mit Regenbogenstreifen auf der Seite einsteigen sah. Gestochen scharf war das Bild, wie sie ihm durch die Rückscheibe zuwinkte, als sie davonfuhr.

Nun, da die Tür zu dem Albtraum aufgestoßen worden war, konnte er die Horrorshow nicht mehr stoppen. Er erinnerte sich daran, wie die Polizisten an jenem Abend bei ihnen geklingelt hatten und seiner Mutter die Knie nachgaben, als sie ihren Vortrag beendet hatten. Er wusste noch genau, dass die Beamten ihn befragt hatten, weil er der Letzte gewesen war, der Janie lebend gesehen hatte. Er hörte die jüngere Version seiner selbst zu den Uniformierten sagen, dass er die Jungs aus dem Auto nicht gekannt hatte, und dass er seiner Schwester am liebsten gesagt hätte, sie solle nicht einsteigen.

Vor allem aber sah er die Augen seiner Mutter vor sich, in denen ein so ungeheurer Schmerz brannte, dass sie nicht einmal Tränen vergießen konnte.

Dann ein Zeitsprung, zwanzig Jahre später. Wann hatte er zuletzt mit seinen Eltern gesprochen? Oder mit seinen Brüdern und Schwestern? Vor fünf Jahren? Wahrscheinlich. O Mann, seine Familie war so erleichtert gewesen, als er wegzog und sich nach und nach nicht mehr an den Feiertagen blicken ließ.

An der Weihnachtstafel hatten alle anderen zum O'Neal-Familientischtuch gehört, nur er war der Fleck gewesen. Schließlich hatte er die Besuche zu Hause ganz eingestellt und ihnen nur Telefonnummern hinterlassen, unter denen sie ihn erreichen konnten, Nummern, die sie nie gewählt hatten.

Also würden sie es auch nicht erfahren, wenn er jetzt stürbe, oder? Mit Sicherheit wusste Vishous alles über den O'Neal-Klan, bis hin zu ihren Sozialversicherungsnummern und Kontoauszügen, aber Butch hatte nie über sie gesprochen. Würde die Bruderschaft sie anrufen? Was würden sie sagen?

Butch sah an sich herunter und wusste, es bestand eine reelle Chance, dass er diesen Raum nicht lebend verlassen würde. Sein Körper sah denjenigen ziemlich ähnlich, die er während seiner Zeit bei der Mordkommission zu Gesicht bekommen hatte, der Sorte, die von Sonntagsspaziergängern im Wald aufgefunden wurde. Klar. Dort hatte man ja auch ihn gefunden. Weggeworfen. Missbraucht. Zum Sterben abgelegt.

Ähnlich wie Janie.

Ganz genau wie Janie.

Jetzt schloss er die Augen und schwebte dem Schmerz in seinem Körper weg. Und zwischen all der Qual und dem Dreck hatte er eine Vision von Marissa, wie sie in jener ersten Nacht ausgesehen hatte. Das Bild war so lebendig, dass er beinahe ihren Meeresduft riechen konnte und alles wieder deutlich vor sich sah: ihr zartes gelbes Kleid, das Haar über den Schultern, den zitronenfarbenen Salon, in dem sie zusammen gewesen waren. Für ihn war sie die Unvergessliche, die Eine, die er nie hatte und niemals haben würde, die aber dennoch bis in sein Innerstes vorgedrungen war.

Mann, er war ja so was von müde.

Er schlug die Augen auf und machte sich an die Arbeit, ehe er noch begriff, was er da eigentlich tat. Zuerst riss er sich das Klebeband vom Unterarm, wo der Zugang gelegt war. Die Nadel herauszuziehen, war leichter, als er gedacht hatte. Andererseits tat ihm alles so weh, dass dieser kleine Schmerz nur ein Tropfen auf den heißen Stein war.

Hätte er die Kraft besessen, dann hätte er sich etwas mit ein bisschen mehr Power gesucht, um sich um die Ecke zu bringen. Aber die Zeit – die Zeit war die Waffe, die er einsetzen würde, denn die stand ihm zur freien Verfügung. Und so mies, wie er sich fühlte, würde es bestimmt nicht lange dauern. Er konnte seine inneren Organe praktisch den Geist aufgeben hören.

Er schloss die Augen und ließ los. Nur vage drang ihm ins Bewusstsein, dass die Maschinen hinter dem Bett Alarm schlugen. Da er von Natur aus ein Kämpfer war, überraschte ihn die Leichtigkeit, mit der er aufgab, selbst. Doch dann rollte eine riesenhafte Welle der Erschöpfung über ihn hinweg. Instinktiv wusste er, dass das nicht die Erschöpfung des Schlafes war, sondern die des Todes, und er war froh, dass sie so schnell kam.

Befreit schwebte er über allem und stellte sich vor, er stünde am Anfang eines langen, hellen Ganges, an dessen Ende sich eine Tür befand. Vor diesem Eingang stand Marissa; sie lächelte ihn an und öffnete ihm die Tür zu einem weißen Zimmer voller Licht.

Seine Seele entspannte sich, während er tief einatmete und anfing vorwärtszugehen. Gern hätte er geglaubt, in den Himmel zu kommen, trotz all der schlimmen Dinge, die er getan hatte. Insofern war die Vision nur folgerichtig.

Ohne Marissa wäre es nicht das Paradies.

6

Vishous stand auf dem Klinikparkplatz und blickte Rhage und Phury nach, die in dem schwarzen Mercedes wegfuhren. Sie würden Butchs Handy in der Seitenstraße hinter dem *Screamer's* suchen, dann den Escalade beim *ZeroSum* abholen und nach Hause fahren.

Es verstand sich von selbst, dass V heute Nacht nicht noch einmal losziehen würde. Die Nachwirkungen des Bösen, mit dem er in Kontakt gekommen war, schwächten seinen Körper. Doch schlimmer noch – Butch in diesem Zustand, ihn halb tot zu sehen, hatte ihm eine innere Verletzung zugefügt. Er fühlte sich, als wäre ein Teil von ihm aus den Fugen geraten, als stünde in seinem Inneren eine Luke offen, und Bruchstücke seiner selbst entkämen aus seinem Zentrum.

Eigentlich hatte er dieses Gefühl schon länger, seit seine Visionen ihn im Stich gelassen hatten. Aber diese Horrornacht machte es noch so viel schlimmer.

Ruhe. Er musste unbedingt allein sein. Allerdings war ihm die Vorstellung, in die Höhle zu fahren, unerträglich.

Die Stille dort, die leere Couch, auf der Butch für gewöhnlich saß, das bedrückende Wissen, dass etwas fehlte, würde er nicht aushalten.

Also ging er zu dem Ort, den er vor aller Welt geheim hielt. Dreißig Stockwerke hoch in der Luft nahm er wieder Gestalt an und materialisierte sich auf der Terrasse seines Penthouses im *Commodore*. Der Wind heulte, und das fühlte sich gut an, er biss durch seine Kleider, ließ ihn wenigstens etwas anderes fühlen außer dem klaffenden Loch in seiner Brust.

Er ging zum Rand der Terrasse. Die Arme an der Kante abgestützt, blickte er an dem Wolkenkratzer hinab nach unten auf die Straßen. Da waren Autos. Menschen, die in die Hotellobby gingen. Jemand, der eine Hand in ein Taxifenster streckte und den Fahrer bezahlte. So normal. So völlig normal.

Und gleichzeitig starb er hier oben einen kleinen Tod.

Butch würde es nicht schaffen. Omega war in ihm gewesen; das war die einzige Erklärung für das, was man ihm angetan hatte. Und obwohl das Böse aus ihm entfernt worden war, musste die Verseuchung tödlich sein, und niemand konnte daran etwas ändern.

V rieb sich das Gesicht. Was zum Henker sollte er ohne diesen klugscheißerischen, fluchenden, Scotch inhalierenden Mistkerl nur anfangen? Dieser raue Bursche schaffte es irgendwie, die Kanten des Lebens abzuschleifen, wahrscheinlich, weil er selbst wie Schleifpapier war, ein kratziges, beständiges Reiben, das alles am Ende glatter machte.

V wandte sich von dem hundert Meter tiefen Abgrund ab. Er ging zu einer Tür, zog einen goldenen Schlüssel aus der Tasche und steckte ihn ins Schloss. Dieses Penthouse war sein ganz privater Raum, für seine ganz privaten ... Unternehmungen. Und der Duft der Frau, die er vorige Nacht gehabt hatte, hing noch in der Dunkelheit.

Durch seinen bloßen Willen ließ er die Kerzen aufflackern. Die Wände und die Decke und die Fußböden waren schwarz, und dieses chromatische Vakuum absorbierte das Licht, saugte es ein, fraß es auf. Das einzige echte Möbelstück war ein riesiges Bett, das mit schwarzem Satin bezogen war. Aber er verbrachte nicht besonders viel Zeit auf der Matratze.

Die Streckbank war mehr sein Ding. Die Streckbank mit der harten Oberfläche und den Fesseln. Und auch die Spielzeuge, die danebenhingen, benutzte er: die Lederriemen, die Rohrstöcke, den Ballknebel, die Halsbänder und Stacheln, die Peitschen – und immer die Masken. Er brauchte die Frauen anonym, musste ihre Gesichter bedecken, so wie er ihre Körper fesselte. Sie durften nichts anderes sein als ein Werkzeug für seine perversen Spiele.

Er war verderbt, was Sex betraf, und er wusste es auch. Aber nachdem er vieles ausprobiert hatte, hatte er endlich gefunden, was bei ihm funktionierte. Und glücklicherweise gab es Frauen, denen gefiel, was er mit ihnen machte, die danach lechzten, wie er nach der Befreiung lechzte, die er empfand, wenn er sie einzeln oder paarweise unterwarf.

Nur ... heute Nacht fühlte er sich beim Anblick seiner Spielwiese schmutzig. Vielleicht lag es daran, dass er nur herkam, wenn er bereit war, seine Utensilien auch zu benutzen. Daher hatte er sich nie wirklich hier umgesehen, wenn er klar im Kopf war.

Sein Handy schreckte ihn aus seinen Gedanken. Als er die Nummer auf dem Display sah, wurde ihm schwarz vor Augen. Havers. »Ist er tot?«

Havers sprach mit seiner professionellen, einfühlsamen Arztstimme. Was unmissverständlich darauf hindeutete, dass Butchs Leben an einem seidenen Faden hing. »Er hatte einen Herzstillstand, Sire. Er hat sich die Infusion herausgezogen, und seine Werte sind daraufhin stark abgesunken. Wir konnten ihn zurückholen, aber ich weiß nicht, wie lange er noch durchhält.«

»Kannst du ihn fixieren?«

»Das habe ich schon. Aber ich möchte, dass du vorbereitet bist. Er ist nur ein Mensch ...«

»Nein, ist er *nicht*.«

»O ... natürlich, Sire, aber ich meinte das nicht ...«

»Verdammter Mist. Hör mal, ich komme zurück. Ich will bei ihm sein.«

»Mir wäre es lieber, wenn du das nicht tätest. Er regt sich immer auf, wenn jemand im Raum ist, und das macht die Sache nicht besser. Im Augenblick ist sein Zustand so stabil, wie ich ihn bekommen kann, und er ist so schmerzfrei wie nur möglich.«

»Ich will nicht, dass er allein stirbt.«

Eine kleine Pause entstand. »Sire, wir alle sterben allein. Selbst wenn du bei ihm im Zimmer wärest, würde er doch am Ende ... allein in den Schleier gehen. Er braucht unbedingte Ruhe, damit sein Körper sich entscheiden kann, ob er sich noch einmal erholen wird. Wir tun für ihn, was wir können.«

V legte sich eine Hand über die Augen. Mit einer kläglichen Stimme, die er selbst gar nicht erkannte, sagte er: »Ich will nicht ... ich will ihn nicht verlieren. Ich, äh ... ich wüsste nicht, was ich täte, wenn er ...« Er hüstelte. »Ach, Mist.«

»Ich werde für ihn sorgen wie für mein eigen Fleisch und Blut. Gib ihm einen Tag, um sich zu stabilisieren.«

»Gut, dann morgen bei Einbruch der Nacht. Und du rufst mich an, falls sich sein Zustand verschlechtert.«

V legte auf und starrte unverwandt in eine der brennenden Kerzen. Über dem schwarzen Wachs schlängelte sich die kleine Flamme mit den Luftströmungen im Raum.

Die Flamme machte ihn nachdenklich. Das helle Gelb war so ... na ja, es hatte Ähnlichkeit mit blondem Haar, fand er.

Er zerrte sein Handy heraus. Havers hatte unrecht, was die Besucherfrage anging. Es hing einfach nur davon ab, wer der Besucher war. Oder die Besucherin.

Noch während er wählte, verabscheute er sich dafür, diese letzte Option zu nutzen, die ihm offenstand. Und wusste, dass das, was er hier tat, vermutlich nicht ganz fair war. Und wahrscheinlich einen Haufen Probleme verursachen würde. Aber wenn ein enger Freund den Tango mit dem Sensenmann tanzte, dann wurden eine ganze Menge Dinge plötzlich scheißegal.

»Herrin?«

Marissa blickte vom Schreibtisch ihres Bruders auf. Die Sitzordnung für das *Princeps*-Abendessen lag vor ihr, aber sie konnte sich nicht darauf konzentrieren. Ihre ganze Suche in der Klinik und im Haus hatte kein Ergebnis gebracht. Mittlerweile schrie alles in ihr danach, dass etwas nicht stimmte.

Sie zwang sich zu einem Lächeln für die *Doggen* im Türrahmen. »Ja, Karolyn?«

Die Dienerin verneigte sich. »Ein Anruf für Euch. Auf Leitung eins.«

»Danke.« Wieder neigte die *Doggen* den Kopf und ließ Marissa dann allein. »Ja?«, fragte sie ihn den Hörer.

»Er ist in dem Zimmer unten neben dem Labor.«

»Vishous?« Sie sprang auf. »Was ...«

»Geh durch die Tür mit der Aufschrift PUTZZEUG. Auf der rechten Seite befindet sich eine Tafel, die du aufdrückst. Vergiss nicht, einen ABC-Anzug überzuziehen, bevor du zu ihm gehst ...«

Butch ... o mein Gott. *Butch*. »Was ...«

»Hast du mich verstanden? Zieh dir den Schutzanzug an und behalt ihn auch an.«
»Was ist pa–«
»Autounfall. Geh. Jetzt sofort. Er stirbt.«
Marissa ließ den Hörer fallen und eilte aus dem Zimmer. Beinahe hätte sie Karolyn draußen in der Halle umgerannt.
»Herrin! Was ist denn los?«
Marissa schoss durch das Speisezimmer, drückte die Butlertür auf und taumelte in die Küche. In der Kurve zur Hintertreppe verlor sie einen ihrer hohen Schuhe, also schüttelte sie den anderen auch ab und rannte auf Strümpfen weiter. Am Fuß der Stufen tippte sie den Sicherheitscode zum Hintereingang der Klinik ein und stürzte in den Warteraum der Notaufnahme.

Schwestern riefen ihr hinterher, doch sie achtete gar nicht darauf, sondern hastete weiter in den Flur zum Labor. Sie fand die Tür mit der Aufschrift PUTZZEUG und riss sie auf.

Keuchend sah sie sich um ... nichts. Nur Schrubber und leere Eimer und Kittel. Aber Vishous hatte ja auch gesagt ...

Moment mal. Auf dem Fußboden waren ganz schwache Rillen zu erkennen, ein kleines Muster von Abnutzungsspuren, die auf eine verborgene Tür deuteten. Sie schob die Kittel aus dem Weg und fand eine flache Tafel. Verzweifelt bearbeitete sie sie mit den Fingernägeln und bekam sie schließlich auf. Sie runzelte die Stirn. Dahinter lag ein schwach beleuchteter Beobachtungsraum mit einer Hightech-Computeranlage und Überwachungsmonitoren. Im blauen Schein eines der Bildschirme entdeckte sie ein Krankenhausbett. Und darauf lag ein Mann mit ausgestreckten Armen und Beinen, fixiert durch Schläuche und Drähte, die in seinem Körper steckten. *Butch.*

Ohne zu zögern, stürmte sie an den gelben Schutzanzügen und Gesichtsmasken neben der Tür vorbei und in den Raum hinein. Die Luftschleuse öffnete sich mit einem Zischen.

»Gütige Jungfrau im Schleier ...« Ihre Hand legte sich auf ihren Hals.

Er lag eindeutig im Sterben. Sie konnte es spüren. Aber da war noch etwas anderes – etwas Furchtbares, etwas, das ihren Überlebensinstinkt auslöste, als stünde ein Angreifer mit einer gezückten Waffe vor ihr. Ihr Körper wollte wegrennen, flüchten, sich in Sicherheit bringen.

Doch ihr Herz trug sie an das Bett. »O mein Gott.«

Der OP-Kittel bedeckte seine Arme und Beine nicht, und es schien, als hätte er am ganzen Körper Prellungen und Wunden. Und sein Gesicht war völlig zerschlagen.

Als er aufstöhnte, wollte sie seine Hand nehmen – gütiger Himmel, hier auch. Seine Finger waren an den Spitzen geschwollen, die Haut violett, und einige der Nägel fehlten.

Sie wollte ihn berühren, aber sie wusste nicht, wo. »Butch?«

Beim Klang ihrer Stimme lief ein Ruck durch seinen Körper, und er schlug die Augen auf. Zumindest eins davon.

Er richtete den Blick auf sie, und der Anflug eines Lächelns zupfte an seinen Lippen. »Du bist zurück. Ich habe dich ... gerade in der Tür gesehen.« Seine Stimme klang schwach, ein blechernes Echo seines normalen Basses. »Ich habe dich dort ... gesehen und dann aber ... wieder verloren. Aber hier bist du ja.«

Sachte setzte sie sich auf die Bettkante und überlegte, für welche der Schwestern er sie wohl hielt. »Butch ...«

»Wo ist ... dein gelbes Kleid hin?« Seine Worte waren schwer verständlich, da sich sein Mund kaum bewegte, so als wäre sein Kiefer gebrochen. »Du warst so wunderschön ... in diesem gelben Kleid ...«

Eindeutig eine Schwester. Diese Anzüge, die da neben der Tür hingen, waren gel- ... *Ach du grüne Neune.* Sie hatte keinen übergezogen. Falls sein Immunsystem geschwächt war, brauchte er Schutz.

»Butch, ich gehe nur schnell raus und hole ...«

»Nein – lass mich nicht allein ... geh nicht ...« Seine Hände begannen sich in der Fixierung zu winden, die Lederbänder knarrten. »Bitte ... lieber Gott ... lass mich nicht allein ...«

»Ist ja gut, ich komme gleich wieder.«

»Nein ... Frau ... ich liebe ... gelbes Kleid ... lass mich nicht allein ...«

Ratlos beugte sie sich herunter und legte ihm die Hand auf die Wange. »Ich lasse dich nicht allein.«

Mühsam schob er sein geschwollenes Gesicht an ihre Finger heran, die aufgesprungenen Lippen strichen über ihre Haut, als er flüsterte: »Versprich es mir.«

»Ich ...«

Die Luftschleuse zischte erneut, und Havers kam in den Raum gestürzt, als hätte man ihn aus einer Kanone geschossen. Und durch die gelbe Maske, die er trug, konnte man das Entsetzen in seinem Blick deutlich erkennen.

»Marissa!« Er schwankte in seinem Schutzanzug, die Stimme gedämpft und panisch. »Gütige Jungfrau im Schleier, was machst du – du müsstest einen Schutzanzug tragen!«

Auf dem Bett begann Butch zu zappeln, und sie streichelte sanft seinen Unterarm. »Sch-sch, ich bin ja da.« Als er sich wieder etwas beruhigt hatte, sagte sie: »Ich ziehe jetzt sofort einen an ...«

»Du hast ja keine Ahnung! Lieber Himmel!« Havers bebte am gesamten Körper. »Nun bist du in Gefahr. Du könntest verseucht sein.«

»Verseucht?« Sie sah Butch verwirrt an.

»Du musst es doch gespürt haben, als du hier hereingekommen bist!« Ein Sturzbach von Worten kam über Havers' Lippen, von denen sie kein einziges wirklich wahrnahm. Während ihr Bruder immer weitersprach, richteten sich ihre Gedanken neu aus, die Zahnräder griffen ineinander. Es spielte keine Rolle, dass Butch keine Ahnung hatte, wer sie war. Wenn diese Verwechslung seinen Kampfeswillen aufrecht hielt und ihn damit leben ließ, dann war das alles, was zählte.

»Marissa, hörst du mich nicht? Du bist vers–«

Sie warf einen Blick über die Schulter. »Tja, wenn ich jetzt verseucht bin, dann heißt das wohl, dass ich hier bei ihm bleibe.«

7

John Matthew nahm die Kampfhaltung ein und festigte seinen Griff um den Dolch. Auf der gegenüberliegenden Seite der Trainingshalle, jenseits eines Meeres blauer Matten, hingen drei Boxsäcke. Er konzentrierte sich, und vor seinem inneren Auge verwandelte sich der mittlere davon in einen *Lesser*. Er stellte sich das weiße Haar vor und die blassen Augen und die bleiche Haut, die ihn in seinen Träumen heimsuchten. Dann rannte er los. Die nackten Füße klatschten auf die dicken Plastikmatten.

Sein schmächtiger Körper besaß weder Geschwindigkeit noch Kraft, aber sein Wille war enorm. Und irgendwann innerhalb des kommenden Jahres würde der Rest von ihm zur Stärke seines Hasses aufholen. Er konnte kaum erwarten, dass endlich seine Transition begann.

Die Klinge hoch über den Kopf erhoben, öffnete er den Mund zu einem Kriegsgeheul. Nichts kam heraus, da er stumm war, aber er stellte sich vor, einen Riesenlärm zu veranstalten.

So wie er das sah, hatten die *Lesser* seine Eltern getötet. Tohr und Wellsie hatten ihn bei sich aufgenommen, ihm erklärt, was er wirklich war, ihm die einzige Liebe gegeben, die er je erfahren hatte. Als diese Bastarde Wellsie ermordet hatten und Tohr daraufhin verschwand, blieb John nichts als seine Rache – Rache für sie und das andere unschuldige Leben, das im Januar verloren worden war.

John näherte sich dem Boxsack frontal, die Arme hoch erhoben. Im letzten Moment duckte er sich, rollte sich über die Matte ab, kam blitzschnell mit dem Messer wieder hoch und traf den Sack von unten mit dem Messer. Wenn das eine echte Kampfsituation gewesen wäre, hätte die Klinge den *Lesser* in die Eingeweide getroffen. Tief hinein.

Er drehte den Griff herum.

Dann sprang er auf die Füße und wirbelte herum. In seiner Fantasie fiel der Untote auf die Knie und hielt sich das Loch in seinem Unterleib. Nun stach er von oben auf den Boxsack ein, wobei er sich vorstellte, die Klinge hinten in seinem Nacken zu versenken …

»John?«

Keuchend schnellte er herum.

Die Frau, die auf ihn zukam, brachte ihn zum Zittern – und das nicht nur, weil sie ihn zu Tode erschreckt hatte. Es war Beth Randall, die Königin, die Halb-Vampirin, die außerdem seine Schwester war, zumindest laut eines Bluttests. Seltsamerweise nahm sich sein Kopf immer eine kleine Auszeit, wenn sie in der Nähe war, und sein Gehirn bekam einen Krampf; aber wenigstens fiel er nicht mehr in Ohnmacht. Was seine erste Reaktion auf sie gewesen war.

Nun lief Beth über die Matten, eine große, schlanke Frau in Jeans und weißem Rolli, das dunkle Haar von exakt derselben Farbe wie seins. Als sie näher kam, konnte er Wraths Bindungsduft an ihr riechen, das dunkle Aroma ihres *Hell-*

ren. John vermutete, dass die Kennzeichnung beim Sex geschah, da der Geruch immer am stärksten war, wenn sie aus ihrem Schlafzimmer kamen.

»John, möchtest du dich zur letzten Mahlzeit der Nacht zu uns setzen?«

Ich muss hierbleiben und üben, bedeutete er mit den Händen. Jeder im Haushalt hatte inzwischen die Zeichensprache gelernt, und dieses Zugeständnis an seine Schwäche, an seine fehlende Stimme, verdross ihn. Er wünschte, sie müssten so etwas nicht für ihn tun. Er wünschte, er wäre normal.

»Wir würden dich gern sehen. Und du verbringst so viel Zeit hier.«

Training ist wichtig.

Sie beäugte die Klinge in seiner Hand. »Andere Dinge aber auch.«

Als er sie nur weiter anstarrte, blickten sich ihre dunkelblauen Augen in der Halle um, als suchten sie nach einem überzeugenden Argument.

»Bitte, John, wir ... machen uns Sorgen um dich.«

Es gab eine Zeit, vor etwa drei Monaten, da hätte er sich über diese Worte von ihr gefreut. Von jedem. Aber jetzt nicht mehr. Er wollte nicht, dass sie sich um ihn sorgte. Er wollte, dass sie ihm aus dem Weg ging.

Er schüttelte den Kopf, und sie seufzte tief auf. »In Ordnung. Ich stelle dir etwas zu essen ins Büro, ja? Bitte ... iss etwas.«

Er neigte den Kopf einmal, und als sie die Hand hob, wie um ihn anzufassen, trat er beiseite. Ohne ein weiteres Wort wandte sie sich ab und ging zurück über die blauen Matten.

Die Tür schloss sich hinter ihr, und John trabte wieder zum anderen Ende der Halle und kauerte sich hin. Als er erneut losstürmte, hob er die Klinge, so hoch er konnte, sein grenzenloser Hass verlieh seinen Armen und Beinen Kraft.

Mr X trat um die Mittagszeit in Aktion. Er marschierte in die Garage des Hauses, in dem er seine Akkus wieder auflud, und stieg in den unauffälligen Minivan, der ihm inmitten von Caldwells menschlichem Verkehr als Tarnung diente.

Er hatte kein Interesse an dieser Aufgabe; aber wenn der Meister einen Befehl gab und man der Haupt-*Lesser* war, dann gehorchte man. Entweder das, oder man wurde gefeuert. Das aber hatte Mr X schon einmal hinter sich gebracht, und es war kein Vergnügen gewesen: Von Omega die Entlassungspapiere zu bekommen, war ungefähr so spaßig, wie einen Stacheldrahtsalat zu verspeisen.

Dass Mr X überhaupt wieder zurück auf dem beschissenen Planeten war und sich erneut in dieser Rolle fand, war für ihn selbst immer noch ein Schock. Aber offenbar hatte der Meister das Personalkarussell unter den Haupt-*Lessern* sattgehabt und wollte bei einem Mann bleiben. Da Mr X scheinbar seit fünfzig oder sechzig Jahren der Beste in dem Haufen gewesen war, hatte man ihn zu einer weiteren Runde einberufen.

Neu aufgelegt aus der Hölle.

Also ging er heute an die Arbeit. Lustlos steckte er den Schlüssel in die Zündung, er war nicht mehr die Führungspersönlichkeit, die er einst gewesen war. Aber es war auch schwer, sich in dieser Situation zu motivieren; er konnte nur verlieren. Omega würde wieder stinksauer werden, und seinen Zorn an seiner Nummer eins auslassen. Das war unausweichlich.

In der hellen Mittagssonne lenkte Mr X den Wagen aus der fröhlichen Wohnsiedlung heraus, vorbei an Monopoly-Häusern, die in den späten Neunzigerjahren entstanden waren. Sie alle sahen gleich aus, der gemeinsame Genpool an architektonischen Merkmalen machte sie zu Variationen von Puppenhäusern. Große Terrassen mit etwas Außenstuckverzierung. Viele, viele Plastikfensterläden. Viel, viel jahreszeitliche Deko, momentan zum Thema Ostern.

Das perfekte Versteck für einen *Lesser:* Ein Dornengebüsch aus überforderten Hausfrauen-Mamis und gestressten Karriere-Papis.

Mr X fuhr über die Lily Lane auf die Route 22. Am Stoppschild hielt er an. Sein GPS zeigte ihm den genauen Punkt im Wald an, den er nach Omegas Willen aufsuchen sollte. Die Fahrtzeit betrug zwölf Minuten, und das war gut. Der Meister war höchst ungeduldig, er wollte unbedingt herausfinden, ob sein Plan mit dem trojanischen Menschen funktioniert hatte, begierig zu erfahren, ob die Bruderschaft ihren kleinen Spielgefährten wieder bei sich aufgenommen hatte.

Mr X dachte an den Burschen, er war sich ganz sicher, ihm schon einmal begegnet zu sein. Doch obwohl er angestrengt überlegte, wo und wann, spielte das heute überhaupt keine Rolle. Und es hatte auch keine Rolle gespielt, als Mr X den Mistkerl bearbeitet hatte.

Mannomann, war der Typ war ein harter Brocken gewesen. Nicht ein Wort über die Bruderschaft war über seine Lippen gekommen, egal, was er mit ihm angestellt hatte. Mr X war beeindruckt gewesen. Ein Typ wie der wäre eine echte Waffe, wen man ihn umdrehen könnte.

Oder vielleicht war das auch längst geschehen. Vielleicht war dieser Mensch jetzt einer von ihnen.

Kurze Zeit später parkte Mr X den Chrysler Town & Country auf dem Seitenstreifen der Route 22 und marschierte in den Wald. In einem bizarren Märzsturm war gestern Nacht noch einmal Schnee gefallen, der nun die Äste polsterte, als hätten sich die Bäume zum Footballspielen verabredet. Eigentlich ganz hübsch. Wenn man auf dem Naturtrip war.

Je weiter er durch den Wald lief, desto weniger brauchte er das Navigationsgerät, denn er konnte die Essenz seines Meisters spüren, so deutlich, als liefe Omega vor ihm. Vielleicht war der Mensch doch nicht von den Brüdern abgeholt worden ...

Na, sieh mal einer an.

Als Mr X eine Lichtung erreichte, entdeckte er einen versengten runden Fleck auf dem Boden. Die Hitze, die dort aufgelodert war, musste groß genug gewesen sein, um den Schnee zu schmelzen und den Boden matschig werden zu lassen, bevor er wieder gefror. Im ganzen Umkreis hingen Überreste von Omegas Anwesenheit in der Luft, wie der Gestank von Müllsäcken im Sommer, noch lange nachdem sie abgeholt wurden. Er atmete durch die Nase ein. Ja, genau, etwas Menschliches schwang auch in der Mischung mit.

Heilige Scheiße. Sie hatten den Kerl getötet. Die Bruderschaft hatte diesen Menschen vernichtet. Interessant. Nur ... warum hatte Omega nicht gewusst, dass der Mann tot war? Vielleicht hatte er nicht genug von ihm in sich gehabt, um nach Hause zum Meister gerufen zu werden?

Diese Nachricht würde Omega überhaupt nicht gefallen. Er war allergisch auf Misserfolge: Sie machten ihn nervös. Und Nervosität führte zu schlimmen Dingen für Haupt-*Lesser*.

Mr X kniete sich auf die verdorrte Erde und beneidete den Menschen glühend. Was für ein Glückspilz. Wenn ein *Lesser* ins Gras biss, dann erwartete ihn auf der anderen Seite endloses Elend, ein Horrortrip, die christliche Vorstellung der Hölle hoch zehn: Wurde ein *Lesser* getötet, kehrte er zurück in die Venen von Omegas Körper. Dort kreiste und kreiste er in einer bösen Brühe zusammen mit anderen toten *Lessern* und wurde zu genau dem Blut, das der Meister während der Aufnahmezeremonie in ein neues Mitglied der Gesellschaft pumpte. Und für die wiederhergestellten *Lesser* nahmen die brennende Kälte und der beißende Hunger und der zermürbende Druck kein Ende, denn man blieb bei Bewusstsein. Bis in alle Ewigkeit.

Mr X überlief ein Schauer. Zu Lebzeiten war er Atheist gewesen, hatte den Tod als Schlusspunkt betrachtet. Jetzt, als *Lesser*, wusste er ganz genau, was ihn erwartete, wenn der Meister die Geduld verlor und ihn wieder feuerte.

Und doch gab es Hoffnung. Mr X hatte ein kleines Schlupfloch entdeckt, vorausgesetzt, die Puzzleteile fügten sich richtig zusammen.

Mit ein bisschen Glück hatte er einen Weg aus Omegas Welt gefunden.

9

Butch brauchte drei lange Tage, um aufzuwachen, und er tauchte aus dem Koma auf wie eine Boje aus dem Wasser, stieg aus den Tiefen des Nichts hoch und tanzte auf der Oberfläche des Realitätssees aus Geräuschen und Anblicken. Irgendwann gelang es ihm, zu rekonstruieren, dass er auf eine weiße Wand vor sich starrte und im Hintergrund ein leises Piepsen hörte.

Krankenhaus. Genau. Und die Fesseln um Arme und Beine waren jetzt weg.

Nur so aus Spaß drehte er sich auf den Rücken und drückte Kopf und Schultern vom Bett hoch. Diese aufrechte Position behielt er bei, er mochte das Gefühl, dass der ganze Raum sich drehte. Das lenkte ihn von dem bunten Reigen von Schmerzen und Beschwerden in seinem Körper ab.

Mannomann, er hatte schräge, wunderbare Träume gehabt. Marissa, die an seinem Bett saß und ihn pflegte. Seinen Arm, sein Haar, sein Gesicht streichelte. Ihm zuflüsterte, er solle bei ihr bleiben. Ihre Stimme war es gewesen, die ihn in seinem Körper gehalten hatte, die ihn von dem weißen Licht ferngehalten hatte, das eindeutig die Tür zum Jenseits gewesen sein musste. Wie jeder Idiot wusste, der *Poltergeist* gesehen hatte. Für sie hatte er durchgehalten und dem stetigen, kräftigen Schlagen seines Herzens nach zu urteilen, würde er es schaffen.

Nur, dass natürlich die Träume alle ein Schwindel gewesen waren. Sie war nicht hier, und jetzt steckte er wieder in seiner Haut fest, bis ihn das nächste krasse Erlebnis zu Boden warf.

Typisch, er musste natürlich trotzdem weiteratmen.

Jetzt blickte er an dem Infusionsbeutelhalter hoch. Beäugte den Katheter. Drehte den Kopf seitlich, wo offenbar ein Badezimmer war. Dusche. O Gott, er würde sein linkes Ei für eine Dusche geben.

Als er seine Beine zur Seite schob, war ihm durchaus bewusst, dass das, was er vorhatte, vermutlich keine so tolle Idee war. Aber er sagte sich, während er den Katheterbeutel neben die Infusionen hängte, dass zumindest das Karussell zum Stehen gekommen war.

Ein paar tiefe Atemzüge, dann ergriff er den Infusionshalter als Stütze.

Seine Füße trafen auf den kalten Boden. Das Gewicht verlagerte sich auf die Beine.

Seine Knie gaben postwendend nach.

Als er zurück auf das Bett fiel, wusste er, dass er es niemals ins Bad schaffen würde. Ohne Hoffnung auf heißes Wasser wandte er den Kopf herum und schielte mit nackter Begierde in Richtung der Dusche …

Butch schnappte nach Luft, als hätte er einen Schlag auf den Hinterkopf bekommen.

In der Ecke auf dem Boden lag Marissa, seitlich zusammengerollt. Ihr Kopf ruhte auf einem Kissen, und ein wunderschönes Kleid aus blassblauem Chiffon ergoss sich über ihre Beine. Überall um sie herum lag ihr Haar ausgebreitet, dieser unglaubliche Wasserfall aus hellem Blond, dieser romantische Strom aus welligen Strähnen.

O Gott. Sie war tatsächlich bei ihm gewesen. Sie hatte ihn wahrlich gerettet.

Ganz neue Kräfte strömten in seinen Körper, als er aufstand und über das Linoleum schlingerte. Er wollte sich hinknien, wusste aber, dass er vermutlich nicht wieder hochkäme; also blieb er einfach neben ihr stehen.

Warum war sie hier? Das Letzte, an das er sich im Zusammenhang mit ihr erinnerte, war, dass sie nichts von ihm wissen wollte. Sie hatte ihn ja nicht einmal sehen wollen, als er vergangenen September in der Hoffnung auf ... alles zu ihr gekommen war.

»Marissa?« Seine Stimme war völlig im Eimer, und er musste sich erst räuspern. »Marissa, wach bitte auf.«

Ihre Lider flatterten, und wie vom Blitz getroffen setzte sie sich auf. Ihre Augen, diese hellblauen, leuchtenden Augen, begegneten seinen. »Du wirst stürzen!«

Gerade als sein Körper anfing zu kippen und er Übergewicht nach hinten bekam, sprang sie auf die Füße und fing ihn auf. Trotz ihres zarten Körpers hielt sie ihn mit Leichtigkeit, was ihn wieder daran erinnerte, dass sie kein Mensch und wahrscheinlich stärker als er selbst war. Sie half ihm zurück ins Bett und deckte ihn zu. Dass er schwach wie ein kleines Kind war und sie ihn gezwungenermaßen auch so behandelte, verletzte seinen Stolz.

»Warum bist du hier?« Sein Ton war so scharf wie seine Beschämung.

Da sie ihm nicht in die Augen sah, wusste er, dass ihr die Situation genauso unangenehm war. »Vishous sagte mir, du seiest verletzt.«

Aha, also hatte V ihr ein schlechtes Gewissen eingeredet, damit sie hier die Florence-Nightingale-Nummer abzog. Dieser Mistkerl wusste, dass Butch völlig vernarrt in die Frau war, und dass der Klang ihrer Stimme ihn zurückbringen würde. Aber Marissa geriet damit in eine unmögliche Lage, als widerstrebende Leine des sprichwörtlichen Rettungsbootes.

Butch knurrte, als er sein Gewicht verlagerte. Und auch wegen seines angeknacksten Stolzes.

»Wie fühlst du dich?«, erkundigte sie sich.

»Besser.« Vergleichsweise. Allerdings wäre vom Bus überfahren zu werden auch ein Pappenstiel gegen das, was der *Lesser* mit ihm gemacht hatte. »Du brauchst also nicht zu bleiben.«

Ihre Hand rutschte langsam von der Decke, und sie machte einen langsamen Atemzug, ihre Brüste hoben sich unter dem kostbaren Mieder ihrer Robe. Als sie die Arme um sich schlang, nahm ihr Körper eine elegante S-Pose an.

Er wandte den Blick ab, beschämt, weil ein Teil von ihm ihr Mitleid ausnutzen und sie bei sich behalten wollte. »Marissa, du kannst jetzt gehen, wenn du willst.«

»Nein, das kann ich nicht.«

Er runzelte die Stirn und warf ihr einen schnellen Blick zu. »Warum denn nicht?«

Ein Zischen ertönte, und ein Alien kam in den Raum spaziert. Die Gestalt trug einen gelben Anzug und eine Atemmaske. Das Gesicht hinter dem durchsichtigen Plastik war weiblich, die Züge aber verschwommen.

Voller Entsetzen sah Butch Marissa an. »Warum zum Henker trägst du nicht auch so eine Aufmachung?« Er hatte keine Ahnung, was für eine Infektion er haben könnte, aber da das Pflegepersonal so einen Aufwand betrieb, musste sie wohl tödlich sein.

Marissa zuckte zusammen, woraufhin er sich wie ein totaler Trottel vorkam. »Ich ... nur so.«

»Sire?«, unterbrach die Schwester sanft. »Ich würde Euch gerne Blut abnehmen, wenn Ihr nichts dagegen habt.«

Immer noch Marissa unverwandt anstarrend, streckte er gehorsam einen Arm aus. »Du hättest doch auch so einen Anzug anhaben sollen, als du hereingekommen bist, oder? Oder?«

»Ja.«

»Verdammt«, bellte er. »Warum hast du nicht ...«

Als die Schwester ihm die Spritze in die Armbeuge rammte, wich Butchs Kraft aus ihm, als hätte sie einen Ballon mit ihrer Nadel platzen lassen.

Ihm wurde schwindlig, und sein Kopf sank zurück aufs Kissen. Aber er war immer noch sauer. »Du hättest so einen Anzug anhaben sollen.«

Marissa antwortete nicht, sie lief nur im Raum auf und ab.

In der Stille beäugte er die kleine Ampulle, die an seiner Vene hing. Als die Schwester sie gegen eine neue austauschte, fiel ihm unweigerlich auf, dass sein Blut dunkler als normal wirkte. Viel dunkler.

»Du lieber Himmel ... was zum Teufel kommt denn da aus mir raus?«

»Es ist schon besser als vorher. Viel besser.« Durch die Maske konnte er die Schwester lächeln sehen.

»Dann will ich nicht wissen, wie es vorher aussah«, murmelte er. Das Zeug sah aus wie bräunlicher Schlamm.

Als die Schwester fertig war, schob sie ihm noch ein Thermometer unter die Zunge und überprüfte die Maschinen hinter dem Bett. »Ich bringe Euch etwas zu essen.«

»Hat sie etwas gegessen?«, nuschelte er.

»Bitte den Mund geschlossen halten.« Man hörte ein Piepsen, dann nahm die Schwester ihm den Plastikstab wieder ab. »Viel besser. Möchten Sie irgendetwas?«

Er dachte daran, dass Marissa aus schlechtem Gewissen ihr Leben riskierte. »Ja, dass sie geht.«

Marissa hörte die Worte und blieb wie angewurzelt stehen. Sie sackte an die Wand und sah an sich herunter. Überraschenderweise passte ihr das Kleid noch. Sie fühlte sich, als wäre sie auf halbe Größe geschrumpft. Klein. Unbedeutend.

Als die Schwester gegangen war, brannten Butchs haselnussbraune Augen. »Wie lange musst du hierbleiben?«

»Bis Havers mir sagt, dass ich gehen kann.«

»Bist du krank?«

Sie schüttelte den Kopf.

»Was behandeln sie hier?«

»Deine Verletzungen aus dem Autounfall. Die sehr schwer waren.«

»Autounfall?« Er wirkte verwirrt, dann deutete er mit dem Kopf auf die Infusionen, als wollte er das Thema wechseln. »Was ist da drin?«

Sie verschränkte die Arme vor der Brust und zählte die Antibiotika, die Nährlösungen, die Schmerzmittel und die Gerinnungshemmer auf, die man ihm verabreichte. »Und Vishous kommt auch her, um zu helfen.«

Sie dachte an den Bruder und seine entwaffnenden Diamantaugen und die Tätowierungen an der Schläfe ... und seine unübersehbare Abneigung gegen sie. Er war der Einzige, der ohne Schutzkleidung in den Raum kam, und zwar zweimal täglich, bei Einbruch der Nacht und vor Morgengrauen.

»V war hier?«

»Er hält seine Hand über deinen Bauch. Das tut dir gut.« Als der Bruder das erste Mal die Decke weggeklappt und den OP-Kittel über Butchs Körper hochgezogen hatte, war sie sowohl angesichts des sehr persönlichen Anblicks als auch der Autorität des Bruders sprachlos gewesen. Doch dann war sie aus einem weiteren Grund verstummt. Butchs Bauchwunde hatte ihr Angst eingejagt – und dann auch Vishous. Er hatte seinen Handschuh abgestreift, den er immer trug, und eine leuchtende Hand enthüllt, die von oben bis unten tätowiert war.

Sie war zu Tode erschrocken gewesen, doch Vishous ließ die Hand einfach nur etwa zehn Zentimeter über Butchs Bauch schweben. Selbst in seiner Bewusstlosigkeit hatte Butch erleichtert aufgeseufzt.

Hinterher hatte Vishous Butchs Kittel wieder heruntergezogen und sich zu Marissa umgedreht. Er hatte ihr befohlen, die Augen zu schließen, und obwohl sie Angst hatte, hatte sie gehorcht. Beinahe unmittelbar hatte sich ein tiefer Frieden über sie gesenkt, als würde sie in weißem, beruhigendem Licht gebadet. Das tat er jedes Mal mit ihr, bevor er wieder ging, und sie wusste, dass er sie schützte. Wenn sie sich auch nicht erklären konnte, warum, da er sie ja eindeutig verachtete.

Nun wandte sie ihre Aufmerksamkeit wieder Butch und seinen Wunden zu. »Du hattest doch einen Autounfall, oder?«

Er schloss die Augen. »Ich bin sehr müde.«

Sie setzte sich auf den nackten Boden und schlang die Arme um die Knie. Havers hatte eine Pritsche oder einen bequemen Stuhl hereinbringen lassen wollen, aber sie hatte befürchtet, so dem Pflegepersonal den Weg zum Bett zu versperren, falls Butchs lebenswichtige Organe wieder versagten. Havers hatte nicht widersprochen.

Nach Gott weiß wie vielen Tagen hier war ihr Rücken steif, und ihre Augenlider fühlten sich an wie Schmirgelpapier. Aber solange sie um Butchs Leben gekämpft hatte, war sie nicht müde gewesen. Sie hatte nicht einmal bemerkt, wie die Zeit verging, war immer überrascht gewesen, wenn

Essen gebracht wurde oder eine Schwester oder Havers kam. Oder Vishous eintraf.

Bis jetzt war sie nicht krank. Doch bevor Vishous das erste Mal vorbeikam, hatte sie sich schon unwohl gefühlt. Aber seit er diese Sache mit seiner Hand machte, ging es ihr gut.

Marissa warf einen Blick auf das Bett. Immer noch war sie neugierig, warum Vishous sie in diesen Raum gerufen hatte. Sicherlich bewirkte doch die Hand des Bruders mehr Gutes als sie.

Während die Maschinen leise piepten und das Gebläse an der Decke ansprang, wanderte ihr Blick langsam an Butchs ausgestrecktem Körper herab. Sie errötete, als sie daran dachte, was sich da unter der Decke befand.

Jetzt kannte sie jeden Zentimeter seines Körpers.

Seine Haut straffte sich glatt über all seinen Muskeln, und im unteren Rückenbereich war er mit schwarzer Tinte tätowiert – eine Ansammlung von Strichen, jeweils vier dicht nebeneinander, wobei über jedes Bündel ein Schrägstrich verlief. Fünfundzwanzig davon, wenn sie richtig gerechnet hatte, manche schon verblasst, als wären sie vor Jahren gemacht worden. Woran sie ihn wohl erinnerten?

Was seine Vorderseite betraf, hatte sie der Schatten von dunklem Haar auf seiner Brust überrascht. Sie hatte nicht gewusst, dass Menschen im Gegensatz zu ihrer eigenen Spezies nicht völlig unbehaart waren. Viel Haar hatte er allerdings nicht auf der Brust, und es verjüngte sich rasch zu einer dünnen Linie unter seinem Bauchnabel.

Und weiter unten ... Sie schämte sich, aber sie musste zugeben, dass sie seine Männlichkeit angesehen hatte. An der Stelle, wo seine Schenkel sich trafen, war das Haar dunkel und sehr dicht, und in der Mitte hatte er einen dicken Stab, beinahe so breit wie ihr Handgelenk. Darunter lag ein schwerer, kräftiger Hodensack.

Er war der erste Mann, den sie jemals nackt gesehen hatte, und die Aktmodelle aus ihrem Kunstgeschichtskurs waren damit einfach nicht zu vergleichen. Er war wunderschön. Faszinierend.

Sie ließ den Kopf in den Nacken fallen und betrachtete die Zimmerdecke. Wie unschön, dass sie in seine Privatsphäre eingedrungen war. Und wie unschön war es, dass ihr Körper sich bei der bloßen Erinnerung daran regte?

O Gott, wann konnte sie endlich hier raus?

Geistesabwesend betastete sie den zarten Stoff ihrer Robe und neigte den Kopf zur Seite, um den Fall des blassblauen Chiffons zu betrachten. Die zauberhafte Kreation von Narciso Rodriguez hätte eigentlich sehr bequem sein sollen, aber ihr Korsett – das sie immer trug, wie es sich gehörte – störte sie allmählich massiv. Die Sache war nur die, dass sie unbedingt für Butch hübsch aussehen wollte. Obwohl es ihm egal war, was nicht an seiner Krankheit lag. Er fühlte sich einfach nicht mehr von ihr angezogen. Wollte sie auch nicht um sich haben.

Dennoch würde sie sich weiterhin umziehen, wenn frische Kleider gebracht wurden.

Schade nur, dass alles, was sie hier trug, danach in den Ofen musste. Ein Jammer, all diese wundervollen Kleider zu verbrennen.

9

Dieser hellhaarige Kerl ist wieder da, dachte Van Dean mit einem Blick durch den schweren Maschendraht.

Das war jetzt schon die dritte Woche in Folge, dass der Typ Caldwells geheimem »Fight Club« einen Besuch abstattete. Unter der jubelnden Menge um den Käfig herum stach er hervor wie ein Neonschild, obwohl Van sich nicht ganz im Klaren darüber war, warum das so war.

Als ihn ein Knie in die Seite traf, wandte er seine Konzentration wieder dem zu, was er gerade tat. Er zog die nackte Faust zurück und ließ seinen Arm dann vorschnellen, direkt in das Gesicht seines Gegners. Blut spritzte aus dessen Nase hervor, eine rote Fontäne landete den Bruchteil einer Sekunde vor dem dazugehörigen Körper auf der Matte.

Van stellte sich breitbeinig hin und betrachtete seinen Gegner, der unter ihm lag. Schweißtropfen tropften auf dessen Bauch herab. Es gab keinen Schiedsrichter, der Van daran hindern konnte, noch mehr Schläge zu platzieren. Keine Regeln, die ihm untersagten, diesen Fleischklumpen in die Nieren zu treten, bis der Bastard für den Rest seines Lebens zur Dialyse musste. Und sollte dieser menschliche Fußabstreifer auch nur zucken, wäre Van nicht mehr zu halten.

Mit seinen bloßen Händen den Tod zu bringen, genau das war es, was das spezielle Etwas in ihm wollte, wonach das spezielle Etwas in ihm lechzte. Van war schon immer anders gewesen – nicht nur als seine Gegner, sondern auch als alle anderen, denen er jemals begegnet war: Der Sitz seiner Seele gehörte nicht zu einem normalen Kämpfer, sondern zu einem Krieger vom römischen Typus. Er wünschte sich, in den vergangenen Zeiten zu leben, als man seinen Feind ausweidete, wenn er vor einem fiel … und danach suchte man sein Haus und schändete seine Frau und schlachtete seine Kinder ab und plünderte sein Haus. Und am Ende verbrannte man, was noch davon übrig war.

Aber er lebte im Hier und Jetzt. Und in jüngerer Zeit kam eine weitere Komplikation hinzu. Sein Körper machte nicht mehr so mit. Seine Schulter tat höllisch weh, und seine Knie ebenfalls, wobei er aufpasste, dass niemand davon erfuhr. Weder im noch außerhalb des Kampfkäfigs.

Als er den Arm seitlich ausstreckte, hörte er ein Knacken und verkniff sich eine Grimasse. Inzwischen brüllten die etwa fünfzig Zuschauer und rüttelten an dem drei Meter hohen Maschendrahtzaun. Gott, seine Fans liebten ihn. Riefen ihn beim Namen. Wollten mehr von ihm sehen.

Für das spezielle Etwas in ihm allerdings waren sie weitgehend bedeutungslos.

Inmitten der johlenden Menge traf sich sein Blick mit dem des hellhaarigen Mannes. Diese Augen waren verdammt noch mal gruselig. Ausdruckslos. Kein Schimmer von Leben darin. Und der Kerl klatschte auch nicht.

War ja auch egal.

Van stupste seinen Gegner mit dem Fuß an. Der Bursche stöhnte, öffnete aber die Augen nicht. *Game over.*

Die Männer um den Käfig herum flippten vor Begeisterung völlig aus.

Ungerührt sprang Van hoch und schwang seine hundert Kilo über den Zaun. Als er auf den Füßen landete, brüllte die Menge noch lauter, wich aber vor ihm zurück. Letzte Woche war ihm einer in die Quere gekommen, und hinterher hatte der kleine Trottel einen Zahn ausgespuckt.

Die Kampfarena lag in einer verlassenen Tiefgarage, und der Besitzer dieser Betoneinöde vermittelte die Fights. Die ganze Angelegenheit war extrem zwielichtig, Van und seine Gegner waren nicht mehr als das menschliche Äquivalent zu Kampfhähnen. Aber die Bezahlung war gut, und bisher hatte es noch keine Razzia gegeben – wobei das trotzdem immer ein Thema war. Zwischen Blut und Wetten hätten die Polizeimarken nichts verloren gehabt, das hier war eine Art Privatklub, und wer quatschte, war dran. Buchstäblich. Der Besitzer beschäftigte ein halbes Dutzend Schläger, die für Ordnung sorgten.

Van ging zu dem Mann mit dem Geld, erhielt seine fünfhundert Mäuse und seine Jacke und machte sich zu seinem Pick-up auf. Sein Unterhemd war voller Blut, aber das war ihm egal. Worüber er sich Sorgen machte, waren seine schmerzenden Gelenke. Und die linke Schulter. Mist. Jede Woche schien es ihm mehr und mehr abzuverlangen, dem speziellen Etwas in sich entgegenzukommen und die anderen Kerle zu verprügeln. Andererseits war neununddreißig auch in der Welt der Kämpfer längst das Rentenalter.

»Warum hast du aufgehört?«

Bei seinem Wagen angekommen, sah Van in die Windschutzscheibe der Fahrerseite. Es überraschte ihn nicht, dass ihm der hellhaarige Mann gefolgt war. »Ich spreche nicht mit Fans, Kumpel.«

»Ich bin kein Fan.«

Ihre Blicke trafen sich auf der glatten Oberfläche der Scheibe. »Und warum kommst du dann immer zu meinen Kämpfen?«

»Weil ich dir einen Vorschlag machen will.«

»Ich will keinen Manager.«

»Und ich bin keiner.«

Van warf einen Blick über die Schulter. Der Kerl war groß und hatte die Haltung eines Kämpfers, massige Schultern und lockere Arme. Hände wie gusseiserne Pfannen, von der Sorte, die sich zu einer Faust von der Größe einer Bowlingkugel ballen konnten.

Also daher wehte der Wind. »Wenn du mit mir in den Ring steigen willst, dann kannst du das da drüben arrangieren.« Er deutete auf den Mann mit dem Geld.

»Auch darauf bin ich nicht aus.«

Jetzt drehte Van sich um, dieses Frage-und-Antwort-Spiel ging ihm allmählich auf den Sack. »Und was willst du dann?«

»Zuerst muss ich wissen, warum du aufgehört hast.«

»Er lag am Boden.«

Ein ärgerlicher Ausdruck huschte über das Gesicht des Kerls. »Na und.«

»Weißt du was? Du gehst mir auf die Nerven.«

»Schön. Ich suche einen Mann, auf den deine Beschreibung passt.«

Na, das schränkte die Suche ja schon mal ziemlich ein. Krumme Nase in einem 08/15-Gesicht mit Armeehaarschnitt. Gähn. »Viele Typen sehen so aus wie ich.«

Mal abgesehen von seiner rechten Hand.

»Sag mal«, fragte der Kerl, »hat man dir den Blinddarm entfernt?«

Van verengte die Augen und steckte die Autoschlüssel wieder in die Tasche. »Eins von zwei Dingen wird jetzt gleich passieren, und du darfst dir aussuchen, welches. Du schiebst ab, und ich steige in meinen Wagen. Oder du redest weiter und es wird hässlich. Wie du willst.«

Der bleiche Mann kam noch näher. Du gute Güte ... er roch komisch. Nach ... Talkum?

»Droh mir gefälligst nicht, *Junge*.« Die Stimme war tief, und der Körper hinter den Worten bereit dazu, loszuschlagen.

Na, na, na ... was haben wir denn da. Eine echte Herausforderung.

Van schob sein Gesicht noch näher heran. »Dann komm verflucht noch mal zur Sache.«

»Dein Blinddarm?«

»Weg.«

Der Mann lächelte. Machte einen Schritt zurück. »Hättest du Lust auf einen Job?«

»Ich hab schon einen Job.«

»Auf dem Bau. Und du verprügelst Fremde für Geld.«

»Beides ist ehrliche Arbeit. Und wie lange schnüffelst du schon in meinen Angelegenheiten herum?«

»Lange genug.« Der Kerl streckte die Hand aus. »Joseph Xavier.«

Van ließ die Hand in der Luft hängen. »Kein Interesse, Joe.«

»Für dich heißt das Mr Xavier, mein Sohn. Und sicherlich hast du nichts dagegen, dir meinen Vorschlag wenigstens anzuhören.«

Van legte den Kopf zur Seite. »Weißt du was, ich habe viel Ähnlichkeit mit einer Hure. Ich lass mich gern bezahlen, wenn einer das bekommt, was er will. Also wie wär's, wenn du mir zuerst einen Hunderter in die Hand drückst, Joe, und dann hören wir uns mal an, was das für ein Vorschlag ist.«

Als der Mann ihn nur unbewegt ansah, spürte Van unerwartet einen Anflug von Furcht. Mann, irgendwas an dem Kerl war nicht normal.

Die Stimme des Bleichen wurde jetzt noch tiefer. »Zuerst sagst du meinen Namen, mein Sohn.«

Von ihm aus. Für hundert Dollar machte er sogar für einen Freak wie den hier Zungengymnastik. »Xavier.«

»Das heißt *Mr* Xavier.« Der Kerl lächelte wie ein Raubtier, nur Zähne, keine Fröhlichkeit. »Sag es, mein Sohn.«

Unverständlicherweise machte Van den Mund auf.

Unmittelbar bevor die Worte seine Lippen verließen, hatte er eine lebhafte Erinnerung an ein Erlebnis, das er mit sechzehn Jahren gehabt hatte. Er hatte einen Kopfsprung in den Hudson River gemacht, und mitten in der Luft hatte er den riesigen Fels unter der Wasseroberfläche gesehen, auf den er gleich aufschlagen würde. Er hatte gewusst, dass er nicht ausweichen konnte. Und so war es auch gewesen, unweigerlich traf sein Kopf auf den Stein, als wäre der Zusammenstoß vorbestimmt gewesen, als läge eine unsichtbare Schnur um seinen Hals, und der Fels hätte ihn zu sich gezogen. Aber das war nicht unbedingt schlecht gewesen, zumindest nicht sofort. Kurz nach dem Aufprall war da ein Schweben gewesen, eine süße, zufriedene Ruhe, als hätte sich sein Schicksal erfüllt. Und instinktiv hatte er gewusst, dass diese Empfindung ein Vorbote des Todes war.

Seltsam, dieselbe abgefahrene Desorientierung spürte er jetzt auch. Und dieselbe Ahnung, dass dieser Mann mit seiner papierweißen Haut wie der Tod war: unausweichlich und vorbestimmt – und speziell seinetwegen hier.

»Mr Xavier«, flüsterte Van.

Als der Hundertdollarschein vor ihm auftauchte, streckte er die Hand mit den vier Fingern danach aus.

Aber er wusste, er hätte auch ohne das Geld zugehört.

Stunden später rollte sich Butch herum und sah sich als Erstes nach Marissa um.

Sie saß in der Ecke, ein Buch lag aufgeschlagen neben ihr. Allerdings war ihr Blick nicht auf die Seiten gerichtet. Sie starrte auf die hellen Linoleumfliesen und zog das Fleckenmuster mit einem langen, vollkommenen Finger nach.

Sie sah schmerzhaft traurig und so wunderschön aus, dass seine Augen brannten. Mein Gott, allein bei der Vorstellung, er könnte sie anstecken oder sie auf irgendeine Art und Weise in Gefahr bringen, wollte er sich die Kehle aufschlitzen.

»Ich wünschte, du wärest nicht hergekommen«, krächzte er. Als sie zusammenzuckte, versuchte er sich zu verbessern. »Was ich meine, ist ...«

»Ich weiß schon, was du meinst.« Ihre Stimme wurde härter. »Hast du Hunger?«

»Ja.« Mühsam versuchte er, sich aufzusetzen. »Aber vor allem würde ich gern duschen.«

Mit einer eleganten, fließenden Bewegung stand sie auf, und es verschlug ihm den Atem, als sie auf ihn zukam. Dieses Kleid hatte exakt die Farbe ihrer Augen.

»Lass mich dir ins Badezimmer helfen.«

»Nein, das kann ich schon allein.«

Sie verschränkte die Arme vor der Brust. »Wenn du allein versuchst, ins Badezimmer zu gehen, wirst du stürzen und dir wehtun.«

»Dann ruf eine Schwester. Ich will nicht, dass du mich anfasst.«

Sie sah ihn an. Dann blinzelte sie einmal. Zweimal.

»Würdest du mich bitte kurz entschuldigen?«, sagte sie in gleichmäßigem Tonfall. »Ich muss auf die Toilette. Du kannst die Schwester mit dem roten Knopf dort rufen.«

Sie ging ins Badezimmer und schloss die Tür. Man hörte Wasser laufen.

Butch streckte die Hand nach dem kleinen roten Knopf aus, hielt dann aber inne, als das Rauschen aus dem Wasserhahn weiter durch die Tür drang. Das Geräusch wurde nicht unterbrochen, nicht als würde jemand sich die Hände oder das Gesicht waschen oder ein Glas voll füllen.

Und es ging immer weiter.

Ächzend rutschte er vom Bett und stand auf, dann hängte er sich an die Stange des Infusionshalters, bis das Gerät vor lauter Anstrengung wackelte. Er setzte langsam einen Fuß vor den anderen, bis er die Badezimmertür erreichte. Er presste das Ohr an das Holz. Außer dem Wasser hörte er nichts.

Aus irgendeinem Grund klopfte er leise. Dann ein zweites Mal. Noch einen Versuch, dann drehte er am Griff, obwohl sie sich beide in Grund und Boden schämen würden, wenn sie gerade auf der Toilette säße ...

Marissa saß tatsächlich auf der Toilette. Aber der Sitz war heruntergeklappt. Und sie weinte. Zitterte und weinte.

»O mein Gott ... Marissa.«

Sie stieß ein Quieken aus, als wäre er der Letzte auf der Welt, den sie sehen wollte. »Hau ab!«

Er stolperte herein und sank vor ihr auf die Knie. »Marissa ...«

Das Gesicht in den Händen vergraben, fauchte sie: »Ich wäre gern allein, wenn du nichts dagegen hättest.«

Er stellte das Wasser ab. Als sich das Becken mit einem Gurgeln leerte, war ihr ersticktes Atmen zu hören.

»Ist ja gut«, sagte er. »Du kannst ja bald gehen. Du kannst hier raus ...«

»Halt den Mund!« Sie ließ die Hände lange genug sinken, um ihn anzufunkeln. »Geh einfach zurück ins Bett und ruf die Schwester, wenn du das nicht bereits getan hast.«

Er hockte sich auf die Fersen, schwindlig, aber entschlossen. »Es tut mir leid, dass du hier bei mir festsitzt.«

»Darauf möchte ich *wetten*.«

Er zog die Brauen zusammen. »Marissa ...«

Das Geräusch der Luftschleuse schnitt ihm das Wort ab.

»Bulle?« Vs Stimme war nicht von Schutzkleidung gedämpft.

»Moment«, rief Butch. Marissa brauchte nicht noch mehr Publikum.

»Wo bist du, Bulle? Alles in Ordnung?«

Butch wollte aufstehen. Ehrlich. Aber als er sich an der Stange des Infusionsbeutelhalters festhielt und hochzog, versagten seine Beine den Dienst. Marissa versuchte noch, ihn zu halten, aber er entglitt ihr und landete mit ausgestreckten Armen und Beinen auf den Badezimmerfliesen, die Wange direkt neben der Abdichtung um den Toilettensockel. Undeutlich hörte er Marissa eindringlich sprechen. Dann kam Vs Ziegenbärtchen in sein Sichtfeld.

Butch sah seinen Mitbewohner an ... und sein Blick verschwamm, so froh war er, den Kerl zu sehen. Vishous' Gesicht war unverändert, der dunkle Bart um den Mund herum genau wie immer, die Tätowierungen an Ort und Stelle, die diamanthellen Augen immer noch leuchtend. Vertraut, so vertraut. Zuhause und Familie verpackt in einem Vampirpaket.

Aber Butch ließ keine Tränen fließen. Er lag schon hoffnungslos bewegungsunfähig neben einer Kloschüssel, liebe Güte. Jetzt noch zu flennen, würde das Fass der Peinlichkeit zum Überlaufen bringen.

Wild blinzelnd sagte er: »Wo ist denn deine beschissene Montur? Du weißt schon, der gelbe Anzug.«

V lächelte, die Augen ein wenig glänzend, als hätte auch er einen Kloß im Hals. »Keine Sorge, ich bin geschützt. Dann bist du also wieder bei uns, ja?«

»Und zu allen Schandtaten bereit.«

»So, so.«

»Aber hallo. Ich überlege, ob ich mich nicht zum Klempner umschulen lassen sollte. Wollte nur mal sehen, ob hier alles ordnungsgemäß abgedichtet ist. Ausgezeichnete Verfugung. Solltest du dir mal anschauen.«

»Wie wär's, wenn ich dich zurück ins Bett trage?«

»Erst wollte ich mir noch die Rohre am Waschbecken ansehen.«

Respekt und Zuneigung steckten hinter Vs coolem Grinsen. »Dann lass mich dir wenigstens aufhelfen.«

»Geht schon.« Unter Stöhnen versuchte Butch, sich aufzurichten, aber dann ließ er sich wieder auf den Boden sinken. Wie sich herausstellte, war es ein bisschen zu viel für ihn, den Kopf zu heben. Aber wenn sie ihn einfach lang genug hier liegen ließen – eine Woche, oder zehn Tage vielleicht?

»Jetzt komm schon, Bulle. Gib auf und lass mich dir helfen.«

Urplötzlich war Butch zu müde, um sich zu verstellen. Als er sich ganz fallen ließ, war ihm bewusst, dass Marissa ihn unverwandt ansah. *Mann, konnte man noch armseliger aussehen?* Das einzig Gute an der Sache war, dass ihm keine kalte Brise über den Hintern strich. Was darauf hindeutete, dass der Kittel nicht verrutscht war. Danke, lieber Gott.

Vs massige Arme schoben sich unter ihn, und dann wurde er mit Leichtigkeit aufgehoben. Beim Gehen kämpfte er dagegen an, den Kopf an die Schulter seines Freundes zu lehnen, wenn ihm auch vor Anstrengung der Schweiß ausbrach. Als er endlich wieder im Bett lag, zitterte er am ganzen Körper, und der Raum drehte sich.

Bevor V sich wieder aufrichtete, packte Butch ihn am Arm und flüsterte: »Ich muss mit dir sprechen. Allein.«

»Was ist denn?«, fragte V in der gleichen Tonlage.

Butch warf Marissa einen Seitenblick zu, die in der Ecke stehen geblieben war.

Errötend blickte sie zum Badezimmer, dann hob sie zwei großen Papiertüten auf. »Ich werde wohl mal duschen gehen. Würdet ihr mich entschuldigen?« Sie wartete nicht auf eine Antwort, sondern verschwand einfach nur im Bad.

Als die Tür ins Schloss fiel, setzte V sich auf die Bettkante. »Sprich.«

»Wie groß ist die Gefahr, in der sie schwebt?«

»Ich habe mich um sie gekümmert, und nach diesen drei Tagen scheint es ihr gut zu gehen. Wahrscheinlich kann sie bald gehen. Wir sind inzwischen alle ziemlich überzeugt davon, dass keine Kreuzinfektion stattfindet.«

»Aber wem oder was war sie ausgesetzt? Und wem oder was war ich ausgesetzt?«

»Du weißt doch, dass du bei den *Lessern* warst, richtig?«

Butch hob eine seiner gequälten Hände. »Und ich dachte schon, ich hätte einen Termin im Nagelstudio gehabt.«

»Klugscheißer. Du warst dort etwa einen Tag lang …«

Abrupt umklammerte er Vs Arm. »Ich bin nicht eingeknickt. Egal, was sie mit mir gemacht haben, ich habe kein Wort über die Bruderschaft gesagt. Das schwöre ich.«

V legte seine Hand auf Butchs Finger und drückte sie leicht. »Das weiß ich, Mann. Ich wusste, dass du nichts sagen würdest.«

»Dann ist ja gut.«

Als beide wieder losließen, wanderte Vs Blick zu Butchs Fingerspitzen, als stellte er sich vor, was damit angestellt worden war. »An was erinnerst du dich noch?«

»Nur an die Gefühle. Den Schmerz und die … Angst. Wahnsinnige Angst. Stolz … deswegen weiß ich auch, dass ich nicht geredet habe, deswegen weiß ich, dass sie mich nicht kleingekriegt haben.«

V nickte und zog eine Selbstgedrehte aus der Tasche. Er wollte sie schon anzünden, da fiel sein Blick auf die Sauerstoffmaske, und er fluchte und steckte die Kippe wieder weg. »Hör mal, Kumpel, ich muss dich das fragen … ist mit deinem Kopf alles in Ordnung? Ich meine, so etwas mitzumachen …«

»Alles okay. Für ein Trauma oder so einen Kram war ich schon immer zu blöd. Außerdem kann ich mich nicht deutlich erinnern, was genau passiert ist. Solange Marissa hier heil herauskommt, ist alles gut.« Er rieb sich das Gesicht, spürte die Bartstoppeln, dann ließ er den Arm wieder sinken. Als seine Hand auf seinem Bauch landete, dachte er wieder an die schwarze Wunde. »Hast du eine Ahnung, was sie mit mir gemacht haben?«

V schüttelte den Kopf, was Butch fluchen ließ. Der Typ war ein wandelndes Lexikon. Wenn er nicht Bescheid wusste, war das nicht gut.

»Aber ich bin dran, Bulle. Ich werde eine Antwort für dich finden, das verspreche ich dir.« Er deutete mit dem Kopf auf Butchs Magen. »Wie sieht es denn aus?«

»Keine Ahnung. Ich war zu beschäftig damit, im Koma zu liegen, um mir Gedanken über meine Waschbrettmuskeln zu machen.«

»Was dagegen, wenn ich mal nachsehe?«

Butch zuckte die Achseln und schob die Decke herunter. Als V den Kittel hochhob, betrachteten beide seinen Bauch. Die Haut um die Wunde herum sah nicht gut aus, ganz grau und wellig.

»Tut es weh?«, fragte V.

»Höllisch. Fühlt sich kalt an. Als hätte ich Trockeneis im Magen.«

»Lässt du mich etwas machen?«

»Was denn?«

»Nur so ein kleines Heilungsding, das ich schon ein paar Mal gemacht habe.«

»Klar.« Als V allerdings die Hand hob und den Handschuh auszog, wich Butch zurück. »Was willst du denn damit?«

»Du vertraust mir doch, oder?«

Butch stieß ein bellendes Lachen aus. »Das letzte Mal, als du mich das gefragt hast, bekam ich danach einen Vampircocktail verabreicht, weißt du noch?«

»Das hat dir den Arsch gerettet. So habe ich dich gefunden.«

Also deshalb. »Na dann, immer los.«

Trotzdem zuckte Butch zusammen, als Vs leuchtende Hand näher kam.

»Entspann dich, Bulle. Das wird nicht wehtun.«

»Ich hab dich mit dem Ding schon mal ein Haus abfackeln sehen.«

»Das stimmt zwar, aber in deinem besonderen Fall lassen wir die Grillnummer mal weg.«

Nun hielt V seine tätowierte, leuchtende Hand über die Wunde, und Butch stieß einen Seufzer der Erleichterung aus. Es war, als ströme warmes, sauberes Wasser in die Wunde, flösse dann über ihn hinweg und durch ihn hindurch. Reinigte ihn.

Butch verdrehte die Augen. »O Gott ... tut das gut.«

Er wurde ganz schlaff und dann schwebte er, völlig schmerzfrei, glitt in eine Art Traumzustand. Er ließ seinen Körper los, ließ sich selbst los.

Er konnte die Heilung buchstäblich fühlen, als hätten seine regenerativen Kräfte in einen höheren Gang geschaltet. Sekunden vergingen, Minuten vergingen, die Zeit driftete ins Unendliche ab, ihm war, als würden ganze Tage der Ruhe und des guten Essens und des inneren Friedens kommen und gehen und ihn aus seinem desolaten Zustand auf direktem Wege in die Gesundheit katapultieren.

Marissa legte den Kopf zurück und stellte sich direkt unter den Duschkopf, das Wasser strömte an ihrem Körper herab. Sie fühlte sich wackelig und dünnhäutig, besonders nachdem sie beobachtet hatte, wie Vishous Butch zum Bett trug. Die beiden standen einander so nah, das gegenseitige Band war deutlich sichtbar an der Art und Weise, wie ihre Blicke sich begegneten.

Nach einer kleinen Ewigkeit stieg sie aus der Dusche, trocknete sich flüchtig ab und föhnte sich die Haare. Als sie nach frischer Unterkleidung suchte, fiel ihr das Korsett in die Hände. Auf keinen Fall würde sie das verflixte Ding wieder anziehen. Also schob sie es zurück in die Tüte. Sie könnte jetzt nicht ertragen, den eisernen Halt um ihren Brustkorb zu spüren.

Das pfirsichfarbene Kleid über die nackten Brüste zu ziehen, fühlte sich merkwürdig an, aber sie hatte die Unbequemlichkeit satt. Zumindest für eine Weile. Außerdem, wer sollte es schon bemerken?

Dann faltete sie das blassblaue Rodriguez-Kleid und steckte es in eine Sondermülltüte, zusammen mit der getragenen Unterwäsche. Schließlich sammelte sie sich kurz und öffnete dann die Tür zum Krankenzimmer.

Butch lag ausgestreckt auf dem Bett, den Kittel bis zur Brust hinaufgeschoben, die Decke auf Hüfthöhe. Vishous' leuchtende Hand hing etwa zehn Zentimeter über der schwärzlichen Wunde.

In der Stille zwischen den beiden Männern kam sie sich vor wie ein Eindringling. Der leider nicht einfach gehen konnte.

»Er schläft«, brummte V.

Sie räusperte sich, aber ihr fiel nichts ein, was sie sagen könnte. Schließlich murmelte sie: »Weiß eigentlich seine Familie, was mit ihm passiert ist?«

»Ja. Die Bruderschaft weiß Bescheid.«

»Nein, ich meinte ... seine menschliche Familie.«

»Sie ist nicht von Bedeutung.«

»Aber sollte man ihnen nicht ...«

Ungeduldig sah V auf, der Blick der Diamantaugen war durchdringend und ein bisschen böse. Aus irgendeinem Grund fiel ihr plötzlich auf, dass er voll bewaffnet war und die gekreuzten Dolche auf der Brust trug.

Wobei sein harter Gesichtsausdruck gut zu den Waffen passte.

»Butchs »Familie« interessiert sich nicht für ihn.« Vs Tonfall war scharf, als ginge sie die Erklärung nichts an, und er gäbe sie nur, damit sie den Mund hielt. »Also sind sie nicht von Bedeutung. Und jetzt komm her. Er braucht dich in seiner Nähe.«

Der Widerspruch zwischen der Miene des Bruders und seinem Befehl, näher zu kommen, brachte sie durcheinander. Genau wie die Tatsache, dass seine Hand die größte Hilfe war.

»Mit Sicherheit braucht er mich hier nicht und will mich auch nicht um sich haben«, gab sie leise zurück. Und fragte sich wieder einmal, warum V sie vor drei Nächten überhaupt gerufen hatte.

»Er macht sich Sorgen um dich. Deshalb will er, dass du gehst.«

Sie errötete. »Du hast unrecht, Krieger.«

»Ich habe niemals unrecht.« Mit einem kurzen Aufblitzen richteten sich die blau umrandeten weißen Augen auf ihr Gesicht. Sie waren so eiskalt, dass sie einen Schritt rückwärts machte, doch Vishous schüttelte den Kopf. »Komm her, berühr ihn. Lass ihn dich spüren. Er muss wissen, dass du hier bist.«

Sie runzelte die Stirn, der Bruder musste verrückt sein. Trotzdem schritt sie zum Bett und strich Butch über das Haar. Bei der Berührung wandte er ihr sofort das Gesicht zu.

»Siehst du?« Vishous wandte seinen Blick wieder der Wunde zu. »Er sehnt sich nach dir.«

Ich wünschte, es wäre so, dachte sie.

»Tust du das wirklich?«

Sie erstarrte. »Bitte lies nicht meine Gedanken. Das ist unhöflich.«

»Das habe ich nicht. Du hast laut gesprochen.«

Zögerlich legte sie Butch die Hand wieder auf das Haar. »O. Verzeih.«

Beide wurden sie still und konzentrierten sich auf Butch. Dann sagte Vishous mit schwerer Stimme: »Warum hast du ihn abgewiesen, Marissa? Damals im Herbst, als er zu dir kam, warum hast du ihn nicht sehen wollen?«

Sie sah ihn fragend an. »Er war nie bei mir.«

»O doch.«

»Wie bitte?«

»Du hast mich gehört.«

Als ihre Blicke sich trafen, dachte sie, dass Vishous zwar Furcht einflößend sein mochte, aber kein Lügner. »Wann? Wann ist er zu mir gekommen?«

»Er wartete ein paar Wochen, nachdem Wrath angeschossen worden war. Dann kam er zu deinem Haus. Als er wieder zurückkam, sagte er, du seiest nicht einmal selbst heruntergekommen. Das war wirklich krass von dir, Frau. Du wusstest, was er für dich empfand, aber du hast ihn einfach durch einen Dienstboten abweisen lassen.«

»Nein … das habe ich nicht getan … Er war nicht bei mir, er … Niemand hat mir gesagt, dass er …«

»Ach, *bitte.*«

»Sprich *nicht* in diesem Ton mit mir, Krieger.« Vishous' warf ihr einen schnellen Blick zu, doch sie war jetzt zu wütend, um sich darum zu kümmern, wer oder was er war. »Gegen Ende des Sommers hat mich die Grippe schwer erwischt, weil ich Wrath so viel genährt und zudem in der Klinik gearbeitet hatte. Als ich nichts von Butch hörte, ging ich davon aus, dass er sich das mit uns anders überlegt hatte.

Da ich ... bisher nicht gerade Glück mit Männern hatte, brauchte ich ein Weilchen, um den Mut aufzubringen, auf ihn zuzugehen. Vor drei Monaten dann, als ich es endlich tat, machte er mehr als deutlich, dass er nichts von mir wissen wollte. Also tu mir den Gefallen und mach mir keine Vorwürfe für etwas, woran ich keine Schuld habe.«

Ein langes Schweigen entstand, und dann überraschte Vishous sie.

Er lächelte sie doch tatsächlich an. »Na, das ist ja interessant.«

Nervös streichelte sie wieder über Butchs Haare. »Ich schwöre dir, hätte ich gewusst, dass er es war, ich hätte mich aus dem Bett geschleppt, um ihm selbst die Tür zu öffnen.«

Leise raunte Vishous: »Das ist schön zu hören.«

In der folgenden Stille dachte sie an die Ereignisse des vergangenen Sommers. Die Genesungszeit, die sie gebraucht hatte, hatte nicht allein der Grippe gegolten. Der Mordversuch ihres Bruders an Wrath hatte sie stark mitgenommen – dass Havers, der ruhige, ausgeglichene Heiler, so weit gegangen war, den Aufenthaltsort des Königs einem *Lesser* zu verraten. Sicher, Havers hatte es nur getan, um Vergeltung für sie zu üben, weil Wrath sie wegen seiner Königin einfach verlassen hatte. Aber das entschuldigte Havers' Handeln nicht im Geringsten.

Gütige Jungfrau im Schleier, Butch hatte sie sehen wollen? Aber warum hatte man ihr nichts davon erzählt?

»Ich wusste doch nicht, dass du bei mir warst«, murmelte sie und strich ihm das Haar zurück.

Nun nahm Vishous die Hand von Butchs Körper und zog die Decke wieder hoch. »Schließ die Augen, Marissa. Du bist dran.«

Sie blickte auf. »Ich wusste nichts davon.«

»Ich glaube dir. Und jetzt mach die Augen zu.«

Nachdem er auch sie behandelt hatte, lief V geschmeidig zur Tür.

An der Luftschleuse warf er noch einen Blick über die Schulter. »Glaub nicht, dass ich der einzige Grund für seine Heilung war. Du bist sein Licht, Marissa. Vergiss das nie.« Seine Augen verengten sich. »Aber eines musst du dir merken. Wenn du ihm jemals absichtlich wehtust, werde ich dich als meine Feindin betrachten.«

John Matthew saß in einem Klassenzimmer, das direkt aus der Caldwell High School hätte stammen können. Es gab sieben lange Tische vor einer Tafel, und an allen außer einem saßen je zwei Auszubildende.

John saß allein ganz hinten. Was ebenfalls genau wie auf der Highschool war.

Der Unterschied zwischen dieser Klasse und der Schule damals war aber, dass er jetzt sorgfältig mitschrieb und so aufmerksam zur Tafel schaute, als liefe dort ein *Stirb-Langsam*-Special.

Andererseits ging es hier auch nicht um Geometrie.

An diesem Nachmittag stand Zsadist vor der Klasse, lief auf und ab und sprach über die chemische Zusammensetzung von C4-Plastiksprengstoff. Der Bruder trug einen seiner typischen schwarzen Rollis und eine weite Jogginghose. Mit seiner Narbe im Gesicht sah er so aus, als hätte er all das getan, was man ihm nachsagte: Frauen getötet, *Lesser* gefressen, selbst seine Brüder unprovoziert angegriffen.

Das Seltsame daran war, dass er ein wahnsinnig guter Lehrer war.

»Jetzt zu den Zündkapseln«, sagte er. »Ich persönlich bevorzuge ferngesteuerte.«

Als John eine neue Seite in seinem Spiralblock aufschlug, skizzierte Z ein dreidimensionales Modell an der Tafel, eine Art Schachtel mit Drähten. Wenn der Bruder etwas zeichnete, war es immer so detailliert und wirklichkeitsgetreu, dass man fast glaubte, es anfassen zu können.

Als eine kleine Pause gemacht wurde, sah John auf die Uhr. Noch fünfzehn Minuten, dann war es Zeit für eine leichte Mahlzeit, und danach hieß es für ihn ab in die Trainingshalle. Er konnte es kaum erwarten.

Als er die Ausbildung hier begann, hatte er das Kampfsporttraining gehasst. Jetzt liebte er es. Was seine Technik betraf, war er immer noch der Letzte in der Klasse. Aber in letzter Zeit machte er das durch Zorn wett. Und seine Aggressionen hatten eine Neuordnung der sozialen Rangordnung zur Folge gehabt.

Als er neu in die Schule gekommen war, vor drei Monaten, hatten seine Klassenkameraden ihn gehänselt. Ihm vorgeworfen, am Rockzipfel der Brüder zu hängen. Ihn wegen seines Mals auf der Brust verspottet, weil es aussah wie die typische Kennzeichnung der Bruderschaft. Jetzt passten die anderen Jungs in seiner Nähe auf, was sie sagten. Zumindest alle außer Lash. Der schikanierte ihn immer noch, schloss ihn aus, hackte auf ihm herum.

Nicht, dass John das etwas ausgemacht hätte. Er mochte in derselben Klasse mit den anderen Auszubildenden sein, er mochte theoretisch im Haus der Bruderschaft wohnen, er mochte angeblich über das Blut seines Vaters mit der Bruderschaft verbunden sein. Aber seit er Tohr und Wellsie verloren hatte, betrachtete er sich als seinen eigenen Herrn. Er war an niemanden gebunden.

Also bedeuteten ihm die anderen Leute im Raum nicht das Geringste.

Er heftete den Blick auf Lashs Hinterkopf. Das lange blonde Haar war zu einem Zopf gebunden, der weich auf einer Jacke irgendeines teuren Designerlabels lag. John wusste von den Designerklamotten, weil Lash immer jedem erzählte, was er trug, wenn er in die Klasse kam.

Und er hatte heute Nacht auch erwähnt, dass seine neue Uhr von *Jacob the Jeweler* stammte.

John verengte die Augen, er geriet schon in Rage, wenn er nur an das Sparring dachte, das sie beide später in der Halle absolvieren würden. Als hätte der Bursche die Hitze gespürt, drehte sich Lash um, und sein Diamantohrring blitzte auf. Seine Lippen verzogen sich zu einem gemeinen Grinsen, dann blies er John einen Kuss zu.

»John?« Zsadists Stimme klang hart wie ein Hammer. »Wärst du so freundlich, mir hier etwas Respekt zu zeigen?«

Als John errötete und nach vorne sah, fuhr Zsadist fort und tippte mit seinem langen Zeigefinger an die Tafel. »Wenn ein solcher Mechanismus einmal aktiviert wurde, kann man ihn mit einer Reihe von Gegenständen auslösen. Am häufigsten sind Schallfrequenzen. Man kann von einem Handy aus anrufen oder von einem Computer, oder man kann ein Funksignal verwenden.«

Wieder zeichnete Zsadist etwas, das Kratzen der Kreide tönte laut durch den Raum.

»Das hier wäre ein anderer Zünder. Zsadist trat einen Schritt zurück. »Der ist klassisch für Autobomben. Man verdrahtet die Bombe mit der Elektrik des Autos. Wenn die Bombe scharf ist und der Motor gestartet wird, geht's los: *Tick, Tick, Bumm.*«

Plötzlich umklammerte John fest seinen Stift und begann hektisch zu blinzeln. Ihm war schwindlig.

Der rothaarige Schüler namens Blaylock fragte: »Geht sie sofort mit der Zündung hoch?«

»Es gibt immer eine Verzögerung von wenigen Sekunden. Außerdem ist zu beachten, dass durch die Umleitung des Stromkreislaufes im Auto der Motor nicht anspringt. Der Fahrer wird also den Schlüssel umdrehen und nur eine Reihe von Klickgeräuschen hören.«

Johns Gehirn fing in rascher, flackernder Reihenfolge an, Bilder abzufeuern.

Regen ... schwarzer Regen auf einer Windschutzscheibe.

Eine Hand mit einem Schlüssel darin, die sich auf ein Zündschloss zubewegt.

Ein Motor, der stottert, aber nicht anspringt. Ein Gefühl der Furcht. Jemand wurde zurückgelassen. Dann ein helles Licht ...

John klappte zusammen und fiel von seinem Stuhl auf den Boden, aber ihm war nicht bewusst, dass er einen Anfall hatte: Er war so beschäftigt damit, in seinem Kopf zu schreien, dass er körperlich nichts spürte.

Jemand ... wurde zurückgelassen. Er hatte jemanden zurückgelassen ...

10

Als der Morgen graute und die Stahlrollläden vor allen Fenstern des Billardzimmers herunterfuhren, biss Vishous in ein Roastbeef-Sandwich. Das Ding schmeckte pappig wie ein Telefonbuch, obwohl es nicht an den Zutaten lag.

Das Geräusch von sanft klackernden Billardkugeln ließ ihn aufblicken. Beth, die Königin, richtete sich gerade wieder vom Filz auf.

»Schöner Stoß«, kommentierte Rhage, der lässig an der mit Seidentapete bespannten Wand lehnte.

»Übung macht den Meister.« Sie spazierte um den Tisch herum und überlegte ihren nächsten Stoß. Als sie sich wieder herunterbeugte und das Queue auf der linken Hand abstützte, blitzte der Rubin der Nacht an ihrem Mittelfinger auf.

V wischte sich den Mund mit einer Serviette ab. »Sie wird dich wieder schlagen, Hollywood.«

»Wahrscheinlich.«

Leider kam sie aber nicht dazu. Wrath rauschte durch

die Tür, ganz offensichtlich schlecht gelaunt. Sein langes schwarzes Haar, das ihm jetzt fast bis auf den in Leder gehüllten Hintern reichte, wehte hinter ihm her.

Beth ließ das Queue sinken. »Wie geht's John?«

»Keinen blassen Schimmer.« Wrath ging zu ihr und küsste sie auf den Mund, dann auf beiden Seiten ihres Halses auf die Venen. »Er will partout nicht zu Havers gehen. Weigert sich, auch nur in die Nähe der Klinik zu kommen. Jetzt schläft er in Tohrs Büro. Der Junge ist völlig erschöpft.«

»Was hat denn dieses Mal den Anfall ausgelöst?«

»Z hat eine Stunde über Sprengstoff gehalten. Da ist der Kleine einfach ohne Vorwarnung umgekippt und auf dem Fußboden gelandet. Genau wie damals, als er dich zum ersten Mal gesehen hat.«

Beth schlang die Arme um Wraths Taille und lehnte sich an den Körper ihres *Hellren*. Ihr schwarzes Haar vermischte sich mit seinem. Die Haare des blinden Königs waren inzwischen ganz schön lang geworden. Aber es hieß, dass Beth die Matte mochte, deshalb ließ er sie wachsen.

Wieder wischte sich V den Mund ab. *Komisch, was Männer nicht so alles für Frauen machen.*

Beth schüttelte den Kopf. »Ich wünschte, John würde bei uns im Haus wohnen. Immer in diesem Stuhl zu schlafen, immer im Büro zu bleiben ... Er verbringt so viel Zeit allein, und außerdem isst er nicht mehr genug. Und Mary sagt, dass er nicht über Tohr und Wellsie sprechen will. Er weigert sich einfach strikt, sich zu öffnen.«

»Mir ist es egal, über was er spricht, solange er zum Arzt geht.« Der Blick hinter Wraths Panoramasonnenbrille wandte sich zu V. »Und wie geht es unserem anderen Patienten? Ich habe langsam das Gefühl, wir brauchen unseren eigenen Arzt im Haus.«

V nahm sich das zweite Sandwich aus der Papiertüte.

»Der Bulle heilt gut. Ich glaube, morgen oder übermorgen kann er raus.«

»Ich will wissen, was zum Teufel sie mit ihm gemacht haben. Die Jungfrau der Schrift gibt mir keinerlei Anhaltspunkt. Sie schweigt wie ein Grab.«

»Ich habe gestern mit der Recherche angefangen. Hab mir zuerst die Chroniken vorgenommen.« Was achtzehn Bände Vampirgeschichte in der Alten Sprache waren. Die Wälzer waren ungefähr so amüsant wie die Inventurliste einer Eisenwarenhandlung. »Wenn ich da nichts finde, dann gibt es noch andere Texte, die ich überprüfen werde. Sammlungen mündlicher Überlieferungen, die im Nachhinein aufgeschrieben wurden, diese Art von Zeug. Es ist höchst unwahrscheinlich, dass in den zwanzigtausend Jahren, die wir uns jetzt auf der Erde tummeln, so etwas noch nie vorgekommen ist. Ich werde heute den ganzen Tag damit verbringen.«

Denn wie üblich würde er keinen Schlaf finden. Es war über eine Woche her, dass er zum letzten Mal eine REM-Phase erlebt hatte, und es sprach nichts dafür, dass sich daran heute Nachmittag etwas ändern würde.

Großer Gott ... acht Tage am Stück auf den Beinen zu sein war nicht gut für seine Gehirnströme. Regelmäßig die Traumphase ausfallen zu lassen, konnte leicht eine Psychose auslösen, die einem die Kreisläufe im Kopf neu sortierte.

Es war ein Wunder, dass er nicht schon längst durchgedreht war.

»V?«, sagte Wrath.

»Entschuldigung, was?«

»Alles in Ordnung?«

Vishous biss in sein Sandwich und kaute. »Ja, alles im Lot. Alles im Lot.«

Als zwölf Stunden später die Nacht hereinbrach, hielt Van Dean den Pick-up unter einem Ahorn an einer hübschen, sauberen Straße an. Ihm gefiel das nicht.

Das Haus auf der gegenüberliegenden Seite des flachen Rasens sah von außen unscheinbar aus, nichts als ein weiteres nichts sagendes Eigenheim in einem weiteren nichts sagenden Viertel von Caldwell. Das Problem war die Anzahl der Autos in der Auffahrt. Es waren vier Stück.

Man hatte ihm gesagt, er würde Xavier allein treffen.

Van nahm das Haus aus seinem Wagen heraus in Augenschein. Die Jalousien waren alle heruntergezogen. Drinnen brannten nur zwei Lichter. Das Verandalicht war aus.

Aber es stand eine Menge auf dem Spiel. Sich auf diese Nummer einzulassen, würde bedeuten, er könnte die Arbeit auf dem Bau in die Tonne treten, was die Verschleißerscheinungen seines Körpers lindern würde. Und er könnte ungefähr doppelt so viel verdienen, wie er es jetzt tat, sodass er etwas für die Zeit ansparen konnte, wenn er nicht mehr kämpfen konnte.

Also stieg er aus und lief zur Vordertreppe. Die elfenbeinfarbene Fußmatte vor dem Eingang war einfach zu verdammt unheimlich.

Noch bevor er auf die Klingel drücken konnte, schwang die Tür auf. Xavier stand da, riesengroß und ziemlich ausgebleicht aussehend. »Du bist zu spät.«

»Und Sie haben gesagt, wir würden uns allein treffen.«

»Hast du Angst, dass du mit der Gesellschaft nicht klarkommst?«

»Hängt davon ab, was für eine Gesellschaft das ist.«

Xavier trat zur Seite. »Komm doch einfach rein und mach dir selbst ein Bild.«

Van blieb auf der Matte stehen. »Nur, damit Sie Bescheid wissen, ich hab meinem Bruder gesagt, dass ich herkomme. Hab ihm die Adresse gegeben und alles.«

»Welchem Bruder, dem älteren oder dem jüngeren?« Xavier lächelte, als Van die Augen zusammenkniff. »Ja, wir wissen Bescheid. Wie du schon sagtest, die Adresse und alles.«

Van steckte die Hand in die Tasche seines Parkas. Die Neun-Millimeter-Pistole schmiegte sich in seine Handfläche, als wäre sie dort zu Hause.

Geld, denk an das Geld.

Nach einem kurzen Moment sagte er: »Können wir jetzt endlich mal loslegen, oder wollen wir weiter in der Kälte stehen und rumquatschen?«

»*Ich* stehe nicht auf der falschen Seite der Tür, mein Sohn.«

Van trat ein, ohne Xavier aus den Augen zu lassen. Innen war das Haus kalt, als wäre die Heizung ausgeschaltet. Vielleicht stand das Haus auch normalerweise leer. Der Mangel an Möbeln sprach für Letzteres.

Als Xavier in die Tasche griff, verspannte sich Van. Und was daraus zum Vorschein kam, war auch eine Art Waffe: zehn druckfrische Hundertdollarscheine.

»Also, sind wir uns einig?«, fragte Xavier.

Van sah sich um. Dann nahm er das Geld und stopfte es sich in die Tasche. »Ja.«

»Gut. Du fängst heute Nacht an.« Xavier drehte sich um und marschierte in den hinteren Teil des Hauses.

Van folgte ihm, blieb aber wachsam. Besonders, als sie in den Keller hinuntergingen und er noch sechs weitere Xaviers am Fuß der Treppe entdeckte. Die Männer waren alle groß, hellhaarig und rochen wie alte Frauen.

»Sieht aus, als hättest du selbst ein paar Brüder«, bemerkte Van beiläufig.

»Sie sind keine Brüder. Und benutz dieses Wort hier nicht.« Xavier warf einen Blick auf die Burschen. »Das werden deine Schüler sein.«

Zwar aus eigener Kraft, aber unter den aufmerksamen Blicken einer Krankenschwester in voller Schutzmontur kletterte Butch nach seinem ersten vollständigen Dusch- und Rasiergang zurück ins Bett. Katheter und Infusionen waren entfernt worden, und er hatte erfolgreich eine gute Mahlzeit verspeist. Außerdem hatte er elf der vergangenen zwölf Stunden tief und fest geschlafen.

Allmählich fühlte er sich wieder wie ein Mensch, und die Geschwindigkeit, mit der er wieder auf die Füße kam, war ein Gottesgeschenk, soweit er das beurteilen konnte.

»Das habt Ihr gut gemacht, Sire«, lobte die Schwester.

»Nächste Etappe sind die Olympischen Spiele.« Er zog die Decke über sich.

Nachdem die Schwester gegangen war, blickte er zu Marissa herüber. Sie saß auf dem Feldbett, das auf seinen ausdrücklichen Wunsch hin ins Zimmer gestellt worden war, und ihr Kopf war über eine Handarbeit gebeugt. Seit er vor etwa einer Stunde aufgewacht war, benahm sie sich ein bisschen seltsam, als wollte sie etwas sagen, bekäme es aber nicht über die Lippen.

Sein Blick wanderte von der hellen Krone ihres Kopfes über ihre zarten Hände hin zu der pfirsichfarbenen Robe, die sich über das Klappbett ergoss ... und dann wieder zurück nach oben und zu ihrem Dekolleté. Zierliche Knöpfe verliefen über die gesamte Vorderseite des Kleides. Ungefähr hundert Stück.

Butch rutschte rastlos im Bett herum. Und dachte unwillkürlich darüber nach, wie lange er wohl brauchen würde, jede dieser Perlen aufzuknöpfen.

Sein Körper regte sich, das Blut sammelte sich zwischen seinen Beinen und ließ ihn hart anschwellen.

Na, so was. Es ging ihm wirklich besser.

Und Mannomann, war er ein mieser Sack.

Er drehte sich mit dem Gesicht von ihr weg und schloss

die Augen. Das Blöde war nur, mit geschlossenen Augen drängte sich ihm das Bild auf, wie er sie auf Darius' Balkon im vergangenen Sommer geküsst hatte. Er sah es so deutlich vor sich wie ein Foto. Er hatte auf einem Stuhl gesessen, und sie zwischen seinen Beinen gehalten, und seine Zunge war in ihrem Mund gewesen. Am Ende hatten sie beide auf dem Boden gelegen, weil er die Stuhllehne abgebrochen ...

»Butch?«

Er schlug die Augen auf und drehte sich ruckartig um. Marissas Gesicht befand sich auf gleicher Höhe mit seinem eigenen. Panisch schielte er nach unten, um herauszufinden, ob die Decke verbarg, was zwischen seinen Schenkeln los war.

»Ja?« Seine Stimme knirschte derart, dass er es noch einmal wiederholen musste. Himmel, sein Kehlkopf hatte ja immer so seine Ecken und Kanten, er sprach ständig etwas heiser. Aber was die Sache in jedem Fall noch verschlimmerte, waren Fantasien von nackten Tatsachen.

Ihre Augen musterten ihn so eindringlich, dass er befürchtete, sie könnte bis in sein tiefstes Inneres sehen. Bis dahin, wo seine Besessenheit am stärksten war.

»Marissa, du solltest jetzt etwas schlafen. Dich mal ein bisschen ausruhen und so.«

»Vishous sagte, du seiest zu mir gekommen. Nachdem Wrath angeschossen wurde.«

Wieder kniff Butch die Augen zu. Sein erster Gedanke war, seinen Hintern aus dem Bett zu schleifen, seinen Mitbewohner zu finden und ihn zu verprügeln. Verflucht noch mal, V ...

»Man hat mir das nicht erzählt«, sagte sie. Als er sie ansah und die Stirn runzelte, schüttelte sie den Kopf. »Ich wusste nicht, dass du bei mir warst, bis Vishous es mir letzte Nacht erzählt hat. Mit wem hast du gesprochen? Was ist passiert?«

Sie hatte es nicht gewusst? »Ich, äh, eine *Doggen* hat die Tür aufgemacht. Nachdem sie nach oben gegangen war, hat sie mir mitgeteilt, du würdest momentan keinen Besuch empfangen und dich bei mir melden. Da du das nie getan hast ... wollte ich mich nicht weiter aufdrängen.«

Na ja, gut ... er war manchmal ein bisschen um ihr Haus herum geschlichen. Aber das würde sie Gott sei Dank ja nie erfahren. Außer natürlich V, diese alte Plaudertasche, hatte ihr das auch erzählt. *Vollidiot.*

»Butch, ich war krank und musste ein wenig zu mir finden. Aber ich wollte dich sehen. Deshalb habe ich dich damals im Dezember gefragt, ob du mich besuchen wolltest. Als du abgelehnt hast, dachte ich ... dass du das Interesse verloren hättest.«

Sie hatte ihn sehen wollen? Hatte sie das gerade gesagt?

»Butch, ich wollte dich sehen.«

Ja, das hatte sie. Zweimal.

Na, das machte einen Kerl doch mal munter.

»Verdammt noch mal«, stieß er aus und sah ihr in die Augen. »Hast du eine Ahnung, wie oft ich an deinem Haus vorbeigefahren bin?«

»Wirklich?«

»Praktisch jede Nacht. Ich war in einer erbärmlichen Verfassung.« Um genau zu sein, war er das immer noch.

»Aber du wolltest mich nicht hier im Raum haben. Du warst wütend, mich hier zu sehen.«

»Ich war stinksauer – äh, also wütend, weil du keinen Schutzanzug anhattest. Und ich bin davon ausgegangen, dass man dich hierher zitiert hat, obwohl du nicht kommen wolltest.« Mit einer zitternden Hand nahm er eine Strähne ihres Haars in die Hand. Mein Gott, es war so weich. »Vishous kann sehr überzeugend sein. Und ich wollte nicht, dass du aus Mitgefühl oder Mitleid an einem Ort bist, an dem du eigentlich nicht sein willst.«

»Aber ich wollte hier sein. Ich *will* hier sein.« Sie ergriff seine Hand und drückte sie.

In der darauf folgenden erwartungsvollen, ungläubigen Stille bemühte er sich, die vergangenen sechs Monate in seinem Kopf neu zu ordnen, um zu begreifen, was gerade mit ihm geschah. Er wollte sie. Sie wollte ihn. Konnte das wahr sein?

Fühlte sich gut an. Fühle sich richtig an. Fühlte sich …

Ohne nachzudenken, sprudelten unbedachte, verzweifelte Worte hervor. »Ich bin dir völlig verfallen, Marissa. Gnadenlos verfallen.«

Ihre hellblauen Augen füllten sich mit Tränen. »Und ich dir.«

Butch machte den großen Schritt nicht bewusst. Aber in einem Moment waren ihre Gesichter noch durch Luft getrennt. Im nächsten presste er seinen Mund auf ihren. Als sie leise aufkeuchte, zog er den Kopf zurück.

»Entschuldige …«

»Nein, ich … ich war nur überrascht.« Ihre Augen hingen an seinen Lippen. »Ich möchte, dass du …«

»Okay.« Er legte den Kopf zur Seite und strich über ihren Mund. »Komm näher zu mir.«

Sanft zog er sie zu sich aufs Bett, sodass sie auf ihm lag. Sie fühlte sich kaum schwerer an als warme Wolken, und er war verzückt, besonders da er von ihrem blonden Haar umgeben war. Beide Hände um ihr Gesicht gelegt, betrachtete er sie.

Als sich ihre Lippen zu einem sanften Lächeln teilten, das ihm allein galt, konnte er die Spitzen ihrer Fänge erkennen. O Gott, er musste in sie hinein, musste auf irgendeine Art in sie eindringen. Also hob er den Kopf und ließ seine Zunge die Führung übernehmen. Sie stöhnte, als er das Innere ihres Mundes leckte, und dann küssten sie sich tief. Seine Hände gruben sich in ihr Haar und umfingen ihren Hinterkopf. Er spreizte seine Beine, und ihr Körper rutschte dazwischen, verstärkte noch den Druck auf die Stelle, an der er hart und heiß war.

Aus dem Nichts heraus schoss ihm eine Frage durch den Kopf, eine, die zu stellen er kein Recht hatte. Eine, die ihn aus dem Konzept brachte, woraufhin er seinen Rhythmus verlor. Er zog den Kopf zurück.

»Butch, was ist denn?«

Er strich mit dem Daumen über ihren Mund und fragte sich, ob sie einen Mann gehabt hatte. In den neun Monaten, seit sie sich geküsst hatten – hatte sie sich einen Liebhaber genommen? Vielleicht sogar mehr als einen?

»Butch?«

»Ach nichts«, sagte er, obwohl sich ein heftiger Eifersuchtsstich in seine Brust bohrte.

Wieder drang seine Zunge in ihren Mund ein, und jetzt küsste er sie mit einem Besitzanspruch, der ihm nicht zustand. Eine Hand legte er auf ihren Rücken und presste ihren Körper auf seine Erektion. Er verspürte das dringende Bedürfnis, jedem anderen männlichen Wesen unmissverständlich mitzuteilen, wessen Frau sie war. Was sogar ihm selbst völlig bescheuert vorkam.

Unvermittelt entzog sie sich ihm. Sie schnupperte an ihm und wirkte verwirrt. »Binden sich Menschen auch?«

»Äh ... wir entwickeln Gefühle, sicher.«

»Nein ... Bindung.« Sie vergrub das Gesicht an seinem Hals, atmete tief ein, dann rieb sie ihre Nase an seiner Haut.

Er umfasste ihre Hüften, unsicher, wie weit sich die Dinge wohl entwickeln würden. Er wusste nicht, ob er schon wieder genug Kraft für Sex hätte, obwohl er vollkommen steif war. Und er wollte sich nicht zu viel herausnehmen. Aber lieber Gott im Himmel, er begehrte sie so sehr.

»Ich liebe deinen Geruch, Butch.«

»Wahrscheinlich die Seife, die ich vorhin benutzt habe.« Dann schabten ihre Fänge sanft über seinen Hals, und er ächzte: »O Scheiße ... nicht ... aufhören ... bloß nicht aufhören ...«

11

Vishous kam in die Klinik und marschierte ohne Umwege zum Quarantänezimmer. Niemand auf der Station stellte sein Recht infrage, einfach hier hereinzuplatzen; vielmehr stolperten alle hektisch über die eigenen Füße, um ihm auszuweichen.

Das war schlau. Denn er war schwer bewaffnet und gereizt.

Der ganze Tag war eine Katastrophe gewesen. Zum einen hatte er nichts in den Chroniken gefunden, das auch nur annähernd dem glich, was Butch zugestoßen war. Die mündlichen Überlieferungen waren ebenfalls ein Fehlschlag gewesen. Aber schlimmer noch, er spürte Geschehnisse aus der Zukunft. Schicksale richteten sich teilweise neu aus, aber er konnte die Ereignisse nicht sehen, die seine Instinkte ihm vermittelten. Es war, wie bei geschlossenem Vorhang im Theater zu sitzen: Hin und wieder bemerkte er, wie sich der Samtstoff bewegte, wenn auf der anderen Seite jemand damit in Berührung kam; oder er hörte undeutliche Stimmen, oder das Licht veränderte sich unter dem Saum des Stoffes. Aber er kannte keine Einzelheiten, seine Ahnungen waren nutzlos.

Mit großen Schritten lief er an Havers' Labor vorbei zu dem Putzraum. Als er durch die verborgene Tür getreten war, fand er den Vorraum leer vor, die Computer und Monitore versahen ihren Wachdienst allein.

V blieb wie angewurzelt stehen.

Auf dem am nächsten gelegenen Bildschirm entdeckte er Marissa auf dem Bett, auf Butch liegend. Die Arme des Polizisten waren um sie geschlungen, seine nackten Knie um ihren Körper herum gespreizt. Beide bewegten sich in einem aufeinander abgestimmten Rhythmus. V konnte ihre Gesichter nicht erkennen, aber es war eindeutig, dass ihre Münder miteinander verschmolzen und ihre Zungen verschlungen waren.

V rieb sich das Kinn, undeutlich nahm er wahr, dass sich seine Haut unter dem Leder erhitzte. Gott ... verflucht ... Butchs Hand glitt jetzt langsam über Marissas Wirbelsäule, schob sich unter die Fülle ihrer Haare, fand und liebkoste ihren Nacken.

Der Typ war total angeturnt, und trotzdem ging er so sanft mit ihr um. So zärtlich.

V musste an den Sex denken, den er in der Nacht gehabt hatte, als man Butch entführt hatte. Daran war nichts Sanftes gewesen. Was genau der Sinn und Zweck für beide Beteiligten gewesen war.

Butch drehte sich herum und rollte Marissa auf den Rücken. Als er sich auf sie legte, ging der Kittel hinten auf und die Schleifen lösten sich. Sein kräftiger Rücken wurde entblößt. Das Tattoo am unteren Ende seiner Wirbelsäule verzog sich, als er mit den Hüften durch ihre Röcke stieß, den Weg nach Hause suchte. Und während er eine zweifellos steinharte Erektion an ihr rieb, schlängelten sich ihre langen, eleganten Hände um ihn herum und krallten sich in seinen nackten Hintern.

Als sie ihn mit ihren Nägeln kratzte, hob Butch den Kopf, eindeutig um zu stöhnen.

Gute Güte, V konnte es geradezu hören ... Ja ... er konnte es hören. Und aus dem Nichts heraus durchzuckte ihn ein merkwürdiges Sehnen. *Mist.* Was genau an diesem Szenario gefiel ihm denn so gut?

Butchs Kopf sank wieder auf Marissas Hals herab, und seine Hüften begannen, nach vorn zu drängen und sich wieder zurückzuziehen, vor und zurück. Sein Rücken bog sich, die massigen Schultern wurden hochgezogen und wieder locker gelassen, er fand einen Takt, bei dem V ganz schnell blinzeln musste. Und dann blinzelte er überhaupt nicht mehr.

Marissa bäumte sich auf, das Kinn hoch erhoben, den Mund geöffnet. Was für ein Bild sie abgab unter ihrem Mann, das Haar über die Kissen ergossen, ein paar Strähnen davon um Butchs kräftige Oberarme gewickelt. In ihrer Leidenschaft, in diesem leuchtenden, pfirsichfarbenen Kleid sah sie aus wie die Morgenröte, ein Sonnenaufgang, ein Versprechen von Wärme. Und Butch aalte sich darin, der alte Glückspilz.

Da hörte V die Tür zum Vorraum aufgehen und schnellte herum, wobei er den Monitor mit seinem Körper abschirmte.

Havers legte Butchs Krankenakte auf einem Regal ab und griff nach einem Schutzanzug. »Guten Abend, Sire. Du bist wieder gekommen, um ihn zu heilen?«

»Ja ...« Vs Stimme versagte beinahe, und er räusperte sich. »Aber jetzt ist kein guter Zeitpunkt.«

Havers hielt inne, den Anzug in der Hand. »Ruht er?«

Im Gegenteil. »Genau. Also sollten wir beiden ihn jetzt schön allein lassen.«

Die Augenbrauen des Arztes zuckten hinter der Hornbrille nach oben. »Wie bitte?«

V drückte dem Arzt die Krankenakte an die Brust, dann nahm er ihm den Anzug aus der Hand und hängte ihn zurück. »Später, Doc.«

»Ich – ich muss eine Untersuchung durchführen. Ich glaube, er kann vielleicht schon entlassen ...«

»Super. Aber wir gehen jetzt.«

Wieder öffnete Havers den Mund, um etwas zu erwidern, und V wurde die Unterhaltung langsam langweilig. Er umklammerte die Schulter des Arztes, sah ihm in die Augen und suggerierte ihm Zustimmung.

»Ja ...«, murmelte Havers brav. »Später. M-morgen?«

»Ja, morgen ist toll.«

Während V Marissas Bruder vor sich her zurück in den Flur schob, konnte er nur an die Bilder auf diesem Bildschirm denken. Es war so falsch von ihm, zuzusehen.

So falsch von ihm ... es zu wollen.

Marissa stand lichterloh in Flammen.

Butch ... o gütige Jungfrau ... Butch. Er lag schwer auf ihr und war so groß, so groß, dass ihre Beine unter dem Rock weit gespreizt waren, um ihn zwischen sich aufzunehmen. Und wie er sich bewegte ... der Rhythmus seiner Hüften machte sie völlig verrückt.

Als er schließlich den Kuss unterbrach, atmete er heftig, und in seinen haselnussbraunen Augen lag eine unbezähmbare sexuelle Begierde, ein unersättlicher männlicher Hunger. Vielleicht hätte sie überfordert sein sollen, weil sie keine Ahnung hatte, was sie da eigentlich tat. Doch stattdessen fühlte sie sich mächtig.

Das Schweigen zog sich in die Länge, endlich begann sie: »Butch?« Obwohl sie nicht ganz sicher war, was sie eigentlich fragen wollte.

»O mein Gott, Baby.« Kaum spürbar strich seine Hand über ihren Hals bis zum Schlüsselbein. Am oberen Rand ihres Kleides hielt er inne, offensichtlich um Erlaubnis bittend, die Robe ausziehen zu dürfen.

Was sie rapide abkühlte. Ihre Brüste kamen ihr zwar einigermaßen durchschnittlich vor, doch sie hatte noch keinen direkten Vergleich gehabt. Und sie könnte den Ausdruck von Abscheu nicht ertragen, mit dem Männer ihrer Spezies sie stets betrachtet hatten, wenn er von Butch käme. Nicht auf Butchs Gesicht, und ganz besonders nicht, wenn sie nackt wäre. Dieser Widerwille war schon voll bekleidet und von Männern kommend, die ihr egal waren, schwer genug zu ertragen.

»Ist schon gut«, sagte Butch und nahm die Hand weg. »Ich will dich nicht drängen.«

Er küsste sie zart und rollte sich dann von ihr herunter auf den Rücken, die Decke rasch über die Hüften ziehend. Er legte sich den Unterarm über die Augen, seine Brust hob und senkte sich, als hätte er einen Dauerlauf gemacht.

Marissa sah an ihrem Mieder herunter und stellte fest, dass sie den Stoff so fest umklammerte, dass ihre Knöchel ganz weiß waren. »Butch?«

Er nahm den Arm herunter und drehte den Kopf auf dem Kissen. Sein Gesicht war an manchen Stellen immer noch angeschwollen, und eins seiner Augen schillerte grün und blau. Und sie bemerkte, dass seine Nase gebrochen gewesen war, aber nicht kürzlich. In ihren Augen aber war er wunderschön.

»Was ist, Baby?«

»Hattest du ... hattest du schon viele Geliebte?«

Er runzelte die Stirn. Atmete ein. Sah aus, als wollte er nicht antworten. Tat es dann doch. »Ja. Hatte ich.«

Marissas Lungen verwandelten sich zu Zement, als sie ihn sich mit anderen Frauen vorstellte, sie küssend, ausziehend, besteigend. Sie wollte wetten, dass die überwältigende Mehrheit seiner Geliebten keine ahnungslosen Jungfrauen gewesen waren.

Mein Gott, sie würde sich gleich übergeben.

»Was auch ein Grund ist, warum wir lieber aufhören sollten«, sagte er jetzt.

»Warum?«

»Ich will nicht andeuten, dass wir so weit gegangen wären. Aber wenn, dann würde ich ein Kondom brauchen.«

Wenigstens wusste sie, was das war. »Aber wieso? Ich bin nicht fruchtbar.«

Die lange Pause baute nicht gerade Vertrauen auf. Genauso wenig wie sein unterdrückter Fluch. »Ich war nicht immer vorsichtig.«

»Womit?«

»Dem Sex. Ich hatte … oft Sex mit Leuten, die möglicherweise nicht sauber waren. Und ich habe es ohne Schutz gemacht.« Er wurde rot. Die Farbe kroch über seinen Hals bis hinauf in sein Gesicht. »Deshalb würde ich bei dir ein Kondom brauchen. Ich habe keine Ahnung, was ich so mit mir herumschleppe.«

»Warum hast du denn nicht besser auf dich aufgepasst?«

»War mir einfach sch- … ähm, also …« Er nahm eine Haarsträhne zwischen die Finger, führte sie an seine Lippen und küsste sie.

Dann sagte er leise: »Jetzt wünschte ich, ich wäre noch eine verdammte Jungfrau.«

»Ich kann mich nicht mit menschlichen Viren anstecken.«

»Ich war nicht nur mit Menschen zusammen, Marissa.«

Jetzt wurde ihr eiskalt ums Herz. Aus irgendeinem Grund schien es ihr etwas völlig anderes zu sein, wenn er mit Frauen seiner Spezies zusammen war. Aber eine Vampirin?

»Mit wem?«, fragte sie verkniffen.

»Ich kann mir nicht vorstellen, dass du sie kennst.« Er ließ die Haarsträhne fallen und legte sich wieder den Arm über die Augen. »Ich wünschte wirklich, ich könnte das ungeschehen machen. Ich würde eine Menge Dinge gern ungeschehen machen.«

O du lieber Gott. »Es ist noch nicht lange her, oder?«

»Ja.«

»Und ... liebst du sie?«

Entrüstet sah er sie an. »Aber nein. Ich kannte sie ja noch nicht mal – ach, Mist, das klingt jetzt noch schlimmer, oder?«

»Hast du sie mit in dein Bett genommen? Bist du hinterher neben ihr eingeschlafen?« *Warum zum Teufel stellte sie diese Fragen?* Es war, wie mit einem Steakmesser in einer Wunde zu bohren.

»Nein, das war in einem Klub.« Der Schock musste ihr deutlich vom Gesicht abzulesen gewesen sein, denn wieder fluchte er. »Marissa, mein Leben ist nicht gerade astrein. So wie du mich kennengelernt hast, bei der Bruderschaft, mit schicken Klamotten ... so habe ich vorher nicht gelebt. Und das bin nicht wirklich ich.«

»Wer bist du dann?«

»Niemand, dem du unter normalen Umständen jemals begegnen würdest. Selbst wenn ich ein Vampir wäre, würden unsere Wege sich niemals kreuzen. Ich bin eher der Proletariertyp.« Auf ihren verwirrten Blick hin ergänzte er: »Unterschicht.«

Sein Tonfall war sachlich, als würde er seine Größe oder sein Gewicht nennen.

»Für mich bist du nicht Unterschicht, Butch.«

»Wie ich schon gesagt habe, du kennst mich nicht richtig.«

»Wenn ich so nah bei dir liege, wenn ich deinen Duft rieche, deine Stimme höre, dann weiß ich alles, was ich wissen muss.« Sie betrachtete ihn von oben bis unten. »Du bist der Mann, mit dem ich mich vereinigen will. Das bist du.«

Ein dunkler, aromatischer Geruch entströmte seiner Haut; bei einem Vampir hätte sie gesagt, es wäre sein Bindungsgeruch. Als sie ihn in sich einsaugte, fühlte sie sich bestärkt.

Mit bebenden Fingern betastete sie den obersten der kleinen Knöpfe ihres Mieders.

Doch er nahm ihre beiden Hände in seine. »Zwing dich nicht zu etwas, Marissa. Es gibt viele Dinge, die ich mir von dir wünsche, aber wir haben Zeit.«

»Ich will es aber. Ich will mit dir zusammen sein.« Sie schob ihn weg und fummelte an den Knöpfen, kam jedoch nicht weit, weil sie so stark zitterte. »Ich glaube, du musst das machen.«

Sein Atem verließ in einem erotischen Zischen den Mund. »Bist du ganz sicher?«

»Ja.« Er zögerte noch, also deutete sie mit dem Kopf auf das Mieder. »Bitte. Zieh mir das aus.«

Langsam, einen nach dem anderen knöpfte er die kleinen Perlen auf, seine geschundenen Finger waren ganz ruhig, das Kleid öffnete sich nach und nach. Ohne ihr Korsett darunter wurde ihre nackte Haut in einem schmalen V entblößt.

Als er den letzten Knopf aufmachte, begann ihr gesamter Körper zu beben.

»Marissa, das ist zu viel für dich.«

»Es ist nur … Noch nie hat mich ein Mann nackt gesehen.«

Butch wurde stocksteif. »Du bist noch …«

»Unberührt.« Sie hasste dieses Wort.

Jetzt zitterte *er*, und der dunkle Geruch wurde noch stärker. »Es hätte keine Rolle gespielt, wenn es anders wäre. Das sollst du wissen.«

Sie lächelte zaghaft. »Das weiß ich auch. Würdest du jetzt bitte ...« Als seine Hände sich näherten, wisperte sie: »Aber bitte, sei nicht enttäuscht, ja?«

Butch runzelte die Stirn. »Ich werde wunderschön finden, was ich sehe, weil du es bist.« Als sie seinem Blick auswich, beugte er sich ganz dicht zu ihr. »Marissa, für mich bist du wunderschön.«

Ungeduldig riss sie an dem Mieder und entblößte ihre Brüste. Dann schloss sie die Augen, und ihr Atem stockte.

»Marissa. Du bist wirklich wunderschön.«

Vorsichtig öffnete sie die Lider. Sein Blick war gar nicht auf das gerichtet, was sie ihm zeigte.

»Aber du hast mich ja noch gar nicht angesehen.«

»Das muss ich nicht.«

Tränen stiegen ihr in die Augen. »Bitte ... sieh mich an.«

Seine Augen wanderten an ihrem Körper herunter, und er sog die Luft durch die Zähne ein. *Ach, verdammt, sie hatte ja gewusst, dass etwas nicht in Ordnung ...*

»Lieber Himmel, du bist vollkommen.« Rasch leckte er sich über die Unterlippe. »Darf ich dich berühren?«

Überwältigt nickte sie ruckartig, und seine Hand glitt unter das Mieder, strich über ihren Brustkorb und liebkoste ihre Brüste an der Seite, so sanft wie ein Atemzug. Sie zuckte bei der Berührung kurz zusammen, dann entspannte sie sich. Zumindest bis er mit dem Daumen über ihre Brustwarze fuhr.

Unwillkürlich bäumte sie sich auf.

»Du bist ... absolut vollkommen«, sagte er mit heiserer Stimme. »Ich bin geblendet von dir.«

Dann senkte er den Kopf, und seine Lippen fanden die Haut über ihrem Brustbein, küssten sich ihre Brust hinauf. Ihr Nippel richtete sich von ganz allein auf, reckte sich nach ... ja, nach seinem Mund. *O mein Gott ... ja ... sein Mund.*

Ihr fest in die Augen blickend, umschloss er die Spitze ihrer Brust und zog sie zwischen die Lippen. Einen Augenblick saugte er an ihr, dann ließ er wieder davon ab und blies über die glitzernde Spitze. Zwischen ihren Beinen spürte sie eine feuchte Wärme.

»Alles gut?«, fragte er. »Ist das gut?«

»Ich wusste nicht ... dass sie sich so anfühlen können.«

»Nein?« Wieder strich er mit den Lippen über ihre Brustwarze. »Du musst diese wunderschöne Stelle doch schon einmal berührt haben? Nein? Noch nie?«

Sie konnte nicht mehr vernünftig denken. »Frauen meines Standes ... bringt man bei, dass wir so etwas ... nicht tun dürfen. Außer wir haben einen Partner, und selbst dann ...« Was war das hier eigentlich für ein Gespräch?

»Aber jetzt bin ich ja da, nicht wahr?« Seine Zunge kam heraus und leckte wieder und wieder über ihren Nippel. »Jetzt bin ich hier. Also gib mir deine Hand, Marissa.« Als sie gehorchte, küsste er die Innenfläche. »Lass mich dir zeigen, wie sich Vollkommenheit anfühlt.«

Er nahm ihren Zeigefinger in seinen Mund und saugte daran, dann gab er ihn wieder frei und führte ihn an eine der aufgerichteten Spitzen. Er zeichnete Kreise darum, berührte sie mit ihrer eigenen Hand.

Sie legte den Kopf in den Nacken, ließ ihn aber nicht aus den Augen. »Es ist so ...«

»Weich und fest gleichzeitig, richtig?« Er senkte den Mund, bedeckte ihre Brustwarze und den Finger damit, eine glatte, feuchte Wärme. »Fühlt sich das gut an?«

»Ja ... gütige Jungfrau im Schleier, ja.«

Jetzt glitt seine Hand zu ihrer anderen Brust und rollte den Nippel zwischen den Fingern, dann massierte er die Wölbung darunter. Er war so groß über ihr, der OP-Kittel rutschte ihm von den angespannten Schultern, die schweren Arme waren hart von der Anstrengung, seinen Körper über ihrem in der Schwebe zu halten. Als er wieder die Seiten wechselte, um ihre andere Brustwarze zu bearbeiten, strich sein dunkles Haar über ihre helle, seidige Haut.

Völlig versunken in die Hitze ihres Körpers merkte sie gar nicht, dass ihre Röcke hochgeschoben wurden ... bis sie sich um ihre Oberschenkel bauschten.

Sie erstarrte. Den Mund auf ihren Brüsten liegend, bat er: »Wirst du mich noch etwas weiter gehen lassen? Wenn ich schwöre, sofort aufzuhören, wenn du es willst?«

»Ähm ... ja.«

Seine Handfläche glitt über ihr nacktes Knie, und sie zuckte; doch als er sich wieder ihren Brüsten zuwandte, vergaß sie ihre Furcht. In langsamen, trägen Kreisen rutschte seine Hand höher und höher, bis sie zwischen ihre Oberschenkel glitt ...

Unvermittelt spürte sie etwas aus sich herausfließen. In Panik presste sie die Beine zusammen und schob ihn von sich weg.

»Was ist?«

Heftig errötend murmelte sie: »Ich fühle etwas ... Komisches ...«

»Wo? Da unten?« Er streichelte die Innenseite ihres Oberschenkels.

Als sie nickte, breitete sich ein träges, sexy Grinsen auf seinem Gesicht aus. »Ach ja?« Er küsste sie auf den Mund. Ohne seine Lippen von ihr zu lösen, fragte er: »Inwiefern komisch?«

»Ich bin ...« Sie konnte es nicht aussprechen.

Er brachte seinen Mund ganz nah an ihr Ohr. »Bist du feucht?«

Sie nickte, und er knurrte tief in der Kehle. »Feucht ist gut ... feucht will ich dich haben.«

»Wirklich? Warum ...«

Mit einer geschmeidigen, schnellen Bewegung fasste er ihre Unterhose zwischen ihren Beinen an. Beide zuckten bei der Berührung zusammen.

»O ja«, stöhnte er und ließ den Kopf auf ihre Schulter fallen. »Jetzt bist du bei mir. Jetzt bist du ganz bei mir.«

Butchs Erektion hämmerte, als er seine Hand auf dem warmen, feuchten Satin über Marissas Mittelpunkt liegen ließ. Er wusste, wenn er jetzt das Höschen beiseiteschöbe, würde er in Honig baden. Aber er wollte sie nicht erschrecken und den Moment zerstören.

Er krümmte die Finger um sie herum und rieb mit dem Handballen oben an ihrem Schlitz, genau da, wo es sich am besten anfühlen würde.

Sie keuchte und drängte sich ihm entgegen, dann folgte sie seinem langsamen Rhythmus. Was ihn natürlich fast wahnsinnig machte. Um die Kontrolle über sich zu behalten, drehte er die Hüften herum, sodass er mit dem Bauch nach unten lag und seine Erektion auf der Matratze festklemmte.

»Butch, ich brauche ... etwas ... ich ...«

»Baby, hast du jemals ...« Ach Blödsinn, völlig ausgeschlossen, dass sie sich je selbst angefasst hatte. Sie war ja schon völlig verblüfft darüber gewesen, wie sich ihre Nippel anfühlten.

»Was?«

»Ach nichts.« Er nahm die Hand von ihrer Mitte und streichelte über ihr Höschen, ließ nur die Fingerspitzen darübergleiten. »Ich werde mich um dich kümmern. Vertrau mir, Marissa.«

Dann küsste er sie auf den Mund, saugte an ihren Lippen, vernebelte ihr die Sinne. Schob die Hand unter den Satinrand ...

»O ... Scheiße«, raunte er, in der Hoffnung, sie wäre zu benommen, um den Fluch zu hören.

Doch sie versuchte, sich ihm zu entziehen. »Was stimmt denn nicht mit mir?«

»Ganz ruhig.« Er legte ihr den Oberschenkel über die Beine, um sie ruhig zu halten. Und machte sich dann Sorgen, er könnte einen Orgasmus gehabt haben ... in Anbetracht der Empfindung, die ihm gerade wie eine Rakete durch den Schaft geschossen war. »Gar nichts stimmt nicht. Es ist nur, weil du ... du bist ganz glatt dort.« Er bewegte die Hand weiter, ließ die Finger in ihre Falte gleiten ... meine Güte, sie war so weich. So seidig. So heiß.

Er verlor sich in all der Feuchtigkeit, kaum drang ihre Verwirrung durch den Dunst in seinem Kopf. »Du hast dort keine Haare«, murmelte er.

»Ist das schlimm?«

Er lachte. »Es ist wunderschön. Für mich ist das aufregend.«

Aufregend? Wie wär's mit explosiv. Er wollte nichts als unter ihren Rock kriechen und sie lecken und schlucken und saugen, aber das alles ging definitiv zu weit.

Er war ja so ein Neandertaler – aber die Vorstellung, dass vor ihm noch nie jemand die Hand an diese Stelle gelegt hatte, war höllisch erotisch.

»Wie fühlt sich das an?«, fragte er und erhöhte das Tempo ein bisschen.

»O Gott ... Butch.« Wild bäumte sie sich auf, ihr Kopf fiel in den Nacken, sodass ihr Hals sich bezaubernd nach oben wölbte.

Sein Blick blieb an ihrer Kehle haften, und ein merkwürdiger Instinkt stieg in ihm auf: Er wollte sie beißen. Und sein Mund öffnete sich, als wäre er bereit, es auch zu tun.

Fluchend schüttelte er sich, um diesen absurden Impuls abzuschütteln.

»Butch ... ich brauche ...«

»Ich weiß schon, Baby. Ich kümmere mich darum.« Jetzt legte er den Mund wieder auf ihre Brust und begann, sie ernsthaft zu bearbeiten. Er fand einen Rhythmus beim Streicheln, blieb aber immer an der Außenseite, um sie nicht völlig aus der Fassung zu bringen.

Wobei sich herausstellte, dass er derjenige war, der durchdrehte. Die Reibung, ihre Haut unter seiner Hand und ihr Duft vermengten sich, bis ihm endlich bewusst wurde, dass er seine Hüften im Gleichklang mit seiner Hand in die Matratze pumpte. Als sein Kopf zwischen ihre Brüste sank, weil er ihn nicht mehr hochhalten konnte, wusste er, dass er mit der Schwanzmassage aufhören musste, die er sich selbst verabreichte. Er musste sich auf sie konzentrieren.

Also hob er den Kopf und sah sie an. Ihre Augen waren weit aufgerissen und ein bisschen ängstlich. Sie stand gerade auf der Kippe, und sie wirkte verwirrt.

»Ist schon gut, Baby, alles ist gut.« Immer weiter arbeitete er zwischen ihren Beinen.

»Was geschieht mit mir?«

Er legte seine Lippen an ihr Ohr. »Du wirst gleich kommen. Lass dich fallen. Ich bin hier, ich bin bei dir. Halt dich an mir fest.«

Ihre Hände krallten sich in seinen Arm, und als ihre Nägel ihn blutig kratzten, lächelte er. Das war perfekt.

Ein Ruck lief durch ihre Hüften. »Butch ...«

»Genau so. Komm für mich.«

»Ich kann nicht ... kann nicht ...« Sie schwang den Kopf hin und her, gefangen zwischen dem, was ihr Körper wollte, und dem, was ihr Verstand nicht ganz aufnehmen konnte. Sie würde ihren Schwung verlieren, wenn er nicht schnell etwas unternahm.

Ohne auch nur nachzudenken oder zu wissen, warum es helfen könnte, vergrub er sein Gesicht an ihrem Hals und biss sie, direkt oberhalb der Halsschlagader. Und das war es. Sie rief laut seinen Namen und begann zu beben, ihre Hüften zuckten, der ganze Rücken bog sich. Mit tiefer Freude half er ihr, den Orgasmus zu reiten und sprach die ganze Zeit mit ihr – obwohl Gott allein wissen mochte, was er da sagte.

Als sie wieder landete, hob er den Kopf von ihrem Hals. Zwischen den Lippen konnte er ihre Fänge sehen und spürte plötzlich einen Zwang, gegen den er nicht ankämpfen konnte. Er schob seine Zunge in ihren Mund und leckte über die scharfen Spitzen, fühlte sie über seine Haut schaben. Er wollte sie in sich haben … wollte, dass sie von ihm trank, sich von ihm nährte.

Mühsam zwang er sich dazu, aufzuhören. Der Rückzug fühlte sich so hohl an. Unbefriedigte Bedürfnisse quälten ihn, und sie waren nicht rein sexueller Natur. Er brauchte … Dinge von ihr, Dinge, die er selbst nicht begriff.

Jetzt schlug sie die Augen auf. »Ich wusste nicht, dass es so sein würde.«

»Hat es dir gefallen?«

Ihr Lächeln raubte ihm den Verstand. Er konnte sich kaum noch an den eigenen Namen erinnern. »O ja.«

Sanft küsste er sie, dann zog er ihren Rock wieder herunter und knöpfte das Mieder zu, packte das Geschenk ihres Körpers sorgfältig wieder ein. Dann bettete er sie in seine Armbeuge und legte sich bequem hin. Sie driftete bereits in den Schlaf ab, und er war vollkommen zufrieden damit, ihr dabei zuzusehen. Etwas Besseres hätte er sich gar nicht vorstellen können, als wach zu bleiben, während sie ruhte, und auf sie aufzupassen.

Obwohl er sich aus irgendeinem Grund wünschte, eine Waffe bei sich zu haben.

»Ich kann die Augen nicht offen halten«, murmelte sie.

»Versuch es gar nicht erst.«

Er streichelte ihr über das Haar und dachte, dass er zwar in ungefähr zehn Minuten den schlimmsten Fall von blauen Eiern in der Geschichte der Menschheit erleben würde, aber dass alles auf der Welt vollkommen in Ordnung war.

Butch O'Neal, dachte er, *du hast deine Frau gefunden.*

12

»Er sieht seinem Großvater ja so ähnlich.«

Joyce O'Neal Rafferty beugte sich über die Wiege und zupfte die Decke um ihren drei Monate alten Sohn fest. Diese Debatte lief jetzt schon seit seiner Geburt, und sie hatte es satt.

»Nein, er sieht aus wie du.«

Als Joyce spürte, wie sich die Arme ihres Ehemannes um ihre Taille schlangen, fühlte sie den Drang, sich ihm zu entziehen. Ihn schienen die Extrapfunde von der Schwangerschaft nicht zu stören, aber sie fühlte sich dadurch wahnsinnig unwohl.

In der Hoffnung, ihn abzulenken, sagte sie: »Also, nächsten Sonntag kannst du es dir aussuchen. Entweder kümmerst du dich allein um Sean oder du holst Mutter ab. Was ist dir lieber?«

Er ließ die Arme sinken. »Warum kann dein Vater sie nicht aus dem Pflegeheim abholen?«

»Du kennst doch Dad. Er kommt mit ihr nicht so gut klar,

besonders nicht im Auto. Sie wird sich wieder aufregen, er wird von ihr genervt sein, und wir haben dann den Ärger bei der Taufe, wenn sie endlich angekommen sind.«

Mikes Brust hob und senkte sich. »Ich finde, du solltest dich um deine Mutter kümmern. Sean und ich kommen schon klar. Kann eine deiner Schwestern bei uns mitfahren?«

»Ja. Colleen vielleicht.«

Ein Weilchen schwiegen beide und sahen einfach nur Sean beim Atmen zu.

Dann fragte Mike: »Wirst du ihn einladen?«

Am liebsten hätte sie geflucht. In der Familie O'Neal gab es nur einen »ihn«. Brian. Butch. Der »Er«. Von den sechs Sprösslingen, die Eddie und Odell O'Neal gehabt hatten, waren zwei verlorene Kinder. Janie war ermordet worden, und Butch war im Prinzip nach der Schule verschwunden. Letzteres war ein Segen gewesen, Ersteres ein Fluch.

»Er kommt sowieso nicht.«

»Du solltest ihn trotzdem einladen.«

»Wenn er auftaucht, dreht Mutter durch.«

Odells rasch fortschreitende Demenz brachte mit sich, dass sie gelegentlich glaubte, Butch wäre tot und deshalb nicht mehr da. Ihre andere Strategie, mit dem Verlust umzugehen, bestand darin, sich verrückte Geschichten über ihn auszudenken. Zum Beispiel, dass er als Bürgermeister von New York kandidierte. Oder Medizin studierte. Oder dass er nicht der Sohn seines Vaters war, und Eddie ihn deshalb nicht ausstehen konnte. Was natürlich totaler Quatsch war. Die ersten beiden Geschichten waren aus nahe liegenden Gründen Unfug, und die dritte, weil es zwar stimmte, dass Eddie Butch noch nie gemocht hatte; aber nicht, weil er nicht sein leiblicher Sohn war. Eddie hatte keines seiner Kinder je besonders gemocht.

»Du solltest ihn trotzdem einladen, Joyce. Er gehört zur Familie.«

»Nicht so richtig.«

Zum letzten Mal mit ihrem Bruder gesprochen hatte sie ... mein Gott, auf ihrer Hochzeit vor fünf Jahren? Und niemand hatte ihn seitdem gesehen oder viel von ihm gehört. Man erzählte sich in der Familie, dass ihr Vater eine Nachricht von Butch bekommen habe, damals im ... August? Ja, am Ende des Sommers. Er hatte eine Nummer hinterlassen, unter der man ihn erreichen konnte. Aber das war es dann auch gewesen.

Sean stieß ein leises Schnauben aus.

»Joyce?«

»Ach komm schon, er würde sich doch niemals blicken lassen, wenn ich ihn einlade.«

»Dann kannst du dir auf die Fahne schreiben, dass du ihm zumindest das Angebot gemacht hast, und musst dich trotzdem nicht mit ihm rumschlagen. Oder vielleicht würde er dich auch überraschen.«

»Mike, ich werde ihn nicht anrufen. Wir brauchen wirklich nicht noch mehr Dramen in dieser Familie.« Als würde es nicht vollkommen ausreichen, dass ihre Mutter verrückt war und zusätzlich noch Alzheimer hatte.

Betont entschlossen sah sie auf die Uhr. »Hey, läuft CSI schon?«

Und dann zerrte sie ihren Mann aus dem Kinderzimmer, um ihn von Dingen abzulenken, die ihn nichts angingen.

Marissa wusste nicht einmal, wie spät es war, als sie aufwachte, aber sie wusste, dass sie lange geschlafen hatte. Sie schlug die Augen auf und lächelte. Butch schlief tief und fest, von hinten an ihren Rücken gepresst, einen massigen Oberschenkel zwischen ihren Beinen, die Hand auf ihre Brust gelegt, den Kopf an ihrem Hals vergraben.

Als sie sich langsam zu ihm umdrehte, wanderte ihr Blick an seinem Körper herunter. Die Decke, die er sich vorhin hochgezogen hatte, war heruntergerutscht, und unter dem dünnen Krankenhauskittel befand sich etwas Hartes in seiner Lendengegend. Gütiger ... eine Erektion. Er war erregt.

»Was schaust du da an, Baby?« Butchs tiefe Stimme klang, als ob man Kieselsteine aneinanderrieb.

Erschrocken zuckte sie zurück und hob den Blick. »Ich wusste nicht, dass du wach bist.«

»Ich habe gar nicht geschlafen. Habe dich lieber stundenlang betrachtet.« Er zog die Decke wieder hoch und lächelte. »Wie geht es dir?«

»Gut.«

»Wenn du mal eine Pause machen willst ...«

»Butch.« Wie genau sollte sie das formulieren? »Männer tun auch das, was du gestern bei mir gemacht hast, oder? Ich meine, letzte Nacht, als du mich berührt hast.«

Er errötete und zupfte an der Decke herum. »Ja, tun wir. Aber darüber musst du dir keine Gedanken machen.«

»Warum nicht?«

»Einfach so.«

»Darf ich dich ansehen?« Sie deutete mit dem Kopf auf seine Lenden. »Da unten?«

Er hüstelte. »Willst du das denn?«

»Ja. O ja ... ich möchte dich dort anfassen.«

Ein leiser Fluch, dann murmelte er: »Was dann passiert, könnte ein Schock für dich sein.«

»Ich war geschockt, als deine Hand zwischen meinen Beinen lag. Meinst du so eine Art Schock? Auf eine gute Art?«

»Ja.« Seine Hüften rutschten unruhig herum, als würden sie am Ende der Wirbelsäule rotieren. »Lieber Himmel ... Marissa.«

»Ich will dich nackt.« Jetzt kniete sie sich hin und streckte die Hand nach dem Kittel aus. »Und ich will dich ausziehen.«

Mit festem Griff hielt er ihre Hand fest. »Ich ... äh ... Marissa, hast du eine Ahnung, was passiert, wenn ein Mann kommt? Denn das wird auf jeden Fall passieren, wenn du mich berührst. Und es wird nicht lange dauern.«

»Ich möchte es herausfinden. Mit dir.«

Er schloss die Augen. Holte tief Luft. »Großer Gott.«

Gehorsam hob er den Oberkörper an und beugte sich nach vorn, sodass sie den Kittel über seine Arme streifen konnte. Dann ließ er sich zurück auf die Matratze sinken. Sein Körper lag entblößt vor ihr: der kräftige Hals auf den breiten Schultern ... die schweren Brustmuskeln mit dem Flaum von Haaren darauf ... die ausdefinierten Bauchmuskeln ... und ...

Sie zog die Decke zurück. O Himmel, sein Geschlecht war ... »Es ist so riesig geworden.«

Butch stieß ein bellendes Lachen aus. »Du sagst so nette Sachen.«

»Ich habe es gesehen, als es ... ich wusste nicht, dass es so ...«

Sie konnte die Augen nicht von der Erektion abwenden, die auf seinem Bauch lag. Sein hartes Glied hatte die Farbe seiner Lippen und war schockierend schön, die Spitze stumpf mit einem grazilen Grat, der Schaft vollkommen rund und am Ansatz sehr dick. Und diese beiden Gewichte darunter waren schwer, schamlos, männlich.

Vielleicht waren Menschen dort unten größer als die Männer ihrer Spezies?

»Wie möchtest du berührt werden?«

»Egal, solange du es bist.«

»Nein, zeig es mir.«

Kurz kniff er die Augen zu, und seine Brust dehnte sich aus. Als er die Lider wieder anhob, öffnete er die Lippen und ließ seine Hand langsam über seine Brust und seinen Bauch hinabgleiten. Ein Bein legte er zur Seite, dann umfing er sich selbst mit der Hand, schloss eine Faust um sein dunkelrosa Fleisch. Seine Männerhand war groß genug, um es ganz zu umschließen. Mit bedächtigen, sanften Bewegungen streichelte er seine Erregung, vom Ansatz bis zur Spitze, massierte den Schaft.

»Oder so was in der Art«, sagte er heiser, ohne aufzuhören. »Meine Güte, sieh dich an ... ich könnte auf der Stelle kommen.«

»Nein.« Sie schob seinen Arm aus dem Weg, und die Erektion federte steif auf seinen Bauch. »Ich will das machen.«

Sobald sie ihn anfasste, stöhnte er auf, sein ganzer Körper wand sich. Er war heiß. Er war hart. Er war weich. Er war so dick, dass sie mit der Hand nicht ganz darum herum kam.

Zunächst zögerlich folgte sie seinem Beispiel, rieb auf und ab, bestaunte, wie die seidige Haut über den steinharten Kern glitt.

Als er die Zähne zusammenbiss, hörte sie auf. »Ist das richtig so?«

»Ja ... verdammt ...« Sein Kinn fiel nach hinten, die Venen an seinem Hals traten hervor. »Mehr.«

Jetzt legte sie auch die andere Hand um ihn und bewegte sie zusammen. Sein Mund klappte weit auf, er verdrehte die Augen, ein feiner Schweißfilm breitete sich auf seinem Körper aus.

»Wie fühlt sich das an, Butch?«

»Ich bin schon ganz nah dran.« Er presste die Kiefer aufeinander und atmete schwer. Doch dann hielt er ihre Hände fest. »Warte! Noch nicht ...«

Seine Erektion pochte, zuckte heftig in ihren Händen. Ein klarer Tropfen erschien an der Spitze.

Keuchend atmete er ein. »Zieh es in die Länge. Lass mich dafür arbeiten, Marissa. Je länger du mich zappeln lässt, desto besser wird das Ende sein.«

Sein Ächzen und das Spiel seiner Muskeln dienten ihr als Anleitung, sie lernte die Berge und Täler seiner erotischen Reaktion zu erkennen, fand heraus, wann er nahe am Höhepunkt war und wie genau sie ihn auf der Spitze der sexuellen Klinge balancieren konnte.

Gütiger, Sex bedeutete tatsächlich Macht, und im Augenblick hatte sie die vollkommene Macht über ihn. Er war wehrlos, ausgeliefert ... genau wie sie selbst es in der vergangenen Nacht gewesen war. *Es war wunderbar.*

»Bitte ... Baby ...« Wie sie diese heisere Atemlosigkeit liebte. Die gespannten Sehnen an seinem Hals liebte. Die Kontrolle liebte, die sie hatte, wenn sie ihn in der Hand hielt.

Was sie auf eine Idee brachte. Sie ließ los und wandte sich seinen Hoden zu, schob die Hand darunter, umschloss sie. Mit einem unterdrückten Fluch zerknüllte er das Laken mit den Fäusten, bis die Knöchel weiß hervortraten.

Immer weiter machte sie, bis er nur noch zuckte, schweißbedeckt war und zitterte. Dann beugte sie sich herunter und presste ihren Mund auf seinen. Er verschlang sie fast, packte sie ihm Nacken, zog sie an seine Lippen, murmelte etwas Unverständliches, stieß ihr die Zunge in den Mund.

»Jetzt?«, fragte sie mitten im Kuss.

»Jetzt.«

Sie nahm ihn wieder in die Hand und bewegte die Finger schneller und schneller, bis sein Gesicht sich zu einer wunderschönen Maske der Qual verzerrte und sein Körper sich so fest anspannte wie ein Seil.

»Marissa ...« Völlig unkoordiniert zerrte er sich den OP-Kittel über die Hüften, schirmte sich vor ihrem Blick ab. Dann spürte sie, wie er zuckte und erschauerte und etwas Warmes, Dickflüssiges in Wellen aus ihm herausströmte und über ihre Hand floss. Sie wusste instinktiv, dass sie ihren Rhythmus aufrechterhalten musste, bis es vorbei war.

Als seine Augen sich schließlich öffneten, waren sie glasig. Satt. Voller andächtiger Wärme.

»Ich will dich nicht loslassen«, sagte sie.

»Dann tu es nicht. Niemals.«

Langsam wurde er weich in ihrer Hand, ein Rückzug aus der Härte. Sie küsste ihn und zog neugierig die Hand unter dem Kittel hervor.

»Ich wusste nicht, dass es schwarz sein würde«, murmelte sie lächelnd, als sie ihre feuchten Finger betrachtete

Entsetzen breitete sich auf seinem Gesicht aus. »*Um Gottes willen!*«

Havers lief den Flur hinunter zum Quarantänezimmer.

Unterwegs sah er nach dem kleinen Mädchen, das er ein paar Tage vorher operiert hatte. Sie heilte gut, aber er machte sich Sorgen. Was, wenn er sie und ihre Mutter wieder in die Welt hinausschicken musste? Dieser *Hellren* war gewalttätig, und es war zu erwarten, dass sie bald wieder in der Klinik auftauchen würden. Aber was konnte er schon tun? Er konnte sie nicht auf ewig hier behalten. Er brauchte das Bett.

Danach ging er weiter, vorbei an seinem Labor, einer Schwester zuwinkend, die über ein Mikroskop gebeugt saß. Als er vor der Tür mit der Aufschrift PUTZZEUG ankam, zögerte er.

Er fand es furchtbar, dass Marissa mit diesem Menschen dort drin eingesperrt war.

Doch das Wichtigste war, dass sie sich nicht angesteckt hatte. Der gestrigen Untersuchung zufolge ging es ihr gut. Also würde ihre kleine Verirrung sie zumindest nicht das Leben kosten.

Was den Menschen betraf, so konnte er nach Hause gehen. Seine letzte Blutprobe war beinahe normal gewesen, und er gewann mit erstaunlicher Geschwindigkeit an Kraft, weswegen es allerhöchste Zeit wurde, ihn aus Marissas Nähe zu entfernen. Havers hatte die Bruderschaft bereits angerufen und ihnen mitgeteilt, dass sie ihn abholen konnten.

Butch O'Neal war gefährlich, und zwar nicht nur wegen der Verseuchung. Der Mensch begehrte Marissa – das sah man in seinen Augen. Und das war nicht hinnehmbar.

Havers schüttelte den Kopf. Im letzten Herbst hatte er sich bemüht, die beiden voneinander fernzuhalten. Zuerst war er davon ausgegangen, dass Marissa den Menschen aussaugen würde, was völlig in Ordnung gewesen wäre. Aber als offensichtlich wurde, dass sie sich während ihrer Grippeerkrankung nach ihm verzehrte, hatte Havers einschreiten müssen.

Er hoffte so sehr, dass sie irgendwann einen wahren Partner finden würde, aber ganz sicher nicht einen minderwertigen menschlichen Raufbold. Sie brauchte jemanden, der es wert war, sie zu lieben, der sie verdiente; wenn es auch unwahrscheinlich war, dass sie bald auf so jemanden treffen würde, in Anbetracht der Meinung der *Glymera* von ihr.

Aber vielleicht ... na ja, ihm war wohl bewusst, wie gut Rehvenge sie im Auge behielt. Das könnte funktionieren. Rehv konnte von beiden Elternseiten her auf starke Blutlinien zurückblicken. Er war vielleicht ein wenig ... hart, aber in den Augen der Gesellschaft durchaus geeignet.

Möglicherweise sollte man diese Konstellation ermutigen? Immerhin war Marissa noch unberührt, so rein wie am Tag ihrer Geburt. Und Rehvenge hatte Geld, sehr viel Geld, obwohl niemand wusste, woher es stammte. Und was noch wichtiger war: Er ließ sich nicht von der Meinung der *Glymera* beeinflussen.

Ja, dachte Havers. Das wäre eine gute Verbindung. Die Beste, auf die sie hoffen konnte.

Nun fühlte er sich ein bisschen besser, als er die Schranktür aufstieß. Dieser Mensch war schon so gut wie weg, und niemand musste erfahren, dass die beiden tagelang zusammen eingesperrt gewesen waren. Sein Personal war zum Glück verschwiegen.

Mein Gott, er konnte sich gut vorstellen, was die *Glymera* mit ihr anstellen würde, wenn sie wüssten, dass sie in so engem Kontakt zu einem Menschen gestanden hatte. Noch mehr Angriffsfläche konnte sich Marissas angeschlagener Ruf nicht mehr leisten, und um ehrlich zu sein, Havers selbst konnte es auch nicht mehr. Er war vollkommen erschöpft von ihren andauernden sozialen Fehlschlägen.

Er liebte sie, aber er war wirklich am Ende.

Marissa hatte keine Ahnung, warum Butch sie ins Badezimmer zerrte, als sei der Teufel hinter ihm her.

»Butch! Was machst du denn?«

Er riss den Wasserhahn auf, zwang ihre Hände unter den Strahl und schnappte sich ein Stück Seife. Während er sie sauber schrubbte, weitete Panik seine Augen.

»Was zum Henker geht hier vor!«

Sowohl Marissa als auch Butch wirbelten herum. Im Türrahmen stand Havers, ohne Schutzanzug – und wütender, als sie ihn je zuvor erlebt hatte.

»Havers ...«

Ihr Bruder schnitt ihr das Wort ab, indem er einen Satz machte und sie am Arm aus dem Badezimmer zog.

»Hör auf – aua! Havers, du tust mir weh!«

Was dann passierte, ging viel zu schnell für sie.

Havers ließ sie urplötzlich ... los. Gerade noch zerrte er an ihr, und sie wehrte sich dagegen, im nächsten Moment drückte Butch ihn mit dem Gesicht voraus flach gegen die Wand.

Die Stimme des Ex-Cops war ein gemeines Knurren. »Mir ist scheißegal, ob du ihr Bruder bist. Du wirst sie nicht so behandeln. Niemals.« Er drückte Havers seinen Unterarm in den Nacken, um seiner Botschaft Nachdruck zu verleihen.

»Butch, lass ihn ...«

»Haben wir uns verstanden?«, übertönte Butch ihre Worte. Als ihr Bruder nach Luft schnappte und nickte, ließ Butch ihn los, ging zum Bett und wickelte sich in aller Ruhe ein Laken um die Hüften. Als hätte er nicht gerade einem Vampir die Leviten gelesen.

In der Zwischenzeit taumelte Havers durchs Zimmer und konnte sich gerade noch an der Bettkante festhalten, einen wahnsinnigen Ausdruck auf dem Gesicht, während er seine Brille wieder gerade rückte und Marissa anfunkelte. »Du verlässt sofort diesen Raum. Auf der Stelle.«

»Nein.«

Havers klappte der Kiefer herunter. »Wie bitte?«

»Ich bleibe bei Butch.«

»Auf keinen Fall!«

In der Alten Sprache sagte sie: »*Wenn er mich nähme, würde ich als seine Shellan an seiner Seite bleiben.*«

Havers sah aus, als hätte sie ihm eine Ohrfeige gegeben: geschockt. Und angewidert. »*Und ich würde es verbieten. Hast du keinen Funken Anstand mehr im Leib?*«

Butch unterbrach sie. »Du solltest wirklich gehen, Marissa.«

Bruder und Schwester sahen ihn erstaunt an. »Butch?«, fragte sie.

Das strenge Gesicht, das sie anbetete, wurde für einen Moment weich, doch dann wieder grimmig. »Wenn er dich herauslässt, solltest du gehen.«

Und nicht zurückkommen, ergänzte seine Miene.

Sie sah ihren Bruder an, ihr Kopf begann zu hämmern. »Lass uns allein.« Als Havers den Kopf schüttelte, rief sie: »*Verschwinde hier!*«

Es gibt Momente, in denen weiblicher Zorn alle Aufmerksamkeit auf sich zieht, und das war einer davon. Butch wurde still, und Havers schien verdutzt.

Dann wandte Havers sich Butch zu und verengte die Augen zu Schlitzen. »Die Bruderschaft kommt dich abholen, Mensch. Ich habe sie angerufen und ihnen gesagt, dass du gehen kannst.« Havers schleuderte Butchs Krankenakte auf das Bett, als gäbe er auf. »Komm niemals hierher zurück. Niemals.«

Als ihr Bruder gegangen war, starrte Marissa Butch an, doch noch ehe sie ein Wort herausbekam, flehte er: »Baby, bitte versteh doch. Ich bin nicht gesund. Da ist immer noch etwas in mir.«

»Ich habe keine Angst vor dir.«

»Ich schon.«

Sie verschränkte die Arme. »Was wird geschehen, wenn ich jetzt gehe? Zwischen dir und mir?«

Keine gute Frage, dachte sie in der zwischen ihnen entstehenden Stille.

»Butch ...«

»Ich muss herausfinden, was sie mit mir gemacht haben.« Er blickte an sich herab und betastete die unebene schwarze Narbe neben seinem Bauchnabel. »Ich muss wissen, was da in mir ist. Ich will mit dir zusammen sein, aber nicht so. Nicht so, wie ich jetzt bin.«

»Ich war vier Tage bei dir, und es geht mir gut. Warum jetzt aufhören ...«

»Geh, Marissa.« Seine Stimme klang gequält und traurig. Wie seine Augen. »Sobald ich kann, komme ich dich suchen.«

Das wirst du nicht, dachte sie.

Gütige Jungfrau im Schleier, es war alles wieder genau wie bei Wrath. Sie wartete. Immer wartete sie, während irgendein Kerl draußen in der Welt etwas Besseres zu tun hatte.

Sie hatte schon dreihundert Jahre unerfüllte Erwartung hinter sich.

»Das werde ich nicht tun«, murmelte sie. Dann sagte sie mit etwas mehr Nachdruck: »Ich werde nicht mehr warten. Nicht einmal auf dich. Beinahe die Hälfte meines Lebens ist jetzt schon vorbei, und ich habe sie vergeudet, indem ich zu Hause herumsaß und hoffte, dass ein Mann mich abholen würde. Das kann ich nicht mehr ... egal wie viel ... du mir bedeutest.«

»Du bedeutest mir auch sehr viel. Deshalb bitte ich dich zu gehen. Ich beschütze dich.«

»Du ... beschützt mich.« Sie musterte ihn von Kopf bis Fuß. Sie wusste sehr genau, dass Butch Havers nur von ihr hatte wegreißen können, weil er das Überraschungselement auf seiner Seite gehabt hatte und Havers kein Krieger war. Wenn ihr Bruder ein Kämpfer wäre, hätte er Butch getötet. »Du beschützt mich? Herrje, ich könnte dich mit einem Arm über meinem Kopf halten, Butch. Es gibt nichts, was du körperlich tun kannst, was ich nicht besser könnte. Also tu mir keinen Gefallen.«

Was natürlich die völlig falsche Entgegnung war.

Butchs wandte die Augen ab und verschränkte die Arme vor der Brust, die Lippen zu einem Strich verzogen.

O je. »Butch, ich meine damit nicht, dass du schwach ...«

»Ich bin sehr froh, dass du mich an etwas erinnert hast.«

O je. »An was denn?«

Sein verkniffenes Lächeln war scheußlich. »Ich stehe in zweifacher Hinsicht am unteren Ende der Hackordnung. Sozial und evolutionär.« Er deutete mit dem Kopf auf die Tür. »Also ... ja, geh nur, geh. Und du hast absolut recht. Warte nicht auf mich.«

Sie wollte die Arme nach ihm ausstrecken, aber sein kalter, leerer Blick hielt sie davon ab.

Verdammt, sie hatte es vermasselt.

Nein, sagte sie sich. Es gab nichts zu vermasseln. Nicht, wenn er sie von den unschönen Dingen seines Lebens ausschloss. Nicht, wenn er einfach ging und sie verließ, um vielleicht zu einem unbestimmten, wahrscheinlich niemals eintreffenden Zeitpunkt zurückzukommen.

Marissa schritt zur Tür und musste sich noch einmal zu ihm umdrehen. Das Bild von ihm, wie er in das Laken gewickelt dort stand, nackt, die Verletzungen überall auf ihm noch nicht verheilt ... ach, könnte sie es nur vergessen.

Sie ging aus dem Zimmer, und die Luftschleuse schloss ihn mit einem Zischen ein.

Wahnsinn, dachte Butch, als er sich auf den Boden sinken ließ. So fühlte sich das also an, wenn einem bei lebendigem Leib die Haut abgezogen wurde.

Sich das Kinn reibend saß er da und starrte ins Leere, verloren, obwohl er genau wusste, in welchem Raum er sich befand, allein mit den Überresten des Bösen in ihm.

»Butch, alter Knabe.«

Er riss den Kopf hoch. Vishous stand im Zimmer, in voller Ledermontur, eine echte Kampfmaschine. Der Valentino-Kleidersack, der an seinem Handschuh baumelte, wirkte völlig deplatziert, ungefähr so durchgeknallt wie ein Butler mit einer AK-47.

»Ach du Scheiße, Havers muss den Verstand verloren haben, dich jetzt schon zu entlassen. Du siehst grauenhaft aus.«

»Ich habe nur einen miesen Tag.« Und davon würde es in Zukunft noch einige geben, also sollte er sich besser daran gewöhnen.

»Wo ist Marissa?«

»Sie ist gegangen.«

»Gegangen?«

»Zwing mich nicht, es noch mal zu sagen.«

»O. Mist.« Vishous atmete hörbar ein und warf dann mit Schwung den Kleidersack aufs Bett. »Ich habe dir ein paar Klamotten und ein neues Handy ...«

»Es ist immer noch in mir, V. Ich kann es fühlen. Ich kann es ... schmecken.«

Vs Diamantaugen musterten ihn rasch von Kopf bis Fuß. Dann kam er näher und streckte die Hand aus. »Der Rest von dir heilt gut. Du heilst sogar sehr schnell.«

Butch ergriff die Hand seines Mitbewohners und ließ sich von ihm auf die Füße ziehen. »Vielleicht kommen wir ja gemeinsam dahinter, wenn ich erst mal hier raus bin. Außer, du hast schon was gefunden ...«

»Noch nichts. Aber ich habe die Hoffnung noch nicht aufgegeben.«

»Das wäre dann wenigstens einer von uns.«

Butch zog den Reißverschluss am Kleidersack auf, ließ das Laken fallen und schlüpfte in eine Boxershorts. Dann steckte er die Beine in eine schwarze Hose und die Arme in ein Seidenhemd.

In der Straßenkleidung fühlte er sich wie ein Betrüger, denn in Wahrheit war er ein Patient, ein Freak, ein Albtraum. Gütiger, was war nur aus ihm herausgekommen, als er den Orgasmus gehabt hatte? Und Marissa ... wenigstens hatte er sie, so schnell er konnte, gesäubert.

»Deine Werte sehen gut aus«, las V in der Krankenakte, die Havers aufs Bett geworfen hatte. »Scheint alles wieder völlig normal.«

»Ich habe vor ungefähr zehn Minuten ejakuliert, und das Zeug war schwarz. Von *normal* kann also keine Rede sein.«

Schweigen folgte auf diese fröhliche kleine Enthüllung. Mann, hätte er sich umgedreht und V ohne Vorankündigung einen Schlag auf die Zwölf verpasst, wäre der vermutlich weniger geschockt gewesen.

»Ach, Herrgott noch mal«, murmelte Butch, zog die Gucci-Schuhe über und schnappte sich den schwarzen Kaschmirmantel. »Lass uns einfach abhauen.«

Auf dem Weg zur Tür warf Butch noch mal einen Blick über die Schulter zum Bett. Das Bettzeug war noch ganz zerknüllt von dem Moment, als er und Marissa übereinander hergefallen waren.

Leise fluchend ging er hinaus in den Überwachungsraum, dann V hinterher durch den Einbauschrank mit dem Putzzeug. Draußen im Flur liefen sie an einem Labor vorbei und gelangten dann in die eigentliche Klinik, den Krankenzimmern nach zu urteilen. Durch jede Tür warf er einen Blick, bis er wie angewurzelt stehen blieb.

In einem der Zimmer saß Marissa auf einer Bettkante, das pfirsichfarbene Kleid um sich herum ausgebreitet. Sie hielt die Hand eines kleinen Mädchens und sprach leise mit ihr, während eine ältere Vampirin – vermutlich die Mutter der Kleinen – aus der Ecke zusah.

Die Mutter war es, die den Blick hob. Als sie Butch und V entdeckte, zog sie den Kopf ein, schlang die Arme fester um ihren schäbigen Pullover und blickte zu Boden.

Butch schluckte heftig und lief weiter.

Sie standen vor den Aufzügen und warteten, als er ansetzte: »V?«

»Ja?«

»Auch wenn es noch nichts Konkretes ist, aber du hast eine Ahnung, was mit mir gemacht wurde, oder?« Er sah seinen Mitbewohner nicht an. Und V sah ihn nicht an.

»Vielleicht. Aber wir sind hier nicht allein.«

Ein elektronisches *Ding* ertönte, und die Türen glitten auf. Schweigend fuhren sie hinauf.

Als sie aus dem Haus in die Nacht hinaus traten, meinte Butch: »Eine Zeit lang habe ich schwarz geblutet, weißt du.«

»In deiner Akte haben sie vermerkt, dass die natürliche Farbe mittlerweile zurückgekehrt ist.«

Völlig unvorbereitet zog Butch V am Arm zu sich herum. »Bin ich jetzt zum Teil ein *Lesser*?«

Da. Jetzt war es raus. Seine größte Angst, sein Grund, vor Marissa wegzulaufen, die Hölle, mit der zu leben er erst lernen müsste.

V sah ihm direkt in die Augen. »Nein.«

»Woher wissen wir das?«

»Ich lehne diese Schlussfolgerung ab.«

Butch ließ die Hand sinken. »Es ist gefährlich, den Kopf in den Sand zu stecken, Vampir. Ich könnte jetzt dein Feind sein.«

»Blödsinn.«

»Vishous, ich könnte ...«

Blitzschnell packte V ihn am Revers und riss ihn an sich. Der Bruder zitterte von Kopf bis Fuß, die Augen leuchteten wie Kristalle in der Nacht. »*Du bist nicht mein Feind.*«

Von null auf hundert presste Butch V die Hände auf die mächtigen Schultern und zerknüllte die Lederjacke in seinen Fäusten. »*Woher sollen wir das wissen.*«

V fletschte die Fänge und zischte, seine schwarzen Augenbrauen zogen sich finster zusammen. Butch stand ihm an Testosteron in nichts nach, er hoffte, betete, war bereit für eine Prügelei. Er lechzte geradezu danach, zuzuschlagen und geschlagen zu werden; er wollte Blut fließen sehen.

Eine kleine Ewigkeit lang standen sie so ineinander verkeilt, die Muskeln angespannt, Schweiß auf dem Gesicht, auf der Kippe.

Dann drang Vishous' Stimme durch den Abstand zwischen ihren Gesichtern, ein krächzender Ton auf einem keuchenden, verzweifelten Luftstrom. »Du bist mein einziger Freund. Niemals mein Feind.«

Wer wen zuerst umarmte, war hinterher schwer zu sagen, aber der Drang, auf einander einzuprügeln, verschwand und ließ nur das Band zwischen ihnen zurück. Sie umschlangen sich fest und blieben eine ganze Zeit so im kalten Wind stehen. Hölzern und verlegen lösten sie sich endlich aus der Umklammerung.

Nach einigem Räuspern auf beiden Seiten holte V eine Selbstgedrehte aus der Tasche und zündete sie an. Er stieß den Rauch aus und sagte: »Du bist kein *Lesser*, Bulle. Das Herz wird entfernt, wenn man umgewandelt wird. Und deines schlägt noch.«

»Vielleicht sind sie nicht ganz fertig geworden, vielleicht wurden sie unterbrochen?«

»Dazu kann ich nichts sagen. Ich habe die Aufzeichnungen unserer Rasse durchforstet und habe nach etwas Vergleichbarem gesucht, nach egal was. Habe aber im ersten Durchgang nichts gefunden, also hab ich mir die Chroniken noch mal vorgenommen. Ich suche sogar in der Menschenwelt, wühle im Internet nach obskurem Quatsch.« Wieder stieß V eine Wolke türkischen Rauchs aus. »Ich kriege es schon raus. Irgendwie werde ich es rauskriegen.«

»Hast du versucht zu sehen, was kommt?«

»Du meinst die Zukunft?«

»Ja.«

»Natürlich.« Vishous ließ die Zigarette auf den Boden fallen, zertrat sie mit dem Stiefel, dann bückte er sich und hob die Kippe auf. Während er sie in die Tasche steckte, sagte er: »Aber es kommt immer noch nichts bei mir an. Scheiße ... ich brauche was zu trinken.«

»Ich auch. *ZeroSum?*«

»Bist du sicher, dass du dazu schon wieder fit genug bist?«

»Nicht im Geringsten.«

»Alles klar, dann also ab ins *ZeroSum.*«

Sie liefen zum Escalade und stiegen ein, Butch auf der Beifahrerseite. Nachdem er sich angeschnallt hatte, legte er die Hand auf seinen Bauch. Er tat höllisch weh, weil er sich so viel bewegt hatte, aber der Schmerz spielte keine Rolle. Eigentlich spielte nichts mehr wirklich eine Rolle.

Sie bogen gerade aus Havers' Auffahrt auf die Straße, als V sagte: »Ach, übrigens, für dich kam gestern ein Anruf. Spätabends. Ein Mikey Rafferty.«

Butch runzelte die Stirn. Warum sollte einer seiner Schwäger anrufen, vor allem dieser? Von all seinen Schwestern und Brüdern mochte Joyce ihn am allerwenigsten – was wirklich etwas heißen wollte. Hatte sein Vater endlich den Herzinfarkt gehabt, der sich schon lange ankündigte?

»Was hat er denn gesagt?«

»Es gibt eine Kindstaufe. Wollte dir Bescheid geben, damit du vorbeikommen kannst, wenn du Lust hast. Findet diesen Sonntag statt.«

Butch blickte aus dem Seitenfenster. Noch ein Baby. Okay, für Joyce war es das erste, aber insgesamt war es Neffe oder Nichte Numero ... wie viel? Sieben? Nein, acht.

Wortlos fuhren sie ins Stadtzentrum, die Lichter der entgegenkommenden Autos flackerten auf und verblassten wieder. Häuser zogen vorbei. Dann Geschäfte. Dann Bürogebäude aus der Jahrhundertwende. Butch dachte an all die Leute, die in Caldwell lebten.

»Wolltest du je Kinder haben, V?«

»Nein. Kein Interesse.«

»Ich früher schon.«

»Und jetzt nicht mehr?«

»Bei mir wird das nie was werden, aber das ist egal. Es gibt schon ausreichend O'Neals auf der Welt. Mehr als ausreichend.«

Fünfzehn Minuten später parkten sie hinter dem *Zero-Sum*, doch es fiel Butch schwer, aus dem Auto auszusteigen.

Die Vertrautheit der ganzen Szenerie – das Auto, sein Mitbewohner, der Klub – machten ihn unruhig. Denn auch wenn alles gleich geblieben war, hatte er sich doch verändert.

Frustriert und in sich gekehrt holte er eine Red-Sox-Kappe aus dem Handschuhfach. Er zog sie an, drückte die Tür auf und sagte sich, dass er melodramatisch war und das hier alles völlig normal.

Im selben Moment, als sein Fuß aufs Pflaster traf, erstarrte er.

»Butch? Was ist los, Mann?«

Das war doch mal die Eine-Million-Dollar-Frage. Sein Körper schien sich in eine Art Stimmgabel verwandelt zu haben. Energie durchströmte ihn … zog ihn unwiderstehlich …

Er drehte sich um und begann, die Tenth Street entlangzulaufen. Schnell. Er musste herausfinden, was das war, dieser Magnet, dieses Signal, das ihn zu rufen schien.

»Butch? Wo willst du hin, Bulle?«

Als V ihn am Arm festhielt, machte Butch sich heftig frei und fiel in einen rascheren Laufschritt. Es war, als hinge er an einem Seil, und jemand zöge ihn.

Undeutlich nahm er wahr, dass V neben ihm hertrabte und gleichzeitig sprach, offenbar telefonierte er auf dem Handy. »Rhage? Ich hab hier ein Problem. Tenth Street. Nein, es ist Butch.«

Jetzt fing Butch an zu rennen. Der Kaschmirmantel flatterte hinter ihm her. Als Rhages baumlanger Körper sich urplötzlich vor ihm materialisierte, schlug er einen Haken um ihn herum.

Rhage sprang ihm direkt in den Weg. »Butch, wo willst du hin?«

Doch als der Bruder ihn festhalten wollte, schubste Butch den Vampir so heftig von sich, dass Rhage gegen eine Ziegelwand knallte. »Fass mich nicht an!«

Zweihundert Meter weiter fand er endlich, was ihn rief: Drei *Lesser* kamen aus einer Seitenstraße.

Butch blieb stehen. Die Vampirjäger blieben stehen. Und dann gab es einen scheußlichen Moment der Gemeinschaft, der Butch die Tränen in die Augen trieb, da er in ihnen erkannte, was auch in ihm war.

»Bist du ein neuer Rekrut?«, fragte einer der drei.

»Natürlich ist er das«, sagte ein anderer. »Und du hast heute Nacht den Appell verpasst, du Idiot.«

Nein ... nein ... o Gott, nein ...

Völlig synchron blickten die drei Jäger ihm über die Schulter. V und Rhage mussten um die Ecke gekommen sein. Die *Lesser* machten sich zum Kampf bereit, gingen in die Hocke und hoben die Hände.

Butch machte einen Schritt auf das Trio zu. Dann noch einen.

»Butch ...« Die schmerzvolle Stimme hinter ihm gehörte Vishous. »Nein ... bitte *nicht.*«

13

Müde verlagerte John seinen mageren Körper und schloss wieder die Augen. In den kaputten, potthässlichen, avocadogrünen Sessel gekauert, konnte er Tohr bei jedem Atemzug riechen: Dieser Albtraum eines jeden Innenarchitekten war das Lieblingsstück des Bruders und gleichzeitig Wellsies *»sitzus non gratus«* gewesen. Daher war das Möbel hier in das Büro im Trainingszentrum verbannt worden, und Tohr hatte viele Stunden darin verbracht und die Buchhaltung erledigt, während John Hausaufgaben machte.

Seit den Morden hatte John ihn als Bett benutzt.

Gereizt drehte er sich so herum, dass seine Beine über eine Armlehne hingen und sein Kopf und die Schultern oben an der Rückenlehne ruhten. Dann kniff er noch fester die Augen zu und betete um etwas Erholung. Das Blöde war nur, dass ihm das Blut in den Adern summte und in seinem Kopf alles Mögliche herumschwirrte, alles totaler Quatsch.

Erst vor zwei Stunden war der Unterricht zu Ende gewesen, und er hatte noch weitertrainiert, nachdem die anderen Schüler bereits abgefahren waren. Zudem schlief er seit einer Woche nicht gut. Man mochte meinen, er müsste auf der Stelle einschlafen.

Andererseits war er vielleicht wegen Lash immer noch aufgebracht. Dieser Mistkerl hatte ihn heute nicht in Ruhe gelassen, weil er gestern vor der ganzen Klasse in Ohnmacht gefallen war. Mann, John hasste den Typen, wirklich wahr. Dieser arrogante, reiche, boshafte ...

»Mach die Augen auf, Junge, ich weiß, dass du wach bist.«

John zuckte so heftig zusammen, dass er beinahe auf dem Fußboden landete. Als er sich mühsam wieder hochhievte, sah er Zsadist im Türrahmen stehen, gekleidet in seine übliche Uniform aus hautengem Rolli und weiter Jogginghose.

Der Ausdruck auf dem Gesicht des Kriegers war so stahlhart wie sein Körper. »Hör mir gut zu, denn ich werde das nicht zweimal sagen.«

John klammerte sich an den Sessellehnen fest. Er hatte eine grobe Ahnung, worum es gehen könnte.

»Du willst nicht zu Havers gehen, in Ordnung. Aber hör mit dem Blödsinn auf. Du lässt Mahlzeiten aus, du siehst aus, als hättest du seit Tagen nicht geschlafen, und deine Geisteshaltung macht mich allmählich stinksauer.«

Das war nicht unbedingt die übliche Elternsprechstunde, wie John sie kannte. Und er nahm die Kritik nicht gut auf: In seiner Brust machte sich Frustration breit.

Doch Z stach mit dem Zeigefinger in die Luft. »Und du hörst auf, Lash anzustänkern, ist das klar? Lass den kleinen Scheißer in Ruhe. Und von jetzt an kommst du zu den Mahlzeiten ins Haus.«

John zog die Augenbrauen zusammen und tastete nach seinem Block, um sicherzugehen, dass Z auch verstand, was er sagen wollte.

»Vergiss es, Junge. Ich bin an deinem Kommentar nicht interessiert.« Als John langsam richtig wütend wurde, lächelte Z, wobei er seine riesigen Fänge entblößte. »Und du wirst dich ja wohl nicht mit mir anlegen wollen.«

John wandte den Blick ab. Er wusste, dass der Bruder ihn mühelos in zwei Teile zerlegen konnte. Und das ärgerte ihn zu Tode.

»Du lässt den Unfug mit Lash, verstehst du mich? Zwing mich nicht, mich in euren Bullshit einzumischen. Das würde keinem von euch beiden besonders gefallen. Nick mal mit dem Kopf, damit ich weiß, dass du mich verstanden hast.«

John nickte beschämt. Wütend. Erschöpft.

Die ganze Aggression in ihm schnürte ihm die Luft ab, er seufzte und rieb sich die Augen. Sein ganzes Leben lang war er ein ruhiger Typ gewesen, vielleicht sogar ängstlich. Warum brachte ihn in letzter Zeit alles immer gleich auf die Palme?

»Deine Wandlung steht kurz bevor. Deshalb.«

Langsam hob John den Kopf. Hatte er richtig gehört?

Stimmt das wirklich?, fragte er in Zeichensprache.

»Ja. Deshalb musst du unbedingt lernen, dich zu beherrschen. Falls du die Transition überstehst, dann gehst du mit einem Körper daraus hervor, der zu den unglaublichsten Dingen fähig ist. Ich spreche von roher physischer Kraft der brachialen Art. Von der Art, die töten kann. Du glaubst, du hättest jetzt Probleme? Warte mal, bis du dich mit der neuen Situation herumschlagen musst. Deshalb musst du jetzt Beherrschung lernen.«

Zsadist wandte sich ab, blieb dann aber stehen und blickte noch einmal über die Schulter. Licht fiel auf die Narbe, die längs über sein Gesicht verlief und die Oberlippe verzerrte. »Eins noch. Brauchst du jemanden zum Reden? Über ... alles Mögliche?«

Ja, klar, dachte John. Nur über seine Leiche würden sie

ihn wieder zurück in die Klinik und zu dieser Therapeutin schicken.

Weshalb er sich auch weigerte, sich untersuchen zu lassen. Bei seiner letzten Begegnung mit dem Arzt ihrer Spezies hatte dieser ihn erpresst, eine Therapiesitzung zu machen. Und er hatte nicht die Absicht, sich noch mal auf die Couch zu legen. Nach allem, was in letzter Zeit passiert war, würde er sich nicht weiter mit seiner Vergangenheit befassen. In die Klinik würde er nur zurückkehren, wenn er kurz vor dem Exitus war.

»John? Möchtest du mit jemandem reden?« Als er den Kopf schüttelte, verengte Z die Augen. »In Ordnung. Aber die Sache mit dir und Lash ist bei dir angekommen, richtig?«

John senkte den Kopf und nickte.

»Gut. Und jetzt schieb deinen Hintern ins Haus. Fritz hat dir Essen gekocht, und ich werde persönlich überwachen, dass du es verspeist. Und zwar alles. Du brauchst Kraft für die Wandlung.«

Butch ging noch näher an die Vampirjäger heran, und sie fühlten sich von ihm überhaupt nicht bedroht. Wenn überhaupt, waren sie ärgerlich, so als ob er seine Arbeit nicht ordentlich erledigte.

»Hinter dir, du Volltrottel«, sagte der Mittlere. »Deine Zielpersonen stehen hinter dir. Zwei Brüder.«

Butch umrundete die *Lesser*. Instinktiv konnte er sie verstehen, ihr Verhalten deuten. Er spürte, dass der Größte von ihnen innerhalb des vergangenen Jahres in die Gesellschaft eingeführt worden war: An ihm haftete noch eine Spur des Menschen, der er einmal gewesen war, obwohl Butch nicht sicher war, woher er das wusste. Die anderen beiden waren schon viel länger dabei, und davon überzeugten ihn nicht nur ihre ausgeblichene Haut und die hellen Haare.

Hinter den dreien blieb er stehen und starrte zwischen ihren großen Körper hindurch V und Rhage an ... die wiederum ein Gesicht machten, als würde ein guter Freund gerade in ihren Armen sterben.

Butch wusste haargenau, wann die *Lesser* angreifen würden, und bewegte sich mit ihnen nach vorn. Gerade, als Rhage und V in Angriffsstellung gingen, packte Butch den mittleren Jäger im Nacken und schleuderte ihn zu Boden.

Der *Lesser* brüllte, und Butch sprang auf seine Brust, obwohl er wusste, dass er noch nicht wieder in der Verfassung war, um sich auf einen Kampf einzulassen. Dementsprechend wurde er sofort abgeschüttelt, und der *Lesser* setzte sich auf ihn und würgte ihn. Der Kerl war stinksauer und brutal stark, wie ein tollwütiger Sumoringer.

Während Butch Mühe hatte, den Kopf auf den Schultern zu behalten, nahm er schemenhaft einen Lichtblitz und einen leisen Knall wahr. Und dann noch einen. Ganz offensichtlich räumten Rhage und V auf, und Butch hörte ihre donnernden Schritte auf sich zukommen. Gott sei Dank.

Nur, dass genau in dem Moment, als sie bei ihm ankamen, die Freakshow begann.

Zum ersten Mal sah Butch dem Untoten tief in die Augen und etwas rastete ein, verband die beiden so fest miteinander, als wären ihre Körper von Eisenstangen umgeben. Als der *Lesser* vollkommen reglos wurde, fühlte Butch einen überwältigenden Drang zu ... er wusste selbst nicht, wozu. Aber der Instinkt war so stark, dass er krampfartig ausatmete.

Und in diesem Moment fing das Einsaugen an. Ohne zu wissen, was er da eigentlich tat, füllten sich seine Lungen in einem langen, stetigen Zug.

»Nein ...«, flüsterte der Jäger zitternd.

Etwas passierte zwischen ihren Mündern, eine schwarze Wolke verließ den *Lesser* und wurde in Butch hineingezogen.

Die Verbindung wurde erst durch einen brutalen Angriff von oben unterbrochen. Vishous zerrte den Untoten von Butch herunter und warf ihn mit dem Kopf voran gegen eine Hauswand. Noch ehe sich der Kerl wieder aufrappeln konnte, stürzte sich V auf ihn und hieb mit seiner schwarzen Klinge auf ihn ein.

Als der Funke und das Brutzeln vorbei waren, fielen Butchs Arme schlaff auf den Asphalt. Dann drehte er sich auf die Seite und rollte sich zusammen, die Arme fest um den Bauch geschlungen. Er hatte wahnsinnige Schmerzen, aber noch viel schlimmer war, dass ihm speiübel war, ein unangenehmer Widerhall dessen, was ihn während der schlimmsten Phase seiner Krankheit gepeinigt hatte.

Ein Paar schwere Stiefel schoben sich in sein Sichtfeld, aber er konnte es nicht ertragen, aufzublicken und einen der Brüder anzusehen. Er hatte keine Ahnung, was zum Teufel er getan hatte, oder was geschehen war. Er wusste nur, dass er und die *Lesser* miteinander verbunden waren.

Vs Stimme war so dünn wie Butchs Haut. »Alles okay bei dir?«

Butch schloss die Augen zu und schüttelte den Kopf. »Ich glaube, es wäre am besten ... wenn ihr mich hier wegschafft. Und wagt es nicht, mich nach Hause zu bringen.«

Vishous schloss sein Penthouse auf und schleppte Butch hinein, während Rhage die Tür offen hielt. Die drei waren mit dem Lastenaufzug im hinteren Teil des Gebäudes hochgefahren, was nicht ganz unsinnig war. Der Ex-Cop war ziemlich schwer, er wog mehr, als man denken würde. Als würde ihm die Schwerkraft ganz besondere Aufmerksamkeit zukommen lassen.

Jetzt legten sie ihn auf dem Bett ab, und er rollte sich auf die Seite, die Knie bis zur Brust angezogen.

Lange sagte niemand etwas, und Butch schien ohnmächtig werden zu wollen.

Rhage begann, im Zimmer auf und ab zu tigern, um seine Anspannung loszuwerden. Nach dem Auftritt gerade war auch V völlig durch den Wind. Er zündete sich eine an und inhalierte tief.

Schließlich räusperte sich Hollywood. »Tja, V ... hier gehst du also mit deinen Frauen hin?« Der Bruder lief zu einer Kette, die in die Wand geschraubt war. »Wir haben natürlich Geschichten gehört, aber so richtig geglaubt hat es keiner. Aber die stimmen vermutlich alle.«

»Mag sein.« V ging zur Bar und goss sich ein Wasserglas voll mit Grey-Goose-Wodka. »Wir müssen heute Nacht noch den Wohnungen dieser *Lesser* einen Besuch abstatten.«

Rhage deutete mit dem Kopf Richtung Bett. »Was ist mit ihm?«

Wunder über Wunder, der Ex-Cop hob den Kopf. »Ich gehe erst mal nirgendwohin. Glaubt mir.«

Aus schmalen Schlitzen sah V seinen Mitbewohner an. Butchs Gesicht, das normalerweise bei Anstrengung ein kerniges irisches Rot annahm, war extrem bleich. Und er roch ... schwach süßlich. Nach Talkum.

Großer Gott. Als hätte die Nähe zu diesen Vampirjägern etwas anderes in ihm zum Vorschein gebracht – *Omega*.

»V?« Rhages Stimme war sanft. Ganz nah. »Willst du hier bleiben? Oder ihn vielleicht zurück zu Havers bringen?«

»Mir geht's gut«, krächzte Butch.

Eine Lüge in jeder Hinsicht, dachte V.

Er leerte sein Glas und sah Rhage an. »Ich komme mit dir. Bulle, wir sind bald zurück und bringen dir was zu essen mit, ja?«

»Nein. Kein Essen. Und kommt heute Nacht nicht zurück. Sperrt mich nur ein, damit ich nicht raus kann, und dann lasst mich allein.«

Scheiße. »Bulle, wenn du dich im Bad erhängst, dann bring ich dich persönlich danach gleich noch mal um, das schwör ich dir.«

Trübe braune Augen wurden aufgeschlagen. »Ich will unbedingt erfahren, was sie mit mir gemacht haben. Mehr noch, als ich mir das Licht ausknipsen will. Also mach dir keine Sorgen.«

Butch schloss die Lider wieder, und einen Moment später traten Vishous und Rhage auf die Dachterrasse hinaus. Als V die Tür absperrte, musste er feststellen, dass er sich größere Sorgen darum machte, Butch in der Wohnung festzuhalten, als ihn zu beschützen.

»Wohin gehen wir?«, fragte er Rhage. Obwohl doch normalerweise er derjenige war, der immer einen Plan hatte.

»In der ersten Brieftasche war eine Adresse – in der Wichita Street, Nummer 459, Apartment C4.«

»Dann nichts wie los.«

14

Als Marissa die Tür zu ihrem Schlafzimmer öffnete, fühlte sie sich wie ein Eindringling in ihrem eigenen Reich: Eine zerrissene, todunglückliche, verlorene ... Fremde.

Ziellos sah sie sich um und dachte, was für ein hübscher Raum dies doch eigentlich war. Mit dem großen Himmelbett, der Chaiselonge und den antiken Kommoden und Tischchen. Alles war so feminin, außer den Bildern an den Wänden. Ihre Sammlung von Albrecht-Dürer-Gemälden passte nicht zum Rest der Einrichtung, die klaren Linien und harten Kanten entsprachen eher einem maskulinen Stil.

Doch diese Bilder sprachen sie an.

Sie stellte sich vor eines hin und betrachtete es; flüchtig ging ihr durch den Kopf, dass Havers ihre Dürer-Sammlung noch nie gutgeheißen hatte. Seiner Meinung nach wären zum Beispiel Werke von Maxfield Parrish mit romantischen, verträumten Szenen viel passender für eine weibliche *Princeps* gewesen.

Über Kunst hatten sie sich nie einig werden können. Aber er hatte ihr die Holzschnitte trotzdem gekauft, weil Marissa sie so mochte.

Sie riss sich los, schloss ihre Zimmertür und ging unter die Dusche. Ihr blieb vor dem regulären Treffen des *Princeps*-Rates nicht mehr viel Zeit, und Havers kam immer gern früh.

Als sie unter den Wasserstrahl trat, dachte sie, wie seltsam ihr Leben doch war. Als sie mit Butch in diesem Quarantänezimmer gewesen war, hatte sie den Rat und die *Glymera* und ... einfach *alles* vergessen. Aber nun war er fort, und die Normalität kehrte zurück.

Die Rückkehr in den Alltag erschien ihr wie ein furchtbares Schicksal.

Nachdem sie sich die Haare geföhnt hatte, stieg sie in ein türkisblaues Kleid von Yves St. Laurent aus den Sechzigerjahren, dann wählte sie aus ihrem Schmuckschrank ein kostbares Brillantset. Die Steine lagen kalt und massiv um ihren Hals, die Ohrringe hingen schwer an den Läppchen, das Armband lag wie eine Fessel um ihr Handgelenk. Beim Betrachten der blitzenden Steine dachte sie, dass Frauen der Aristokratie doch eigentlich nur Schaufensterpuppen waren, die mit dem Reichtum ihrer Familie dekoriert wurden.

Ganz besonders bei Versammlungen des *Princeps*-Rates.

Zwar graute ihr davor, Havers zu begegnen, aber sie wollte diesen Moment auch hinter sich bringen. In seinem Arbeitszimmer war er nicht, also ging sie in die Küche. Sie könnte noch rasch einen Happen essen, bevor sie ging. Gerade als sie die Tür zur Speisekammer aufstieß, sah sie Karolyn aus der Kellertür treten. Die *Doggen* trug einen hohen Stapel zusammengeklappter Umzugskartons.

»Moment, ich helfe dir.« Marissa eilte ihr entgegen.

»Nein, danke ... Herrin.« Die Dienerin errötete und

wandte den Blick ab, aber genau so waren die *Doggen*. Sie hassten es, Hilfe von jenen anzunehmen, denen sie dienten.

Marissa lächelte sanft. »Du räumst sicher die Bibliothek aus, damit sie gestrichen werden kann. Ach ja! Dabei fällt mir ein, dass wir noch über das Menü für das Dinner morgen Abend sprechen müssen. Nur bin ich jetzt leider schon spät dran.«

Karolyn verneigte sich sehr tief. »Verzeiht, aber der Herr deutete an, dass die Gesellschaft mit dem *Princeps-Leahdyre* abgesagt wurde.«

»Wann hat er das denn gesagt?«

»Gerade eben, bevor er zum Rat ging.«

»Er ist schon weg?« Vielleicht hatte er angenommen, dass sie sich ausruhen wollte. »Dann sollte ich mich wohl besser beeilen – Karolyn, ist alles in Ordnung? Du siehst unwohl aus.«

Jetzt verbeugte sich die *Doggen* so tief, dass die Kartons am Boden streiften. »Mir geht es sehr gut, wirklich, Herrin. Danke.«

Daraufhin verließ Marissa rasch das Haus. Sie materialisierte sich vor dem Anwesen im Tudorstil, in dem der derzeitige Rats-*Leahdyre* lebte. Sie klopfte an die Tür, in der Hoffnung, Havers habe sich wieder etwas beruhigt. Seine Wut konnte sie ja nachvollziehen angesichts der Szene, in die er hereingeplatzt war. Aber er musste sich keine Sorgen machen. Es war nicht so, als wäre Butch Teil ihres Lebens.

Gott, jedes Mal, wenn sie an ihren Abschied dachte, wollte sie sich übergeben.

Ein *Doggen* ließ sie ein und führte sie in die Bibliothek. Als sie eintrat, nahm keiner der neunzehn an dem polierten Tisch sitzenden Mitglieder ihre Anwesenheit zur Kenntnis. Das war nicht ungewöhnlich. Allerdings hob ihr Bruder ebenfalls nicht den Blick, was auffallend war. Außerdem war für sie kein Platz zu seiner Rechten reserviert. Er stand nicht einmal auf, um den Stuhl für sie vorzuziehen.

Havers hatte sich nicht beruhigt. Nicht im Mindesten.

Na ja, dann würde sie eben nach dem Treffen mit ihm sprechen. Ihn beschwichtigen, besänftigen, obwohl sie es kaum über sich brachte, weil sie im Augenblick gut etwas Unterstützung von ihm brauchen könnte.

Sie setzte sich ans andere Ende des Tisches, auf den mittleren von drei unbesetzten Stühlen. Als noch ein Nachzügler hereinkam, erstarrte er, da er sah, dass alle Plätze außer den beiden neben ihr besetzt waren. Nach einer unangenehmen Pause eilte ein *Doggen* mit einem weiteren Stuhl herbei, und der *Princeps* quetschte sich an anderer Stelle dazwischen.

Der *Leahdyre*, ein distinguierter, hellhaariger Vampir aus einer herausragenden Blutlinie, sortierte einige Unterlagen, tippte mit der Spitze eines goldenen Füllfederhalters auf den Tisch und räusperte sich. »Hiermit erkläre ich die Versammlung für eröffnet und bringe die Tagesordnung ein, die ihr alle erhalten habt. Eines der Mitglieder hat ein beredtes Gesuch an unseren König verfasst, dem wir höchste Dringlichkeit beimessen sollten, wie ich meine.« Er hob ein Blatt cremeweißes Briefpapier und las vor. »Im Lichte der brutalen Tötung der *Princeps* Wellesandra, vollblütige Tochter des *Princeps* Relix und Gefährtin des Kriegers der Black Dagger Tohrment, Sohn des Hharm, und, im Lichte der Verschleppung der *Princeps* Bella, Gefährtin des Kriegers der Black Dagger Zsadist und vollblütige Schwester des *Princeps* Rehvenge, sowie im Lichte zahlreicher Todesfälle unter männlichen Angehörigen der *Glymera*, die in der Blüte ihrer Jugend von der Gesellschaft der *Lesser* gemeuchelt wurden, wird offenbar, dass die sichtbare und augenblickliche Gefahr, der unsere Spezies sich gegenübersieht, in jüngerer Zeit stark gestiegen ist. Daher ersucht das

Ratsmitglied respektvoll darum, den Brauch der obligatorischen Bannung aller nicht gebundenen weiblichen Angehörigen der Aristokratie wieder einzuführen, um die Blutlinien unserer Rasse zu bewahren. Da es die Pflicht des Rates ist, alle Angehörigen der Spezies zu schützen, ersucht das Ratsmitglied darüber hinaus respektvoll darum, diesen Usus der Bannung auf alle gesellschaftlichen Klassen auszudehnen.« Der *Leahdyre* blickte auf. »Wie es dem Brauch des *Princeps*-Rates entspricht, werden wir uns nun im Gespräch mit diesem Antrag befassen.«

Die Alarmglocken läuteten schrill in Marissas Kopf, als sie sich im Raum umsah. Von den einundzwanzig anwesenden Ratsmitgliedern waren sechs Frauen, aber sie war die Einzige, die diese Verfügung betreffen würde. Obwohl sie Wraths *Shellan* gewesen war, hatte er sie doch nie genommen. Also galt sie als ungebunden.

Als einhellige Zustimmung und Beifall in der Bibliothek aufkam, betrachtete Marissa ihren Bruder. Havers würde von nun an uneingeschränkte Kontrolle über sie besitzen. Das hatte er schlau eingefädelt.

Wenn er ihr Hüter wäre, könnte sie das Haus nicht ohne seine Zustimmung verlassen. Könnte nirgendwohin gehen, nichts tun, denn sie wäre im Prinzip sein Eigentum.

Und es bestand keine Hoffnung darauf, dass Wrath die Empfehlung zurückweisen würde, falls der Rat der *Princeps* dem Gesuch zustimmte. In Anbetracht der momentanen Lage im Krieg gegen die *Lesser* gab es keine rationale Begründung für ein Veto, und obgleich nach dem Gesetz niemand Wrath seines Amtes entheben konnte, würde ein Mangel an Vertrauen in seine Führung unter Umständen zu Unruhen in der Bevölkerung führen. Was ihre Rasse im Augenblick nun wirklich nicht gebrauchen konnte.

Wenigstens war Rehvenge nicht im Raum, also konnte heute Nacht nichts entschieden werden. Das ehrwürdige

Gesetz des *Princeps*-Rates verfügte, dass nur Vertreter der sechs ursprünglichen Familien wählen durften, dass aber der gesamte Rat zugegen sein musste, um einen Antrag abzusegnen. Obwohl also alle Blutlinien am Tisch versammelt waren, würde es in Rehvs Abwesenheit keinen Beschluss geben.

Während der Rat begeistert über das Gesuch debattierte, schüttelte Marissa innerlich den Kopf. Wie konnte Havers nur in dieses Wespennest stechen? Und alles umsonst, denn sie und Butch O'Neal waren … gar nichts. Verdammt, sie musste unbedingt mit ihrem Bruder sprechen und ihn dazu bringen, diesen lächerlichen Vorschlag zurückzuziehen. Ja, Wellesandra war getötet worden, und das war erschütternd, aber alle Frauen deshalb in den Untergrund zu zwingen, wäre ein unglaublicher Rückschritt ihrer Gesellschaft.

Ein Rückfall in dunkle Zeiten, als Frauen völlig unsichtbar waren und mehr oder weniger als persönliches Eigentum galten.

Mit eiskalter Klarheit sah sie die Mutter und ihre kleine Tochter mit dem gebrochenen Bein in der Klinik vor sich. Ja, es war nicht nur einengend, es war geradezu gefährlich, wenn der falsche *Hellren* die Befehlsgewalt über einen Haushalt ausübte. Und es gab keine Einschränkung dieser Macht; nach dem Gesetz konnte der Hüter einer gebannten Vampirin nach seinem Ermessen mit ihr tun, was er wünschte und für richtig hielt.

Van Dean stand im Keller eines anderen Hauses in einem anderen Teil Caldwells und hielt eine Pfeife zwischen den Lippen. Seine Augen folgten aufmerksam den Bewegungen der blassen Männer vor ihm. Die sechs »Schüler« standen in einer Reihe, die Knie gebeugt, die Fäuste erhoben. In einem schwindelerregenden Tempo boxten sie in die Luft vor sich, abwechselnd rechts und links, die Schultern entsprechend vorschiebend. Ihr süßlicher Geruch hing schwer in der Luft, aber Van bemerkte ihn schon gar nicht mehr.

Er pfiff zweimal. Simultan hob die Einheit die Hände hoch, als umfassten sie den Kopf eines Mannes wie einen Basketball, dann rammten sie wiederholt das rechte Knie nach vorn. Wieder pfiff Van zweimal, und die Männer wechselten das Bein.

Er gab es ja nicht gerne zu, weil das bedeuten würde, zuzugeben, dass er seine besten Zeiten hinter sich hatte; aber Männer im Kampf zu trainieren war um einiges angenehmer, als selbst in den Ring zu steigen. Und er wusste die kleine Pause wirklich zu schätzen.

Zudem war er ganz offensichtlich ein guter Lehrer. Wobei diese Gangmitglieder auch schnell lernten und hart zuschlugen, was ihm die Arbeit erleichterte.

Und es waren eindeutig Gangmitglieder. Trugen alle dieselben Klamotten. Färbten sich die Haare gleich. Schleppten dieselben Waffen mit sich rum. Nicht so klar ersichtlich war, was sie eigentlich vorhatten. Diese Jungs hatten die Disziplin von Soldaten; unter ihnen gab es nicht die Art von Schlamperei, die die meisten Straßenschläger mit Wichtigtuerei und Waffen überspielten. Hätte er es nicht besser gewusst, hätte er angenommen, sie arbeiteten für die Regierung. Sie waren in Eskadrone eingeteilt. Sie hatten eine erstklassige Ausrüstung. Sie waren wahnsinnig ernsthaft. Und es gab viele von ihnen. Er war erst seit einer Woche dabei und unterrichtete fünf Gruppen am Tag, in jeweils anderer Besetzung. Diese spezielle Truppe hier scheuchte er erst zum zweiten Mal durch die Gegend.

Nur – warum sollte das FBI jemanden wie ihn als Trainer einsetzen?

Jetzt stieß er einen langen Pfiff aus, woraufhin alle aufhörten. »Das war's für heute.«

Die Männer zerstreuten sich und holten ihre Taschen.

Sie sprachen nicht miteinander. Gingen sich eher aus dem Weg. Sie zogen nichts von dem üblichen Dicke-Hose-Scheiß ab, den Jungs in einer Gruppe normalerweise veranstalteten.

Einer nach dem anderen verließen sie den Keller. Van holte die Wasserflasche aus seiner Sporttasche und trank gierig. Im Anschluss musste er quer durch die Stadt fahren, denn in einer Stunde hatte er einen Kampf. Keine Zeit, sich noch einen Snack zu genehmigen, aber er hatte ohnehin keinen besonderen Hunger.

Er zog sich die Jacke über, trabte die Kellertreppe hinauf und machte einen raschen Rundgang durch das Haus. Keine Möbel. Keine Nahrungsmittel. Es herrschte einfach gähnende Leere. Und exakt so waren auch alle anderen Häuser bisher gewesen. Leeres Gemäuer, das von außen völlig normal wirkte.

Verflucht seltsam.

Er ging durch die Vordertür hinaus, vergewisserte sich, dass er die Tür abgeschlossen hatte, und marschierte auf seinen Pick-up zu. Jeden Tag hatten sie sich an einem anderen Ort getroffen, und er hatte so eine Ahnung, dass das auch so bleiben würde. Jeden Morgen um sieben Uhr teilte man ihm telefonisch die Adresse mit. Er selbst blieb dann an Ort und Stelle, während die Männer wechselten. Jede Unterrichtseinheit in Kampfsporttraining dauerte zwei Stunden. Der Stundenplan verlief reibungslos wie ein Uhrwerk.

Vielleicht waren das paramilitärische Killerbanden.

»Guten Abend, mein Sohn.«

Van erstarrte, dann blickte er über die Motorhaube seines Wagens. Ein Minivan parkte auf der anderen Straßenseite, und Xavier stand so lässig daran gelehnt wie die Supermami, die so ein Gerät eigentlich fahren sollte.

»Was gibt's?«, fragte Van.

»Du machst deine Sache gut.« Xaviers ausdrucksloses Lächeln passte zu seinen ausdruckslosen, hellen Augen.

»Danke. Ich wollte gerade los.«

»Noch nicht.« Ein Kribbeln lief über Vans Haut, als der Kerl sich vom Auto abstieß und die Straße überquerte. »Ich hatte mir gedacht, du möchtest vielleicht in etwas engeren Kontakt mit uns treten.«

In engeren Kontakt, was? »Verbrechen interessieren mich nicht. Sorry.«

»Was lässt dich glauben, dass wir Verbrecher sind?«

»Kommen Sie schon, Xavier.« Der Bursche hasste es, wenn er das *Mr* wegließ. Weshalb er genau das oft tat. »Ich hab schon mal gesessen. Das ist todlangweilig.«

»Stimmt, wegen dieses Rings von Autodieben, in den du hinein geraten bist. Ich wette, dein Bruder hatte dazu eine Menge zu sagen, nicht wahr? Aber nein – ich meine nicht den, mit dem du die Diebstähle begangen hast. Ich meine den Gesetzestreuen in der Familie. Den sauberen. Richard, richtig?«

Van runzelte die Stirn. »Ich sag Ihnen mal was. Sie lassen meine Familie aus der Sache raus, und ich halte die Klappe und verrate der Polizei von Caldwell kein Sterbenswörtchen über die Häuser, die Sie benutzen. Ich denke, die Bullen würden liebend gern mal sonntags bei Ihnen zum Essen vorbeischauen, da bin ich mir sicher. Die müsste man nicht zweimal bitten.«

Xaviers Miene wurde verschlossen, und Van dachte: *Erwischt.*

Doch dann lächelte der Mann einfach nur. »Und ich sage dir auch mal was. Ich kann dir etwas geben, was dir sonst niemand geben kann.«

»Ach ja?«

»Zweifellos.«

Unbeeindruckt schüttelte Van den Kopf. »Ist es nicht

noch ein bisschen früh, mich hereinzubitten? Was, wenn ich nicht vertrauenswürdig bin?«

»Das wirst du sein.«

»Ihr Zutrauen in mich ist ja süß. Aber die Antwort lautet immer noch nein. Sorry.«

Er rechnete mit Widerspruch. Doch er bekam nur ein Nicken.

»Wie du willst.« Xavier drehte sich um und lief zu seinem Minivan.

Seltsam, dachte Van, als er in den Pick-up stieg. Diese Jungs waren definitiv seltsam.

Aber wenigstens zahlten sie pünktlich. Und gut.

Am anderen Ende der Stadt nahm Vishous auf dem Rasen neben einem gepflegten Mietshaus Gestalt an. Rhage war direkt hinter ihm und materialisierte sich im Hausschatten.

Mist, dachte V. Er wünschte, er hätte sich Zeit für eine weitere Zigarette genommen, bevor er herkam. Er brauchte eine. Er brauchte ... irgendwas.

»V, mein Bruder, alles okay?«

»Ja, super. Legen wir los.«

Nach einer kleinen Manipulation des Schließsystems spazierten sie durch die Vordertür. Innen roch es nach Lufterfrischer, ein künstlicher Orangenduft, der sich auf die Nasenlöcher legte wie die Ausdünstungen öliger Farbe.

Den Aufzug ließen sie links liegen, weil er gerade unterwegs war. Stattdessen nahmen sie die Treppe. Im ersten Stock liefen sie an den Wohnungen C1, C2 und C3 vorbei. V hatte die Hand unter der Jacke auf die Glock gelegt, obwohl sein Gefühl ihm sagte, dass das Schlimmste, das ihnen begegnen würde, vermutlich die Überwachungskamera im Flur wäre. Das Haus war blitzsauber und sah aus wie eine Puppenstube: Plastikblumengestecke hingen an den Türen.

Fußmatten mit Herzen oder Efeu darauf lagen auf dem Boden vor den Wohnungen. Gerahmte Bilder mit rührseligen Motiven von rosa oder pfirsichfarbenen Sonnenuntergängen wechselten sich mit flauschigen Welpen und naiven Kätzchen ab.

»Mann«, stieß Rhage hervor. »Da hat aber jemand ganz schön mit der Kitschkeule zugeschlagen.«

»Bis sie kaputtgegangen ist.«

Vor der Tür mit der Nummer C4 blieb V stehen und schob mit der Kraft seins Geistes den Riegel zur Seite.

»Was machen Sie da?«

Er und Rhage schnellten herum.

Gütige Jungfrau, vor ihnen stand eines der *Golden Girls*: Die alte Dame war kaum über einen Meter groß, trug eine weiße Dauerwelle und war so fest in einen gesteppten Morgenmantel gehüllt, als hätte sie sich ihre Bettdecke umgewickelt.

Das Dumme daran war nur, dass sie Augen wie ein Pitbull hatte. »Ich habe Ihnen eine Frage gestellt, junger Mann.«

Rhage übernahm, was eine gute Sache war. Er hatte es einfach eher drauf, seinen Charme spielen zu lassen. »Ma'am, wir wollten hier nur einen Freund besuchen.«

»Kennen Sie Dotties Enkel?«

»Ähm, ja, Ma'am.«

»So sehen Sie auch aus.« Was ganz offensichtlich kein Kompliment war. »Ich bin übrigens der Meinung, er sollte ausziehen. Dottie ist vor vier Monaten gestorben, und er passt hier nicht her.«

Und ihr auch nicht, ergänzte ihr Blick.

»Ähm, er zieht tatsächlich aus.« Rhage lächelte liebenswürdig, behielt aber die Lippen geschlossen. »Er ist schon ausgezogen, um genau zu sein. Heute Nacht.«

Jetzt schaltete sich V ein. »Entschuldigung, ich bin gleich wieder da.«

Obwohl Rhage ihn mit einem durchdringenden Blick dazu aufforderte, ihn auf keinen Fall mit der Schreckschraube allein zu lassen, betrat V die Wohnung und knallte seinem Bruder die Tür vor der Nase zu. Falls Rhage mit dem Muttchen nicht klarkam, konnte er immer noch ihre Erinnerung löschen. Wobei das eher eine Notlösung wäre. Älteren Menschen bekam das Ausradieren manchmal nicht so gut, ihre Gehirne waren nicht mehr robust genug, um dem Eingriff standzuhalten.

Also würden Hollywood und Dotties Nachbarin vermutlich einen netten kleinen Plausch halten, während er die Wohnung in Augenschein nahm.

Angewidert sah V sich um. Mann, alles stank nach *Lesser*. Ekelhaft süß. Wie Butch.

Scheiße. Denk nicht drüber nach.

Er zwang sich dazu, sich auf die Wohnung zu konzentrieren. Im Gegensatz zu anderen *Lesser*-Behausungen war diese hier möbliert, wenn auch ganz offensichtlich noch von der Vorbesitzerin. Und Dottie hatte eine Vorliebe für Blumendrucke, Spitzendeckchen und Katzenfigürchen gehabt. Sie musste hervorragend in dieses Haus gepasst haben.

Sehr wahrscheinlich hatten die *Lesser* aus der Zeitung von ihrem Ableben erfahren und sich ihre Identität beschafft. Theoretisch könnte es sogar tatsächlich ihr Enkel sein, der hier gehaust hatte, nachdem er in die Gesellschaft eingeführt worden war.

V durchforstete die Küche, nicht überrascht, dass keine Lebensmittel in den Schränken oder im Kühlschrank zu finden waren. Als er sich die andere Hälfte der Wohnung vornahm, dachte er, wie komisch es doch eigentlich war, dass die Jäger nicht verheimlichten, wo sie wohnten. Bei den meisten von ihnen stimmte die im Ausweis angegebene Adresse. Andererseits war es ja auch in ihrem Sinne, Konflikte zu schüren.

Hallöchen.

V ging zu einem rosa-weißen Schreibtisch, auf dem ein Dell Inspiron 8600 aufgeklappt stand. Der Laptop lief. Er warf einen kurzen Blick auf die Festplatte. Verschlüsselte Dateien. Alles bis zum Kragen mit Passworten geschützt. Blablabla ...

Was ihr Quartier betraf, waren die *Lesser* zwar sehr offenherzig, aber nicht mit ihrer Hardware. Die meisten Jäger hatten einen Computer zu Hause, und die Gesellschaft der *Lesser* veranstaltete im Großen und Ganzen dieselben Schutzmaßnahmen und Kodiermanöver wie V. Weshalb ihr Kram im Prinzip unzugänglich war.

Nur gut, dass ihm das Wort *unzugänglich* fremd war.

Er klappte den Dell zu und zog das Kabel aus der Wand und aus dem Rechner. Dann stopfte er es sich in die Tasche, zog den Reißverschluss an der Jacke hoch und bettete den Laptop vorsichtig an die Brust. Danach sah er sich weiter um. Das Schlafzimmer sah aus, als wäre eine Chintz-Bombe hochgegangen, Blumen- und Rüschenschrapnelle bedeckten Bett und Fenster und Wände.

Und da war sie. Auf einem kleinen Tischchen neben dem Bett, neben einem Telefon, einer vier Monate alten Ausgabe von Reader's Digest und einer Kolonie von orangefarbenen Pillendosen: eine Keramikkanope, etwa in der Größe eines Benzinkanisters.

Er klappte sein Handy auf und wählte Rhage an. Als der Bruder abhob, sagte V knapp: »Ich bin weg. Habe einen Laptop und die Kanope.«

Er legte wieder auf, schnappte sich den Keramiktopf, drückte ihn fest an den Laptop und dematerialisierte sich. Wie praktisch es doch war, dass Menschen ihre Wände nicht mit Stahl auskleideten.

15

Als Mr X Vans davonfahrendem Wagen nachblickte, wusste er, dass er die Frage zu früh gestellt hatte. Er hätte warten sollen, bis der Typ vernünftig angebissen hatte und seine Machtposition als Trainer der Vampirjäger so richtig genoss.

Aber ihm lief die Zeit davon.

Nicht, dass er sich Sorgen machte, das Schlupfloch könnte sich wieder schließen. Davon war in der Prophezeiung keine Rede. Aber Omega war ausgesprochen verärgert gewesen, als Mr X ihn zuletzt gesehen hatte. Hatte die Neuigkeit, dass der Mensch von den Brüdern der Black Dagger da draußen auf der Lichtung ausgeschaltet worden war, nicht gut aufgenommen. Die Dinge spitzten sich zu, und das nicht zu Mr Xs Gunsten.

Aus dem Nichts begann sich sein Brustkorb in der Mitte zu erwärmen, dann spürte er ein Klopfen, wo einst sein Herz gewesen war. Das rhythmische Schlagen rang ihm einen Fluch ab. Wenn man vom Teufel spricht: Der Meister rief ihn.

Mr X stieg in den Minivan, ließ den Motor an und fuhr sieben Minuten durch die Stadt zu einem schäbigen Bungalow auf einem verkommenen Grundstück in einer miesen Gegend. Der Kasten roch immer noch wie das Cracklabor, das er einst gewesen war, bevor der Eigentümer von einem Geschäftspartner erschossen wurde. Dank der immer noch erhöhten Giftwerte in Haus und Boden hatte die Gesellschaft den Schuppen für einen Spottpreis bekommen.

Mr X parkte in der Garage und wartete, bis die Tür quietschend ins Schloss gefallen war, bevor er ausstieg. Nachdem er die von ihm selbst installierte Alarmanlage ausgeschaltet hatte, betrat er das Haus und ging in das hintere Schlafzimmer.

Seine Haut juckte und kribbelte, als hätte er am ganzen Körper Ausschlag. Je länger er die Begegnung mit dem Meister aufschob, desto schlimmer würde es werden. Bis er vor Verlangen, sich zu kratzen, fast durchdrehte.

Er ging auf die Knie und senkte den Kopf, er wollte auf keinen Fall Omega zu nahe kommen. Der Meister hatte ein empfindliches Radar, und Mr Xs eigentliche Ziele gingen nur ihn selbst etwas an, nicht mehr die Gesellschaft. Das Problem war nur, wenn der Haupt-*Lesser* gerufen wurde, dann leistete er der Aufforderung Folge. So lautete die Abmachung.

Sobald Vishous in die Höhle kam, hörte er die Stille, und er hasste sie. Glücklicherweise ertönte innerhalb von fünfzehn Minuten, nachdem er den Laptop des *Lesser* auf seinem Schreibtisch aufgeklappt hatte, ein Hämmern an der Tür. V warf einen Blick auf einen Monitor und ließ dann das Schloss aufschnappen.

Kauend kam Rhage hereinmarschiert, die Hand in einen Plastikbeutel gesteckt. »Schon weitergekommen mit Mr Dells hochwertigem Produkt?«

»Was isst du da?«

»Den Rest von Mrs Woolys Bananen-Nuss-Sandwich. Fantastisch. Willst du was?«

V verdrehte nur die Augen und wandte sich wieder dem Laptop zu. »Nein, aber du könntest mir eine Flasche Wodka und ein Glas aus der Küche bringen.«

»Kein Problem.« Umgehend kam Rhage mit der Bestellung zurück, dann lehnte er sich an die Wand. »Also, hast du da drin was gefunden?«

»Noch nicht.«

Als die Stille sich ausdehnte, bis sie den Sauerstoff aus der Höhle zu vertreiben schien, wusste V, dass hinter dem Besuch mehr steckte als der erbeutete Laptop.

Prompt meinte Rhage: »Hör mal, mein Bruder ...«

»Ich bin im Moment nicht so scharf auf Gesellschaft.«

»Ich weiß. Deshalb haben sie mich gebeten, zu dir zu kommen.«

V hob den Blick. »Und wer ist ›sie‹?« Dabei wusste er das ganz genau.

»Die Bruderschaft macht sich Sorgen um dich. Du wirst immer nervöser. Du stehst total unter Strom. Versuch bloß nicht, das abzustreiten. Jeder hat es bemerkt.«

»Ach, und deshalb hat Wrath dich gebeten, hier mit mir Rorschach zu spielen?«

»Befehl von oben. Aber ich wollte sowieso herkommen.«

V rieb sich die Augen. »Mir geht's gut.«

»Es ist okay, wenn es dir *nicht* gut geht.«

Nein, das war es eben nicht. »Wenn du nichts dagegen hast, würde ich jetzt gern diesen PC abchecken.«

»Sehen wir dich beim Letzten Mahl?«

»Ja. Klar.« Ganz bestimmt.

V machte sich an der Maus zu schaffen und wühlte sich weiter durch die Dateien des Computers. Während er auf den Bildschirm starrte, bemerkte er abwesend, dass sein rechtes Auge zu flattern begonnen hatte, als hätte das Lid einen Kurzschluss.

Zwei massige Fäuste donnerten auf den Schreibtisch herunter, und Rhage beugte sich ganz nah zu ihm. »Entweder du kommst, oder ich komme dich holen.«

Ohne Vs funkelndem Blick auszuweichen, schwebte Rhage mit seinen stahlblauen Augen und seiner irrsinnigen Schönheit über ihm.

Aha, sie spielten »Wer zuerst wegschaut«. *Bitte, kannst du haben*, dachte V.

Nur, dass Vishous verlor. Einen Augenblick später senkte er die Augen auf den Laptop, tat so, als müsste er etwas überprüfen. »Ihr müsst ein bisschen Abstand halten, klar? Butch ist mein Mitbewohner, natürlich leide ich mit ihm. Aber das ist keine große Sache ...«

»Phury hat es uns erzählt. Dass deine Visionen versiegt sind.«

»Herrgott noch mal.« Ungehalten sprang V von seinem Stuhl auf, schubste Rhage beiseite und lief hektisch im Kreis herum. »Dieses verdammte Klatschweib ...«

»Wenn es dir ein Trost ist, Wrath hat ihm wirklich keine Wahl gelassen.«

»Also hat der König es aus ihm rausgeprügelt?«

»Komm schon, V. Wenn es mir mal nicht so gut ging, warst du immer für mich da. Das ist jetzt genau dasselbe.«

»Nein, ist es nicht.«

»Weil es um dich geht.«

»Bingo.« Mann, V konnte einfach nicht darüber reden. Ihm, der sechzehn Sprachen beherrschte, fehlten einfach die Worte für seine wahnwitzige Angst vor der Zukunft: Butchs Zukunft. Seine eigene Zukunft. Die der ganzen Spezies. Seine Visionen des Kommenden hatten ihn immer genervt, aber gleichzeitig waren sie auch ein seltsamer Trost gewesen. Wenn ihm auch manchmal nicht gefiel, was um die nächste Kurve lauerte, dann war er doch zumindest nicht überrascht gewesen, wenn es ihn erwischte.

Rhages Hand landete ohne Vorwarnung auf seiner Schulter, und V machte einen erschrockenen Satz. »Letztes Mahl, Vishous. Wenn du nicht auftauchst, komm ich dich holen, kapiert?«

»Ja. Ist ja gut. Und jetzt schieb endlich ab.«

Kaum war Rhage aus der Tür, da ging V zurück zum Laptop und setzte sich hin. Statt aber ins Land der Bits und Bytes zurückzukehren, wählte er die Nummer von Butchs neuem Handy.

Die Stimme des Polizisten knirschte wie Kies. »Hey, V.«

»Hey.« V klemmte das Telefon zwischen Schulter und Ohr fest und goss sich einen Wodka ein. Als die Flüssigkeit ins Glas plätscherte, hörte man durch die Leitung ein Rascheln, als würde Butch sich umdrehen oder vielleicht seine Jacke ausziehen.

Lange Zeit schwiegen sie beide.

Und dann musste V fragen: »Wolltest du bei ihnen sein? Hast du das Gefühl, du solltest bei den *Lessern* sein?«

»Ich weiß es nicht.« Tiefer Atemzug. Langes, langsames Ausatmen. »Ich werde dir nichts vormachen. Ich hab diese Dreckskerle erkannt. Sie gespürt. Aber als ich in die Augen dieses Burschen gesehen habe, wollte ich ihn vernichten.«

V hob das Glas. Der Wodka brannte sich auf angenehmste Art und Weise seine Speiseröhre hinunter. »Wie geht es dir jetzt?«

»Nicht so toll. Mir ist speiübel. Als hätte ich den Boden unter den Füßen verloren.« Wieder Schweigen. »Hast du davon geträumt? Damals, als du gesagt hast, ich müsste bei der Bruderschaft bleiben ... hast du von mir und Omega geträumt?«

»Nein, ich habe etwas anderes gesehen.«

Obwohl nach allem, was geschehen war, kein Weg zu dem

zu führen schien, was ihm damals gezeigt worden war. Überhaupt kein Weg: In der Vision hatte er sich selbst nackt gesehen – zusammen mit Butch, der ihn umarmte, und beide hatten hoch oben im Himmel geschwebt, inmitten eines kalten Windes ineinander verschlungen.

Herr im Himmel, er war *gestört*. *Gestört und pervers.* »Hör mal, ich komme bei Sonnenuntergang rüber und verpasse dir eine kleine Handbehandlung.«

»Gut. Das hilft immer.« Butch räusperte sich. »Aber V, ich kann nicht einfach nur hier rumhängen und das aussitzen. Ich muss selbst etwas unternehmen. Was hältst du davon, wenn wir uns ein paar *Lesser* greifen und sie in die Zange nehmen, sollen sie doch zur Abwechslung mal ein bisschen singen.«

»Harter Tobak, Bulle.«

»Hast du dir angeschaut, was sie mit mir gemacht haben? Glaubst du, ich mache mir Sorgen um die verdammte Genfer Konvention?«

»Lass mich erst mit Wrath darüber sprechen.«

»Aber bald.«

»Heute noch.«

»Alles klar.« Wieder sagte keiner etwas. Dann kam vom anderen Ende: »Gibt's hier auch eine Glotze?«

»An der Wand links vom Bett hängt ein Flachbildschirm. Die Fernbedienung ist … keine Ahnung, wo. Normalerweise … ist mir nicht nach Fernsehen, wenn ich in der Wohnung bin.«

»V, Mann, was ist denn das eigentlich für Zeug hier?«

»Sollte eigentlich selbsterklärend sein, findest du nicht?«

Er hörte ein leises Glucksen. »Ich vermute mal, das hat Phury gemeint, oder?«

»Wann?«

»Als er meinte, du hättest ziemlich spezielle Interessen.«

Plötzlich stand V das Bild von Butch auf Marissa liegend vor Augen. Der Körper des Mannes bäumte sich auf, während sie mit ihren wunderschönen Händen seinen Hintern umklammerte.

Dann sah er, wie Butchs Kopf sich hob, und hörte im Geiste das heisere, erotische Aufstöhnen, das seinem Mitbewohner über die Lippen kam.

Sich selbst verachtend kippte Vishous den Wodka runter und goss sich eilig einen neuen ein. »Mein Sexleben ist privat, Butch. Genau wie meine … unkonventionellen Vorlieben.«

»Schon klar. Geht nur dich was an. Aber eine Frage hätte ich noch.«

»Was.«

»Wenn die Frauen dich fesseln, lackieren sie dir dann die Zehennägel und so? Oder schminken sie dich nur?« Als V laut loslachte, fuhr der Ex-Cop fort: »Nein warte … sie kitzeln dich mit Federn unter den Fußsohlen, richtig?«

»Klugscheißer.«

»Hey, ich bin doch nur neugierig.« Butchs eigenes Lachen verebbte. »Tust du ihnen weh? Ich meine …«

Mehr Wodka. »Das Wichtigste dabei ist Einvernehmlichkeit. Und ich überschreite nie die Grenze.«

»Gut. Für meine katholische Seele zwar schon ein klein wenig abgefahren, wenn du es scharf findest …«

V ließ den Grey Goose im Glas kreisen. »Dann darf ich dir aber auch eine Frage stellen, oder?«

»Das ist nur gerecht.«

»Liebst du sie?«

Nach einer Pause murmelte Butch: »Ja. Ich könnte kotzen deshalb, aber ja.«

Als der Bildschirmschoner anging, legte V den Finger auf das Touchpad und unterbrach die Abfolge der sich aufbauenden Rohre. »Wie fühlt sich das an?«

Man hörte ein Knurren, als legte sich Butch anders hin und wäre steif wie ein Brett. »Im Moment ist es die Hölle.«

V spielte mit dem Cursorpfeil auf dem Bildschirm, ließ ihn über die Oberfläche wirbeln. »Weißt du ... ihr gefallt mir zusammen. In meinen Augen passt ihr perfekt zueinander.«

»Abgesehen davon, dass ich ein Mensch, ein Proletarier und darüber hinaus möglicherweise auch noch ein halber *Lesser* bin, würde ich dir glatt zustimmen.«

»Du verwandelst dich nicht in einen ...«

»Gestern Nacht habe ich etwas von dem *Lesser* mit mir genommen. Beim Einatmen. Ich glaube, deshalb habe ich hinterher wie sie gerochen. Nicht, weil wir gekämpft haben, sondern weil ein Teil des Bösen wieder in mir war – *und noch immer ist.*«

V fluchte, er hoffte inständig, dass das nicht der Fall war. »Wir werden dahinterkommen, Bulle. Ich lasse dich nicht allein im Dunklen tappen.«

Kurze Zeit später legten sie auf, und V starrte auf den Bildschirm, immer noch den kleinen Pfeil herumwirbelnd, bis ihm irgendwann auffiel, dass er bloß Zeit vergeudete.

Als er die Arme über den Kopf reckte, bemerkte er, dass der Cursor genau auf dem Wort PAPIERKORB gelandet war. Papierkorb ... Müll ... Recycling ... *Aufbereitung und Wiederverwendung bereits benutzter Rohstoffe.*

Was war das für eine Geschichte mit Butch und dem Einatmen gewesen? Wenn er so darüber nachdachte, fiel ihm ein, dass er das Gefühl gehabt hatte, eine Art Verbindung zwischen den beiden zu unterbrechen, als er den *Lesser* von Butch wegzerrte.

Ruhelos nahm er sein Wodkaglas und schlenderte damit zur Couch. Er setzte sich und nahm noch einen Schluck, dabei fiel ihm die Flasche Lagavulin auf dem Tisch ins Auge.

V beugte sich vor und nahm den Scotch in die Hand. Er

schraubte den Deckel ab und nahm einen Schluck. Dann legte er die Flasche auf dem Rand seines Glases ab und goss etwas in seinen Wodka hinein. Unter schweren Lidern beobachtete er die kreisende Mischung, die beiden Flüssigkeiten verbanden sich, der Wodka und der Scotch wurden beide in ihrer reinen Essenz verdünnt und gingen trotzdem zusammen stärker daraus hervor.

V führte sich die Mixtur an die Lippen, legte den Kopf in den Nacken und leerte das Glas. Dann ließ er sich auf die Couch fallen.

Er war müde ... so verflucht müde ... mü...

Der Schlaf kam so rasch wie ein Schlag auf den Kopf. Aber er dauerte nicht lange an. Minuten später schon weckte ihn *Der Traum,* wie er ihn inzwischen nannte, mit seiner ganzen charakteristischen Heftigkeit: Mit einem Schrei kam er zu sich, gleichzeitig spürte er einen rasenden Schmerz in der Brust, als würde ihm jemand mit einem Stemmeisen die Rippen aufbiegen. Als sein Herz erst stehen blieb und dann loshämmerte, brach ihm der Schweiß aus.

Er riss sein Hemd auf und sah an sich hinab.

Alles war so, wie es sein sollte, es war keine klaffende Wunde zu sehen. Nur das Gefühl blieb weiterhin, das furchtbare Gefühl, erschossen zu werden, die niederschmetternde Vorahnung, dass ihm der Tod bevorstand.

Er rang mühsam nach Atem. Das war's dann wohl mit Schlafen.

Also ließ er den Wodka stehen und stürzte an seinen Schreibtisch, wild entschlossen, sich eingehend mit diesem Laptop vertraut zu machen.

Als der Rat der *Princeps* sich auflöste, war Marissa vollkommen ausgelaugt. Was nicht so verwunderlich war, denn der Morgen würde bald grauen. Es hatte eine Menge Diskussionen über den Antrag auf Bannung gegeben, doch Widerspruch war laut geworden. Alles drehte sich um die Bedrohung durch die *Lesser*. Nicht nur würde der Antrag eindeutig durchgehen, wenn die Abstimmung stattfände; sollte Wrath keine Erklärung dahingehend abgeben, würde der Rat das sogar als Beweis für einen Mangel an Verantwortungsgefühl des Königs gegenüber seinen Untertanen ansehen.

Worauf Wraths Kritiker heimlich nur warteten. Dass er dreihundert Jahre lang auf die Macht verzichtet hatte, hatte in manchem Mund einen bitteren Nachgeschmack hinterlassen, und einige der Aristokraten lauerten nur auf eine günstige Gelegenheit, an seinem Thron zu sägen.

Ungeduldig wartete Marissa neben der Tür zur Bibliothek, sie wollte unbedingt endlich gehen. Doch Havers hörte und hörte nicht auf, mit den anderen zu reden. Irgendwann ging sie einfach allein hinaus und dematerialisierte sich. Notfalls würde sie einfach vor seinem Schlafzimmer kampieren, um mit ihm zu sprechen.

Anders als üblich rief sie nicht nach Karolyn, als sie vor der Tür ihres Hauses eintraf, sondern ging direkt hinauf in ihr eigenes Zimmer. Sie schob die Tür auf und ...

»*O mein Gott.*« Ihr Zimmer war ... eine Einöde.

Ihr begehbarer Kleiderschrank stand offen und war leer, nicht ein einziger Bügel hing noch auf der Stange. Ihr Bett war abgezogen, die Kissen waren weg, ebenso wie das Laken und die Decke. Alle Bilder waren abgenommen worden. Und an der Wand standen Kartons aufgereiht, neben jedem einzelnen Louis-Vuitton-Gepäckstück, das sie besaß.

»Was ...« Ihre Stimme verlor sich, als sie das Badezimmer betrat. Alle Schränke waren leer.

Taumelnd kam sie aus dem Bad, und da stand Havers neben dem Bett.

»Was ist hier los?« Sie machte eine ausladende Armbewegung.

»Du musst dieses Haus verlassen.«

Zuerst konnte sie ihn nur anblinzeln. »Aber ich wohne hier!«

Regungslos nahm er seine Brieftasche hervor, entnahm ihr einen dicken Stapel Scheine und breitete sie auf dem Schreibtisch aus. »Nimm das. Und geh.«

»Und das alles wegen Butch?«, wollte sie wissen. »Wie soll das bitteschön funktionieren, wenn dein Bannungsantrag vom Rat angenommen wird? Hüter müssen in der Nähe ihrer ...«

»Ich habe den Antrag nicht gestellt. Und was diesen Menschen betrifft ...« Er schüttelte den Kopf. »Dein Leben gehört dir selbst. Und dich zusammen mit einem nackten Mann zu sehen, der gerade eben in einen sexuellen Akt ...« Havers' Stimme versagte, und er musste sich räuspern. »Geh jetzt. Lebe, wie du möchtest. Aber ich werde nicht danebensitzen und zusehen, wie du dich selbst zerstörst.«

»Havers, das ist doch lächerlich ...«

»Ich kann dich nicht vor dir selbst beschützen.«

»Havers, Butch ist nicht ...«

»Ich habe den König bedroht, um Vergeltung für deine Ehre zu üben!« Der Klang seiner Stimme prallte von den Wänden ab. »Um dich dann mit diesem Menschen zu sehen! Ich – ich kann dich nicht mehr in meiner Nähe ertragen. Du löst in mir einen solchen Zorn aus, dass ich mir selbst nicht mehr trauen kann. Dieser Zorn lässt mich gewalttätig werden. Er ...« Er erschauerte und wandte sich ab. »Die *Doggen* sind angewiesen, dich abzusetzen, wo auch immer du hinzugehen wünschst. Aber danach werden sie in diesen Haushalt zurückkehren. Du wirst deine eigenen Diener finden müssen.«

Jedes Gefühl wich aus ihrem Körper. »Ich bin immer noch ein Mitglied des *Princeps*-Rates. Du wirst mich dort sehen müssen.«

»Nein, denn niemand verlangt von mir, dir meinen Blick

zu schenken. Und du setzt voraus, dass du im Rat bleiben wirst, was zweifelhaft ist. Wrath wird keinen Grund haben, das Bannungsgesuch abzulehnen. Da du keinen Partner hast und ich nicht als dein Hüter fungieren werde, kann dir niemand die Erlaubnis erteilen, dich draußen aufzuhalten. Nicht einmal deine Blutlinie kann sich über das Gesetz erheben.

Marissa klappte der Kiefer herunter. Grundgütiger ... sie wäre eine Ausgestoßene. Ein wahrhaftiger ... Niemand. »Wie kannst du mir das antun?«

Er blickte über die Schulter. »Ich bin es leid. Ich bin es leid, gegen den Drang anzukämpfen, dich vor deinen eigenen Entscheidungen zu beschützen ...«

»Entscheidungen! Als Frau der Aristokratie darf ich überhaupt nichts selbst entscheiden!«

»Das ist unwahr. Du hättest Wrath eine richtige Gefährtin sein können.«

»Er wollte mich nicht! Du wusstest das, du hast ihn doch mit eigenen Augen gesehen! Deshalb wolltest du ihn töten lassen!«

»Aber inzwischen frage ich mich ... warum hat er denn nichts für dich empfunden? Vielleicht hast du dir nicht genug Mühe gegeben, sein Interesse zu wecken.«

Eine wilde Wut stieg in Marissa auf. Und das Gefühl wurde immer heißer, als ihr Bruder fortfuhr: »Was deine Entscheidungen betrifft: Niemand hat dich gezwungen, dieses Krankenzimmer zu betreten. Du hast selbst entschieden, dort hineinzugehen. Und du hast entschieden ... du hättest ... nicht bei ihm liegen müssen.«

»Also darum geht es hier? Um Himmels willen, ich bin immer noch eine Jungfrau.«

»Jetzt lügst du.«

Diese drei Worte versetzten ihren Emotionen einen ziemlichen Dämpfer. Während die Hitze sich verflüchtigte, kam die Klarheit, und zum ersten Mal sah sie ihren Bruder, wie er wirklich war: ein brillanter Kopf, seinen Patienten treu ergeben, seiner geliebten toten *Shellan* immer noch nachtrauernd ... und vollkommen starr. Ein Mann der Wissenschaft und der Ordnung, der die Regeln und die Vorhersagbarkeit liebte und eine genaue Vorstellung davon brauchte, wie das Leben abzulaufen hatte.

Und ganz eindeutig war er bereit, dieses Weltbild unbedingt zu schützen, auch auf Kosten ihrer Zukunft ... ihres Glücks ... ihrer selbst.

»Du hast vollkommen recht«, sagte sie mit einer merkwürdigen Ruhe. »Ich muss wirklich gehen.«

Sie betrachtete die Kartons mit den Kleidern darin, die sie getragen, den Dingen, die sie gekauft hatte. Dann wandte sie den Blick wieder zu ihm. Er tat dasselbe, starrte die Kisten an, als wöge er das Leben ab, das sie geführt hatte.

»Die Dürer-Schnitte überlasse ich dir natürlich«, sagte er.

»Natürlich«, flüsterte sie. »Leb wohl, Bruder.«

»Für dich bin ich ab jetzt Havers. Nicht Bruder. Niemals wieder Bruder.«

Er senkte den Kopf und ging aus dem Zimmer.

In der Stille, die darauf folgte, war die Versuchung groß, sich aufs Bett zu werfen und zu weinen. Aber dazu war keine Zeit mehr. Sie hatte nur noch etwa eine Stunde, bevor es hell wurde.

Gütige Jungfrau, wohin sollte sie nur gehen?

16

Als Mr X von seinem Treffen mit Omega auf der anderen Seite zurückkehrte, war ihm, als hätte er Sodbrennen. Was einleuchtete, da man ihm praktisch seinen eigenen Arsch gefüttert hatte.

Der Meister war über eine Reihe von Dingen ziemlich sauer gewesen. Er wollte mehr *Lesser*, mehr ausgeblutete Vampire, mehr Fortschritt, mehr … von allem. Aber die Sache war die – egal, wie viel man ihm gab, er würde immer unzufrieden sein. Vielleicht war das sein persönlicher Fluch.

Egal. Die Infinitesimalrechnung von Mr Xs Versagen stand an der Tafel, die mathematische Gleichung seiner Zerstörung in Kreide umrissen. Die Unbekannte darin war der Zeitpunkt. Wie lange noch, bevor Omega ausrastete, und Mr X bis in alle Ewigkeit zurückgerufen wurde?

Die Sache mit Van musste beschleunigt werden. Dieser Mann musste an Bord kommen und so schnell wie möglich seinen Platz einnehmen.

Mr X ging zu seinem Laptop und fuhr ihn hoch. Er setzte sich neben den getrockneten braunen Fleck, den eine Blutlache hinterlassen hatte, rief die Gesetzesrollen auf und fand die relevante Stelle. Die Zeilen der Prophezeiung beruhigten ihn etwas:

Es wird Einer kommen, das Ende vor den Meister zu bringen,
ein Kämpfer moderner Zeit,
angetroffen im Siebten des Einundzwanzigsten
und man wird ihn erkennen an den Zahlen, die er trägt:
Eines mehr als der Umkreis, dessen er gewahr wird,
doch zu seiner Rechten bloße Vier zu zählen.
Drei Leben hat er,
zwei Kerben in seiner Front
und mit einem einzigen schwarzen Auge
wird in einem Quell er geboren werden und sterben.

Mr X lehnte sich mit dem Rücken an die Wand, ließ den Hals knacken und sah sich um. Die stinkenden Überbleibsel des Cracklabors, der Schmutz, die von reulosen schlechten Taten geschwängerte Luft – das alles war ihm zuwider, aber er konnte nicht einfach gehen. Ebenso wenig, wie er die Gesellschaft der *Lesser* einfach verlassen konnte.

Doch alles würde gut werden. Wenigstens hatte er den Ausweg entdeckt.

Es war eine glückliche Fügung gewesen, Van Dean zu finden. X hatte die übelsten Schlägerhöhlen abgeklappert, um neue Rekruten aufzutreiben. Van war ihm sofort aufgefallen. Er hatte einfach etwas Besonderes an sich, etwas, das ihn über seine Gegner erhob. Und als er den Kerl in jener ersten Nacht beobachtete, hatte Mr X zunächst geglaubt, eine bedeutende Ergänzung für die Gesellschaft entdeckt zu haben ... bis er den fehlenden Finger bemerkt hatte.

Er holte nicht gern jemanden mit einem körperlichen Defekt in die Gesellschaft.

Aber je öfter er Van kämpfen sah, desto klarer wurde X, dass ein fehlender kleiner Finger nicht die geringste Hürde bedeutete. Dann noch ein paar Nächte später sah er die Tätowierung. Van kämpfte immer mit T-Shirt, aber einmal wurde es über seine Brust nach oben geschoben. Auf dem Rücken des Mannes starrte in schwarzer Tinte ein Auge zwischen den Schulterblättern hervor.

Das hatte Mr X zum Studium der Schriftrollen getrieben. Die Prophezeiung lag tief verborgen im Text des Handbuchs der Gesellschaft der *Lesser*, ein nahezu vergessener Abschnitt inmitten der Regeln zur Einführung neuer Mitglieder. Glücklicherweise hatte Mr X die Passage, als er zum ersten Mal Haupt-*Lesser* wurde, gründlich genug gelesen, um sich daran zu erinnern.

Wie auch der Rest der Gesetzesrollen, die in den 1930er-Jahren übersetzt worden waren, war der Wortlaut der Prophezeiung ziemlich abstrakt. Aber wenn einem ein Finger an der rechten Hand fehlte, dann konnte man damit nur bis vier zählen. »Drei Leben« stand für Kindheit, Erwachsensein und danach das Leben in der Gesellschaft der *Lesser*. Und den Zuschauern nach zu urteilen, war Van ein heimisches Gewächs, geboren in der Stadt Caldwell, auch bekannt als *The Well*, das englische Wort für Quelle.

Doch da war noch mehr. Die Instinkte dieses Mannes waren schon beinahe unheimlich. Man musste ihm nur in diesem Maschendrahtring zusehen, um sofort zu wissen, dass Nord, Süd, Ost und West nur Teil dessen waren, was er erspürte: Er hatte ein seltenes Talent dafür, vorauszuahnen, wohin sein Gegner sich wenden würde – *eines mehr*. Diese Gabe war es, die ihn auszeichnete.

Der Clou aber war der entfernte Blinddarm. Das Wort Kerbe konnte man auf verschiedenste Art und Weise verstehen, aber es konnte sich durchaus auch auf eine Narbe beziehen. Und jeder Mensch hatte einen Bauchnabel. Wenn einem also der Blinddarm entfernt worden war, dann hatte man ja wohl zwei Narben in seiner »Front«, nicht wahr?

Außerdem war es das richtige Jahr, um ihn zu finden.

Mr X tastete nach seinem Handy und rief einen seiner Untergebenen an.

Als es klingelte, war ihm sehr bewusst, dass er Van Dean, den modernen Kämpfer, diesen vierfingrigen Kerl, mehr brauchte als jeden anderen, dem er in seinem Leben begegnet war. Oder nach seinem Tod.

Sobald Marissa sich vor dem grauen Haus materialisiert hatte, griff sie sich mit der Hand an die Kehle. Mein Gott, so viel Gemäuer, das sich aus der Erde erhob, ganze Steinbrüche waren ausgebeutet worden, um das Material dafür zu gewinnen. Und so viele Bleiglasfenster, die rautenförmigen Scheiben sahen aus wie Gitter. Und dann war da noch die sechs Meter hohe Mauer, die den Innenhof und das gesamte Gelände umschloss. Und die Überwachungskameras. Und die Tore.

So sicher. So kalt.

Das Anwesen war genau so, wie sie es erwartet hatte, eher Festung denn Heim. Und es war von einer Pufferzone umgeben, die man im Alten Land *Mhis* genannt hatte. Jemand, der nicht hierher gehörte, konnte die Informationen, die ihm dieser Ort lieferte, nicht vernünftig verarbeiten, sodass ein ungebetener Besucher das Haus nicht fand. Der einzige Grund, warum sie überhaupt das Anwesen der Bruderschaft hatte finden können, war, dass Wrath sich dort befand. Nach dreihundert Jahren, die sie sich von seinem reinen Blut genährt hatte, floss noch so viel davon in ihr, dass sie ihn überall aufspüren konnte. Selbst durch das *Mhis* hindurch.

Als sie vor diesem Steinklotz stand, kitzelte sie etwas im Nacken, als würde sie beobachtet, und sie warf einen Blick über die Schulter. Im Osten gewann das Licht des Tages schon an Kraft, und die ersten Sonnenstrahlen brannten in ihren Augen. Sie hatte nicht mehr viel Zeit.

Immer noch die Hand auf die Kehle gelegt, trat sie vor eine massive Messingtür. Es gab weder Klingel noch Klopfer, also drückte sie einfach dagegen. Die Tür gab nach, was ein Schock war – zumindest, bis sie im Vorraum stand. Aha, hier wurde man überprüft.

Sie hielt ihr Gesicht vor eine Kamera und wartete. Mit Sicherheit musste ein Alarm ausgelöst worden sein, als sie die erste Tür durchschritt, deshalb würde entweder jemand kommen und sie einlassen ... oder sie abweisen. In welchem Fall sie auf ihre zweite Wahl zurückgeworfen würde.

Rehvenge war der Einzige andere, an den sie sich wenden konnte, aber diese Lösung war ebenfalls kompliziert. Seine *Mahmen* war eine Art spirituelle Ratgeberin der *Glymera* und wäre ohne jeden Zweifel höchst gekränkt durch Marissas Anwesenheit.

Mit einem Stoßgebet an die Jungfrau der Schrift strich sie sich das Haar mit den Händen glatt. Vielleicht hatte sie aufs falsche Pferd gesetzt, aber sie war davon ausgegangen, dass Wrath sie so kurz vor Morgengrauen nicht abweisen würde. Nach allem, was sie seinetwegen ertragen hatte, konnte er ihr doch einen Tag unter seinem Dach gewähren. Außerdem war er ein Ehrenmann.

Wenigstens hielt sich Butch nicht bei der Bruderschaft auf, soweit sie wusste. Den Sommer über hatte er an einem anderen Ort gewohnt, und sie vermutete, dass er immer noch dort lebte. Sie hoffte es.

Die schwere Holztür vor ihr wurde geöffnet, und Fritz, der Butler, schien sehr überrascht von ihrem Anblick zu sein.

»Madam?« Der ältliche *Doggen* verneigte sich tief. »Werdet Ihr ... erwartet?«

»Nein.« Sie wurde so wenig erwartet, wie es nur eben ging. »Ich, äh ...«

»Fritz, wer ist denn da?«, hörte man eine weibliche Stimme.

Als die Schritte sich näherten, verschränkte Marissa die Hände und senkte den Kopf.

O Gott, Beth, die Königin. Es wäre so viel besser gewesen, zuerst Wrath gegenüberzustehen. Nun musste sie annehmen, dass ihr Plan nicht funktionieren würde.

Sicherlich würde ihre Hoheit sie aber das Telefon benutzen lassen, um Rehvenge anzurufen? Blieb ihr überhaupt noch die Zeit dazu?

Die Türe wurde ächzend weiter aufgezogen. »Wer ist denn ... *Marissa?*«

Marissa hielt den Blick zu Boden gesenkt und vollführte einen Knicks, wie es der Brauch war. »Meine Königin.«

»Fritz, würdest du uns entschuldigen?« Einen Augenblick später sagte Beth: »Möchtest du nicht hereinkommen?«

Zögerlich trat Marissa durch die Tür. Ganz am Rande nahm sie ein Gefühl von unglaublicher Farbe und Wärme wahr, aber sie konnte den Kopf nicht heben, um es in sich aufzunehmen.

»Wie hast du uns gefunden?«, fragte Beth.

»Das Blut deines ... *Hellren* fließt noch in mir. Ich ... ich muss ihn um einen Gefallen bitten. Ich würde gern mit Wrath sprechen, wenn es gestattet wäre?«

Es war ein Schock für Marissa, zu fühlen, dass die andere Frau nach ihren Händen griff. »Was ist denn passiert?«

Als sie langsam den Blick zur Königin emporhob, stockte ihr fast der Atem. Beth wirkte so ehrlich besorgt, so fürsorglich. Mit auch nur einem Hauch von Wärme empfangen zu werden, war überwältigend, besonders von dieser Frau, die jeden Grund hatte, sie einfach hinauszuwerfen.

»Marissa, erzähl es mir.«

Wo sollte sie nur anfangen? »Ich, ähm, ich brauche eine Unterkunft. Ich weiß nicht, wohin ich gehen soll. Ich wurde verstoßen. Ich bin ...«

»Moment mal, langsam. Ganz langsam. Was ist geschehen?«

Marissa holte tief Luft und berichtete dann eine Kurzversion der Geschichte, eine, die jegliche Erwähnung von Butch vermied. Die Worte sprudelten nur so aus ihr hervor, und ihre schmutzige Botschaft ergoss sich auf den leuchtenden Mosaikboden, befleckte die Schönheit unter ihren Füßen. Die Schande des Erzählens schmerzte sie im Hals.

»Dann bleibst du bei uns«, verkündete Beth, als sie geendet hatte.

»Nur einen Tag.«

»Solange du möchtest.« Beth drückte Marissas Hand. »Egal wie lange.«

Als Marissa die Augen schloss und versuchte, nicht in Tränen auszubrechen, nahm sie undeutlich ein donnerndes Geräusch wahr. Schwere Stiefel kamen die Treppe herunter.

Dann erfüllte Wraths tiefe Stimme die riesige Halle. »Was zum Teufel ist hier los?«

»Marissa zieht bei uns ein.«

Wieder machte Marissa einen Knicks, nun endgültig ihres Stolzes beraubt, so verletzlich, als wäre sie splitternackt. Nichts zu besitzen und sich der Gnade anderer ausliefern zu müssen, war eine seltsame Form des Schreckens.

»Marissa, sieh mich an.«

Wraths harter Tonfall klang so vertraut. So hatte er sie immer angesprochen, jahrhundertelang war sie davon zusammengezuckt. Verzweifelt schielte sie nach der offenen Tür zum Vorraum, auch wenn ihr inzwischen definitiv keine Zeit mehr bleib, um nach draußen zu fliehen.

Die hölzerne Tür schlug zu, als hätte der König sie mit seinem Willen geschlossen. »Rede, Marissa.«

»Lass sie in Ruhe, Wrath«, fauchte die Königin. »Sie hat heute Nacht schon genug durchgemacht. Havers hat sie vor die Tür gesetzt.«

»Was? Warum?«

Beth wiederholte kurz das Vorgefallene, und es von einem Dritten zu hören, verstärkte Marissas Demütigung nur noch. Ihr Blick wurde verschwommen, sie hatte Mühe, nicht zusammenzubrechen.

Und die Schlacht war endgültig verloren, als Wrath sagte: »Herrgott, was für ein Idiot. Natürlich bleibt sie hier.«

Mit zitternden Händen fing sie die Tränen unter ihren Augen auf und zerrieb sie rasch zwischen den Fingerspitzen.

»Marissa? Sieh mich an.«

Sie hob den Kopf. O je, Wrath war noch genau derselbe, das Gesicht zu unbarmherzig, um wirklich attraktiv zu sein. Und diese Sonnenbrille ließ ihn noch einschüchternder wirken. Gedankenverloren bemerkte sie, dass seine Haare viel länger geworden waren, sie reichten ihm jetzt fast bis aufs Gesäß.

»Ich bin froh, dass du zu uns gekommen bist.«

Jetzt räusperte sie sich. »Ich wäre dankbar, vorübergehend hierbleiben zu dürfen.«

»Wo sind deine Sachen?«

»Sie stehen gepackt bei mir zu Hause – äh, bei meinem Bruder – ich meine, in Havers' Haus. Ich kam vom Treffen des *Princeps*-Rates zurück und alles war schon in Kisten verstaut. Aber das kann dort bleiben, bis ich weiß ...«

»Fritz!« Als der *Doggen* angerannt kam, befahl Wrath:

»Fahr zu Havers und hol Marissas Sachen ab. Nimm besser den Transporter und ein paar Waffen extra mit.«

Fritz verbeugte sich und eilte dann in einem Tempo los, das sie dem alten *Doggen* nicht zugetraut hätte.

Marissa rang nach Worten. »Ich – ich ...«

»Ich zeige dir jetzt dein Zimmer«, schlug Beth vor. »Du siehst aus, als würdest du gleich zusammenklappen.«

Marissa folgte der Königin zu der großen Freitreppe. Im Gehen blickte sie noch einmal über die Schulter. Wraths Miene war vor Wut verzerrt, sein Kiefer trat stark hervor.

Sie musste stehen bleiben. »Bist du ganz sicher?«, fragte sie.

Sein zorniges Funkeln wurde noch stärker. »Dein Bruder hat wirklich ein Talent dafür, mir auf den Geist zu gehen.«

»Ich möchte dir keine Umstände bereiten ...«

Wrath ließ sie nicht ausreden. »Es ging um Butch, richtig? V hat mir erzählt, dass du bei dem Polizisten warst und ihn zurück ins Leben geholt hast. Lass mich raten – Havers war nicht so begeistert davon, dass du unserem Menschen zu nah gekommen bist, hab ich recht?«

Marissa konnte nur nicken.

»Wie ich schon sagte, dein Bruder geht mir echt auf den Senkel. Butch gehört zu uns, selbst wenn er kein Mitglied der Bruderschaft ist, und jeder, der für ihn sorgt, sorgt für uns. Also kannst du, was mich betrifft, für den verdammten Rest deines Lebens bei uns wohnen.« Wrath stapfte um den Fuß der Treppe herum. »Vergiss Havers. Dieser Idiot. Ich suche V und gebe ihm Bescheid, dass du hier bist. Butch ist zwar nicht da, aber V wird sicher wissen, wo er zu finden ist.«

»O nein, du musst nicht ...«

Wrath blieb nicht stehen, er zögerte nicht einmal, was sie daran erinnerte, dass man dem König keine Befehle geben konnte. Nicht einmal, sich keine Sorgen zu machen.

»Tja«, murmelte Beth, »wenigstens ist er im Moment nicht bewaffnet.«

»Es überrascht mich, dass ihn das so mitnimmt.«

»Machst du Witze? Es ist empörend, dich kurz vor Sonnenaufgang vor die Tür zu setzen. Egal, jetzt bringen wir dich erst mal auf dein Zimmer.«

Marissa widersetzte sich dem sanften Zupfen. Du empfängst mich so freundlich. Wie kannst du so …«

»Marissa.« Beths dunkelblaue Augen waren ruhig. »Du hast den Mann gerettet, den ich liebe. Als er angeschossen wurde und mein Blut nicht stark genug war, hast du ihn mit deinem Blut am Leben erhalten. Deshalb möchte ich eines mal klarstellen: Es gibt nichts, absolut nichts, was ich nicht für dich tun würde.«

Der Morgen brach an, und Licht strömte in das Penthouse. Butch wachte auf, voll erigiert und damit beschäftigt, seine Hüften an einem Knäuel aus Satinlaken zu reiben. Er war schweißgebadet, seine Haut hyperempfindlich, die Erektion pochend.

Benommen, orientierungslos wusste er nicht, was Realität war und was nur Hoffnung. Er griff nach unten. Löste den Gürtel. Vergrub die Hand in den Boxershorts.

Bilder von Marissa wirbelten in seinem Kopf herum, halb der Wunschtraum, in dem er sich so herrlich verloren hatte, halb die Erinnerung an sie. Seine Hand fand einen Rhythmus, er war sich nicht sicher, ob er sich selbst liebkoste … Vielleicht war sie es … Gott, er wollte, dass sie es war.

Er schloss die Augen und bog den Rücken durch. *O ja, das war so gut.*

Doch dann wachte er richtig auf.

Als ihm bewusst wurde, was er da tat, wurde er böse. Wütend auf sich selbst und das, was hier ablief, bearbeitete er sein Geschlecht unsanft, bis er bellend einen Kraftausdruck ausstieß und ejakulierte. Man konnte es nicht einmal einen Orgasmus nennen. Es war mehr, als hätte sein Schwanz laut geflucht.

Ihm war fast schlecht vor Angst, als er die Luft anhielt und auf seine Hand blickte.

Dann sackte er erleichtert in sich zusammen. Wenigstens eine Sache war wieder normal.

Nachdem er die Hose ausgezogen und sich mit der Boxershorts abgewischt hatte, ging er ins Badezimmer und stellte die Dusche an. Unter dem Wasserstrahl konnte er nur an Marissa denken. Er vermisste sie mit einer stechenden Begierde, einer Art sehnsüchtigem Schmerz, der ihn an die Zeit vor einem Jahr erinnerte, als er mit dem Rauchen aufgehört hatte.

Nur leider gab es gegen diese Sucht keine Pflaster.

Gerade, als er mit einem Handtuch um die Hüften aus dem Badezimmer kam, klingelte sein neues Handy. Hektisch wühlte er in den Kissen, bis er es endlich fand.

»Ja, V?«, rasselte er. O Mann, seine Stimme war morgens immer total im Eimer, so auch heute. Er klang wie ein stotternder Motor, der nicht anspringen wollte.

Das war also schon die zweite Normalität zu seinen Gunsten.

»Marissa ist bei uns eingezogen.«

»Was?« Er sank auf die Matratze. »Wovon zum Teufel sprichst du?«

»Havers hat sie rausgeworfen.«

»Meinetwegen?«

»Ganz genau.«

»Dieser Scheißkerl ...«

»Sie ist hier auf dem Anwesen, also mach dir keine Sorgen um ihre Sicherheit. Aber sie ist völlig fertig.« Eine lange Pause entstand. »Bulle? Bist du noch dran?«

»Ja.« Butch ließ sich aufs Bett fallen. Musste feststellen,

dass seine Muskeln zuckten, so stark war sein Bedürfnis, bei ihr zu sein.

»Wie ich schon sagte, es geht ihr gut. Soll ich sie heute Nacht zu dir bringen?«

Butch legte die Hand über die Augen. Die Vorstellung, dass jemand ihr wehgetan hatte, machte ihn geradezu wahnsinnig. Bis zur Gewalttätigkeit.

»Butch? Hallo?«

Als Marissa sich in das Himmelbett legte, zog sie die Decke bis zum Hals hoch und wünschte, sie wäre nicht nackt. Das Blöde war nur, dass sie keine Kleider dabeihatte.

Natürlich würde sie hier niemand belästigen, aber trotzdem fühlte es sich ... falsch an, nichts anzuhaben. Skandalös, auch wenn niemand es je erfahren würde.

Sie blickte sich um. Das Zimmer, das man ihr gegeben hatte, war wunderschön. Es war in einem dunklen Blau gehalten, und das Motiv einer adligen Dame und eines knienden Verehrers wiederholte sich auf den Wänden, den Vorhängen, der Bettdecke und dem Stuhl.

Nicht unbedingt das, was ihrer derzeitigen Stimmung entgegenkam. Das französische Liebespaar bedrängte sie, als sähe sie es nicht nur, sondern hörte es auch, ein chaotisches Stakkato dessen, was sie mit Butch nicht hatte. Mit Butch niemals haben würde.

Um das Problem zu lösen, löschte sie das Licht und schloss die Augen. Was wie ein Zauber wirkte.

Gütige Jungfrau, was für ein Durcheinander. Und sie musste sich fragen, inwieweit sich die Dinge noch verschlimmern würden. Fritz und die anderen beiden *Doggen* waren unterwegs zu ihrem Bruder – zu Havers – und sie rechnete halb damit, dass sie mit leeren Händen zurückkehren würden. Vielleicht würde Havers beschließen, ihre Sachen einfach wegzuwerfen. So, wie er es mit ihr getan hatte.

Während sie dort in der Dunkelheit lag, sortierte sie im Geiste die Trümmer ihres Lebens, versuchte herauszufinden, was noch brauchbar war und was sie als unrettbar ausmustern musste. Sie fand nur ein Sammelsurium von unglücklichen Erinnerungen, die ihr keine Richtung wiesen. Sie hatte absolut keine Vorstellung davon, was sie tun, wohin sie gehen sollte.

Und das war doch nicht zu begreifen. Drei Jahrhunderte hatte sie damit verbracht, zu warten und zu hoffen, dass ein Mann ihr seine Gunst schenken würde. Drei Jahrhunderte hatte sie versucht, sich in die *Glymera* einzufügen. Drei Jahrhunderte sich verzweifelt bemüht, jemandes Schwester zu sein, jemandes Tochter, jemandes Gefährtin. All diese äußeren Erwartungen waren die Gesetze gewesen, die ihr Leben beherrscht hatten, tief greifender und unentrinnbarer als die Schwerkraft.

Doch wohin hatte sie das alles geführt? Nun war sie verwaist, ungebunden, ausgestoßen.

Also gut, ihre oberste Regel für den Rest ihrer Tage sollte lauten: Sie würde keine Einmischung von außen mehr suchen. Sie mochte vielleicht keine Ahnung haben, wer sie war, aber besser noch verloren sein und auf der Suche, als von anderen in eine gesellschaftliche Schublade gesteckt zu werden.

Das Telefon neben dem Bett klingelte, und sie schrak zusammen. Nachdem es fünfmal geläutet hatte, hob sie ab, nur weil es einfach nicht aufhören wollte. »Hallo?«

»Madam?« Ein *Doggen*. »Ihr habt einen Anruf von unserem Herrn Butch. Darf ich durchstellen?«

Na großartig. Also hatte er davon erfahren.

»Madam?«

»Äh, ja, ich nehme ihn entgegen.«

»Sehr wohl. Und ich habe ihm Eure Durchwahl gegeben. Bitte bleibt am Apparat.«

Sie hörte ein Klicken und dann die unverkennbar raue Stimme. »Marissa? Geht es dir gut?«

Eigentlich nicht, dachte sie, aber das ging ihn nichts an. »Ja, danke. Beth und Wrath waren sehr gütig zu mir.«

»Hör mal, ich möchte dich gern sehen.«

»Wirklich? Dann darf ich wohl annehmen, dass deine Probleme alle wie durch Zauberhand verschwunden sind? Du musst entzückt sein, dass alles wieder normal ist. Glückwunsch.«

Er fluchte. »Ich mache mir Sorgen um dich.«

»Das ist nett von dir, aber ...«

»Marissa ...«

» ... wir wollen mich ja nicht in Gefahr bringen, oder?«

»Hör mir doch zu, ich ...«

»Du hältst dich besser fern, damit ich nicht verletzt werde ...«

»Verflucht, Marissa. Scheiß auf die ganze Sache!«

Sie schloss die Augen, zornig auf die Welt, auf ihn, auf ihren Bruder und sich selbst. Und wenn Butch jetzt auch noch wütend wurde, dann war dieses Gespräch wie eine Handgranate, die gleich explodieren konnte.

Mit leiser Stimme sagte sie: »Ich weiß deine Besorgnis zu schätzen, aber es geht mir gut.«

»Ach Mist ...«

»Ja, ich denke, das beschreibt die Situation sehr gut. Bis dann, Butch.«

Als sie auflegte, wurde ihr bewusst, dass sie am ganzen Körper zitterte.

Sofort klingelte es wieder, und sie blickte zum Telefon. Mit einer schnellen Bewegung zerrte sie das Kabel aus der Wand.

Dann vergrub sie sich wieder unter der Decke und rollte sich auf der Seite zusammen. Schlafen würde sie auf keinen Fall können, aber die Augen schloss sie trotzdem.

Während sie schäumend vor Wut in der Dunkelheit lag, kam sie zu einem Schluss. Selbst wenn alles ... *Mist* war, um Butchs eloquente Zusammenfassung zu benutzen ... konnte sie doch eines festhalten: Sauer zu sein war immer noch besser, als eine Panikattacke zu haben.

Zwanzig Minuten später – seine Sox-Kappe tief ins Gesicht gezogen und eine Sonnenbrille auf der Nase – spazierte Butch auf einen dunkelgrünen Honda Accord, Baujahr 2003, zu. Er sah nach rechts und nach links. Niemand zu sehen. Die Gebäude hatten keine Fenster. Kein Auto war auf der Ninth Street unterwegs.

Er bückte sich, hob einen dicken Stein auf und schlug ein Loch in die Scheibe auf der Fahrerseite. Als die Alarmanlage hysterisch losschrillte, trat er einen Schritt beiseite und verschmolz mit dem Häuserschatten. Niemand kam, um zu schauen, was los war. Der Lärm brach ab.

Seit er sechzehn gewesen war und in seiner Heimatstadt die ersten Gesetzesübertretungen begangen hatte, hatte er kein Auto mehr gestohlen, aber er hatte es immer noch drauf. Gelassen öffnete er die Wagentür und stieg ein. Was dann kam, ging schnell und effizient, wodurch wieder einmal bewiesen war, dass er seine kriminelle Ader, zusammen mit seinem Südbostoner Akzent, nie ganz abgelegt hatte: Er riss die Verkleidung unter dem Armaturenbrett ab. Fand die Drähte. Steckte die richtigen beiden zusammen und ...
brumm.

Die übrigen Glasscherben schob er mit dem Ellbogen aus dem Fenster und fuhr gemächlich los. Da ihm die Knie fast an der Brust hingen, tastete er nach der Sperre, löste sie und rutschte den Sitz so weit wie möglich nach hinten. Dann hängte er den Arm aus dem Fenster, als würde er die Frühlingsluft genießen, und lehnte sich im Sitz zurück.

Beim Stoppschild am Ende der Straße setzte er den Blinker und kam zum vollen Stillstand: Die Verkehrsregeln zu befolgen, war ganz entscheidend, wenn man in einem gestohlenen Fahrzeug saß und keinen Ausweis dabeihatte.

Als er links abbog und die Ninth Street entlangfuhr, hatte er ein schlechtes Gewissen dem Besitzer des Autos gegenüber. Die Karre gestohlen zu bekommen, war kein Spaß, und an der nächsten Ampel klappte er das Handschuhfach auf. Der Wagen war auf eine Sally Forrester angemeldet. 1247 Barnstable Street.

Er gelobte, den Honda so bald als irgend möglich zu ihr zurückzubringen und ihr noch ein paar Tausender dazuzulegen. Für die Unannehmlichkeiten und die kaputte Scheibe.

Apropos kaputt ... er kippte den Rückspiegel so, dass er sich darin erkennen konnte. Verflucht noch mal, er sah katastrophal aus. Er musste sich unbedingt rasieren, und sein Gesicht war immer noch grün und blau. Fluchend stellte er den Spiegel wieder auf den Straßenverkehr ein, damit er seine hässliche Visage nicht mehr sehen musste.

Leider stand ihm immer noch ziemlich klar vor Augen, was los war.

In Sally Forresters Accord, zugerichtet wie ein Boxsack in der Muskelbude, überfiel ihn eine anständige Portion Selbsterkenntnis, die ihm überhaupt nicht schmeckte. Immer schon war er auf dem schmalen Grat zwischen Gut und Böse balanciert, war immer bereit gewesen, die Regeln für seine Zwecke zu beugen. Er hatte Verdächtige bearbeitet, bis sie zusammenbrachen. Gelegentlich ein Auge zugedrückt, wenn es ihm wichtige Informationen zu einem Fall einbrachte. Drogen genommen, noch nachdem er zur Truppe gestoßen war ... zumindest, bis er mit dem Koks aufgehört hatte.

Die einzigen Tabus für ihn waren Bestechung oder sexuelle Gefälligkeiten im Dienst gewesen.

Letzteres machte ihn vermutlich zum Helden.

Und was hatte er jetzt gerade vor? Eine Frau bedrängen, deren Leben schon in Trümmern lag. Nur, um sich auch noch in die Polonaise von Fiaskos einzureihen, die gerade über sie hinwegtrampelte.

Aber er konnte einfach nicht anders. Nachdem er wieder und wieder Marissas Nummer gewählt hatte, war er nicht in der Lage gewesen, sich diesen kleinen Ausflug zu verkneifen. Er war vorher schon von ihr besessen gewesen. Jetzt konnte er keinen klaren Gedanken mehr fassen. Er musste sich davon überzeugen, dass es ihr gut ging und ... na ja, er hatte sich gedacht, vielleicht könnte er ihr einige Dinge dann auch ein bisschen besser erklären.

Eine gute Nachricht gab es allerdings tatsächlich. Innerlich schien er tatsächlich wieder normal zu sein. In Vs Unterschlupf hatte er sich mit einem Messer in den Arm geschnitten, um – trotz des kleinen Handarbeitsexperiments – sein Blut zu überprüfen. Es war rot gewesen, dem Himmel sei Dank.

Jetzt atmete er tief durch – und runzelte die Stirn. Er hielt die Nase an seinen Bizeps und inhalierte noch einmal. Was zum Geier war das? Selbst bei dem Wind, der durch das Auto blies, konnte er etwas riechen, und nein, es war nicht das pappsüße Talkum-Zeug. Dieser Geruch war glücklicherweise verblasst. Jetzt roch er nach etwas anderem.

Herrje, in letzter Zeit kam er sich vor wie einer von diesen Lufterfrischern für die Steckdose, die man mit ständig wechselnden Duftmischungen nachfüllte. Aber wenigstens gefiel ihm dieser würzige Geruch hier ...

Wow. Das konnte nicht sein ... Nein, unmöglich. Ausgeschlossen. Oder?

Das war absurd. Er holte sein Handy heraus und drückte

die Kurzwahltaste. Sobald er Vs »Hallo« hörte, verkündete er: »Achtung, ich komme.«

Er hörte ein Schaben und einen Luftzug, als hätte sich Vishous eine angezündet. »Das überrascht mich nicht. Aber *wie* kommst du?«

»Mit Sally Forresters Honda.«

»Wer ist Sally Forrester?«

»Keine Ahnung, ich hab die Karre gestohlen. Hör mal, keine Sorge, ich mache keine komischen Sachen.« Na, sicher. »Ich meine, nicht im *Lesser*-Sinn von komisch. Ich muss nur unbedingt Marissa sehen.«

Er bekam nicht sofort eine Antwort. »Ich lasse dich durchs Tor. Das *Mhis* hält diese Dreckskerle seit siebzig Jahren vom Gelände fern, sie werden dich also kaum hierher verfolgen können. Und ich glaube nicht, dass du es auf uns abgesehen hast. Oder spinne ich jetzt total?«

»Verdammt, natürlich bin ich nicht hinter euch her.«

Butch schob seine Baseballkappe hoch, wobei sein Handgelenk seine Nase streifte. Wieder schnappte er diesen Duft auf. »Ähm, V ... es gibt da noch eine sonderbare Veränderung bei mir.«

»Was denn?«

»Ich rieche nach Männerparfüm.«

»Schön für dich. Frauen stehen auf so was.«

»Vishous, ich rieche wie *Obsession for Men*, aber ich trage kein Parfum, verstehst du mich?«

Am anderen Ende der Leitung breitete sich Schweigen aus. Dann: »Menschen binden sich nicht.«

»Ach nein. Willst du das auch meinem zentralen Nervensystem und meinen Schweißdrüsen erzählen? Die wären an diesen Neuigkeiten brennend interessiert, da bin ich mir ganz sicher.«

»Hast du es bemerkt, nachdem ihr beiden zusammen wart?«

»Seitdem ist es schlimmer, aber ich hab mir schon vorher einmal eingebildet, etwas zu riechen.«

»Wann denn?«

»Als ich sie beobachtet habe, wie sie mit einem Kerl in ein anderes Auto eingestiegen ist.«

»Wie lange ist das her?«

»Ungefähr drei Monate. Meine Hand ist sofort zur Glock gewandert, als ich diesen Kerl gesehen habe.«

Stille. »Butch, Menschen binden sich nicht so wie wir.«

»Ich weiß.«

Noch mehr Stille, gefolgt von: »Ist es theoretisch möglich, dass du adoptiert wurdest?«

»Nein. Und in meiner Familie gibt es auch keine spitzen Eckzähne, falls du darüber nachdenkst. V, Mann, ich hab doch von dir getrunken. Bist du sicher, dass ich kein ...«

»Das läuft ausschließlich über Genetik. Diese Biss-Verwandlungs-Geschichte ist nur blöder Aberglaube. Pass auf, ich lasse dich durchs Tor, und wir sprechen darüber, wenn du sie gesehen hast. Ach ja, Wrath hat übrigens kein Problem damit, *Lesser* in die Mangel zu nehmen, um etwas über die Sache mit dir herauszufinden. Aber er will nicht, dass du dich daran beteiligst.«

Butchs Hand umklammerte das Lenkrad fester. »Scheiß. Drauf. Ich habe endlose Stunden damit verbracht, mir die Revanche zu verdienen, V. Ich habe *geblutet* für das Recht, diese Arschlöcher zu vermöbeln und meine eigenen Antworten zu bekommen.«

»Wrath ...«

»Ist ein netter Typ, aber er ist nicht mein König. Also kann er sich das klemmen.«

»Er will dich nur beschützen.«

»Sag ihm, den Gefallen braucht er mir nicht zu tun.«

V stieß ein, zwei drastisch klingende Sätze in der Alten Sprache aus, dann murmelte er: »Na schön.«

»Danke.«

»Eine Sache noch, Bulle. Marissa ist ein Gast der Bruderschaft. Wenn sie dich nicht sehen will, fliegst du achtkantig raus, verstanden?«

»Wenn sie mich nicht sehen will, gehe ich von allein. Das schwöre ich.«

17

Als Marissa ein Klopfen an der Tür hörte, machte sie die Augen einen Spalt auf und sah auf die Uhr. Zehn Uhr morgens, und sie hatte keine Sekunde geschlafen. Gütige Jungfrau, sie war so erschöpft.

Aber vielleicht war es Fritz mit einem Bericht über ihre Habseligkeiten »Ja?«

Die Tür wurde geöffnet und gab den Blick auf einen großen, dunklen Schatten mit einer Baseballkappe frei.

Sie setzte sich auf und hielt die Decke über ihren nackten Brüsten fest. »Butch?«

»Hallo.« Jetzt nahm er die Kappe ab, zerknüllte sie in einer Hand, rubbelte sich mit der anderen über die Haare.

Sie ließ eine der Kerzen aufflackern. »Was machst du denn hier?«

»Ähm, ich wollte mich nur persönlich davon überzeugen, dass es dir gut geht. Außerdem ist dein Telefon ...« Seine Augenbrauen hoben sich, als er das aus der Wand gezogene

Kabel entdeckte. »Also, ja, dein Telefon funktioniert nicht. Darf ich kurz reinkommen?«

Als sie tief Luft holte, konnte sie nur ihn riechen, der Duft drang in ihre Nase und legte sich wie ein Film über ihren gesamten Körper.

Mistkerl, dachte sie. *Unwiderstehlicher Mistkerl.*

»Marissa, ich will dich nicht bedrängen, versprochen. Und ich weiß, dass du sauer bist. Aber können wir uns einfach unterhalten?«

»Gut«, entgegnete sie und schüttelte den Kopf. »Aber ich glaube kaum, dass wir eine Lösung für unsere Probleme finden werden.«

Als er hereinkam, dämmerte ihr, dass dies doch keine so gute Idee war. Wenn er reden wollte, sollten sie sich unten treffen. Immerhin war er sehr männlich. Und sie sehr nackt. Und sie waren jetzt ... ganz recht, gemeinsam in einem Schlafzimmer.

Prima Plan. Ganz toll überlegt. Vielleicht sollte sie als Nächstes aus dem Fenster springen.

Butch lehnte sich mit dem Rücken an die geschlossene Tür. »Zuerst mal: Geht es dir gut hier?«

»Ja.« Mein Gott, war das unangenehm. »Butch ...«

»Es tut mir so leid, dass ich mich so machomäßig benommen habe.« Sein geschundenes Gesicht verzog sich leicht. »Es ist ja nicht so, als würde ich dir nicht zutrauen, auf dich selbst aufzupassen. Ich habe bloß irrsinnige Angst vor mir selbst, und ich könnte es nicht ertragen, wenn dir etwas zustieße.«

Marissa starrte ihn unbewegt an. Sie wusste es doch, das hier war einfach furchtbar. Diese demütige Entschuldigungsnummer würde am Ende noch Erfolg bei ihr haben, wenn er so weitermachte. »Butch ...«

»Warte, bitte – hör mich nur an. Hör mich an und dann gehe ich.« Er holte tief Luft, seine breite Brust dehnte sich unter dem edlen schwarzen Mantel aus. »Dich von mir fernzuhalten, scheint mir momentan der einzige Weg, um deine Sicherheit zu garantieren. Aber das liegt daran, dass ich gefährlich bin, nicht daran, dass du schwach bist. Ich weiß, dass du nicht in Watte gepackt werden musst und kein Kindermädchen brauchst.«

In der anschließenden Stille musterte sie ihn. »Dann beweis es, Butch. Erzähl mir, was mit dir geschehen ist. Es gab keinen Autounfall, oder?«

Er rieb sich die Augen. »Ich wurde von ein paar *Lessern* entführt.« Als sie vor Schreck leise keuchte, fuhr er rasch fort: »Das war nicht so schlimm. Ehrlich ...«

Sie hielt die Hand hoch. »Stopp. Erzähl mir die ganze Geschichte oder lass es sein. Ich will keine Halbwahrheiten hören. Das setzt uns beide herab.«

Er murmelte etwas Unverständliches. Rieb sich noch ein bisschen die Augen.

»Butch, rede oder verschwinde.«

»Okay, ist ja gut.« Sein haselnussbrauner Blick hob sich. »Soweit wir es rekonstruieren können, wurde ich zwölf Stunden lang befragt.«

Sie umklammerte das Laken so fest, dass ihre Finger taub wurden. »Befragt ... wie?«

»So genau erinnere ich mich nicht, aber den Verletzungen nach zu urteilen würde ich sagen, das Übliche.«

»Das ... Übliche?«

»Elektroschocks, Fausthiebe, spitze Gegenstände unter die Fingernägel.« Als er abbrach, war sie sich sehr sicher, dass die Liste noch weiterging.

Ihr kam die Galle hoch. »Oh Gott ...«

»Denk nicht drüber nach. Es ist vorbei. Erledigt.«

Gütige Jungfrau im Schleier, wie konnte er so etwas nur sagen?

»Warum ...« Sie räusperte sich. Und dachte sich, sie hatte

die ganze Geschichte gewollt, also sollte sie ihm besser beweisen, dass sie die Wahrheit auch aushielt. »Warum warst du dann in Quarantäne?«

»Sie haben etwas in mich hineingesteckt.« Er zog sein Seidenhemd aus der Hose und zeigte ihr die schwarze Narbe am Bauch. »V hat mich mehr tot als lebendig im Wald gefunden und rausgeholt, was auch immer es war. Aber jetzt habe ich ... eine Art Verbindung zu den *Lessern*.« Als sie erstarrte, ließ er das Hemd wieder sinken. »Ja, die Vampirjäger, Marissa. Diejenigen, die deine Art auslöschen wollen. Also glaub mir, dass ich herausfinden will, was mit mir passiert ist, hat nichts mit verquastem Selbstfindungsquatsch zu tun. Deine Feinde haben sich an meinem Körper zu schaffen gemacht. Sie haben etwas in meinen Körper gepflanzt.«

»Bist du ... einer von ihnen?«

»Das möchte ich nicht sein. Und ich will weder dir noch sonst jemandem schaden. Aber genau das ist das Problem. Es gibt so viel, was ich nicht weiß.«

»Butch, lass mich dir helfen.«

»Aber was wenn ...«

»*Was wenn* bringt uns nicht weiter.« Sie stockte. »Ich werde dich nicht anlügen. Ich habe Angst. Aber ich will dir nicht den Rücken kehren, und du bist ein Dummkopf, wenn du mich dazu bringen willst.«

Er schüttelte den Kopf, in seinem Blick schimmerte Respekt. »Warst du schon immer so mutig?«

»Nein. Aber offenbar kann ich es für dich sein. Wirst du mich lassen?«

»Das möchte ich. Und ich habe das Gefühl, dass ich das muss.« Aber es dauerte noch ein ganzes Weilchen, bis er den Raum durchquert hatte. »Ist es okay, wenn ich mich neben dich setze?«

Sie nickte und machte etwas Platz, und er setzte sich

langsam auf die Bettkante. Die Matratze sank durch sein Gewicht ein, wodurch ihr Körper auf ihn zurutschte. Sehr lange sah er sie einfach nur an, dann nahm er ihre Hand.

Er beugte sich herunter und strich ihr mit den Lippen über die Fingerknöchel, rieb seinen Mund daran. »Ich möchte mich gern neben dich legen. Nicht, um Sex zu haben. Nichts in der Art. Einfach nur ...«

»Ja.«

Als er aufstand, hob sie die Decke an, aber er schüttelte den Kopf. »Ich lege mich lieber oben auf die Decke.«

Er zog seinen Mantel aus und streckte sich neben ihr aus. Zog sie an sich. Küsste sie auf den Scheitel.

»Du wirkst sehr müde«, sagte er im Kerzenschein.

»Ich bin auch sehr müde.«

»Dann schlaf und lass mich über dich wachen.«

Zufrieden kuschelte sie sich noch enger an ihn und seufzte. Es tat gut, ihren Kopf auf seine Brust zu legen und seine Wärme zu spüren und ihn von Nahem zu riechen. Träge streichelte er ihren Rücken, und sie schlief so schnell ein, dass sie gar nicht merkte, wie sie wegdöste. Bis das Bett schaukelte, und sie aufwachte.

»Butch?«

»Ich muss mit Vishous reden.« Er küsste sie auf den Handrücken. »Ruh dich weiter aus. Du bist viel zu blass.«

Sie lächelte zögerlich. »Kein Kindermädchen, du erinnerst dich?«

»War ja nur ein Vorschlag.« Auf einer Seite zuckte sein Mundwinkel leicht nach oben. »Wie wäre es, wenn wir uns vor dem Ersten Mahl treffen? Ich warte unten in der Bibliothek auf dich.«

Als sie nickte, beugte er sich herunter und fuhr ihr mit den Fingerspitzen über die Wange. Dann betrachtete er ihre Lippen, und sein Duft wurde unvermittelt stärker.

Ihre Blicke trafen sich.

Es dauerte keine Sekunde, bis in ihren Venen ein Verlangen auflöderte, ein brennendes, stechendes Bedürfnis. Ganz von allein wanderten ihre Augen von seinem Gesicht zu seinem Hals, und ihre Fänge pochten, als ihre Instinkte erwachten: Sie wollte die starke Vene dort durchbohren. Sie wollte sich an ihm nähren. Und sie wollte mit ihm schlafen, während sie das tat.

Blutlust.

Gütige Jungfrau. Deshalb war sie so müde. Sie hatte sich neulich Nacht nicht bei Rehvenge nähren können. Dann noch die Anstrengung durch Butchs schwere Krankheit, gefolgt von seinem Abschied. Und zu allem Überfluss noch die Sache mit Havers.

Nicht, dass die Gründe momentan eine Rolle spielten. Sie wusste nur, dass sie hungrig war.

Ihre Lippen teilten sich, und sie schob den Kopf langsam vor ...

Aber was würde passieren, wenn sie von ihm trank?

Das lag auf der Hand. In ihrem Streben, sich zu sättigen, würde sie ihn aussaugen, weil sein Menschenblut so schwach war. Sie würde ihn umbringen.

Aber er musste so gut schmecken.

Sie brachte die Stimme der Blutlust in sich zum Schweigen und steckte mit eiserner Überwindung die Arme unter die Decke. »Dann sehe ich dich heute Abend.«

Als Butch sich aufrichtete, wurde sein Blick trüb, und er legte die Hände vor die Hüften, als versteckte er eine Erektion. Was natürlich ihren Drang, ihn an sich zu reißen, noch verstärkte.

»Pass auf dich auf, Marissa«, sagte er leise und traurig.

Er war schon an der Tür, als sie sagte: »Butch?«

»Ja?«

»Ich halte dich nicht für schwach.«

Er zog die Brauen zusammen, als fragte er sich, wo das

jetzt herkam. »Ich auch nicht. Schlaf gut, meine Schöne. Wir sehen uns bald wieder.«

Als sie wieder allein war, wartete sie, bis das Hungergefühl verging, was schließlich auch geschah. Das gab ihr etwas Hoffnung. Bei allem, was gerade vor sich ging, würde sie liebend gern das Nähren eine Weile aufschieben. Rehvenge jetzt so nahe zu kommen, fühlte sich irgendwie falsch an.

18

Als die Nacht über Caldwell hereinbrach, fuhr Van Richtung Innenstadt. Er bog vom Highway ab und auf eine schlecht geteerte Zufahrtsstraße zum Fluss, vorsichtig steuerte er den Pick-up um die vielen Schlaglöcher unterhalb der großen Brücke herum. Dann hielt er neben einem Mast, auf den in Orange *F-8* gesprüht stand, stieg aus und sah sich um.

Der Verkehr brauste über ihn hinweg, Sattelschlepper fuhren donnernd vorbei, Autos hupten hier und da. Hier unten am Wasser war der Hudson beinahe so laut wie das Getöse darüber. Tagsüber war zum ersten Mal ein Hauch von Frühlingswärme zu spüren gewesen, und der Fluss schoss nur so vorbei, genährt von Schmelzwasser.

Der dunkelgraue Strom sah aus wie flüssiger Asphalt. Roch nach Dreck.

Unruhig drehte er den Kopf. Seine Instinkte waren hellwach. Mann, allein unter der Brücke zu sein, war nicht zu empfehlen. Besonders nicht bei schwindendem Tageslicht.

Scheiße, er hätte nicht hierherkommen sollen. Schon wollte er wieder zu seinem Wagen gehen.

Xavier trat aus dem Schatten. »Schön, dass du kommen konntest, Sohn.«

Überrascht schnappte Van nach Luft. Dieser Typ war wie ein Geist. »Warum konnten wir uns nicht am Telefon besprechen?« Na, das klang ja wohl ein bisschen schwach. »Ich habe verflucht noch mal Besseres zu tun.«

»Ich brauche deine Hilfe.«

»Ich hab Ihnen schon gesagt, dass ich nicht interessiert bin.«

Xavier lächelte kaum sichtbar. »Ja, das hast du, nicht wahr?«

Das Geräusch von Reifen auf lockeren Kies drang in Vans Ohren, und er blickte nach links. Der Chrysler, dieser goldmetallicfarbene, völlig unscheinbare Minivan, hielt direkt neben ihm an.

Den Blick fest auf Xavier geheftet, steckte Van die Hand in die Tasche und legte die Finger auf den Abzug seiner Neunmillimeter. Wenn sie versuchen würden, ihm eins überzuziehen, konnten sie sich auf ein Bleigefecht gefasst machen.

»Da ist was für dich auf dem Rücksitz. Na, geh schon. Schau's dir an« Eine kurze Pause entstand. »Angst, Van?«

»Leck mich.« Er trat zum Wagen, jederzeit bereit, seine Waffe zu ziehen. Aber als er die Tür öffnete, wich er entsetzt zurück. Sein Bruder Richard war mit einem Nylonseil gefesselt, auf den Augen und über dem Mund hafteten Klebebandstreifen.

»Du lieber Himmel, Rich ...« Als er die Hand ausstreckte, hörte er, wie der Hahn einer Pistole entsichert wurde, und wandte den Kopf dem Fahrer des Minivans zu. Der hellhaarige Scheißkerl hielt ihm eine Smith & Wesson direkt vor die Nase.

»Ich würde mich freuen, wenn du noch mal über meine Einladung nachdenken würdest«, sagte Xavier.

Hinter dem Steuer von Sally Forresters Honda fluchte Butch, als er an einer Ampel links abbog und einen Streifenwagen vor dem Lebensmittelladen an der Ecke Framingham und Hollis parken sah. So ein Mist. In einem geklauten Auto mit zwei Riesen in der Tasche herumzufahren, konnte einen ganz nervös machen.

Gut, dass er Rückendeckung hatte. V folgte ihm unmittelbar im Escalade.

Neuneinhalb Minuten später hatte Butch Sallys kleines Häuschen auf der Barnstable Road gefunden. Er machte die Scheinwerfer aus, ließ den Accord ausrollen und unterbrach die Verbindung der Drähte. Der Motor erstarb. Das Haus lag im Dunkeln, also marschierte er direkt zur Eingangstür, schob den Umschlag mit dem Geld durch den Briefschlitz und rannte dann zum Escalade. Er machte sich keine Sorgen, auf dieser ruhigen Straße geschnappt zu werden. Wenn jemand dumme Frage stellte, würde V ihm einfach einen mentalen Vollwaschgang verpassen.

Er stieg gerade in den Wagen, als er erstarrte. Ein merkwürdiges Gefühl durchfuhr ihn.

Ohne ersichtlichen Grund fing sein Körper an zu klingeln – anders konnte er es nicht beschreiben. Als hätte er ein Handy mitten in der Brust.

Am Ende der Straße ... am Ende der Straße. Er musste zum Ende der Straße laufen.

O mein Gott – dort waren *Lesser*.

»Was ist los, Bulle?«

»Ich fühle sie. Ganz in der Nähe.«

»Das Spiel beginnt also.« Vishous stieg aus dem Wagen und beide schlugen ihre Türen zu. Die Lichter des Escalade leuchteten einmal kurz auf, als V die Alarmanlage einschaltete. »Lass dich treiben, Bulle. Mal sehen, wohin uns das führt.«

Butch ging los. Dann begann er zu laufen.

Zusammen rannten sie durch die Schatten des friedlichen Wohnviertels, mieden den Lichtschein von Straßenlaternen und Verandabeleuchtungen. Sie kürzten durch einen Garten ab. Wichen einem Swimmingpool aus. Drückten sich an einer Garage vorbei.

Die Gegend wurde mieser. Hunde bellten warnend. Ein Auto ohne Scheinwerfer, aus dem hämmernder Rap dröhnte, fuhr vorbei. Ein verlassenes Gebäude tauchte in Butchs Sichtfeld auf. Daneben befand sich ein leeres Grundstück. Bis er und V schließlich ein baufälliges zweistöckiges Haus aus den Siebzigerjahren erreichten, das von einem drei Meter hohen Holzzaun umgeben war.

»Hier drin«, sagte Butch und sah sich nach einem Tor um.

»Räuberleiter, Bulle.«

Als Butch die Hände auf den oberen Rand der Holzlatten legte und sein Knie abknickte, warf V ihn über den Zaun wie die Morgenzeitung. Er landete in der Hocke.

Da waren sie. Drei *Lesser*. Von denen zwei einen Mann an den Armen aus dem Haus zerrten.

Butch rastete übergangslos aus. Er war auf hundertachtzig wegen dem, was man mit ihm gemacht hatte, frustriert wegen seiner Angst um Marissa, gehandicapt durch sein Menschsein – und diese Jäger wurden jetzt zur Zielscheibe seiner Aggression.

Nur, dass V sich neben ihm materialisierte und ihn an den Schultern festhielt. Als Butch herumschnellte, um den Bruder zum Teufel zu jagen, zischte Vishous: »Du kannst sie dir ja vorknöpfen. Aber sei dabei so leise wie möglich. Hier sind überall Augen, und ohne Rhage als Verstärkung muss ich aus allen Rohren schießen, kapiert? Also kann ich hier kein *Mhis* veranstalten. Ich werde die Sache hier nicht verhüllen können.«

Butch betrachtete seinen Mitbewohner, und ihm wurde bewusst, dass er ihm zum ersten Mal freie Hand beim Kämpfen ließ. »Warum lässt du mich jetzt plötzlich mitmachen?«

»Wir müssen sicher sein, auf welcher Seite du stehst«, sagte V und zog seinen Dolch. »Und so werden wir es herausfinden. Also, ich nehme die beiden mit dem Vampir und du greifst dir den anderen.«

Butch nickte knapp, dann machte er einen Satz nach vorn, ein lautes Dröhnen zwischen den Ohren und im ganzen Körper. Als er die Verfolgung des *Lesser* aufnahm, der gerade auf das Haus zu schlich, drehte der Untote sich so schnell um, als hätte er ihn kommen hören.

Der Kerl wirkte lediglich ärgerlich, als er Butch sah. »Wurde aber auch Zeit, dass sich Verstärkung blicken lässt.« Rasch wandte er sich wieder ab. »Da drin sind zwei Frauen. Die Blonde ist echt schnell, deshalb will ich sie ...«

Butch stürzte sich von hinten auf den *Lesser* und umklammerte seinen Kopf und die Schultern wie ein Schraubstock. Der Jäger wurde völlig wild und wirbelte herum, und dabei schlug er nach Butchs Armen und Beinen. Als das nichts half, rammte er sie beide rückwärts so fest gegen das Haus, dass die Aluminiumverkleidung eine Delle bekam.

Butch blieb oben, den einen Unterarm fest auf die Speiseröhre des *Lessers* gedrückt, mit dem anderen sein Handgelenk nach hinten ziehend. Zur Sicherheit schlang er noch die Beine um die Hüften des Jägers, verschränkte die Knöchel und drückte mit den Oberschenkeln zu.

Es dauerte eine Weile, aber der Sauerstoffmangel und die Anstrengung verlangsamten den Untoten schließlich.

Bis die Knie des *Lessers* allerdings endlich langsam einknickten, wusste Butch, wie sich eine Flipperkugel fühlen musste. Er war gegen die Hauswand geknallt worden, dann gegen den Türpfosten, und jetzt standen sie im Flur, und er wurde in dem engen Raum hin und her geschleudert. Sein Gehirn kreiste im freien Fall durch seinen Schädel, seine inneren Organe fühlten sich an wie Rührei, aber verdammt noch mal, er würde nicht loslassen. Je länger er den *Lesser* beschäftigt hielt, desto bessere Chancen hatten die Frauen zu entkommen …

Ach du Scheiße, jetzt war Karussell fahren angesagt. Die Welt drehte sich, und dann schlug zuerst Butch auf, und kurz darauf ging der *Lesser* auf ihm zu Boden.

Kein guter Platz. Jetzt war er derjenige, der keine Luft bekam.

Er zog ein Bein hervor und trat gegen die Wand, dann kroch er unter dem Untoten hervor. Leider drehte der Mistkerl sich auch herum, sodass die beiden auf dem orangefarbenen Teppich herumrollten. Schließlich verließen Butch die Kräfte.

Ohne große Mühe warf ihn der *Lesser* jetzt auf den Rücken, dann klemmte er Butch unter sich fest und machte ihn bewegungsunfähig.

Okay … jetzt wäre ein Superzeitpunkt für V, auf der Bildfläche zu erscheinen.

Stattdessen sah der *Lesser* auf Butch herab und blickte ihm in die Augen, und alles wurde einfach immer langsamer. Kam zum Stillstand. Vollkommene Ruhe überkam ihn.

Eine andere Art von Schraubstock fesselte sie jetzt aneinander, aber dieses Mal waren es ineinander verkeilte Blicke, und Butch hatte die Kontrolle, obwohl er unten lag. Der *Lesser* wurde völlig starr, und Butch folgte einfach seinem Instinkt.

Was bedeutete, er öffnete den Mund und begann, langsam einzuatmen.

Aber er nahm keine Luft in sich auf. Er nahm den Vampirjäger in sich auf. Absorbierte ihn. Verschlang ihn. Es war wie neulich in der kleinen Straße, aber jetzt kam ihm niemand dazwischen. In einem endlosen Zug saugte Butch immer weiter, ein schwarzer Schatten strömte aus den Augen und der Nase und dem Mund des *Lesser* heraus und in Butch hinein.

Der sich fühlte wie ein Ballon, der sich mit Smog füllt. Der sich fühlte, als lege er sich die Hülle des Feindes um.

Als es vorbei war, zerfiel der Körper des *Lesser* einfach zu Asche. Der feine Staub aus grauen Partikeln rieselte auf Butchs Gesicht, seine Brust, seine Beine.

»Ach du Scheiße.«

Völlig verzweifelt wandte Butch den Blick ab. V kam gerade zur Vordertür herein und klammerte sich am Rahmen fest, als hielte ihn allein das Haus aufrecht.

»O Gott.« Butch rollte sich auf die Seite, der hässliche Teppich kratzte über seine Haut. Ihm war ekelhaft schlecht, und sein Hals brannte, als hätte er stundenlang einen Scotch nach dem anderen gekippt. Aber schlimmer noch, das Böse war wieder in ihm, floss in seinen Adern.

Als er durch die Nase atmete, roch er Talkum. Und wusste, dass er das war, und nicht etwa die Überreste des *Lessers*.

»V …«, begann er hilflos, »was habe ich da gerade gemacht?«

»Ich weiß es nicht, Bulle. Ich habe keine Ahnung.«

Zwanzig Minuten später bugsierte Vishous sich und seinen Mitbewohner in den Escalade und verriegelte alle Türen. Während er eine Nummer in sein Handy tippte und sich das Telefon ans Ohr hielt, beäugte er Butch. Der Ex-Cop sah total elend aus, als wäre er gleichzeitig seekrank, hätte die Mutter aller Jetlags und bekäme eine Grippe. Und er stank nach Talkum, schwitzte den Duft aus jeder Pore aus.

Noch bevor am anderen Ende der Leitung abgehoben wurde, startete V den Wagen, legte den Gang ein und dachte an die Voodooaktion, die Butch da gerade mit dem *Lesser* veranstaltet hatte.

Um es mit den Worten des Bullen zu sagen: *Heilige Maria, Mutter Gottes.*

Mann ... diese Saugnummer war eine Wahnsinnswaffe. Aber die Nebenwirkungen waren unabsehbar.

Wieder blickte V zur Seite. Und stellte fest, dass er sich vergewissern wollte, dass Butch ihn nicht betrachtete, wie ein *Lesser* ihn betrachten würde.

Scheißdreck.

»Wrath?« Endlich hatte jemand abgehoben. »Hör mal, ich – Mist ... unser Knabe hier hat sich gerade einen *Lesser* reingezogen. Nein, nicht Rhage. Butch. Ja, *Butch*. Was? Nein, ich hab zugeschaut, wie er ... den Burschen eingesaugt hat. Ich weiß nicht wie, aber der *Lesser* hat sich buchstäblich in Staub aufgelöst. Nein, es war kein Messer im Spiel. Er hat den verdammten Typen *inhaliert*. Jedenfalls gehe ich auf Nummer sicher und fahre ihn jetzt in meine Wohnung, damit er sich ausschlafen kann. Danach komme ich nach Hause. Genau ... Nein, ich habe keinen Schimmer, wie er das gemacht hat, aber ich werde euch haarklein davon berichten, wenn ich da bin. Ja. Genau. M-hm. Ja, es geht mir *gut*, und hör auf, mich das zu fragen, zum Henker. Ciao.«

Als er auflegte und das Handy auf das Armaturenbrett warf, wehte Butchs Stimme schwach und heiser zu ihm herüber. »Ich bin froh, dass du mich nicht nach Hause bringst.«

»Ich wünschte, ich könnte es.« V holte eine Selbstgedrehte aus der Tasche und zündete sie gierig an. Er öffnete das Fenster einen Spalt. »Lieber Himmel, Butch, woher wusstest du, dass du das kannst?«

»Ich wusste es nicht.« Er hüstelte, als täte ihm der Hals weh. »Gib mir einen von deinen Dolchen.«

V runzelte die Stirn und sah seinen Mitbewohner an. »Wozu?«

»Gib ihn mir einfach.« Als V immer noch zögerte, schüttelte Butch traurig den Kopf. »Ich werde mich nicht auf dich stürzen, das schwöre ich beim Leben meiner Mutter.«

Sie mussten an einer roten Ampel halten, und V schob den Sicherheitsgurt beiseite, um einen der Dolche aus dem Brusthalfter ziehen zu können. Dann reichte er Butch die Waffe mit dem Griff zuerst und wandte den Blick wieder auf die Straße. Ein Seitenblick zeigte ihm, dass Butch den Ärmel hochgekrempelt hatte und sich auf der Innenseite des Unterarms mit der Klinge ritzte. Beide betrachteten, was hervorquoll.

»Ich blute wieder schwarz.«

»Tja ... keine echte Überraschung.«

»Ich rieche auch wie sie.«

»Stimmt.« Mann, V gefiel es überhaupt nicht, wie der Bulle den Dolch anstarrte. »Wie wär's, wenn du mir mal die schwarze Klinge zurückgibst, Kumpel?«

Butch gehorchte, und V wischte das Messer an der Lederhose ab, bevor er es wieder in den Schaft steckte.

Jetzt schlang Butch die Arme um seinen Körper. »Ich will nicht in Marissas Nähe sein, wenn ich so bin, okay?«

»Kein Problem. Ich kümmere mich um alles.«

»V?«

»Was denn?«

»Ich würde eher sterben, als dich verletzen.«

Vs Blick schnellte quer über den Sitz. Das Gesicht des Polizisten war finster, die braunen Augen todernst, die Worte kein bloßer Ausdruck eines Gedankens, sondern ein Schwur: Butch O'Neal war bereit, sich aus dem Spiel des

Lebens zu verabschieden, falls es kritisch wurde. Und er war auch absolut in der Lage dazu.

Wieder zog V an seiner Zigarette, bemüht, sich nicht noch enger an den Menschen zu binden. »Dazu wird es hoffentlich nicht kommen.«

Bitte, gütige Jungfrau, lass es nicht dazu kommen.

19

Marissa lief zum wiederholten Male in der Bibliothek der Bruderschaft einen Kreis ab und landete schließlich vor dem Fenster, das auf Terrasse und Pool blickte.

Der Tag musste warm gewesen sein, dachte sie. Es waren Löcher in den Schnee geschmolzen, durch die man den schwarzen Schiefer der Terrasse und die braune Erde des Rasens erkennen ...

Ach, wer zum Henker interessierte sich schon für die Landschaft.

Butch war nach dem Ersten Mahl weggefahren, er müsse kurz etwas erledigen, hatte er gesagt. Was völlig okay war. Super. Gar kein Problem. Aber das war vor zwei Stunden gewesen.

Blitzschnell drehte sie sich um, als jemand den Raum betrat. »Butch – o, du bist es.«

Vishous stand da, ein Vollblutkrieger, eingerahmt von dem prächtigen vergoldeten Blätterschmuck des Türrahmens.

Gütige Jungfrau im Schleier ... seine Miene war völlig ausdruckslos. So ein Gesicht setzte man auf, wenn man schlechte Nachrichten zu überbringen hatte.

»Sag mir, dass er noch lebt«, bat sie. »Rette auf der Stelle mein Leben, und sag mir, dass er noch lebt.«

Vishous nickte. »Er lebt.«

Vor Erleichterung gaben ihre Knie nach. »Aber er kommt nicht, oder?«

»Nein.«

Abwesend bemerkte sie, dass er zu seiner schwarzen Lederhose ein edles weißes Hemd trug. Turnbull & Asser. Sie erkannte den Schnitt. Butch trug so etwas.

Marissa legte sich einen Arm um die Taille, überwältigt von Vishous, obwohl er sich am anderen Ende des Raumes befand. Er wirkte so gefährlich – und zwar nicht wegen der Tätowierungen an der Schläfe oder dem schwarzen Ziegenbärtchen oder dem furchterregenden Körper. Der Bruder war durch und durch kalt, und jemand, der so unnahbar war, war zu allem fähig.

»Wo ist er?«, wollte sie wissen.

»Es geht ihm gut.«

»Warum ist er dann nicht hier?«

»Nur ein kurzer Kampf.«

Ein kurzer Kampf. Wieder gaben ihre Knie nach, als Erinnerungen an Butchs Krankenlager über sie hereinbrachen. Sie sah ihn in dem Krankenhauskittel zwischen den weißen Laken liegen, zerschunden, dem Tode nah. Verseucht von etwas Bösem.

»Ich will ihn sehen.«

»Er ist nicht hier.«

»Ist er bei meinem Bruder?«

»Nein.«

»Und du wirst mir nicht sagen, wo er ist, oder?«

»Er wird dich bald anrufen.«

»Hatte es etwas mit den *Lessern* zu tun?« Doch Vishous blickte sie nur weiterhin an, und ihr Herz fing an zu rasen. Sie könnte nicht ertragen, wenn Butch in diesen Krieg hineingezogen würde. *Seht doch nur, was man ihm schon angetan hat.* »Gottverdammt, sag es mir, wenn es mit den Jägern zu tun hatte, du selbstgefälliger Mistkerl.«

Nichts als Schweigen. Was natürlich ihre Frage beantwortete. Und außerdem darauf schließen ließ, dass es Vishous egal war, ob sie eine gute Meinung von ihm hatte.

Nun raffte Marissa ihre Röcke und marschierte auf den Bruder zu. Sie musste den Kopf in den Nacken legen, um ihm in die Augen zu sehen. Gott, diese Augen, diese diamantweißen Augen mit den mitternachtsblauen Linien um die Iris herum. Kalt. So bitterkalt.

Sie bemühte sich, ihr Zittern zu verbergen, doch es entging ihm nicht.

»Hast du Angst vor mir, Marissa?«, fragte er. »Was genau glaubst du, würde ich mit dir machen?«

Sie überging seine Frage. »Ich will nicht, dass Butch kämpft.«

Eine schwarze Augenbraue wurde hochgezogen. »Das liegt nicht in deiner Entscheidung.«

»Es ist zu gefährlich für ihn.«

»Nach heute Abend bin ich mir da nicht mehr so sicher.«

Das harte Lächeln des Bruders ließ sie einen Schritt rückwärts machen, doch die Wut bewahrte sie vor einem völligen Rückzug. »Kannst du dich noch an seinen Anblick im Krankenhaus erinnern? Du hast doch gesehen, was sie ihm beim letzten Mal angetan haben. Ich dachte, er würde dir etwas bedeuten.«

»Wenn er von Nutzen sein kann und bereit dazu ist, dann wird er auch eingesetzt werden.«

»In diesem Augenblick hasse ich die Bruderschaft«,

platzte es aus ihr heraus. »Und dich mag ich besonders wenig.«

Sie wollte an ihm vorbeigehen, doch seine Hand schnellte vor, hielt sie am Arm fest und zog sie an sich, ohne ihr allerdings wehzutun. Seine Augen wanderten über ihr Gesicht und ihren Hals, dann an ihrem Körper herunter.

Und in diesem Moment entdeckte sie das Feuer in ihm. Die vulkanische Hitze. Das innere Inferno, das vom Eis der Selbstbeherrschung eingemauert war.

»Lass mich los«, flüsterte sie mit pochendem Herzen.

»Das überrascht mich nicht.« Seine Entgegnung war ruhig, still wie ein scharfes Messer, das auf einen Tisch gelegt wird.

»W-was?«

»Du bist eine Frau von Wert. Deshalb solltest du mich nicht mögen.« Die glitzernden Augen verengten sich. »Weißt du, du bist wirklich die große Schönheit unserer Spezies.«

»Nein ... nein, das bin ich nicht.«

»O doch, das bist du.« Vishous' Stimme wurde tiefer und tiefer, weicher, bis sie nicht mehr sicher war, ob sie ihn hörte, oder die Worte nur in ihrem Kopf erklangen. »Butch wäre eine kluge Wahl für dich. Er würde sich gut um dich kümmern, wenn du ihn lassen würdest. Wirst du das, Marissa? Wirst du ihn ... für dich sorgen lassen?«

Seine Diamantaugen hypnotisierten sie, und sie spürte seinen Daumen über ihr Handgelenk streichen. Hin und her, bis ihr Herzschlag sich allmählich an den trägen Rhythmus des Streichelns anpasste.

»Beantworte meine Frage, Marissa.«

Sie schwankte. »Was ... was hast du gefragt?«

»Wirst du ihm erlauben, dich zu nehmen?« Vishous beugte sich herunter, bis sein Mund an ihrem Ohr lag. »Wirst du ihn in dir aufnehmen?«

»Ja ...«, hauchte sie. Ihr war sehr wohl bewusst, dass sie über Sex sprachen, doch im Augenblick war sie zu betört, um keine Antwort zu geben. »Ich werde ihn in mir aufnehmen.«

Die harte Hand lockerte den Griff, dann streichelte V ihren Arm, bewegte sich warm, stark über ihre Haut. Er senkte den Blick auf die Stelle, an der er sie berührte, einen Ausdruck tiefer Konzentration auf dem Gesicht. »Gut. Das ist gut. Ihr beide seid wunderschön zusammen. Eine wahre Inspiration.«

Damit drehte sich der Vampir auf dem Absatz um und stapfte aus dem Zimmer.

Desorientiert und geschockt taumelte sie zum Türrahmen und sah Vishous die Treppe hinaufgehen.

Ohne Vorwarnung blieb er stehen und drehte ihr ruckartig den Kopf zu. Ihre Hand schnellte zitternd an ihren Hals.

Vishous' Lächeln war so dunkel, wie seine Augen hell waren. »Komm schon, Marissa. Hast du wirklich geglaubt, ich würde dich küssen?«

Sie keuchte leise. Genau das war ihr in den Sinn ...

Vishous schüttelte den Kopf. »Du bist Butchs Frau, und egal, ob du am Ende mit ihm zusammenbleibst oder nicht, das wirst du für mich immer bleiben.« Er ging wieder weiter. »Außerdem bist du nicht mein Typ. Deine Haut ist zu weich.«

V betrat Wraths Arbeitszimmer und zog die Tür hinter sich zu. Die kleine Plauderei mit Marissa war in vielerlei Hinsicht verstörend gewesen. Zum einen hatte er seit Wochen niemandes Gedanken lesen können, ihre aber hatte er klar und deutlich vor sich gesehen. Oder vielleicht hatte er auch einfach nur wild geraten. Sehr wahrscheinlich Letzteres. Ihren untertassengroßen Augen nach zu urteilen, war sie eindeutig überzeugt davon gewesen, er würde seine Lippen auf ihren Mund pressen.

Falsch. Der Grund, warum er sie so angesehen hatte, war, dass er sie faszinierend fand. Nicht anziehend. Er wollte wissen, was genau an ihr Butch dazu brachte, ihr eine solche Liebe entgegenzubringen. Hatte es etwas mit ihrer Haut zu tun? Ihrem Körper? Der Schönheit ihres Gesichtes? Wie machte sie das?

Wie schaffte sie es, Butch an einen Ort mitzunehmen, an dem Sex Verbundenheit bedeutete?

V rieb sich die Brust, er spürte eine stechende Einsamkeit.

»Hallo? Bruder?« Wrath stützte sich mit seinen schweren Armen und den großen Händen auf dem zierlichen Schreibtisch ab. »Bist du hier, um Bericht zu erstatten, oder um Statue zu spielen?«

»Äh ... Sorry. Ich war abgelenkt.«

Vishous zündete sich eine Fluppe an und beschrieb den Kampf, ganz besonders den letzten Teil, als der *Lesser* sich in Luft aufgelöst hatte, dank seines Mitbewohners.

»Das gibt's doch nicht ...«, raunte Wrath.

V stellte sich neben den Kamin und warf die Kippe in die Flammen. »So etwas hab ich noch nie gesehen.«

»Geht es ihm gut?«

»Weiß nicht. Ich würde ihn ja zu Havers bringen, um ihn durchchecken zu lassen, aber wir können ihn unmöglich zurück in die Klinik schaffen. Jetzt im Moment ist er in meiner Wohnung. Sein Handy hat er dabei. Er ruft mich an, wenn die Lage sich verschlimmert, dann lasse ich mir was einfallen.«

Wraths Augenbrauen verschwanden unter der Sonnenbrille. »Wie überzeugt bist du, dass die *Lesser* ihn nicht aufspüren können?«

»Extrem überzeugt. In beiden Fällen war er es, der ihnen

gefolgt ist. Als hätte er sie gerochen oder so was. Wenn er näher kommt, dann scheinen sie ihn zu erkennen, aber er macht den ersten Schritt.«

Wrath betrachtete die Unterlagen auf seinem Schreibtisch. »Es gefällt mir nicht, dass er allein da draußen ist. Überhaupt nicht.«

Eine lange Pause entstand, dann sagte V: »Ich könnte ihn holen, und ihn nach Hause bringen.«

Wrath nahm die Sonnenbrille ab. Als er sich die Augen rieb, funkelte der Ring des Königs, der massive schwarze Diamant, an seinem Mittelfinger. »Wir haben Frauen im Haus, von denen eine schwanger ist.«

»Ich könnte ihn ja im Auge behalten und dafür sorgen, dass er in der Höhle bleibt. Ich könnte den Tunnelzugang versiegeln.«

»Zum Teufel.« Die Sonnenbrille kehrte an ihren angestammten Platz zurück. »Geh ihn holen. Bring unseren Menschen nach Hause.«

Für Van war der schauerlichste Teil seiner Einführung in die Gesellschaft der *Lesser* nicht die körperliche Umwandlung, oder Omega, oder dass er nicht freiwillig teilnahm. Nicht, dass all dies nicht entsetzlich gewesen wäre. Das war es durchaus. Du lieber Himmel … zu wissen, dass das Böse tatsächlich existierte und herumlief und … Leuten Dinge antat war ein totaler Schock.

Aber das war nicht der schauerlichste Teil.

Grunzend hob Van den Kopf von der schlichten Matratze, auf der er Gott weiß wie lange gelegen hatte. Er sah an seinem Körper herunter, streckte den Arm aus, betastete seinen Schulteransatz und zog den Arm dann wieder an.

Nein, der schauerlichste Teil war gewesen, dass er – als er endlich fertig damit war, sich zu übergeben, und wieder Luft bekam – sich nicht mehr richtig erinnern konnte, warum er eigentlich ursprünglich gar nicht mitmachen wollte. Denn die Kraft war in seinen Körper zurückgekehrt; die wilde Energie seiner jungen Jahre hatte wieder Einzug in seine Knochen gehalten. Dank Omega war er in sich selbst zurückgekehrt, war nicht länger ein heruntergekommener, zerrütteter Schatten seiner selbst. Klar, die Mittel waren der blanke Horror gewesen. Aber der Zweck ... war herrlich.

Wieder beugte er seinen Bizeps, genoss das Gefühl der Muskeln und Knochen.

»Sie lächeln«, bemerkte Xavier, als er in den Raum trat.

Van sah auf. »Mir geht es großartig. Echt ... richtig ... großartig.«

Xaviers Blick war abwesend. »Lassen Sie es sich nicht zu Kopf steigen. Und hören Sie mir gut zu. Sie bleiben in meiner Nähe. Sie gehe nirgendwohin ohne mich hin. Haben Sie das verstanden?«

»Ja. Klar.« Van stellte die Beine auf den Fußboden. Er konnte es kaum erwarten, loszurennen und auszuprobieren, wie sich das anfühlte.

Als er aufstand, trug Xavier einen merkwürdigen Gesichtsausdruck zur Schau. Frustriert?

»Was ist denn?«, wollte Van wissen.

»Ihre Einführung war so ... normal.«

Normal? Für ihn war es alles andere als normal gewesen, das Herz herausgerissen zu bekommen und sein Blut gegen etwas einzutauschen, das wie Teer aussah. Und verflucht noch mal, Van wollte sich auf gar keinen Fall den Spaß verderben lassen. Die Welt war wieder frisch und neu, soweit es ihn betraf. Er war wiedergeboren.

»Tut mir leid, Sie zu enttäuschen«, murmelte er.

»Ich bin nicht enttäuscht von Ihnen. Noch nicht.« Xavier sah auf die Uhr. »Ziehen Sie sich an. In fünf Minuten geht es los.«

Van ging ins Badezimmer und stellte sich vor die Kloschüssel, nur um festzustellen, dass er nicht musste. Und er hatte auch weder Hunger noch Durst.

Gut, das war schon merkwürdig. Es schien ihm unnatürlich, nicht dem üblichen morgendlichen Ablauf zu folgen.

Er beugte sich vor und betrachtete sein Spiegelbild über dem Waschbecken. Seine Gesichtszüge waren noch dieselben, doch seine Augen hatten sich verändert.

Ein leichtes Unbehagen schlich sich ein, er rubbelte sich über das Gesicht, um sich zu überzeugen, dass er noch aus Fleisch und Blut bestand. Als er die Knochen seines Schädels durch die Haut spürte, musste er an Richard denken.

Der zu Hause bei Frau und Kindern war. In Sicherheit.

Van würde keinerlei Kontakt mehr zu seiner Familie haben. Niemals wieder. Aber für das Leben seines Bruders schien ihm das ein fairer Tausch zu sein. Väter waren wichtig.

Außerdem war er doch auch für sein Opfer entschädigt worden. Sein spezielles Etwas war wieder da und bereit für einen neuen Tag.

»Fertig?«, rief Xavier aus dem Flur.

Van schluckte heftig. Mann, auf was auch immer er sich da eingelassen hatte – es war dunkler und tiefer als einfach nur das Leben eines Kriminellen. Er war jetzt ein Agent des Bösen, oder nicht?

Und das hätte ihn eigentlich mehr stören sollen.

Doch stattdessen genoss er seine Macht, und war mehr als bereit, sie auch auszuüben. »Ja, fertig.«

Van lächelte sein Spiegelbild an. Er hatte das Gefühl, als hätte sich sein ganz spezielles Schicksal erfüllt. Und er war genau der, der er sein musste.

20

Am darauf folgenden Abend stieg Marissa gerade aus der Dusche, als sie die Rollläden für die Nacht herunterfahren hörte.

Sie war so müde, aber es war ja auch ein hektischer Tag gewesen. Sehr hektisch.

Wobei es gut war, so viel zu tun zu haben. Es hatte sie davon abgehalten, ununterbrochen über Butch nachzugrübeln. Na ja, es hatte sie überwiegend abgelenkt. Okay, gelegentlich hatte es funktioniert.

Dass er wieder von einem *Lesser* verletzt worden war, machte dabei nur einen Teil ihrer Sorgen aus. Sie fragte sich, wo er war und wer sich um ihn kümmerte. Ihr Bruder natürlich nicht. Aber wen hatte Butch sonst noch?

Hatte er den Tag mit einer anderen Frau verbracht, wurde er von ihr gepflegt?

Sicher, Marissa hatte gestern Nacht mit ihm telefoniert, und er hatte die richtigen Sachen gesagt: Er hatte ihr beteuert, dass es ihm gut ginge. Hatte nicht gelogen, was den

Kampf mit dem *Lesser* betraf. Hatte ihr offen und ehrlich gesagt, dass er sie nicht sehen wolle, bis er sich wieder stabiler fühle. Und er hatte ihr gesagt, er wolle sie heute beim Ersten Mahl treffen.

Sie hatte angenommen, seine Zurückhaltung läge daran, dass er noch ziemlich mitgenommen war, wofür sie ihm keinen Vorwurf machen konnte. Aber erst, nachdem sie aufgelegt hatte, wurde ihr klar, was sie alles zu fragen versäumt hatte.

Angewidert von ihrer eigenen Unsicherheit stopfte sie ihr Handtuch in den Wäschekorb. Als sie sich wieder aufrichtete, wurde ihr so schwindlig, dass sie auf ihren bloßen Füßen ins Schwanken geriet und sich hinhocken musste. Sonst wäre sie in Ohnmacht gefallen.

Bitte lass diesen Hunger vorübergehen. *Bitte.*

Sie atmete tief durch, bis ihr Kopf wieder klar wurde, dann stand sie langsam auf und ging zum Waschbecken. Sie spritzte sich kaltes Wasser ins Gesicht. Sie wusste, dass sie eigentlich zu Rehvenge gehen müsste. Aber nicht heute. Heute Nacht musste sie mit Butch zusammen sein. Sie musste ihn sehen und sich vergewissern, dass es ihm gut ging. Und sie musste mit ihm sprechen. Er war jetzt wichtig, nicht ihre körperlichen Bedürfnisse.

Als sie sich wieder einigermaßen sicher auf den Beinen fühlte, zog sie sich das türkisblaue Kleid von Yves Saint Laurent an. Wie sie es hasste, dieses Kleid jetzt zu tragen. Daran hafteten so viele schlechte Erinnerungen, als wäre die Auseinandersetzung mit ihrem Bruder ein ekelhafter Geruch, der den Stoff durchdrang.

Das Klopfen, auf das sie gewartet hatte, ertönte exakt um sechs Uhr. Fritz stand vor der Zimmertür, er verbeugte sich lächelnd.

»Guten Abend, Herrin.«

»Guten Abend. Hast du die Unterlagen?«

»Wie Ihr es wünschtet.«

Sie nahm die Mappe entgegen, die er ihr hinhielt, und ging zum Sekretär, wo sie durch die Papiere blätterte und an mehreren Stellen unterschrieb. Als sie die Mappe wieder zuklappte, legte sie die Hand darauf. »Das ist so schnell vorbei.«

»Wir haben gute Anwälte, nicht wahr?«

Mit einem tiefen Seufzer gab sie ihm die Vollmacht und die Mietunterlagen zurück. Dann ging sie zum Nachttisch und holte das Brillantarmband, das sie getragen hatte, als sie auf dem Anwesen der Bruderschaft eintraf. Als sie dem *Doggen* das glitzernde Stück reichte, schoss ihr durch den Kopf, dass ihr Vater ihr den Schmuck vor über einhundert Jahren geschenkt hatte.

Niemals hätte er geahnt, wozu er benutzt werden würde. Der Jungfrau der Schrift sei Dank.

Jetzt runzelte der Butler die Stirn. »Der Herr wird das nicht gutheißen.«

»Ich weiß, aber Wrath war schon viel zu gut zu mir.« Die Brillanten funkelten auf ihren Fingerspitzen. »Fritz? Nimm bitte das Armband.«

»Der Herr heißt das aber wirklich nicht gut.«

»Er ist nicht mein Hüter. Also hat er das nicht zu entscheiden.«

»Er ist der König. Er hat alles zu entscheiden.« Trotzdem nahm Fritz das Schmuckstück entgegen.

Als er sich abwandte, wirkte der Butler so gramgebeugt, dass sie sagte: »Vielen Dank, dass du mir etwas Unterkleidung gebracht und diese Robe hast reinigen lassen. Das war sehr aufmerksam.«

Seine Miene erhellte sich ein wenig bei diesem Lob. »Vielleicht wünscht Ihr, dass ich noch einige andere Kleider für Euch aus den Koffern hole?«

Sie sah an ihrem Kleid herunter und schüttelte den Kopf.

»Ich werde nicht lange hierbleiben. Am besten packen wir nichts aus.«

»Wie Ihr wünscht, Herrin.«

»Danke, Fritz.«

Er zögerte noch. »Ihr solltet wissen, dass ich für Euer Rendezvous mit unserem Herrn Butch frische Rosen in die Bibliothek gestellt habe. Er bat mich, Euch damit eine Freude zu machen. Er schärfte mir ein, sie müssten einen so hübschen, blassen Goldton haben wie Euer Haar.«

Sie schloss die Augen. »Danke, Fritz.«

Butch spülte seinen Rasierer ab, klopfte ihn auf dem Waschbeckenrand ab und stellte das Wasser ab. Dem Spiegel zufolge hatte das Rasieren nicht viel geholfen; jetzt sah man seine Prellungen noch deutlicher, die sich langsam gelblich verfärbten. Mist. Er wollte für Marissa gut aussehen, besonders da die vergangene Nacht so katastrophal verlaufen war.

Geistesabwesend betrachtete er sein Spiegelbild und tippte sich auf den Vorderzahn, von dem ein Stückchen fehlte. Sehr witzig – wenn er so aussehen wollte, als verdiente er sie, bräuchte er kosmetische Chirurgie, eine Entgiftung und neue Zähne.

Egal. Es gab Wichtigeres, worüber er nachdenken musste, wenn er sie in zehn Minuten treffen sollte. Letzte Nacht am Telefon hatte sie furchtbar geklungen, und es sah fast so aus, als hätten sie sich wieder voneinander entfernt. Aber wenigstens war sie bereit, ihn überhaupt zu sehen.

Was ihn zu seiner großen Sorge führte. Er nahm das kleine scharfe Messer in die Hand, streckte seinen Arm aus und …

»Bulle, du wirst bald völlig durchlöchert sein, wenn du so weitermachst.«

Butch sah in den Spiegel. Hinter ihm lehnte V am Türrahmen, ein Glas Wodka in der einen, eine Zigarette in der anderen Hand. Türkischer Tabak würzte die Luft, ein durchdringender, männlicher Duft.

»Komm schon, V. Ich muss ganz sicher sein. Ich weiß, dass deine Hand Wunder wirkt, aber ...« Er zog die Klinge über seine Haut, dann schloss er aus Angst vor dem, was hervorquellen würde, die Augen.

»Es ist rot, Butch. Alles in Ordnung.«

Vorsichtig besah er sich den feuchten hellroten Streifen. »Wie kann ich mir aber sicher sein?«

»Du riechst nicht mehr wie ein *Lesser*, und das schon seit letzter Nacht.« V kam ins Badezimmer. »Und außerdem ...«

Bevor Butch reagieren konnte, packte V seinen Unterarm und leckte den Schnitt ab, wodurch die Wunde sich sofort schloss.

Hektisch riss Butch den Arm weg. »Himmel, V! Was, wenn das Blut verseucht ist!«

»Es ist in Ordnung. Völlig in ...« Unvermittelt schnappte Vishous nach Luft und ließ sich wie ein nasser Sack gegen die Wand fallen, die Augen rollten willenlos in den Höhlen herum.

»*O mein Gott ...!*« Entsetzt streckte Butch die Hand aus ...

Woraufhin V seine Vorstellung abbrach und seelenruhig einen Schluck aus seinem Glas nahm. »Alles in bester Ordnung, Bulle. Schmeckt völlig normal. Soll heißen, für einen Menschen ganz okay. Was jetzt nicht so mein Ding ist, wenn du verstehst, was ich meine.«

Butch holte aus und verpasste seinem Mitbewohner einen Faustschlag auf den Oberarm. Und als der Bruder fluchte, legte Butch noch einen Schlag nach.

V funkelte ihn an und rieb sich die Stelle. »Verflucht, Bulle.«

»Klappe, das hast du dir verdient.«

Er schob den Bruder beiseite und ging zum Schrank. Unschlüssig, was er anziehen sollte, schob er die Klamotten unsanft auf den Bügeln hin und her.

Er hielt inne. Kniff die Augen zu. »Was ist nur los, V, letzte Nacht war mein Blut schwarz. Jetzt ist es rot. Ist mein Körper so eine Art *Lesser*-Aufbereitungsanlage?«

V ließ sich aufs Bett fallen und lehnte den Kopf an die Wand, das Glas auf dem Oberschenkel balancierend. »Vielleicht. Ich weiß es nicht.«

O Mann, er hatte es so satt, sich so verloren zu fühlen. »Ich dachte, du weißt alles.«

»Das ist unfair, Butch.«

»Scheiße ... du hast recht. Tut mir leid.«

»Können wir die Entschuldigung weglassen, und ich darf dir dafür auch eine ballern?«

Beide brachen in Gelächter aus. Butch zwang sich zu einer Entscheidung und warf einen schwarzblauen Zegna-Anzug neben V aufs Bett. Dann durchwühlte er seine Krawatten. »Ich habe Omega getroffen, stimmt's? Das Ding in mir war ein Teil von ihm. Er hat mir etwas von sich eingepflanzt.«

»Ja. Das glaube ich zumindest.«

Plötzlich hatte Butch das dringende Bedürfnis, in die Kirche zu gehen und für seine Erlösung zu beten. »Wahrscheinlich werde ich nie wieder ganz normal werden, oder?«

»Vermutlich nicht.«

Butch betrachtete versunken seine Krawattenkollektion, überwältigt von den Farben und der Auswahl. Wie er so unentschlossen dastand, musste er aus irgendeinem Grund an seine Familie in Boston denken.

Apropos normal ... sie änderten sich auch nie, blieben unerbittlich gleich. Für den O'Neal-Klan hatte es ein zentrales Ereignis gegeben, und diese Tragödie hatte das Schachbrett der Familie hoch in die Luft geschleudert. Als die Teile wieder herunterfielen, waren die Figuren in Klebstoff gelandet: Nachdem Jane mit fünfzehn Jahren vergewaltigt und ermordet worden war, war jeder an seinem Platz geblieben. Und er war der Außenseiter am Rande, dem nicht verziehen wurde.

Um seinen Gedankengang zu unterbrechen, zog Butch eine blutrote Ferragamo vom Krawattenständer. »Also, was liegt bei dir heute an, Vampir?«

»Ich soll mir freinehmen.«

»Gut.«

»Nein, schlecht. Du weißt, dass ich es hasse, nicht zu kämpfen.«

»Du bist viel zu verspannt.«

»Ha.«

Butch warf ihm einen Blick über die Schulter zu. »Muss ich dich an heute Nachmittag erinnern?«

V senkte den Blick in sein Glas. »War doch nichts.«

»Du hast beim Aufwachen so laut geschrien, dass ich dachte, du wirst erschossen. Was zum Teufel hast du geträumt?«

»Nichts.«

»Versuch nicht, mich zu verscheißern, das nervt.«

V ließ den Wodka im Glas kreisen. Trank ihn aus. »Nur ein Traum.«

»Quatsch. Ich wohne seit neun Monaten mit dir zusammen, Kumpel. Wenn du überhaupt schläfst, bist du totenstill.«

»Kann schon sein.«

Butch ließ das Handtuch fallen, zog schwarze Boxershorts an und zog ein frisch gestärktes weißes Hemd aus dem Schrank. »Du solltest Wrath erzählen, was los ist.«

»Wie wär's, wenn wir nicht darüber sprechen.«

Jetzt zog Butch das Hemd über, knöpfte es zu, dann

nahm er die Hose mit den Nadelstreifen vom Bügel. »Ich meine ja bloß ...«

»Lass stecken, Bulle.«

»Meine Güte, du bist aber auch ein verschwiegener Bengel. Aber wenn du mit jemandem reden willst, ich bin für dich da, okay?«

»Halt besser nicht die Luft an, bis es so weit ist. Aber ... trotzdem danke.« V räusperte sich. »Übrigens, ich habe mir letzte Nacht eines deiner Hemden geliehen.«

»Kein Problem. Ich kann es nur nicht ausstehen, wenn du meine Socken klaust.«

»Ich wollte deine Freundin nicht in Kampfmontur treffen. Und was anderes besitze ich ja nicht.«

»Sie hat erzählt, dass du mit ihr gesprochen hast. Ich glaube, du machst sie nervös.«

V nuschelte etwas wie »Das sollte wohl auch so sein.«

Butch wandte sich um. »Was hast du gesagt?«

»Nichts.« Blitzschnell stand V vom Bett auf und ging zur Tür. »Pass auf, ich werde heute Nacht in meinem Penthouse abhängen. Hier allein zu sein, während alle anderen bei der Arbeit sind, ist nichts für mich. Wenn du mich brauchst, weißt du ja, wo du mich findest.«

»V.« Als sein Mitbewohner stehen blieb und sich umsah, sagte Butch: »Danke.«

»Wofür?«

Butch hob den Arm mit der kaum noch sichtbaren Wunde. »Du weißt schon.«

V zuckte nur die Achseln. »Ich dachte mir, so bist du beruhigt, wenn du in ihre Nähe kommst.«

John lief durch den unterirdischen Tunnel, seine Schritte hallten so laut wie ein Trommelwirbel, was ihm heftiger als alles andere bewusst machte, wie allein er war.

Sein einziger Gefährte war seine Wut. Sie war jetzt immer

bei ihm, so nah wie seine eigene Haut, sie umhüllte ihn von Kopf bis Fuß. Mann, er konnte es kaum erwarten, bis der Unterricht heute endlich anfing, um etwas von der Wut abzureagieren. Er war fahrig, gehetzt, ruhelos.

Aber vielleicht lag es auch zum Teil daran, dass er auf seinem Weg zum Haupthaus immer daran denken musste, wie er diesen Gang zum ersten Mal mit Tohr betreten hatte. Damals war er so nervös gewesen, und den Mann neben sich zu wissen, hatte ihm ein Gefühl von Sicherheit gegeben.

Genau heute vor drei Monaten war alles zerstört worden. Vor drei Monaten waren der Mord an Wellsie und der Mord an Sarelle und Tohrs Verschwinden ausgeteilt worden wie Tarotkarten mit schlechten Nachrichten. Zack. Zack. Zack.

Und die Nachwirkungen waren eine ganz besondere Form der Hölle. Ein paar Wochen nach der Tragödie hatte John immer noch damit gerechnet, dass Tohr zurückkehren würde. Er hatte gewartet, gehofft, gebetet. Aber ... nichts. Kein Lebenszeichen, kein Telefonat, kein ... gar nichts.

Tohr war tot. Er musste tot sein.

Als John die flachen Stufen zum Haus hinaufstieg, konnte er den Gedanken nicht ertragen, durch die verborgene Tür in die Eingangshalle zu gehen. Er hatte absolut keine Lust auf dieses Essen. Wollte keinen sehen. Wollte nicht am Tisch sitzen. Aber so sicher wie das Amen in der Kirche würde Zsadist ihn holen kommen. Der Bruder hatte ihn in den vergangenen Tagen zu den Mahlzeiten buchstäblich ins Haus geschleift. Was für beide peinlich und ärgerlich war.

Also zwang sich John die Treppe hinauf und ins Haus. Für ihn waren die blendend bunten Farben der Halle eine Beleidigung des Auges, nicht mehr länger ein Fest für die Sinne. Mit gesenktem Kopf lief er zum Speisezimmer. Als er unter dem prächtigen Bogen hindurchschritt, sah er, dass der Tisch gedeckt war, aber noch niemand saß. Und er roch Lammbraten – Wraths Lieblingsessen.

Johns Magen knurrte gierig, aber darauf fiel er nicht herein. In letzter Zeit bekam er sofort Krämpfe, wenn er einen Bissen schluckte, egal wie hungrig er war. Selbst bei dem speziell für Vampire vor der Transition zubereiteten Essen. Und er sollte extra viel essen, um sich für die Wandlung zu stärken? Aber sicher doch.

Als er leichte, eilige Schritte hörte, wandte er den Kopf in die Richtung, aus der sie kamen. Jemand rannte über die Balustrade im ersten Stock.

Dann wehte Gelächter von oben herab. Herrliches weibliches Gelächter.

Er schielte durch den Türbogen die Freitreppe hinauf.

Bella tauchte oben auf dem Treppenabsatz auf, atemlos, lächelnd, den schwarzen seidenen Morgenmantel in der Hand gerafft. Kurz vor den Stufen verlangsamte sie ihre Schritte und blickte über die Schulter, das lange dunkle Haar schwang auf ihrem Rücken.

Das darauf folgende Stampfen war schwer und weiter entfernt, doch es wurde immer lauter, bis es klang, als fielen Felsbrocken zu Boden. Offenbar hatte Bella darauf gewartet. Sie stieß ein Kichern aus, hob ihren Morgenmantel noch höher und jagte die Treppe hinunter, ihre bloßen Füße schienen die Stufen kaum zu berühren. Unten angekommen, trat sie auf den Mosaikfußboden und wirbelte genau in dem Augenblick herum, als Zsadist oben im Flur erschien.

Der Bruder entdeckte sie und rannte direkt auf die Treppe zu. Mit den Händen umklammerte er das Geländer, schwang die Füße seitlich herum und stieß sich ab. Den Kopf voraus, die Arme ausgebreitet, flog er in die Luft – nur, dass er nicht in ein Schwimmbecken sprang, sondern ein Stockwerk tief auf den Steinboden.

Johns Hilferuf blieb stumm, ein anhaltender Luftstrom ...

Der abbrach, als Zsadist sich mitten im Sprung dematerialisierte. Ein paar Meter vor Bella, die mit leuchtenden Augen die Show bewunderte, nahm er wieder Gestalt an.

Wohingegen Johns Herz vor Schreck laut hämmerte ... und dann noch aus einem anderen Grund pochte.

Bella lächelte ihren Partner an, ihr Atem ging immer noch heftig, die Hände umklammerten weiterhin den Morgenmantel, die Augen schimmerten einladend. Und Zsadist folgte dem Ruf, er schien immer größer zu werden, als er auf sie zukam. Der Bindungsduft des Bruders erfüllte die Eingangshalle, genau wie sein tiefes, löwenartiges Knurren. In diesem Moment war er ... ein sehr sinnliches Tier.

»Du wirst wohl gern gejagt, *Nalla*.« Zs Stimme war jetzt so tief, dass sie verzerrt klang.

Bellas Lächeln wurde noch breiter, während sie in eine Ecke zurückwich. »Vielleicht.«

»Dann lauf doch noch ein bisschen.« Die Worte klangen dunkel, und selbst John nahm die erotische Drohung darin wahr.

Bella rannte los, um ihren Gefährten herum und Richtung Billardzimmer. Z verfolgte sie wie eine Beute, kreiselte herum, die Augen immer fest auf das wehende Haar und die anmutige Figur seiner Frau geheftet. Als seine Lippen sich über den Fängen öffneten, verlängerten sich die Eckzähne. Und das war nicht seine einzige Reaktion auf seine *Shellan*.

Auf Hüfthöhe presste sich eine Erektion von der Größe eines Baumstamms gegen seine Lederhose.

Z warf John einen raschen Blick zu, dann wandte er sich wieder seiner Jagd zu und verschwand im Billardzimmer. Das pulsierende Knurren wurde lauter, durch die offene Tür hörte man ein entzücktest Quieken, ein Gerangel, ein weibliches Keuchen und dann ... nichts.

Er hatte sie eingefangen.

John stützte die Hand gegen die Wand, er war ins Taumeln geraten, ohne es zu bemerken. Als er daran dachte, was die beiden gerade zweifelsohne taten, wurde sein Körper merkwürdig schwerelos und ein bisschen kribbelig. Als würde etwas in ihm aufwachen.

Einen Augenblick später kam Zsadist mit Bella auf den Armen wieder heraus, ihr dunkles Haar fiel ihm über die Schulter, während sie sich in seine Umarmung kuschelte. Ihr Blick war auf Zs Gesicht gerichtet, und er passte auf, wo er hintrat. Sie strich über seine Brust, die Lippen zu einem sehr vertraulichen Lächeln verzogen.

Am Hals hatte sie eine Bisswunde, eine, die definitiv vorher noch nicht da gewesen war, und Bellas Zufriedenheit angesichts des Hungers in der Miene ihres *Hellren* war bezwingend. Instinktiv wusste John, dass Zsadist oben zwei Dinge zu Ende bringen würde: Der Bruder würde sich an ihrem Hals und zwischen ihren Beinen laben. Vermutlich beides gleichzeitig.

O Gott, wie John sich diese Art von Verbundenheit wünschte.

Doch was war mit seiner Vergangenheit? Selbst wenn er die Transition überstehen würde – wie sollte er jemals so unbefangen und vertrauensvoll im Umgang mit einer Frau sein? Richtige Männer hatten nicht erlebt, was er erlebt hatte, waren nicht mit einem Messer zu scheußlicher Unterwerfung gezwungen worden.

Man musste sich doch nur Zsadist ansehen. So stark, so mächtig. Frauen standen auf so was, nicht auf Schwächlinge wie John. Denn eins stand außer Frage. Egal, wie groß Johns Körper werden würde, er bliebe immer ein Schwächling, auf ewig gekennzeichnet durch das, was man ihm angetan hatte. Er wandte sich ab und ging zum Esstisch, setzte sich allein zwischen all das Porzellan und Silber und Kristall und Kerzenlicht.

Aber allein zu sein, war schon okay, befand er.

Allein war sicher.

21

Während Fritz oben Marissa abholte, wartete Butch in der Bibliothek und dachte daran, was für ein guter Kerl der *Doggen* doch war. Als Butch ihn um einen Gefallen gebeten hatte, war der alte Mann entzückt gewesen, sich darum kümmern zu dürfen. Obwohl es eine eigenartige Bitte gewesen war. Nun wehte der Duft einer Meeresbrise in den Raum und Butchs Körper reagierte unmittelbar und deutlich erkennbar darauf. Im Umdrehen zog er seine Jacke vorne zusammen.

Du meine Güte, sie war so wunderschön in diesem türkisblauen Kleid. »Hey, Baby.«

»Hallo Butch.« Marissas Stimme war leise, unsicher strich sie sich mit der Hand das Haar glatt. »Du siehst … gut aus.«

»Ja, mir geht es auch gut.« Was dank Vs heilender Hand auch stimmte.

Lange Zeit sagte keiner von beiden etwas. Dann fragte er: »Ist es okay, wenn ich dich korrekt begrüße?«

Auf ihr Nicken hin ging er zu ihr und nahm ihre Hand. Ihre Handfläche war eiskalt, als er sich darüberbeugte und sie küsste. War sie nervös? Oder krank?

Er zog die Brauen zusammen. »Marissa, möchtest du dich ein paar Minuten hinsetzen, bevor wir zum Essen gehen?«

»Ja, bitte.«

Er führte sie zu einer mit Seide bezogenen Couch und bemerkte, dass ihre Hand leicht zitterte, als sie ihren Rock raffte und sich neben ihn setzte.

Er drehte ihren Kopf zu sich herum. »Sprich mit mir.« Da sie nicht sofort reagierte, drängte er sie. »Marissa, dich bedrückt doch etwas, oder?«

Sie zögerte noch. »Ich möchte nicht, dass du gemeinsam mit der Bruderschaft kämpfst.«

Also das war es. »Marissa, letzte Nacht war ein unvorhergesehener Zwischenfall. Ich kämpfe nicht. Ehrlich nicht.«

»Aber V sagte, wenn du bereit wärst, würde man dich einsetzen.«

Na so was. Das hörte er zum ersten Mal. Seinen Informationen nach war es vergangene Nacht darum gegangen, seine Loyalität zu testen; nicht darum, ihn als regulären Spieler aufs Feld zu bringen. »Hör mal, die Brüder haben sich die letzten neun Monate die größte Mühe gegeben, mich aus den Kämpfen *heraus*zuhalten. Auf die Sache mit den *Lessern* lasse ich mich nicht ein. Das ist nicht meine Baustelle.«

Ihre Anspannung ließ etwas nach. »Ich kann nur den Gedanken nicht ertragen, du könntest wieder verletzt werden.«

»Darüber musst du dir keine Sorgen machen. Die Bruderschaft zieht ihr Ding durch, das hat mit mir wenig zu tun.« Er klemmte ihr eine Strähne hinter das Ohr. »Gibt es sonst noch etwas, worüber du mit mir sprechen willst?«

»Ich hätte da wirklich eine Frage.«

»Bitte, frag.«

»Ich weiß nicht, wo du wohnst.«

»Hier. Ich wohne hier.« Sie wirkte verwirrt, daher deutete er mit dem Kopf auf die offene Bibliothekstür. »Im Pförtnerhäuschen gegenüber. Ich wohne mit V zusammen.«

»Ach – und wo warst du letzte Nacht?«

»Da drüben. Aber ich habe mein Zimmer nicht verlassen.«

Sie runzelte die Stirn. Dann platzte sie heraus: »Hast du andere Frauen?«

Als könnte ihr eine das Wasser reichen. »Nein! Warum fragst du das?«

»Du hast noch nicht bei mir gelegen, und du bist ein Mann mit offensichtlichen ... Bedürfnissen. Selbst jetzt hat sich dein Körper verändert, er ist hart und groß geworden.«

Mist. Er hatte sich bemüht, die Erektion zu verstecken, ehrlich. »Marissa ...«

»Sicherlich musst du dir regelmäßig Erleichterung verschaffen? Dein Körper ist *phearsom*.«

Das klang ja nicht so gut. »Bitte was?«

»Mächtig und kraftvoll. Würdig, in eine Frau einzudringen.«

Butch schloss die Augen und dachte, dass seine Würde sich gerade alle Mühe gab, sich der Lage gewachsen zu zeigen. »Marissa, es gibt keine außer dir. Niemanden. Wie sollte es?«

»Die Männer meiner Spezies können sich mehr als eine Partnerin nehmen. Ich weiß nicht, ob Menschen ...«

»Ich nicht. Nicht bei dir. Ich kann mir überhaupt nicht vorstellen, mit einer anderen Frau zusammen zu sein. Ich meine, könntest du einen anderen haben?«

Das darauf folgende Zögern jagte ihm einen eiskalten Schauer über den Rücken, vom Hintern bis zur Schädelbasis. Und während er fast ausflippte, nestelte sie an ihrem extravaganten Rock herum. Scheiße, jetzt wurde sie auch noch rot.

»Ich möchte mit keinem anderen zusammen sein«, flüsterte sie.

»Was verheimlichst du mir, Marissa?«

»Es gibt da jemanden, den ich ... getroffen habe.«

In Butchs Kopf gingen einige Fehlzündungen los, so als wären die Nervenbahnen verstopft, und es führten keine funktionierenden Straßen mehr durch sein Gehirn. »Was genau heißt ›getroffen‹?«

»Es ist völlig harmlos, Butch. Das schwöre ich dir. Er ist ein Freund, aber er ist eben auch ein Mann, und deshalb erzähle ich dir das.« Sie legte eine Hand auf sein Gesicht. »Du bist der, den ich will.«

Ihr feierlicher Blick überzeugte ihn von der Wahrheit dessen, was sie da sagte. Aber verflucht noch mal, trotzdem fühlte er sich, als hätte man ihm einen ordentlichen Schlag mit dem Hammer verpasst. Was lächerlich war und kleinkariert und ... o Gott, sie mit einem anderen, das hielt er einfach nicht aus ...

Reiß dich zusammen, O'Neal. Komm wieder auf den Teppich, Kumpel. Und zwar sofort.

»Gut«, sagte er. »Ich möchte der sein, den du willst. Der Einzige.«

Entschlossen schob er all den Eifersuchtsquatsch beiseite, küsste ihre Hand ... und war erstaunt über das heftige Zittern darin.

Er strich über die kalten Finger. »Warum zitterst du denn so? Bist du aufgeregt oder krank? Brauchst du einen Arzt?«

Sie tat die Bemerkung mit einer Geste ab, die deutlich weniger elegant als üblich war. »Ich komme schon klar. Mach dir keine Sorgen.«

Und wie er das tat. Sie wirkte geschwächt, die Augen geweitet, die Bewegungen unkoordiniert. Krank, sie war eindeutig krank.

»Wie wäre es, wenn ich dich wieder nach oben bringe, Süße? Ich würde nur sehr ungern auf unser Zusammensein verzichten, aber du siehst nicht aus, als wärest du fit für eine Abendgesellschaft. Und ich kann dir ja etwas zu essen aufs Zimmer bringen.«

Sie ließ die Schultern sinken. »Ich hatte gehofft ... Ja, ich glaube, das wäre am besten.«

Unsicher stand sie auf. Er hielt sie am Arm fest und verfluchte ihren Bruder im Geiste. Wenn sie medizinische Hilfe bräuchte, wohin sollte er sie dann bringen?

»Komm schon, Baby, stütz dich auf mich.«

Ganz langsam führte er sie in den ersten Stock hinauf, dann an Rhage und Marys Zimmer vorbei, weiter an Phurys Tür vorüber und noch weiter, bis sie das Eckzimmer erreichten, in dem sie untergebracht war.

Sie legte die Hand auf den Messingknauf. »Es tut mir leid, Butch. Ich wollte dich heute Nacht unbedingt sehen. Ich dachte, ich hätte mehr Kraft.«

»Darf ich bitte einen Arzt rufen?«

Ihre Augen waren glasig, aber seltsam unbesorgt, als sie ihn anblickte. »Es ist nichts, was ich nicht allein in den Griff bekäme. Und sehr bald wird es mir wieder gut gehen.«

»Aber ... ich möchte mich so gern um dich kümmern.«

Sie lächelte. »Kein Kindermädchen, schon vergessen?«

»Zählt es auch, wenn ich es nur meiner eigenen Beruhigung dient?«

»Ja.«

Als sie einander in die Augen sahen, ergriff ein machtvoller Gedanke Besitz von seinem Hirn: Er liebte diese Frau. Er liebte sie wie wahnsinnig.

Und er wollte, dass sie es wusste.

Zart strich er ihr mit dem Daumen über die Wange. Es war wirklich ein Jammer, dass er nicht die Gabe des Wortes besaß. Er wollte etwas Kluges und Liebevolles sagen, seine frohe Botschaft vorsichtig ankündigen. Doch in seinem Kopf herrschte völlige Leere.

Also platzte er mit seinem üblichen Mangel an Feingefühl einfach so heraus: »Ich liebe dich.«

Marissa fielen fast die Augen aus dem Kopf.

Mist, Mist, Mist. Zu viel, zu schnell ...

Sie schlang die Arme um seinen Nacken und hielt ihn ganz fest, vergrub den Kopf an seiner Brust. Als er die Umarmung erwiderte und sich gerade mit Vollgas zum Affen machen wollte, hörte man Stimmen im Flur. Rasch drückte er ihre Tür auf und schob sie ins Zimmer. Seiner Einschätzung nach brauchten sie ein bisschen Privatsphäre.

Er brachte sie zum Bett, half ihr beim Hinlegen, während er sich gleichzeitig allen möglichen Kitsch im Kopf zurechtlegte, um der Sache ein bisschen Romantik zu verleihen. Doch noch ehe er etwas sagen konnte, umklammerte sie seine Hand und drückte sie so fest, dass seine Knochen knackten.

»Ich liebe dich auch, Butch.«

Bei diesen Worten vergaß er zu atmen.

Völlig perplex sank er auf die Knie und konnte das Lächeln nicht zurückdrängen. »Warum solltest du denn so was tun, Süße? Ich dachte immer, du wärst eine kluge Frau.«

Sie lachte leise. »Du weißt, warum.«

»Weil du Mitleid mit mir hast?«

»Weil du ein Mann von Wert bist.«

Er musste sich räuspern. »Das bin ich wirklich nicht.«

»Wie kannst du so etwas nur sagen?«

Mal sehen. Bei der Mordkommission hatte man ihn an die Luft gesetzt, weil er einem Verdächtigen die Nase gebrochen hatte. Er hatte fast nur Huren und verlorene Seelen gevögelt. Hatte Leute erschossen. Und dann war da noch die Sache mit dem Koks gewesen und sein derzeitiger, beharrlicher Scotchkonsum.

Ach ja, hatte er schon erwähnt, dass er seit dem Mord an seiner Schwester vor all den Jahren latent selbstmordgefährdet war?

Ja, er war schon etwas wert. Aber nur eine Fahrt zur Mülldeponie. Schon machte er den Mund auf, um die Katze aus dem Sack zu lassen, da bremste er sich.

Halt bloß die Klappe, O'Neal. Diese Frau sagt dir, dass sie dich liebt, und sie ist weit mehr, als du verdienst. Mach nicht alles kaputt mit deiner hässlichen Vergangenheit. Fang ganz von vorne an, hier und jetzt, mit ihr.

Er rieb mit dem Daumen über ihre makellose Wange. »Ich möchte dich küssen. Meinst du, das wäre drin?«

Als sie noch zögerte, konnte er das gut nachvollziehen. Das letzte Mal, als sie zusammen gewesen waren, hatte in einer Katastrophe geendet, mit seinem schwarzen Samen, und ihrem Bruder, der sie in flagranti erwischt hatte. Zudem war sie offensichtlich sehr müde.

Er zog den Kopf zurück. »Entschuldige …«

»Es liegt nicht daran, dass ich nicht bei dir sein möchte. Denn das möchte ich.«

»Du musst nichts erklären. Ich bin schon glücklich, in deiner Nähe sein zu dürfen, selbst wenn ich nicht …« In dir sein kann. »Selbst wenn wir nicht … du weißt schon, uns lieben.«

»Ich halte mich nur zurück, weil ich Angst habe, dir wehzutun.«

Jetzt grinste Butch unkontrolliert. Wenn sie ihm den Rücken in Fetzen reißen wollte, weil sie ihn so fest umklammerte, hätte er überhaupt nichts dagegen. »Mir ist egal, ob ich verletzt werde.«

»Mir ist es aber nicht egal.«

Er wollte aufstehen. »Das ist süß von dir. Jetzt hör mal, ich bringe dir einfach etwas zu ...«

»Warte.« Ihre Augen leuchteten im Dämmerlicht. »O ... lieber Himmel ... Butch. Küss mich.«

Er blieb stocksteif stehen. Dann sank er wieder auf die Knie. »Ich bin ganz vorsichtig, versprochen.«

Dann beugte er sich zu ihr und legte den Mund sanft auf ihren. Gütiger, sie war so weich. Warm. Verdammt ... er wollte in ihr sein. Aber er würde sie nicht drängen.

Doch dann hielt sie ihn an den Schultern fest und sagte: »Mehr.«

Noch einmal strich er leicht über ihren Mund, innerlich um Beherrschung betend, dann wollte er sich zurückziehen. Doch sie folgte ihm, ließ den Kontakt ihrer Lippen nicht abbrechen ... und noch ehe er sich davon abhalten konnte, fuhr er ihr mit der Zunge über die Unterlippe.

Mit einem sinnlichen Seufzen öffnete sie sich, und er musste einfach nur hereingleiten, konnte die Gelegenheit, in sie einzudringen, einfach nicht verstreichen lassen.

Als sie ihn noch näher an sich heranzog, schob er seinen Oberkörper aufs Bett und drückte seinen Brustkorb auf sie. Was nicht so eine prickelnde Idee war. Denn das Gefühl ihrer Brüste unter ihm löste einen Feueralarm in seinem Körper aus und ermahnte ihn, wie verzweifelt ein Mann werden konnte, wenn seine Frau sich in der Horizontalen befand.

»Baby, ich sollte aufhören.« Denn sonst würde er sich auf sie werfen und ihr den Rock über die Hüften ziehen.

»Nein.« Sie schob die Hand unter sein Jackett und streifte es ihm ab. »Noch nicht.«

»Marissa, ich kann mich kaum noch beherrschen. Und du fühlst dich nicht gut ...«

»Küss mich.« Sie vergrub ihre Fingernägel in seinen

Schultern, das Stechen drang in köstlichen Schauern durch sein teures Hemd.

Er knurrte und ergriff nun schon deutlich weniger sanft Besitz von ihrem Mund. Wieder eine schlechte Idee. Je heftiger er sie küsste, desto heftiger erwiderte sie den Kuss, bis ihre Zungen sich ein Duell lieferten und jeder Muskel in seinem Körper sich bereitmachte, sie zu besteigen.

»Ich muss dich berühren«, stöhnte er und hievte seinen gesamten Körper auf das Bett, ein Bein über ihres gelegt. Er legte die Hand auf ihre Hüfte und drückte sie, dann schob er sie höher auf ihren Brustkorb, bis direkt unterhalb der Wölbung ihrer Brüste.

Lange konnte er sich nicht mehr zusammenreißen.

»Tu es«, wisperte sie in seinen Mund. »Fass mich an.«

Als sie den Rücken durchbog, nahm er, was ihm angeboten wurde, und umfing ihre Brust, streichelte sie durch den Seidenstoff des Kleides hindurch. Mit einem leisen Keuchen legte sie die Hand über seine und drückte ihn fester an sich.

»Butch ...«

»Lass mich dich ansehen, Baby. Darf ich?« Noch bevor sie etwas erwidern konnte, legte er wieder seinen Mund auf ihren, doch ihre Zunge gab ihm seine Antwort. Rasch setzte er sie auf und machte sich über die Knöpfe am Rücken ihres Kleides her. Seine Hände waren ungeschickt, aber glücklicherweise löste sich der Stoff dennoch.

Nur waren so viele Schichten zu durchdringen. Verdammt, ihre Haut ... er musste an ihre Haut gelangen.

Ungeduldig, erregt, konzentriert zog er ihr das Oberteil des Kleides aus, dann schob er ihr die Träger des Unterrocks über die Schultern, sodass die blasse Seide sich um ihre Hüfte bauschte. Das weiße Korsett, das zum Vorschein kam, war eine erotische Überraschung, und er strich mit den Händen darüber, spürte die Stäbe darin und die

Wärme ihres Körpers darunter. Doch dann hielt er es nicht länger aus und riss ihr das Ding praktisch herunter.

Als ihre Brüste befreit waren, ließ sie den Kopf in den Nacken fallen, elegant wölbten sich ihr Hals und die Schultern ihm entgegen. Den Blick auf ihr Gesicht gerichtet, beugte Butch sich herunter, nahm eine ihrer Brustwarzen in den Mund und saugte daran. O Himmel, er würde gleich kommen, so gut schmeckte sie. Er hechelte wie ein Hund, schon völlig neben sich, obwohl sie noch nicht einmal nackt waren.

Aber sie war hier, ganz nah bei ihm, begierig, heiß, hungrig, ihre Beine fuhren wie wild unter dem Rock hin und her. Die Situation geriet hier in rasender Geschwindigkeit außer Kontrolle, ein sich immer schneller drehender Kreisel. Und er war völlig machtlos dagegen.

»Darf ich dir das ausziehen?« Wahnsinn, seine Stimme war völlig weg. »Das Kleid ... alles?«

»Ja ...«Das war mehr ein Stöhnen, ein verzweifeltes Stöhnen.

Leider lagen die Verschlüsse des Kleides deutlich über seinem technischen Verständnis, und er hatte einfach nicht die Geduld, sich mit den ganzen Knöpfen und Haken noch länger herumzuschlagen. Deshalb knautschte er schließlich den ganzen bodenlangen Rock um ihre Hüften zusammen und zog ihr den weißen, hauchdünnen Slip über die langen, glatten Beine herunter. Dann strich er an den Innenseiten ihrer Schenkel hinauf.

Als sie sich verspannte, hielt er inne. »Wenn ich aufhören soll, dann tue ich das. Sofort. Aber ich möchte dich nur weiter berühren. Und dich vielleicht ... ansehen.« Sie runzelte die Stirn, und er zog das Kleid wieder herunter. »Ist schon okay ...«

»Ich sage ja nicht Nein. Es ist nur ... was wenn ich dort nicht schön bin?«

Wie sie sich darüber Sorgen machen konnte, überstieg sein Fassungsvermögen. »Unmöglich. Ich weiß doch schon, wie vollkommen du bist. Ich habe dich gespürt, weißt du noch?«

Sie holte tief Luft.

»Marissa, du hast dich wunderbar angefühlt, ehrlich. Und ich habe ein wunderschönes Bild von dir im Kopf. Ich will nur die Realität kennenlernen.«

Nach einem kurzen Zögern nickte sie. »Gut dann ... tu es.«

Ohne seinen Blick von ihrem zu lösen, legte er seine Hand zwischen ihre Schenkel, spreizte sie und dann ... o, ja, diese weiche, verborgene Stelle. So feucht und heiß, dass ihm fast die Sinne schwanden. Er legte den Mund an ihr Ohr.

»Du bist so wunderschön dort.« Ihre Hüften zuckten, als er sie streichelte, seine Finger waren leicht und schlüpfrig von ihrem Honig. »Mm, ja ... ich möchte in dir sein. Ich möchte meinen« – das Wort *Schwanz* war eindeutig zu derb, aber genau das dachte er – »mich in dich stecken, Baby. Genau hier. Ich möchte umgeben sein von all dem hier, möchte in dir festgehalten werden. Glaubst du mir jetzt, wenn ich dir sage, dass du schön bist? Marissa? Sag mir, was ich hören will.«

»Ja ...« Als er ein bisschen tiefer rieb, erschauerte sie. »Gütige Jungfrau ... ja.«

»Möchtest du mich eines Tages in dir haben?«

»Ja ...«

»Möchtest du, dass ich dich ganz erfülle?«

»Ja ...«

»Gut, denn das möchte ich auch.« Er knabberte an ihrem Ohrläppchen. »Ich möchte mich tief in dir verlieren und deine Fäuste auf mir spüren, wenn du auch kommst. Mm ... reib dich an meiner Hand, ich will spüren, wie du dich bewegst. O Mann ... das ist großartig. Das ist ... weiter so, genau so ...«

Shit, er musste aufhören zu sprechen. Denn wenn sie seinen Anweisungen weiter so gut Folge leistete, würde er noch explodieren.

Ach, Scheiß drauf. »Marissa, mach die Beine noch breiter für mich. Noch weiter. Und hör nicht auf mit dem, was du tust.«

Als sie gehorchte, zog er langsam und vorsichtig den Kopf zurück und betrachtete ihren Körper. Unter der zerknautschten, türkisblauen Seide sah man ihre cremeweißen, weit geöffneten Schenkel und seine Hand, die dazwischen verschwand. Ihre Hüften wanden sich in einem Rhythmus, der ihn fast durchdrehen ließ. Er legte den Mund auf eine ihrer Brüste und schob sanft das eine Bein noch weiter nach außen. Dann strich er den ganzen Stoff beiseite, hob den Kopf und nahm die Hand weg. Unter ihrem flachen Bauch, vorbei an dem Grübchen ihres Bauchnabels, über das Tal zwischen ihren Beckenknochen hinweg konnte er den anmutigen Schlitz ihres Geschlechts sehen.

Er zitterte am ganzen Körper. »So vollkommen«, flüsterte er. »So köstlich.«

Verzückt rutschte er herunter und nahm ihren Anblick ganz in sich auf. Rosa, glitzernd, zart. Er war völlig berauscht, in seinem Kopf flogen Funken. »O ... lieber Himmel ...«

»Was ist denn los?« Ihre Knie klappten ruckartig zusammen.

»Rein gar nichts.« Er drückte seine Lippen oben auf ihren Schenkel und streichelte ihre Beine, versuchte sie sanft wieder zu öffnen. »Ich habe nur noch nie so etwas Schönes gesehen.«

Schön traf es nicht einmal annähernd. Er leckte sich die Lippen. Seine Zunge wartete ungeduldig auf mehr. Gedankenverloren sagte er: »Mein Gott, Baby, ich würde dich jetzt so gerne lecken.«

»Lecken?«

Angesichts ihrer Verwirrung wurde er rot. »Ich ... äh, ich möchte dich küssen.«

Sie lächelte und setzte sich auf, dann nahm sie sein Gesicht zwischen ihre Hände. Doch als sie ihn zu sich ziehen wollte, schüttelte er den Kopf.

»Dieses Mal nicht auf den Mund.« Sie schien nicht zu begreifen, also legte er ihr die Hand zwischen die Schenkel. »Hier.«

Sie riss die Augen so weit auf, dass er am liebsten laut geflucht hätte. *Jetzt fühlt sie sich bestimmt richtig entspannt, O'Neal.*

»Warum ...« Sie klang als hätte sie einen Frosch im Hals. »Warum solltest du das tun wollen?«

Du meine Güte, hatte sie etwa noch nie davon gehört, dass ... natürlich nicht. Aristokraten taten es wahrscheinlich nur sehr zurückhaltend und beherrscht in Missionarsstellung, und selbst wenn sie über Oralsex Bescheid wussten, würden sie mit Sicherheit *niemals* ihren Töchtern davon erzählen.

Kein Wunder, dass sie geschockt war.

»Warum, Butch?«

»Ähm ... weil du es wirklich genießen würdest, wenn ich es richtig mache. Und, also, ich auch.«

Wieder betrachtete er ihren Körper. O ja, er würde es genießen. Eine Frau zu lecken, war noch nie unbedingt ein Muss für ihn gewesen. Aber bei ihr war es anders. Er brauchte es. Er lechzte danach. Wenn er daran dachte, sie mit dem Mund zu lieben, wurde jeder Zentimeter seines Körpers steif.

»Ich möchte dich einfach unbedingt schmecken.«

Ganz allmählich lockerten sich ihre Schenkel etwas. »Ganz ... vorsichtig?«

Was denn, sie würde ihn wirklich lassen? Er begann zu

zittern. »Versprochen, Baby. Und du wirst es mögen, ganz sicher.«

Seitlich, um sie nicht zu sehr zu bedrängen, rutschte er an ihr herunter. Je näher er an ihre Mitte rückte, desto mehr drehte sein Körper durch, und sein Kreuz verspannte sich wie unmittelbar vor einem Orgasmus.

Er müsste auf jeden Fall ganz langsam und vorsichtig sein. Für sie beide.

»Ich liebe deinen Duft, Marissa.« Er küsste ihren Nabel, dann den Hüftknochen, schob sich Zentimeter für Zentimeter nach unten. Tiefer ... tiefer ... bis er schließlich den geschlossenen Mund auf ihre Spalte drückte.

Was für ihn fantastisch war. Das Problem war nur, dass sie sich völlig versteifte. Und zusammenzuckte, als er seine Hand außen auf ihren Oberschenkel legte.

Er ließ seinen Mund wieder ein Stück nach oben wandern und rieb mit den Lippen über ihren Bauch. »Ich bin so ein Glückspilz.«

»W-warum denn?«

»Wie würde es dir gehen, wenn jemand dir so sehr vertraut? Dir etwas so *Intimes* anvertraut?« Er blies auf ihren Nabel, und sie kicherte leise, als kitzelte die warme Luft sie. »Das ist eine große Ehre für mich, weißt du? Ganz ehrlich.«

Mit Worten und bedächtigen Küssen, die mit jedem Mal etwas länger dauerten und etwas tiefer auftrafen, beschwichtigte er sie. Als sie so weit war, glitt er mit der Hand auf die Innenseite ihres Beins, umschloss das Knie und spreizte die Schenkel nur einen Spalt breit. Sanft küsste er ihren Schlitz, wieder und wieder. Bis die Spannung in ihr nachließ.

Dann senkte er das Kinn, öffnete den Mund und leckte sie. Keuchend setzte sie sich auf.

»Butch ...?« Als wollte sie sichergehen, dass er wusste, was er da getan hatte.

»Hatte ich das nicht erwähnt?« Er beugte sich herunter und ließ seine Zunge über das rosa Fleisch gleiten. »Es ist ein Zungenkuss.«

Als er die langsame Bewegung wiederholte, ließ sie den Kopf zurückfallen, reckte die Spitzen ihrer Brüste hoch in die Luft und bog den Rücken durch. Perfekt. Genau da wollte er sie haben. Nicht besorgt um Sittsamkeit oder Scham, sondern einfach nur das Gefühl genießend, dass jemand sie so liebte, wie sie es verdiente.

Lächelnd machte er weiter, drang tiefer und tiefer vor, bis er sie richtig schmecken konnte.

Er verdrehte die Augen, als er schluckte. Noch nie hatte er so etwas durch seinen Hals gleiten lassen. Der Ozean und reife Melonen und Honig, alles zusammen, ein Cocktail, dessen Vollkommenheit ihn fast in Tränen ausbrechen ließ. Mehr ... er brauchte mehr. Aber er musste sich zurückhalten. Er wollte in ihr schwelgen, und sie war noch nicht bereit für diese Art von Völlerei.

Als er kurz verschnaufte, hob sie den Kopf. »Ist es vorbei?«

»Noch lange nicht.« O Mann, er liebte diesen glasigen, wollüstigen Ausdruck in ihren Augen. »Lehn dich einfach zurück und lass mich machen. Wir fangen gerade erst richtig an.«

Sie entspannte sich wieder, und er wandte sich ihren Geheimnissen zu, sah das Schimmern der zarten Knospe, dachte, dass der Glanz noch viel intensiver sein würde, wenn er fertig wäre. Wieder küsste er sie, dann leckte er sie wie einen Lolli, zog die Zunge ganz flach und träge nach oben. Er wischte mit dem Mund von Seite zu Seite, wühlte sich tiefer, hörte sie aufstöhnen. Mit sanftem Druck öffnete er ihre Beine noch weiter und nahm sie in den Mund, saugte rhythmisch an ihrem Zentrum.

Als sie anfing, um sich zu schlagen, schrillten in seinem

Kopf alle Alarmglocken. Gleich würden sie beide abheben. Aber er konnte nicht aufhören, besonders jetzt nicht, da sie das Laken umklammert hielt und sich aufbäumte, als würde sie jeden Moment kommen.

»Fühlt sich das gut an?« Er kitzelte sie oben am Spalt, züngelte über die empfindlichste Stelle. »Gefällt dir das? Magst du es, wenn ich dich lecke? Oder vielleicht ist das besser ...« Er saugte sie in seinen Mund hinein, und sie schrie auf. »O, ja ... Gott, meine Lippen sind von dir bedeckt ... fühl sie, fühl mich ...«

Er zog ihre Hand auf seinen Mund und strich die Finger hin und her, dann leckte er sie sauber. Mit großen Augen beobachtete sie ihn, keuchend, die Nippel aufgerichtet. Er schonte sie nicht, das war ihm bewusst, aber sie war ganz bei ihm.

Jetzt biss er sie in die Handfläche. »Sag mir, dass du es willst. Sag mir, dass du mich willst.«

»Ich ...« Ihr Körper wand sich auf dem Bett.

»Sag mir, dass du mich willst.« Er drückte seine Zähne noch ein kleines bisschen fester in ihre Haut. Scheiße, er wusste nicht genau, warum er das unbedingt von ihr hören musste, aber es war so. »Sag es.«

»Ich will dich«, keuchte sie.

Aus dem Nichts überfiel ihn eine gefährliche, gierige Lust, und seine Selbstbeherrschung brach zusammen. Mit einem dunklen Laut tief unten aus seinem Leib legte er die Hände fest auf die Innenseite ihrer Schenkel, spreizte sie, so weit es ging, und tauchte buchstäblich zwischen ihren Beinen ab. Während er mit der Zunge in sie eindrang, einen Rhythmus mit seinem Mund fand, kam ihm verschwommen eine Art Geräusch im Raum zu Bewusstsein, ein Knurren.

War er das? Nein, ausgeschlossen. Das war der Klang ... eines Tieres.

Am Anfang war Marissa geschockt gewesen. Fleischliche Gelüste. Diese sündige Nähe, die furchterregende Verletzlichkeit. Doch bald schon spielte all das keine Rolle mehr. Butchs warme Zunge war so erotisch, dass sie die feuchte, schlüpfrige Empfindung kaum ertragen konnte – und die Vorstellung, dass er irgendwann wieder damit aufhören könnte. Dann hatte er begonnen, an ihr zu saugen und zu schlucken und Dinge zu sagen, die ihr Geschlecht anschwellen ließen, bis die Lust in ihr schmerzlich brannte.

Doch all das war nichts im Vergleich zu dem Moment, als er die Fesseln sprengte. Mit einem Aufbäumen männlicher Begierde hielten seine Hände sie fest, sein Mund, seine Zunge, sein Gesicht auf ihr ... Gott, und dieser Laut, der aus ihm drang, dieses kehlige, pulsierende Schnurren ...

Sie kam wild und heftig, das erschütterndste, schönste Gefühl, das sie je gespürt hatte, ihr Körper wand sich in flüssigen Blitzen der Lust ...

Doch auf dem Scheitelpunkt veränderte sich die tosende Energie, wandelte sich, entlud sich. Ihre Blutlust meldete sich dröhnend neben der sexuellen Erfüllung und zog sie in einer Spirale nach unten. Der Hunger durchbrach ihr zivilisiertes Wesen, zerfetzte alles außer dem Trieb, sich auf seinen Hals zu stürzen. Sie fletschte die Fänge, wollte ihn schon mit dem Rücken aufs Bett werfen, in seine Halsader beißen und in tiefen Zügen trinken ...

Sie würde ihn umbringen.

Sie schrie auf und wehrte sich gegen seinen Griff. »O Gott, nein!«

»Was ist?«

Sie drückte Butch an den Schultern von sich weg, schob sich von ihm weg, sprang seitlich aus dem Bett und fiel zu Boden. Verwirrt streckte er den Arm nach ihr aus, doch sie krabbelte in die hinterste Ecke des Raumes, das Kleid hinter sich herschleifend. Als sie nicht mehr weiterkonnte, rollte sie sich zu einer Kugel zusammen und schlang die Arme um sich. Sie zitterte unkontrolliert am ganzen Körper, der Schmerz in ihrem Köper kam in Wellen, jedes Mal doppelt so heftig wie beim letzten Mal.

In Panik folgte Butch ihr. »*Marissa* …?«

»Nein!«

Er blieb wie angewurzelt stehen, die Miene fassungslos, jegliche Farbe aus dem Gesicht gewichen. »Es tut mir so leid – lieber Gott …«

»*Du musst gehen.*« Tränen stiegen in ihr auf, ihre Stimme wurde kehlig.

»Gütiger Himmel, es tut mir so leid … so leid … ich wollte dir keine Angst machen …«

Mühsam versuchte sie, ihre Atmung in den Griff zu bekommen, um ihn zu beruhigen, aber vergeblich: Sie bekam kaum Luft, sie schluchzte. Ihre Fänge pochten. Ihr Hals war trocken. Und alles, woran sie denken konnte, war, sich an seine Brust zu werfen. Ihn auf den Boden zu drücken. Ihre Zähne in seinem Hals zu versenken.

Gütige Jungfrau, das Trinken. Er würde gut schmecken. So gut, dass sie niemals genug von ihm bekäme.

Wieder versuchte er, sich ihr zu nähern. »Ich wollte es nicht so weit treiben …«

Sie sprang auf, machte den Mund auf und zischte ihn an. »Raus hier! Um Himmels willen, geh! Oder ich werde dir wehtun!«

Sie rannte ins Badezimmer und schloss sich ein. Als das Geräusch der zuknallenden Tür hinter ihr verebbte und sie ihr Gleichgewicht wieder gefunden hatte, erhaschte sie einen Blick auf sich im Spiegel. Sie sah furchtbar aus. Ihr Haar war zerzaust, das Kleid offen, die Fänge ragten weiß und lang aus dem Mund.

Außer Kontrolle. Würdelos. *Defekt.*

Sie griff nach dem ersten Gegenstand, der ihr ins Auge fiel, einem schweren Glaskerzenständer, und schleuderte ihn gegen den Spiegel. Als ihr Spiegelbild in tausend Scherben zerschellte, sah sie durch bittere Tränen die Stücke ihrer selbst zu Boden fallen.

22

Butch warf sich gegen die Badezimmertür und riss am Türgriff, bis die Haut seiner Faust beinahe aufplatzte. Auf der anderen Seite hörte er Marissa weinen. Dann ein lautes Klirren.

Noch einmal drückte er die Schulter gegen das Holz. »Marissa!«

Wieder und wieder rammte er gegen die Tür, doch dann hielt er inne und lauschte. Als er nur Schweigen vernahm, bekam er es mit der Angst. »Marissa?«

»Geh einfach.« Die stille Verzweiflung in ihrer Stimme ließ seine Augen brennen. »Geh ... einfach.«

Er legte die Hand flach auf das Holz, das sie voneinander trennte. »Es tut mir so leid.«

»Geh ... geh einfach. Bitte, du musst hier weg.«

»Marissa ...«

»Ich komme erst heraus, wenn du weg bist. Geh!«

Wie in einem Albtraum gefangen, nahm er sein Jackett und taumelte aus dem Zimmer, mit weichen Knien und tauben Füßen. Draußen im Flur ließ er sich gegen eine Wand sinken und schlug den Kopf gegen den Putz.

Wenn er die Augen schloss, sah er immer nur sie vor sich, in die Ecke gekauert, zitternd, abwehrend, das Kleid lose über den bloßen Brüsten hängend, als wäre es ihr vom Leib gerissen worden.

Er war so ein Scheißkerl. Sie war eine wunderbare Frau, eine *Jungfrau,* und er hatte sie wie eine Hure behandelt, hatte es zu weit getrieben, nur weil er sich nicht hatte beherrschen können. Egal, wie heiß sie brannte, sie war nicht an das gewöhnt, was sich ein Mann beim Sex alles wünschte. Oder was geschah, wenn die Triebe eines Mannes die Kontrolle übernahmen. Und obwohl ihm all das klar gewesen war, hatte er sie trotzdem auf das Bett gedrückt und festgehalten, während er es ihr mit der Zunge machte, verflucht noch mal.

Wieder knallte Butch den Hinterkopf gegen die Wand. Lieber Gott, sie hatte solche Angst gehabt, sie hatte sogar ihre Fänge gefletscht, als müsste sie sich vor ihm schützen.

Mit einem schmutzigen Fluch rannte er die Treppe hinunter, versuchte, vor seinem Selbstekel wegzulaufen. Aber er wusste, dass er niemals so schnell und so weit laufen könnte.

Als er in die Halle kam, rief jemand: »Butch? Hey, Butch! Alles klar?«

Er stürmte nach draußen, sprang in den Escalade und ließ den Motor röhren. Er wollte nichts, als sich bei ihr so lange zu entschuldigen, bis er heiser war; doch er war der letzte Mensch auf Erden, den sie jetzt im Moment sehen wollte. Und das konnte er gut nachvollziehen.

Er jagte den SUV Richtung Innenstadt zu Vs Wohnung.

Bis er den Escalade geparkt hatte und mit dem Aufzug zum Penthouse hochfuhr, war er schon so weit, von der Brücke zu springen, so mitgenommen war er. Er riss die Tür auf ...

O Scheiße!

Im Schein schwarzer Kerzen lag V vornübergebeugt, den Kopf gesenkt, die von Leder umhüllten Hüften vor- und zurückstoßend, die nackten Schultern und massigen Arme hart angespannt. Unter ihm war eine Frau an Hand- und Fußgelenken auf den Tisch gefesselt, den ganzen Körper in Leder gekleidet außer den Spitzen ihrer Brüste und der Stelle, an der V sich in ihre Mitte bohrte. Obwohl sie eine Maske über dem Gesicht trug und einen Ballknebel im Mund hatte, war Butch sich ziemlich sicher, dass sie kurz vor einem Orgasmus stand. Sie machte leise wimmernde Geräusche und bettelte um mehr, selbst als ihr Tränen über die mit Leder bedeckten Wangen rannen.

Als V den Kopf vom Hals der Frau hob, leuchteten seine Augen, und seine Fänge waren so lang ... jedenfalls müssten die Wunden an ihrem Hals unter Umständen genäht werden, anders ausgedrückt.

»Sorry«, platze es aus Butch heraus, und er machte sich schleunigst aus dem Staub.

Wie im Nebel lief er zurück zum Wagen, ihm fiel nicht ein, wohin er jetzt fahren könnte. Also setzte er sich einfach auf den Fahrersitz, den Schlüssel im Zündschloss, die Hand auf der Gangschaltung ... und sah Vishous vor sich.

Die leuchtenden Augen. Die langen Fänge. Der Sex.

Ihm fiel wieder ein, wie wenig Sorgen sich Marissa gemacht hatte, krank zu sein. Und dann hörte er im Geiste ihre Stimme. *Ich komme schon klar.* Und dann: *Ich will dir nicht wehtun.*

Was, wenn Marissa sich ernähren musste? Was, wenn sie ihn deswegen fortgeschickt hatte? Sie war eine Vampirin, Grundgütiger. Oder glaubte er etwa, ihre wunderschönen Fänge seien nur zur Dekoration gedacht?

Er legte den Kopf aufs Lenkrad. O Mann, das war so unsexy. Es stand ihm nicht zu, nach anderen Erklärungen zu suchen. Außerdem, warum hatte sie ihn nicht einfach gebeten, ob sie etwas Blut von ihm haben konnte? Er hätte sie sofort gelassen. Vielleicht sogar noch schneller als sofort.

Allein bei dem Gedanken daran bekam er einen massiven Ständer. Die Vorstellung, dass sie sich an seinen Hals kuscheln und an ihm saugen würde, turnte ihn an wie nichts anderes jemals zuvor. Er sah sie nackt vor sich, auf seiner Brust kauernd, das Gesicht an seinem Hals ...

Vorsicht, O'Neal. Pass auf, dass du hier nicht nur nach einem Hintertürchen suchst.

Aber sie war doch erregt gewesen, oder nicht? Er hatte es schmecken können. Als es richtig heftig zur Sache ging, war die Süße sogar noch stärker aus ihr geflossen, da war er sicher. Aber warum hatte sie ihm nicht einfach gesagt, was los war?

Vielleicht wollte sie nicht von ihm trinken. Vielleicht dachte sie, weil er ein Mensch war, würde er das nicht aushalten.

Und vielleicht stimmte das ja auch. Vielleicht würde er es nicht aushalten, weil er ein Mensch war.

Ja, na und? Er würde lieber dabei sterben, sie zu nähren, als zu wissen, dass ein anderer Mann sich um seine Frau kümmerte. Die Vorstellung von Marissa am Hals eines anderen, ihre Brüsten auf der Brust eines anderen, ihr Geruch in der Nase eines anderen ... und mit dem Blut eines anderen in ihrer Kehle ...

Mein.

Das Wort schoss unaufgefordert durch seinen Kopf. Und er stellte fest, dass seine Hand von allein den Weg in seine Manteltasche und an den Abzug der Glock gefunden hatte.

Er stieg aufs Gas und fuhr zum *ZeroSum*. Zuallererst

musste er sich jetzt beruhigen und seinen Kopf wieder klarkriegen. Mordgierige Eifersucht gegenüber einem männlichen Vampir stand nicht auf der Tagesordnung.

Als sein Handy klingelte, zog er es aus der Tasche. »Ja?«

Vs Stimme war leise. »Tut mir leid, dass du das sehen musstest. Ich hatte dich nicht erwartet …«

»V, was passiert, wenn ein Vampir sich nicht nährt?«

Eine Pause folgte. »Nichts Gutes. Man wird müde, wirklich wahnsinnig müde. Und der Hunger tut weh. Ist ein bisschen ähnlich wie eine Lebensmittelvergiftung. Der Schmerz trifft dich in Wellen. Wenn man es aus dem Ruder laufen lässt, verwandelt man sich in ein Tier. Dann wird's gefährlich.«

»Ich habe solche Geschichten über Zsadist gehört, bevor er mit Bella zusammenkam. Er hat von Menschen gelebt, oder? Und ich weiß ganz sicher, dass die Frauen nicht daran gestorben sind. Ich habe sie danach wieder im Klub gesehen, wenn er mit ihnen fertig war.«

»Denkst du dabei an deine Frau?«

»Ja.«

»Lust auf einen Schluck?«

»Mehrere.«

»Wir treffen uns dort.«

Als Butch auf den Parkplatz des *ZeroSum* bog, wartete V bereits neben dem Klub und rauchte eine Selbstgedrehte. Butch stieg aus und aktivierte die Alarmanlage.

»Bulle.«

»V.« Butch räusperte sich und versuchte nicht daran zu denken, wie sein Mitbewohner beim Sex ausgesehen hatte. Was ihm nicht gelang. Immer wieder sah er Vishous über dieser Frau vor sich, sie beherrschend, in sie hineinstoßend, sein Körper hart wie ein Kolben.

Dank dieser kleinen Episode würde er seine Definition von Hardcore wohl noch mal überdenken müssen.

V inhalierte tief, dann drückte er die Kippe am Absatz seines Stiefels aus und steckte sie in die Tasche. »Gehen wir rein?«

»Auf jeden Fall.«

Die Türsteher ließen sie an der Warteschlange vorbei, dann marschierten sie durch die sich windende, schwitzende, unersättliche Menge in den VIP-Bereich. Ohne dass sie eine Bestellung aufgeben mussten, standen innerhalb von Sekunden ein doppelter Lagavulin und ein Grey Goose vor ihnen. In diesem Augenblick klingelte Vs Handy, und während er sprach, blickte Butch sich um – nur um mit einem Fluch zu erstarren. In der Ecke, im trüben Schutz des Schattens, entdeckte er die große, muskulöse Vampirin. Und Rehvenges Sicherheitschefin beobachtete ihn, die Augen brennend, als wünschte sie sich eine Wiederholung der gemeinsamen Toilettenaktion.

Das würde nicht passieren.

Butch starrte in sein Glas, als V das Telefon zuklappte. »Das war Fritz. Er hatte eine Nachricht für dich von Marissa.«

Mit einem Ruck hob Butch den Kopf. »Was hat sie gesagt?«

»Sie wollte dir Bescheid geben, dass es ihr gut geht. Sagte, sie wolle heute Abend den Ball ein bisschen flach halten, aber morgen sei alles wieder in Ordnung. Und du sollst dir keine Sorgen machen und sie ... äh, sie liebt dich, und du hast nichts falsch gemacht, als du gemacht hast, was du gemacht hast.« Er räusperte sich. »Also, was hast du gemacht? Oder war das jetzt zu viel auf einmal?«

»Viel zu viel.« Butch kippte seinen Scotch runter und hob das leere Glas hoch. Sofort kam die Kellnerin.

Als sie wieder abzog, um ihm einen neuen Drink zu bringen, betrachtete er seine Hände. Und spürte Vs bohrenden Blick auf sich.

»Butch, sie wird mehr brauchen, als du ihr geben kannst.«

»Zsadist hat sich doch auch …«

»Z hat von vielen verschiedenen Menschen getrunken. Du bist nur einer. Die Sache ist die, da dein Blut so schwach ist, wird sie dich in null Komma nichts leer saugen, weil sie es so oft tun muss.« Er holte tief Luft. »Hör mal, sie kann mich benutzen, wenn du willst. Du könntest sogar dabei sein, damit du siehst, was passiert. Es muss nicht mit Sex verbunden sein.«

Butch legte den Kopf schräg und betrachtete die Halsader seines Mitbewohners. Dann stellte er sich Marissa an diesem Hals vor, die beiden zusammen. Ineinander verschlungen.

»V, du weißt, dass ich dich wie einen Bruder liebe.«

»Ja.«

»Aber wenn du sie nährst, reiß ich dir deine verdammte Kehle raus.«

V grinste, dann breitete sich ein Lächeln auf seinem Gesicht aus. So breit, dass er sich die Hand vor die Fänge halten musste. »Ist ja gut, Kumpel. Und umso besser. Ich habe noch nie jemanden an meine Vene gelassen.«

Butch sah ihn ungläubig an. »Nie?«

»Nein. Ich bin sozusagen eine vaskulare Jungfrau. Mir persönlich ist die Vorstellung zuwider, dass eine Frau sich von mir nährt.«

»Warum?«

»Einfach nicht mein Ding.« Butch machte den Mund auf, aber V hielt eine Hand hoch. »Genug davon. Du sollst nur wissen, dass ich da bin, falls du es dir anders überlegst und mich dafür benutzen willst.«

Das kommt nicht infrage, dachte Butch. *Niemals.*

Aber er dankte Gott für Marissas Nachricht. Und er hatte recht gehabt: Sie hatte ihn wegen ihres Durstes fortgejagt.

Das war die einzige Erklärung. Er war schwer in Versuchung, sofort nach Hause zu fahren. Doch er wollte ihre Wünsche respektieren und sie nicht zu sehr bedrängen. Außerdem – wenn es um Blut ging, dann hätte er morgen Nacht etwas für sie.

Sie würde von ihm trinken.

Als die Kellnerin mit dem Scotch kam, tauchte Rehvenge neben ihr am Tisch auf. Der imposante Körper des Vampirs versperrte den Blick auf die Menge, was bedeutete, dass Butch die Sicherheitschefin nicht sehen konnte. Was wiederum bedeutete, er konnte aufatmen.

»Halten euch meine Leute bei Laune?«

Butch nickte. »Absolut.«

»Das höre ich doch gern.« Der Reverend ließ sich am Tisch nieder, seine Amethystaugen suchten den VIP-Bereich ab. Er sah gut aus, der Anzug schwarz, das Seidenhemd schwarz, sein Irokese ein dunkler, kurz geschorener Streifen, der sich von vorne bis hinten über den Schädel zog. »Ich habe Neuigkeiten für euch.«

»Willst du etwa heiraten?« Butch leerte sein Glas in einem Zug zur Hälfte. »Wo hast du denn deinen Hochzeitstisch aufgebaut, bei Villeroy & Boch?«

»Versuch's mal mit Heckler und Koch.« Der Reverend schlug die Jacke zurück und ließ den Kolben einer Pistole aufblitzen.

»Hübsches Spielzeug hast du da, Vampir.«

»Das bohrt ein Höllen-«

Jetzt schaltete V sich ein. »Euch beiden zuzuschauen, ist schlimmer, als Tennis zu gucken. Mich langweilen Sportarten mit Schlägern. Also, was gibt's?«

Rehv sah Butch an. »Er kann so fantastisch mit Menschen umgehen, nicht wahr.«

»Du solltest erst mal mit ihm zusammenwohnen.«

Der Reverend grinste, dann wurde er ernst. Sein Mund

bewegte sich kaum, als er sprach, und seine Worte waren nicht weit zu hören. »Vorletzte Nacht hat sich der Rat der *Princeps* getroffen. Es ging um eine obligatorische Bannung für alle unvereinigten Frauen. Der *Leahdyre* will so schnell wie möglich eine Empfehlung verabschieden und sie Wrath vorlegen.«

V pfiff leise. »Der Rat will sie alle wegsperren.«

»Exakt. Als Begründung benutzen sie die Entführung meiner Schwester und Wellesandras Tod. Was natürlich echte Totschlagargumente sind.« Der Reverend sah V direkt in die Augen. »Steck das deinem Boss. Die *Glymera* ist stinksauer über die ganzen zivilen Verluste in der Stadt. Dieser Antrag ist ein Warnschuss an Wraths Adresse, und sie meinen es todernst damit. Der *Leahdyre* rennt mir die Bude ein, weil sie keine Abstimmung abhalten können, wenn nicht jedes einzelne Mitglied des Rats anwesend ist. Und ich lasse mich dort nie blicken. Eine Weile kann ich das Treffen noch rauszögern, aber nicht ewig.« In diesem Augenblick klingelte ein Handy im Jackett des Reverend, und er zog es heraus. »Wenn man vom Teufel spricht – das ist Bella. Hallo Schwesterherz ...«

Die Augen des Vampirs blitzten auf, und er rutschte auf seinem Sitz herum.

Butch runzelte die Stirn. Er hatte schwer den Eindruck, dass da am Telefon zwar eine Frau war, aber keine Schwester: Rehvenge strahlte plötzlich eine Hitze ab wie ein Schwelbrand.

Man musste sich fragen, was für eine Frau sich mit einem so krassen Vertreter seiner Spezies wie dem Reverend abgab. Andererseits wurde auch V offensichtlich flachgelegt, also gab es solche Frauen.

»Bleib mal kurz dran, *Tahlly*.« Rehv stand auf. »Bis dann, Gentlemen. Und die Getränke gehen heute auf mich.«

»Danke für die Info«, sagte V.

»Bin ich nicht ein Vorzeigeuntertan?« Rehv schlenderte zu seinem Büro und schloss sich ein.

Butch schüttelte den Kopf. »So, so, hat der Reverend also eine Schnecke am Start.«

V grunzte. »Die Frau tut mir leid.«

»Aber echt.« Butch ließ den Blick schweifen und verkrampfte sich.

Diese beinharte Frau mit dem Männerhaarschnitt ließ ihn immer noch nicht aus den Augen.

»Hast du's mit ihr gemacht, Bulle?«, fragte V leise.

»Mit wem?« Er kippte den letzten Schluck.

»Du weißt ganz genau, wen ich meine.«

»Geht dich nichts an, Kumpel.«

Während Marissa darauf wartete, dass Rehvenge wieder ans Telefon kam, überlegte sie, wo er wohl gerade war. Es war ziemlich laut im Hintergrund – Musik, Stimmen. Eine Party?

Der Lärm wurde abrupt abgeschnitten, als er die Tür hinter sich schloss. »*Tahlly*, wo bist du? Oder hat Havers seine Nummern verschlüsseln lassen?«

»Ich bin nicht zu Hause.«

Schweigen. Dann. »Bist du da, wo ich vermute? Bist du bei der Bruderschaft?«

»Woher weißt du das?«

Er murmelte etwas Unverständliches, dann sagte er: »Es gibt nur eine Nummer auf diesem Planeten, die mein Telefon nicht verfolgen kann. Und das ist die, von der aus meine Schwester mich normalerweise anruft. Und jetzt zeigt das Display bei dir auch einen unbekannten Teilnehmer an. Was zum Teufel ist los?«

Sie erzählte ihm eine leicht geschönte Version. Dass sie und Havers sich gestritten hatten und sie eine Bleibe gebraucht hatte.

Rehv fluchte. »Du hättest zuerst mich fragen sollen. Ich möchte mich um dich kümmern.«

»Es ist kompliziert. Deine Mutter ...«

»Mach dir um sie keine Sorgen.« Rehvs Stimme senkte sich zu einem weichen Schnurren. »Komm doch lieber zu mir, *Tahlly*. Du musst dich nur zum Penthouse materialisieren, und dort lasse ich dich abholen.«

»Danke, aber nein. Ich werde hier nur so lange bleiben, bis ich etwas Eigenes gefunden habe.«

»Etwas Eigenes – soll das heißen, das Zerwürfnis mit deinem Bruder ist dauerhaft?«

»Das kommt schon wieder in Ordnung. Aber weswegen ich anrufe, Rehvenge, ich ... brauche dich. Ich muss noch einmal versuchen, mich zu ...« Sie stützte den Kopf in die Hand. Es war ihr zuwider, ihn so zu benutzen, aber zu wem konnte sie sonst schon gehen? Und Butch ... ach, Butch. Sie hatte das Gefühl, ihn zu hintergehen. Doch was hatte sie für eine Alternative?

Rehvenge knurrte. »Wann, *Tahlly*? Wann willst du mich?«

»Jetzt.«

»Komm einfach zum – ach, Mist, ich muss mich mit dem *Princeps-Leahdyre* treffen. Und danach habe ich was Geschäftliches zu erledigen.«

Sie umklammerte den Hörer. Warten war nicht gut. »Dann morgen?«

»Bei Einbruch der Nacht. Außer, du möchtest doch bei mir wohnen. Dann hätten wir ... den ganzen Tag.«

»Wir treffen uns morgen am frühen Abend.«

»Ich kann es kaum erwarten, *Tahlly*.«

Nachdem sie aufgelegt hatte, streckte sie sich auf dem Bett aus. Sie war völlig erschöpft, ihr Körper verschmolz mit dem Laken und den Kissen und der Decke, nur ein weiteres lebloses Objekt auf der Matratze.

Ach, was sollte es ... vielleicht war es sogar besser, bis morgen zu warten. Sie konnte sich etwas ausruhen, mit Butch sprechen und ihm erklären, was los war. Solange sie nicht sexuell erregt war, sollte sie sich doch in seiner Gegenwart ausreichend im Griff haben. Und das war ein Gespräch, das man besser von Angesicht zu Angesicht führte: Wenn verliebte Menschen auch nur annähernd so waren wie gebundene männliche Vampire, dann würde Butch es nicht besonders gut aufnehmen, dass sie zu einem anderen gehen musste.

Seufzend dachte sie an Rehv. Dann an den Rat der *Princeps*. Dann an ihre Geschlechtsgenossinnen im Allgemeinen.

Mein Gott, selbst wenn dieser Antrag auf Bannung durch ein Wunder abgelehnt wurde – es gab trotzdem keinen sicheren Ort für Frauen, wenn sie zu Hause bedroht wurden. Durch den Zerfall der Vampirgesellschaft und die ewigen Kämpfe mit den *Lessern* war die soziale Organisation ihrer Rasse fast zusammengebrochen. Es gab kein Sicherheitsnetz. Niemanden, der Frauen und ihren Kindern helfen konnte, wenn der *Hellren* im Haus gewalttätig war. Oder wenn die Familie eine Frau verstieß.

Gütiger, was wohl mit ihr passiert wäre, wenn Beth und Wrath sie nicht aufgenommen hätten? Oder wenn sie Rehvenge nicht hätte?

Sie hätte sterben können.

Unten im Trainingszentrum des Anwesens war John nach dem theoretischen Unterricht als Erster im Umkleideraum. Er zog sich ungeduldig das Suspensorium und den Gi an, er wollte schnell zum Kampftraining.

»Warum so eilig, John? Ach stimmt ja, du lässt dir ja gerne in den Arsch treten.«

John sah über die Schulter. Lash stand vor einem offenen Spind und zog sein teures Hemd aus. Seine Brust war auch nicht breiter als Johns, und seine Arme waren genauso dünn, aber seine Augen brannten, als wäre er so massig wie ein Stier.

John wich dem Blick nicht aus, Hitze stieg in ihm auf. Er wartete nur darauf, dass Lash den Mund aufmachte und etwas sagte. Nur noch ein Wort.

»Willst du wieder in Ohnmacht fallen, Johnnylein? Du kleine Schwuchtel?«

Das war's.

John stürzte sich auf den Jungen, kam aber nicht weit. Blaylock, der Rothaarige, schritt ein und hielt ihn fest, um die aufziehende Prügelei zu verhindern. Doch Lash hatte keinen solchen Hemmschuh. Der Bastard zog die Faust zurück und verpasste John einen so heftigen rechten Haken, dass John aus Blaylocks Griff rutschte und mit einem Scheppern in die Spinde krachte.

Benommen tastete John blind um sich.

Blaylock fing ihn auf. »Verdammt, Lash ...«

»Was denn? Er ist auf mich losgegangen.«

»Weil du darum *gebettelt* hast.«

Lash verengte die Augen zu Schlitzen. »Was hast du da gesagt?«

»Du solltest nicht immer so ein Arschloch sein.«

Als Lash mit dem Finger auf Blaylock zeigte, blitzte seine teure Armbanduhr auf wie eine batteriebetriebene Lichterkette.

»Vorsicht, Blay. In seinem Team zu spielen, ist keine so heiße Idee.« Er schüttelte sich die Hand und ließ die Hose fallen. »Mann, das tat gut. Wie war's für dich, John-Boy?«

John ließ die Bemerkung durchgehen und entwand sich Blaylocks Griff. Sein Gesicht pochte im Takt zu seinem Herzschlag und aus irgendeinem absurden Grund musste er an einen Autoblinker denken.

Mist ... wie schlimm sah er aus? Er taumelte zu der Wand

mit den Waschbecken und betrachtete sich eingehend in dem großen Spiegel. Na super. Ganz toll. Sein Kinn und seine Lippe schwollen bereits an.

Hinter ihm tauchte Blaylock mit einer kalten Wasserflasche auf. »Halt dir das drauf.«

John nahm den eiskalten Plastikbehälter entgegen und drückte ihn sich vorsichtig auf das Gesicht. Dann schloss er die Augen, um weder sich noch den Rotschopf anschauen zu müssen.

»Soll ich Zsadist sagen, dass du heute Nacht nicht mitmachst?«

John schüttelte den Kopf.

»Sicher?«

Ohne zu reagieren, gab John ihm die Wasserflasche zurück und stapfte in die Turnhalle. Die anderen Jungs folgten dicht zusammengedrängt, stolperten über die Matten und reihten sich neben ihm auf.

Zsadist kam aus dem Geräteraum, warf einen Blick auf Johns Gesicht und wurde wütend. »Hände ausstrecken, alle, und zwar mit den Flächen nach unten.« Er marschierte an jedem Schüler vorbei, bis er vor Lash stehen blieb. »Nette Knöchel. Rüber an die Wand.«

Lässig bummelte Lash durch die Halle, offenbar mit sich zufrieden, weil er nicht mittrainieren musste.

Vor Johns Händen blieb Zsadist ebenfalls stehen. »Dreh sie um.«

John gehorchte. Es gab eine kurze Pause, dann legte Zsadist John die Hand unters Kinn und hob den Kopf hoch. »Siehst du doppelt?«

John schüttelte den Kopf.

»Ist dir schlecht?«

John schüttelte den Kopf.

»Tut das weh?« Zsadist piekte gegen seinen Kiefer.

John zuckte. Schüttelte den Kopf.

»Lügner. Aber das wollte ich hören.« Z trat zurück und richtete sich an alle Schüler. »Zwanzig Runden zum Aufwärmen. Und jedes Mal, wenn ihr an eurem Klassenkameraden dort drüben vorbeikommt, geht ihr auf den Boden und macht zwanzig Liegestützen. Und kein Schummeln, ich will eure Nasen am Boden sehen. Los.«

Allgemeines Stöhnen.

»Sehe ich so aus, als würde mich eure Meinung interessieren?« Zsadist pfiff durch die Zähne. »*Los jetzt.*«

Als John sich mit den anderen zusammen in Bewegung setzte, dachte er, dass dies eine verdammt lange Nacht werden würde. Aber wenigstens wirkte Lash nicht mehr ganz so selbstzufrieden.

Vier Stunden später stellte sich heraus, dass John recht hatte.

Am Ende waren alle völlig erschöpft. Z hatte sie nicht nur in Grund und Boden geschunden, sondern auch länger gemacht als sonst. Gefühlte Jahrhunderte länger als sonst. Das Training war so mörderisch gewesen, dass nicht einmal John die Energie aufbrachte, danach noch weiterzuüben. Er ging schnurstracks in Tohrs Büro und ließ sich auf den Sessel fallen, ohne auch nur zu duschen.

Er würde sich nur eine Minute ausruhen und dann …

Die Tür schwang auf. »Alles klar bei dir?«, bellte Z.

Ohne den Kopf zu heben, nickte John.

»Ich werde vorschlagen, Lash aus dem Programm zu werfen.«

Mit einem Ruck setzte John sich auf und schüttelte den Kopf.

»Egal, John. Das ist das zweite Mal, dass er dich angegriffen hat. Oder muss ich dich an die Nunchakus vor ein paar Monaten erinnern?«

Nein, das war John noch lebhaft in Erinnerung. Was für ein Scheiß.

Da er zu viel zu sagen hatte, um es Z mit den Händen zu zeigen, zog er seinen Block hervor und schrieb extra ordentlich und leserlich: *Wenn er fliegt, halten mich die anderen für einen Schwächling. Ich möchte eines Tages mit den Jungs zusammen kämpfen. Wie sollen sie mir vertrauen, wenn sie mich für einen Jammerlappen halten?*

Er reichte Zsadist den Block, der ihn vorsichtig in den großen Händen hielt. Der Bruder senkte den Kopf tief und kniff die Augenbrauen zusammen, sein verzerrter Mund bewegte sich leicht, als spräche er jedes Wort leise mit.

Als er zu Ende gelesen hatte, warf er den Block auf den Schreibtisch. »Ich werde nicht zulassen, dass der kleine Scheißer dich drangsaliert. Das kommt nicht infrage. Aber du hast nicht unrecht. Er kriegt eine straffe Bewährung verpasst. Aber noch ein solcher Vorfall, und er ist raus.«

Zsadist ging auf den Schrank zu, hinter dem sich der Zugang zum Tunnel verbarg, dann blickte er sich noch einmal um. »Hör mal, John. Ich will keine Raufereien während des Trainings. Also lass den Kerl in Ruhe, selbst wenn er eine Lektion verdient hätte. Behalte einfach den Kopf unten und die Hände bei dir. Phury und ich behalten ihn für dich im Auge, okay?«

John wandte sich ab. Er hätte Lash vorhin so unglaublich gern eine verpasst. Und daran hatte sich bis jetzt nichts geändert.

»John? Haben wir uns verstanden? Keine Prügeleien.«

Nach einer kleinen Ewigkeit nickte John langsam.

Und hoffte, er könnte sein Wort halten.

23

Am anderen Ende der Stadt, in der verlassenen Parkgarage, in der die Kämpfe stattfanden, sprang Van in den Maschendrahtkäfig und hüpfte auf den Fußballen auf und ab. Der Trommelschlag seiner Aufwärmübung hallte durch die Betonhalle und durchbrach die Stille.

Heute war kein großes Publikum da, nur drei Leute. Aber er war so heiß, als stünden die Zuschauer dicht gedrängt.

Den Schauplatz hatte Van vorgeschlagen, und er hatte Mr X auch gezeigt, wie man hier einbrechen konnte. Da er die Zeiten für die Kämpfe kannte, war er sicher gewesen, dass heute Abend niemand da sein würde. Und ein großer Teil von ihm wollte die Stunde seines Triumphes, seine Wiederauferstehung hier in diesem Ring erleben, nicht in irgendeinem anonymen Keller.

Er probte ein paar Kicks, hochzufrieden über seine Kraft, und beäugte dann seinen Gegner. Der andere *Lesser* war genauso begierig auf diese Begegnung wie er.

Von draußen vor dem Käfig bellte Xavier: »Ihr hört erst

auf, wenn es vorbei ist. Und Mr D, regungslos auf dem Boden heißt nicht ›vorbei‹, klar?«

Van nickte, er hatte sich schon daran gewöhnt, nur mit der Initiale seines Nachnamens angesprochen zu werden.

»Gut.« Xavier klatschte in die Hände, und der Kampf war eröffnet.

Van und der andere *Lesser* umkreisten einander, doch Van beabsichtigte nicht, den gemütlichen Tanz zu lange dauern zu lassen. Er schlug zuerst zu, zwang seinen Gegner durch prasselnde Boxhiebe mit dem Rücken an die Käfigwand. Der Bursche steckte seine Treffer weg, als wären sie nur ein feiner Regen, und verpasste ihm dann einen gemeinen rechten Haken. Er traf Van in einem blöden Winkel, und der Schlag ließ seine Lippe aufplatzen wie einen Ballon.

Das tat weh, aber der Schmerz war gut, er gab ihm Kraft, steigerte seine Konzentration. Van schnellte herum und ließ seinen Fuß hochfliegen. Der mächtige Tritt schickte den *Lesser* sofort flach auf die Bretter. Van sprang auf ihn und nahm ihn in eine Art Polizeigriff, bog ihm den einen Arm auf den Rücken, sodass die Gelenke an Schulter und Ellbogen fast nachgaben. Noch ein bisschen fester, und er würde dem Sackgesicht die …

Wie ein Aal wand sich der *Lesser* aus dem Griff und donnerte Van sein Knie in die Weichteile. Ein schneller Positionswechsel, und Van lag unten. Dann vollführte Van eine Rolle, und sie standen beide wieder auf den Füßen.

Der Kampf dauerte immer länger an, es gab keine Verschnaufpausen, keine Auszeiten. Die beiden prügelten sich einfach nur gegenseitig die Seele aus dem Leib. Es war ein verdammtes Wunder. Van fühlte sich, als könnte er stundenlang so weitermachen, egal, wie viel er einstecken musste. Als hätte er einen Motor in sich, eine treibende Kraft, eine, die von Erschöpfung oder Schmerz nicht geschwächt wurde wie bei seinem alten Selbst.

Als endlich die Wende eintrat, war der ausschlaggebende Faktor Vans spezielles ... etwas. Obwohl die beiden in körperlicher Hinsicht einander exakt ebenbürtig waren, gewann Van die Oberhand und entdeckte schließlich eine Lücke für den Sieg. Er hieb dem anderen Vampirjäger einen Schwinger in die Nieren, der einem Menschen den Rest gegeben hätte. Dann packte er seinen Gegner am Kragen und schleuderte ihn auf den Boden des Rings. Als Van auf seinen Gegner kletterte und nach unten sah, quoll ihm Blut aus den aufgeplatzten Stellen um die Augen und tropfte dem Kerl unter ihm ins Gesicht wie Tränen ... schwarze Tränen.

Die Farbe brachte Van vorübergehend völlig aus dem Konzept, und der andere *Lesser* nutzte diese Schwäche sofort aus, indem er ihn auf den Rücken warf.

Aber das passierte ihm nicht noch einmal. Van ballte die Faust und rammte sie dem Kerl mit genau der richtigen Wucht und an genau der richtigen Stelle gegen die Schläfe. Der andere Jäger wurde bewusstlos. In einer blitzschnellen Bewegung trat Van ihn von sich herunter, sodass er auf den Rücken plumpste. Dann setzte er sich rittlings auf seine Brust und schlug auf seinen Kopf ein, bis die Schädeldecke butterweich war. Und er machte einfach immer weiter, ließ nicht ab, bis sich die Gesichtsstruktur des Mannes komplett auflöste, sein Kopf nur mehr ein formloser Sack war und sein Gegner mausetot.

»Bringen Sie es zu Ende«, rief Xavier von draußen.

Heftig keuchend blickte Van auf. »Das hab ich doch gerade.«

»Nein ... *bringen Sie es zu Ende!*«

»Wie denn?«

»Sie sollten wissen, was zu tun ist!« Xaviers blasse Augen glänzten in einer gespenstischen Verzweiflung. »Sie müssen es wissen!«

Van war nicht ganz klar, wie viel toter er den Burschen noch schlagen konnte, aber er fasste ihn an den Ohren und drehte herum, bis das Genick brach. Dann stieg er von ihm herunter. Auch wenn er kein Herz mehr hatte, das schlagen konnte, brannten doch seine Lungen, und er fühlte sich köstlich ermattet von der Anstrengung ... nur, dass die Ermattung nicht lange vorhielt.

Er fing an zu lachen. Jetzt schon kehrte seine Kraft zurück, strömte von irgendwoher in ihn hinein, so als hätte er gegessen, geschlafen und sich tagelang erholt.

Hart schlugen Xaviers Stiefel im Ring auf, und der Haupt-*Lesser* kam wütend auf ihn zu. »Ich habe gesagt, Sie sollen es zu Ende bringen, verflucht noch mal.«

»Sicher, schon klar.« *Himmel Herrgott.* Xavier musste ihm natürlich den Moment des Sieges verderben. »Glauben Sie etwa, der steht gleich wieder auf und spaziert hier heraus?«

Bebend vor Zorn zog Xavier sein Messer. *»Ich sagte, Sie sollen es zu Ende bringen.«*

Van erstarrte und sprang auf die Füße. Doch Xavier beugte sich nur über den zerbeulten Boxsack von einem *Lesser* und stach ihm in die Brust. Es gab einen Lichtblitz und dann war er ... weg. Nur ein paar schwarze Flecken auf dem Fußboden des Rings blieben übrig.

Van wich zurück, bis er gegen den Maschendraht stieß. »Was zum Teufel ...«

Über den Ring hinweg deutete Xavier mit dem Messer auf Vans Brust. »Ich habe Erwartungen an Sie.«

»Wie zum Beispiel?«

»Sie sollten in der Lage sein, das« – er fuchtelte mit der Klinge über dem Fleck auf dem Boden herum – »allein zu tun.«

»Dann geben Sie mir für die nächste Runde ein Messer.«

Xavier schüttelte den Kopf, ein absonderlicher Ausdruck

von Panik huschte über seine Miene. »Verflucht!« Er tigerte auf und ab, dann murmelte er: »Es wird einfach etwas Zeit brauchen. Gehen wir.«

»Was ist mit dem Blut?« Mann, dieses ölige schwarze Zeug machte Van plötzlich ganz schwindelig.

»Ist mir scheißegal.« Xavier hob die Sporttasche des toten *Lessers* auf und ging.

Als Van ihm aus der Tiefgarage folgte, fand er es wahnsinnig ärgerlich, dass Mr X sich so benahm. Es war ein guter Kampf gewesen, und Van hatte ihn gewonnen. Er wollte das Gefühl genießen.

In gespanntem Schweigen schritten die beiden auf den Minivan zu, der ein paar Straßen weiter geparkt stand. Im Gehen rubbelte sich Van das Gesicht mit einem Handtuch ab und verkniff sich einen deftigen Fluch. Am Auto angekommen, setzte sich Xavier hinters Steuer.

»Wohin fahren wir?«, wollte Van wissen.

Xavier gab keine Antwort, fuhr einfach los. Also starrte Van durch die Windschutzscheibe und fragte sich, wie er wohl von dem Kerl wegkommen könnte. Das würde nicht so einfach werden, vermutete er.

Als sie an einem im Bau befindlichen Wolkenkratzer vorbeikamen, betrachtete er die Männer, die in der Nachtschicht arbeiteten. Unter dem Flutlicht wuselten die Handwerker im ganzen Gebäude herum wie Ameisen, und er beneidete sie, obwohl er es immer gehasst hatte, auf dem Bau zu arbeiten.

Wenn er immer noch einer von ihnen wäre, dann müsste er sich nicht mit Mr Xs beschissener Laune herumschlagen.

Einem flüchtigen Gedanken folgend, hob Van seine rechte Hand. Er musste daran denken, wie ihm der kleine Finger abhandengekommen war. Ein saublöder Unfall. Er hatte auf einer Baustelle Bretter mit einer Kreissäge zugeschnitten und beschlossen, die Schutzhaube abzumontieren, um den Vorgang zu beschleunigen. Er hatte bloß eine Sekunde nicht aufgepasst, und sein Finger war in hohem Bogen durch die Luft geflogen. Der Blutverlust war ihm enorm vorgekommen. Das Zeug war überall gewesen, auf ihm, auf dem Sägeblatt, auf der Erde. Rot, nicht schwarz.

Van legte sich die Hand auf die Brust und spürte keinen Herzschlag unter seinem Brustbein.

Angst kroch ihm den Nacken hinauf. Er warf einen Blick auf Xavier, die einzige Informationsquelle, die ihm zur Verfügung stand. »Sind wir lebendig?«

»Nein.«

»Aber dieser Kerl wurde doch getötet, oder? Also müssen wir lebendig sein.«

Xaviers sah ihn von der Seite an. »Wir sind nicht lebendig, glauben Sie mir.«

»Was ist dann mit ihm passiert?«

Erschöpfung flackerte in Xaviers blassen, toten Augen auf, die hängenden Lider ließen ihn aussehen, als wäre er eine Million Jahre alt.

»Was ist mit ihm passiert, Mr X?«

Der Haupt-*Lesser* gab ihm keine Antwort, sondern fuhr einfach weiter.

Stunden um Stunden später war Butchs Hintern so taub, dass er nicht mehr wusste, wo der Fußboden aufhörte und sein Sitzfleisch anfing. Den ganzen Tag hatte er auf dem Flur vor Marissas Schlafzimmer gesessen. Wie ein Hund. Was er ja auch war.

Man konnte nicht sagen, dass die Zeit vergeudet gewesen war. Er hatte immerhin viel nachgedacht.

Und hatte einen Anruf getätigt, der völlig richtig war, aber trotzdem der absolute Horror gewesen war: Er hatte in den sauren Apfel gebissen und seine Schwester Joyce angerufen.

Zu Hause hatte sich nichts verändert. Offenbar hatte seine Familie in Boston immer noch keinerlei Interesse an ihm. Was ihm nicht besonders viel ausmachte, denn das war ja nichts Neues. Aber nun tat ihm Marissa noch mehr leid. Sie und ihr Bruder hatten sich einmal sehr nahegestanden, deshalb musste es eine böse Überraschung gewesen sein, von ihm vor die Tür gesetzt zu werden.

»Herr?«

Butch blickte auf. »Hallo, Fritz.«

»Ich habe, worum Ihr gebeten hattet.« Der *Doggen* verneigte sich tief und hielt einen schwarzen Samtbeutel hoch. »Ich hoffe, dass es Euren Wünschen entspricht, aber falls nicht, finde ich etwas anderes.«

»Ich bin mir sicher, dass es perfekt ist.« Butch nahm das schwere Säckchen entgegen, zog die Schnur auf und schüttete sich den Inhalt in die Handfläche. Das massive Goldkreuz war etwa sieben Zentimeter lang, fünf Zentimeter breit und so dick wie ein Finger. Es hing an einer langen Goldkette und war genau, was er sich vorgestellt hatte. Zufrieden legte er es sich um den Hals.

Das beträchtliche Gewicht fühlte sich genau so an, wie er gehofft hatte – wie ein greifbarer Schutz.

»Herr, wie ist es?«

Butch lächelte den *Doggen* an, während er sich das Hemd aufknöpfte und die Kette darunter verbarg. Er spürte das Kreuz über seine Haut rutschen, bis es genau auf seinem Herzen zu liegen kam. »Wie gesagt, perfekt.«

Fritz strahlte, verbeugte sich und ging, genau als die Standuhr am Ende des Flurs zu schlagen begann. Einmal, zweimal … sechs Mal.

Die Tür vor ihm ging auf.

Wie eine Erscheinung tauchte Marissa vor ihm auf. Nach

so vielen Stunden, in denen er über sie nachgedacht hatte, flimmerte es vor seinen Augen; als wäre sie nicht real, sondern eine Ausgeburt seiner Verzweiflung, als wäre ihr Kleid aus Äther und nicht aus Stoff, ihr Haar eine herrliche goldene Aura, ihr Gesicht ein verwunschener Quell der Schönheit. Sein Herz verwandelte sie in eine Ikone seiner katholischen Kindheit, die Madonna des Heils und der Liebe. Und er war ihr unwürdiger Diener.

Er hievte sich vom Fußboden hoch, die Wirbelsäule knackte. »Marissa.«

O Mann, all seine Emotionen lagen in seiner rostigen Stimme, der Schmerz, die Traurigkeit, das Bedauern.

Sie streckte ihm die Hände entgegen. »Ich habe ernst gemeint, was ich dir gestern Nacht ausrichten ließ. Es war wunderbar, mit dir zusammen zu sein. Jeder Augenblick davon. Das war nicht der Grund, warum du gehen musstest, und ich wünschte, ich hätte mich besser erklären können. Butch ... wir müssen reden.«

»Ja, ich weiß. Aber könnten wir das vielleicht woanders tun?« Denn er hatte keine Lust auf Zuhörer, und egal, was sie sagte, sie wäre sicher lieber nicht allein mit ihm im Schlafzimmer. Sie war ohnehin schon so nervös.

Als sie nickte, gingen sie in das Wohnzimmer am Ende des Korridors. Unterwegs konnte er kaum fassen, wie schwach sie wirkte. Sie bewegte sich langsam, als könnte sie ihre Beine kaum spüren, und sie war schrecklich blass, beinahe durchsichtig vor Kraftmangel.

In dem pfirsichfarben und gelb gehaltenen Raum trat sie ans Fenster, weit entfernt von ihm.

Ihre Stimme klang so dünn, dass er Mühe hatte, ihre Worte zu verstehen. »Butch, ich weiß nicht, wie ich das sagen soll ...«

»Ich weiß, was los ist.«

»Wirklich?«

»Ja.« Er ging mit ausgestreckten Armen auf sie zu. »Weißt du denn nicht, dass ich alles für dich tun …«

»Komm nicht näher.« Sie trat zurück. »Du musst dich von mir fernhalten.«

Er ließ die Hände sinken. »Du musst dich nähren, richtig?« Ihre Augen weiteten sich. »Ja. Woher …«

»Ist schon in Ordnung, Baby.« Er lächelte schwach. »Es ist absolut in Ordnung. Ich habe mit V gesprochen.«

»Dann weißt du, was ich tun muss? Und du … hast nichts dagegen?«

Er schüttelte den Kopf. »Es macht mir nichts aus. Nicht im Geringsten.«

»Der Jungfrau sei Dank.« Sie stürzte zu dem Sofa und setzte sich hin, als hätten ihre Knie nachgegeben. »Ich hatte solche Angst, es würde dich kränken. Für mich wird es auch schwer sein, aber es ist der einzig sichere Weg. Und ich kann nicht länger warten. Es muss heute Nacht geschehen.«

Sie legte die Hand neben sich auf das Polster. Eine Einladung. Erleichtert ging er zu ihr und setzte sich. Er nahm ihre Hände in seine. Wie kalt sie waren.

»Ich bin wirklich bereit dazu«, sagte er erwartungsvoll. Mann, plötzlich konnte er es kaum erwarten, zurück in ihr Schlafzimmer zu gehen. »Gehen wir.«

Ein verblüffter Ausdruck erschien auf ihrem Gesicht. »Du willst zusehen?«

Er hielt den Atem an. »Zusehen?«

»Ich, äh … ich bin mir nicht sicher, ob das so eine gute Idee ist.«

»Moment mal – zuschauen?« Er merkte, wie ihm das Herz in die Hose rutschte. Als hätte jemand die Aufhängung in seinem Brustkorb gelöst. »Wovon redest du denn da? Zuschauen?«

»Wenn ich bei dem Vampir bin, der mich an seine Vene lässt.«

Plötzlich wich Marissa zurück, wodurch er sich ziemlich gut vorstellen konnte, was für einen Gesichtsausdruck er hatte. Oder vielleicht war das auch die Reaktion darauf, dass er zu knurren begonnen hatte.

»Der Vampir«, sagte er langsam, während er die Puzzleteile im Geiste zusammenfügte. »Der, mit dem du dich getroffen hast. Du hast dich von ihm genährt.«

Zögerlich nickte sie. »Ja.«

Butch sprang auf die Füße. »Oft?«

»Äh ... vier oder fünf Mal.«

»Und er ist natürlich ein Aristokrat.«

»Tja, also, ja.«

»Und er würde einen gesellschaftlich akzeptablen Gefährten für dich abgeben, nicht wahr?« Im Gegensatz zu einem Penner wie ihm. »Ist es nicht so?«

»Butch, das hat nichts mit Liebe zu tun, das schwöre ich dir.«

Vielleicht hatte es das von ihrer Seite aus nicht. Aber es war verdammt schwer, sich vorzustellen, dass irgendein Mann sie nicht begehrte. Der Mistkerl müsste schon impotent oder so was sein. »Er steht auf dich, oder? Beantworte mir die Frage, Marissa. Der Goldjunge mit dem Superheldenplasma ist scharf auf dich, stimmt's? *Stimmt's?*«

Du meine Güte, wo kam denn diese wilde Eifersucht jetzt her?

»Aber er weiß, dass ich das Gefühl nicht erwidere.«

»Hat er dich geküsst?«

Als sie nicht antwortete, war Butch heilfroh, dass er Namen und Adresse des Kerls nicht wusste. »Du wirst ihn nicht mehr benutzen. Du hast mich.«

»Butch, ich kann mich nicht von dir nähren. Ich werde zu ... Wohin gehst du?«

Er marschierte quer durch den Raum, schloss die Flügeltüre und versperrte sie. Dann kam er zurück, warf im Gehen seine Jacke auf den Boden und riss sich das Hemd mit solcher Gewalt auf, dass die Knöpfe absprangen. Er fiel vor ihr auf die Knie, legte den Kopf zurück und bot ihr seine Kehle an, bot ihr sich selbst dar.

»*Du wirst mich benutzen.*«

Ein langes Schweigen entstand, währenddessen ihre Blicke miteinander rangen. Dann wurde ihr Duft, dieser herrliche reine Geruch, immer stärker, bis er schließlich den gesamten Raum überflutete. Ihr Körper begann zu beben, ihr Mund öffnete sich. Als ihre Fänge sich verlängerten, bekam er sofort eine Erektion.

»O ... ja.« Seine Stimme war dunkel. »Nimm mich. Ich muss dich nähren.«

»Nein«, stöhnte sie, Tränen schimmerten in ihren kornblumenblauen Augen.

Sie wollte aufstehen, doch er hielt sie an den Schultern fest, drückte sie auf die Couch. Dann schob er sich zwischen ihre Beine, presste seinen Körper an sie. Sie zitterte unter ihm und versuchte, ihn von sich wegzudrücken. Er umklammerte sie ... bis sie plötzlich die beiden Hälften seines Hemdes mit den Händen umschloss. Und ihn ganz fest an sich zog.

»Genau so, Baby«, knurrte er. »Halt mich fest. Lass mich deine Fänge tief in mir spüren. Ich will es.«

Er legte ihr die Hand um den Kopf und brachte ihren Mund an seinen Hals. Eine Welle reinster sexueller Energie entlud sich zwischen ihnen, und beide keuchten auf. Ihr Atem und ihre Tränen berührten heiß seine Haut.

Doch dann schien sie wieder zu Sinnen zu kommen. Sie wehrte sich heftig, und er tat sein Möglichstes, um sie festzuhalten, wenngleich er wusste, er würde den Kampf gegen sie rasch verlieren. Da Butch nur ein Mensch war, war sie ihm physisch überlegen, obwohl er viel schwerer war als sie.

»Marissa, bitte nimm mich«, ächzte er, die Stimme heiser und beinahe flehentlich.

»Nein ...«

Ihm brach schier das Herz, als sie aufschluchzte, aber er ließ sie nicht los. Er konnte einfach nicht. »Nimm, was in mir ist. Ich weiß, dass ich nicht gut genug bin, aber nimm mich trotzdem.«

»Zwing mich nicht dazu.«

»Ich muss.« O Gott, am liebsten hätte er mit ihr geweint.

»Butch ...« Sie sträubte sich gegen ihn, schob ihn von sich weg. »Ich halte es nicht mehr ... lange aus ... lass mich gehen ... bevor ich dir wehtue.«

»Niemals.«

Es ging so schnell. Laut stieß sie seinen Namen aus, und dann spürte er einen brennenden Schmerz seitlich am Hals.

Ihre Fänge in seiner Halsader.

»O ... Gott ... ja!« Er lockerte seinen Griff und umschlang sie, als sie sich in ihn verbiss.

Als er das kraftvolle, erotische Saugen an seiner Vene spürte, rief er ihren Namen. Die Lust überrollte ihn, Funken stoben durch seinen ganzen Körper, als hätte er einen Orgasmus.

Genau so musste es sein. Sie musste von ihm nehmen, damit sie leben konnte ...

Unvermittelt löste sich Marissa von ihm und dematerialisierte sich direkt aus seinen Armen heraus.

Mit dem Kopf voran fiel er in die leere Luft, wo sie gerade noch gewesen war, mit dem Gesicht voraus auf die Sofakissen. Er drückte sich hoch und wirbelte herum.

»Marissa! Marissa!«

Blitzschnell warf er sich gegen die Tür und rüttelte daran, aber das Schloss gab nicht nach. Und dann hörte er ihre gebrochene, verzweifelte Stimme auf der anderen Seite.

»Ich werde dich umbringen ... Gott helfe mir, ich bringe dich um ... ich will dich zu sehr.«

Hilflos hämmerte er gegen die Tür. »Lass mich raus!«

»Es tut mir leid ...« Ihre Stimme versagte kurz, dann wurde sie wieder fester, und diese Entschlossenheit fürchtete er mehr als alles andere. »Verzeih mir. Ich komme danach zu dir. Wenn es vorbei ist.«

»Marissa, tu das nicht ...«

»Ich liebe dich.«

Er schlug die Fäuste gegen das Holz. »Es ist mir egal, ob ich sterbe!«

Das Schloss sprang auf, und er stürmte in die Eingangshalle. Die Tür, die nach draußen führte, fiel gerade ins Schloss. Er rannte los.

Doch als er in den Innenhof kam, war sie bereits verschwunden.

J. R. Wards
BLACK DAGGER
wird fortgesetzt in:

Vampirherz

Leseprobe

Vishous materialisierte sich hinter dem *ZeroSum* und lief dann durch die Seitengasse zum Vordereingang des Klubs. Als er den Escalade auf der Tenth Street parken sah, atmete er erleichtert auf. Phury hatte gesagt, Butch habe wie ein geölter Blitz das Anwesen der Bruderschaft verlassen, und er habe nicht gerade fröhlich ausgesehen.

Jetzt betrat V den Klub und marschierte schnurstracks zum VIP-Bereich. Aber so weit kam er gar nicht.

Die Sicherheitschefin baute sich vor ihm auf und versperrte ihm den Weg. Als er sie rasch von oben bis unten musterte, überlegte er kurz, wie es wohl wäre, sie zu fesseln. Wahrscheinlich würde sie ihre Krallen einsetzen. Aber das wäre doch ein angenehmer Zeitvertreib für ein oder zwei Stündchen.

»Dein Freund muss gehen«, sagte sie.
»Sitzt er an unserem Tisch?«
»Ja, und du solltest ihn besser hier rausschaffen. Sofort.«
»Was hat er angestellt?«
»Noch nichts.« Beide machten sich auf den Weg nach hinten. »Aber ich möchte, dass es gar nicht erst so weit kommt, und viel fehlt dazu nicht mehr.«

Während sie sich durch die Menge schlängelten, betrachtete V ihre muskulösen Arme und dachte an den Job, den sie hier im Klub machte. Der wäre für jeden beinhart, aber vor allem für eine Frau. Warum sie das wohl machte?

»Macht es dich an, Männer zu verprügeln?«, fragte er.
»Manchmal ja, aber bei O'Neal ziehe ich den Sex vor.«
V blieb wie angewurzelt stehen.
Sie warf einen Blick über die Schulter. »Ist was?«
»Wann hast du es mit ihm gemacht?« Wobei er aus irgendeinem Grund wusste, dass es noch nicht lange her war.
»Die Frage ist doch: Wann werde ich es wieder tun?« Sie deutete mit dem Kopf auf die Sicherheitskontrolle des VIP-Bereichs. »Heute Nacht jedenfalls nicht. Jetzt hol ihn dir und schaff ihn raus.«

V verengte die Augen. »Das mag ja altmodisch klingen, aber Butch ist schon besetzt.«

»Ach ja? Sitzt er deshalb fast jeden Abend hier und dröhnt sich zu? Seine Partnerin muss ja ein richtiges Schätzchen sein.«

»Lass ihn in Ruhe.«
Ihre Miene verhärtete sich. »Bruder hin oder her, du sagst mir *nicht*, was ich zu tun habe.«

V beugte sich ganz nah zu ihr und fletschte die Fänge. »Wie gesagt: Du hältst dich von ihm fern.«

Den Bruchteil einer Sekunde glaubte er tatsächlich, sie würden aufeinander losgehen. Er hatte sich noch nie mit einer Frau geschlagen, aber diese hier ... na ja, sie wirkte nicht gerade eingeschüchtert von ihm. Besonders, als sie seinen Kiefer beäugte, als schätzte sie den Abstand für einen Aufwärtshaken ein.

»Wollt ihr zwei ein Zimmer oder einen Boxring?«

Hinter ihnen stand Rehvenge, keinen Meter entfernt. Die Amethystaugen des Vampirs leuchteten im Dämmerlicht. In der schummrigen Beleuchtung wirkte sein Irokese genauso dunkel wie der bodenlange Zobelmantel, den er trug.

»Haben wir ein Problem?« Rehvenge blickte von einem zum anderen, während er seinen Pelz auszog und einem Ordner gab.

»Aber nicht doch«, sagte V. Er warf der Frau einen Blick zu. »Alles in bester Ordnung, oder?«

»Ja«, bestätigte sie lässig, die Arme vor der Brust verschränkt. »Absolut.«

Damit drängte sich V an den Türstehern vorbei und zum Tisch der Bruderschaft – *ach du Scheiße.*

Butch sah völlig fertig aus, und das nicht nur, weil er betrunken war. Tiefe Furchen zogen sich über sein Gesicht, die Augen waren halb geschlossen. Seine Krawatte hing schief, das Hemd war aufgeknöpft ... und am Hals hatte er eine Bisswunde, die leicht auf seinen Kragen geblutet hatte.

Und ganz recht, er suchte Streit, stierte die großkotzigen Krawallbrüder zwei Tischreihen weiter unbeweglich an. Jeden Moment konnte er sich auf sie stürzen.

»Hallo, mein Freund.« V ließ sich betont langsam auf dem Stuhl nieder. Jetzt bloß keine plötzlichen Bewegungen. »Was geht ab?«

Butch kippte seinen Scotch, ohne die erstklassigen Arschlöcher nebenan aus den Augen zu lassen. »Wie läuft's, V?«

»Gut, gut. Wie viele von den Lagavulins hattest du denn schon?«

»Nicht genug. Ich bin immer noch in der Vertikalen.«
»Willst du mir erzählen, was los ist?«
»Nicht unbedingt.«
»Du wurdest gebissen, Kumpel.«

Als die Kellnerin vorbeikam und das leere Glas abräumte, tastete Butch nach der Wunde an seinem Hals. »Nur, weil ich sie dazu gezwungen habe. Und sie hat sofort wieder aufgehört. Sie wollte mich nicht nehmen, nicht richtig. Also ist sie bei einem anderen. Und zwar genau in dieser Sekunde.«

»Verdammt.«

»So kann man es zusammenfassen. Während wir hier sitzen, ist meine Frau bei einem anderen Kerl. Er ist übrigens ein Aristokrat. Hatte ich das bereits erwähnt? Ein Superhecht begrapscht ... ist ja auch egal ... Wer auch immer er sein mag, er ist stärker als ich. Er gibt ihr, was sie braucht. Er nährt sie. Er ...« Butch brach ab. »Und, wie läuft es bei dir so?«

»Ich hab dir doch erklärt, dass das Trinken nicht unbedingt etwas Sexuelles haben muss.«

»Ja, das weiß ich ja.« Der Ex-Cop lehnte sich zurück, als sein nächster Whiskey serviert wurde. »Willst du einen Wodka? Nein? Okay ... dann sauf ich für uns beide.« Noch bevor die Kellnerin sich umgedreht hatte, war das Glas schon wieder halb geleert. »Aber es geht nicht nur um den Sex. Ich kann die Vorstellung nicht ertragen, dass das Blut eines anderen in ihr ist. *Ich* möchte sie nähren. *Ich* möchte sie am Leben erhalten.«

»Das ist unlogisch, mein Freund.«

»Scheiß auf die Logik.« Butch starrte in seinen Whiskey. »Hatten wir das nicht gerade erst?«

»Wie bitte?«

»Ich meine ... wir waren doch erst letzte Nacht hier. Selbes Getränk. Selber Tisch. Selbes ... alles. Es ist, als wäre ich in einer Endlosschleife gefangen, und es hängt mir zum Hals raus. *Ich* hänge mir zum Hals raus.«

»Wie wäre es, wenn ich dich nach Hause bringe?«

»Ich will nicht nach ...« Butchs Stimme erstarb, und er versteinerte auf seinem Sitz. Ganz langsam stellte er das Glas auf dem Tisch ab.

Sofort war V in höchster Alarmbereitschaft. Beim letzten Mal, als sein Freund diesen starren Gesichtsausdruck gehabt hatte, hatten *Lesser* auf sie gelauert.

Doch er konnte nichts Besonderes entdecken, nur den Reverend, der durch den VIP-Bereich zu seinem Büro lief.

»Butch? Kumpel?«

Butch stand auf.

Er war so schnell, dass V keine Zeit blieb, ihn festzuhalten.

Lesen Sie weiter in:
J. R. Ward: VAMPIRHERZ

EIN ROMAN WIE
EIN KINO-BLOCKBUSTER –
VON KULTREGISSEUR UND
OSCAR-GEWINNER
GUILLERMO DEL TORO

DIE SAAT

SIE WAREN IMMER HIER.
UNTER UNS.
SIE HABEN GEWARTET.
IN DER DUNKELHEIT.
JETZT IST IHRE ZEIT GEKOMMEN …

AB HERBST 2009 ÜBERALL,
WO ES BÜCHER GIBT

HEYNE‹

Peter V. Brett

Manchmal gibt es gute Gründe, sich vor der Dunkelheit zu fürchten …

… denn in der Dunkelheit lauert die Gefahr! Das muss der junge Arlen auf bittere Weise selbst erfahren: Als seine Mutter bei einem Angriff der Dämonen der Nacht ums Leben kommt, flieht er aus seinem Dorf und macht sich auf in die freien Städte. Er sucht nach Verbündeten, die den Mut nicht aufgegeben und das Geheimnis um die alten Siegel, die einzig vor den Dämonen zu schützen vermögen, noch nicht vergessen haben.

978-3-453-52476-7

Peter V. Bretts gewaltiges Epos vom Weltrang des »Herrn der Ringe«

»Das Lied der Dunkelheit ist phänomenal! Ein großartiger Abenteuerroman, ein Lied über wahres Heldentum.«
Charlaine Harris

HEYNE